Nikita Jonas

Über das Buch

Vor kurzem erst hat die junge Polizistin Nikita Jonas ihren Dienst bei der Mordkommission in Kopenhagen angetreten. Die dunklen Visionen, die ihre Kindheit überschatteten, hat sie hinter sich gelassen, hauptsächlich durch die Unterstützung einer Lehrerin. Doch mit aller Macht drängen die alten Geister zurück in ihr Bewusstsein, als sie in mit Ermittlungen in einem neuen Fall beginnt. Gemeinsam mit ihrer ehemaligen Vertrauten beginnt eine aufregende Suche nach einem Mörder, einer mittelalterlichen Handschrift und nicht zuletzt nach sich selbst. Die Spur führt tief in die vergessene Maya-Kultur Mesoamerikas, nach Amsterdam und Belgien, zu schicksalhaften Begegnungen und erstaunlichen Erkenntnissen. Doch auch längst vergangene Zeitalter und Lebenszyklen rücken wieder gefährlich nahe. Wird Nikita die Kraft haben, sich ihren Dämonen endlich zu stellen?

Über den Autor

Wolfgang Schmid wurde 1965 in Wien, Österreich geboren. Seine berufliche Laufbahn führte ihn in der Druckbranche durch verschieden Sparten, aber auch immer wieder in allerlei kreative Bereiche. Zum Schreiben kam er eher zufällig. Angeregt durch die Arbeit an seinem ersten Werk, einem Jugendroman mit dem Titel *Jolie St. Claire – das Erbe der Ersten*, wurde es zu einer seiner bevorzugten Beschäftigungen. Weitere Bücher wie *Die Reise des weißen Elefanten*, *Stationen zur Hölle* und *Chilene – menschlicher Abfall* folgten und sind Beispiele seiner Begabung, sich nicht nur auf ein Genre festzulegen, sondern sich immer wieder durch neue Ideen begeistern zu lassen.

Nikita Jonas

Mond über Quintana Roo

Wolfgang Schmid

Impressum
Titel: Nikita Jonas – Mond über Quintana Roo
Copyright © 2023
Autor: Wolfgang Schmid
Korrektorat: Sara-Duana Meyer
Covergestaltung ©: Ernst Hofbauer

ISBN Softcover: 978-3-347-91480-3
    Druck und Distribution im Auftrag :
    tredition GmbH, An der Strusbek 10, 22926
    Ahrensburg, Germany
    Die Publikation und Verbreitung erfolgen im Auftrag ,
    zu erreichen unter: tredition GmbH, Abteilung
    "Impressumservice", An der Strusbek 10, 22926
    Ahrensburg, Deutschland.

Voor mijn geweldige Vrouw

USCHI

Prolog

Eine Ewigkeit lang stand sie schon reglos vor dem offenen Badezimmerschrank und starrte auf das verknitterte Tablettenpäckchen in ihrer Hand. Sie hatte fast den gesamten Inhalt des Spiegelkastens herausgeschaufelt und einfach ins Waschbecken fallen lassen, bis sie es gefunden hatte. Das Verbrauchsdatum lag Jahre zurück, aber das registrierte ihr unter Schock stehendes Bewusstsein noch gar nicht.

Zutiefst verstört war Nikita im Bett aufgeschreckt. Sie wusste, dass es kein Traum war. Der Wecker ihres Telefons hatte schon zehn Minuten vorher seine Aufgabe erfüllt und die leise Musik aus dem Radiowecker im Wohnzimmer fünf Minuten danach half ihr, die noch schwelenden Traumfetzen aus ihrem Bewusstsein zu vertreiben. Doch dann war ihr Geist von einer Zehntelsekunde auf die nächste in diese surreale Erinnerung an eine längst vergangene, aber doch existierende Sequenz aus einem anderen Leben gesprungen. Hundert, wahrscheinlich eher tausend Gedanken rangelten in diesem Moment um einen der vorderen Plätze in ihrem Denken, um sich lautstark Gehör zu verschaffen. Einer schwamm ganz oben: *Nimm die Scheißtabletten – dann hört es wieder auf!*

***

Der grausige Gestank aus seinem durch die angefaulten Zähne schwer entzündeten Mund raubt ihr den Atem. Sie spürt zähen Schleim aus seiner Nase auf ihr Gesicht tropfen, während das seine schreiend über ihr schwebt, kaum mehr als eine Handbreit entfernt.

Ihr fehlt jegliche Erinnerung daran, wie sie hierhergekommen ist. Nur dunkel – schemenhaft – sieht sie sich in dem dunklen Raum. Zwei bärtige Männer in silbrigen Brustharnischen und Schwertern an der Seite stürmen herein. Sie tragen Helme auf den Köpfen und Fackeln in ihren Händen. Sie packen sie und zerren sie hinaus.

Tief schneiden die blutgetränkten Stricke, mit denen sie an das Holzgestell gefesselt ist, ins Fleisch. Sie versteht seine Sprache nur schwer, aber gut genug, um zu verstehen, was der Konquistador von ihr will. Die Worte ihres Gefährten hallen durch ihren Kopf: „Wenn du ihnen sagst, wo sie die Tränen der Sonne finden, werden sie dich und alle anderen töten."

„Die will wohl noch nicht reden."

Unbeherrschbarer Ekel packt sie, als er den Gürtel mit dem Schwert daran abschnallt und beginnt, die Lederriemen an seinem Brustharnisch zu öffnen. Sie fängt an zu schreien. So laut, so verzweifelt, so unsagbar zornig.

***

Der eisige Schauer, mit dem sie aus der schwarzen See auftauchte, war ein herzhafter Atemzug des Lebens. Im Zeitraffer rannen die Ängste der dunklen, längst vergangenen Wirklichkeit an ihr herab und zogen sich blitzschnell bis zur Fensterbank zurück, wo sie von ihrer fast verdursteten Aloe Vera Pflanze verschluckt wurden.

Langsam sank ihre Hand mit der Tablettenpackung darin nach unten, und mit einem unglaublich befreienden Gefühl spürte sie, wie sich die Verspannung in ihrer Nackenmuskulatur endlich löste. *Scheißzeug. Das nehme ich nie wieder.*

Etwas mehr als zwei Jahre lang hatte sie die Psychopharmaka genommen. Vom Psychologen ihrer Mutter per Ferndiagnose empfohlen, hatte sie sich von der Notwendigkeit der Einnahme überzeugen lassen, um ein ‚normales' Leben führen zu können.

Der Punkt, diese Entscheidung zu überdenken, kam bald. Ihr Leben trieb zu der Zeit endlich einmal in ruhigeren Gewässern. Es war der Sommer vor dem letzten Jahr an der Schule und dem Examen. Auf dem Gymnasium war sie beliebt und von ihren Freundinnen bekam sie nach der Trennung von ihrer ersten großen Liebe einige Monate zuvor jede erdenkliche Unterstützung. Zufällig fiel ihr ein Flyer in die Hände, in dem die Karriere bei der dänischen Polizei beworben wurde, und ihr wurde schlagartig bewusst, dass das ihr Weg sein könnte. Die in den Bewerbungsanforderungen beschriebenen Voraussetzungen für ein Aufnahmeverfahren beinhalteten neben der uneingeschränkten körperlichen Gesundheit auch den einwandfreien psychologischen Zustand der Anwärter. Wahrscheinlich war dies letztendlich der wichtigste Grund für sie, die Tabletten nicht mehr zu nehmen. Tief in ihrem Inneren spürte sie nämlich schon länger als nur ein paar Tage das unerschütterliche Bewusstsein, alles schaffen zu können und eben auch: nicht irgendwie *gestört* zu sein. Sie hatte nun ein Ziel vor Augen und das erfüllte sie mit der Kraft, sich selbst zu beweisen, dass sie nicht absonderlicher war als alle anderen auch.

Trotz des anfänglichen Enthusiasmus war der Weg, den zu gehen sie sich entschieden hatte, kein leichter. Nach ihren Recherchen im Internet über die Nebenerscheinungen nach Absetzen von Antidepressiva hatte sie sich entsprechend vorbereitet. Neben nervöser Unruhe, einer gewissen Form von Launenhaftigkeit und einigen weiteren psychischen Nebenerscheinungen war eine ganze Menge von möglichen Symptomen beschrieben. Deshalb unterzog sie sich einem beinharten Trainingsprogramm, das ihr kaum Raum zum Nachdenken ließ. Monatelang verbrachte sie ihren Schulalltag hochmotiviert und begab sich sofort danach für mindestens zwei Stunden ins Fitnesstraining. Sie begann auch Kampfsportstunden zu nehmen. Drei Stunden täglich, vier Mal die Woche. So verging die Zeit rasch. Es hätte kaum besser laufen können.

Schließlich wurde, bald schon nach ihrem bestandenen Studentereksamen, auch ihrem Antrag auf Aufnahme in die Polizeischule stattgegeben und zwei Jahre danach der Eintritt in den aktiven Polizeidienst genehmigt. Über den zweiten Bildungsweg hatte Nikita gleich zu Beginn ihrer Arbeit als vollwertige Polizistin ein Fernstudium in Kriminalistik begonnen, da sie vorhatte, später in ein Sonderdezernat zu wechseln. Nach und nach verblasste die Erinnerung an die dunklen Schattenbilder und als ihr der nächste Schritt ihrer Karriere gelang und sie für einen Posten bei der Mordkommission ernannt wurde, schien ihr Leben perfekt zu sein. Bis zu diesem einen Tag.

Es war ihr allererster Tag im Sonderdezernat und sie hatte ihr Auto gerade auf dem Besucherparkplatz vor dem Revier abgestellt, als sie von der Vision gestreift wurde.

***

Ohne Vorwarnung findet sie sich in einer dunklen Straße wieder. Sie weiß, dass sie in London ist, in der zweiten Hälfte des neunzehnten Jahrhunderts. Irgendetwas hat sie erschreckt und sie rennt über regennasses Kopfsteinpflaster, verfolgt von einer schauerlich dunklen Schattengestalt. Unsagbare Panik lässt ihr Herz bis zum Hals klopfen und die eiskalte Luft brennt grell in ihrer Lunge. Sie weiß, sie wird jeden Moment kollabieren. Sie stolpert, fällt, hört von weit vorne schrille Polizeipfeifen durch den Nebel gellen. In dem Augenblick, als ihr Gesicht auf die Pflastersteine knallt, spürt sie keinen Schmerz – nur diese unendliche Angst. Als der kalte Stahl an ihrem Hals entlangschneidet, sieht sie sich selbst im Blutnebel in die Höhe steigen, um langsam in teergleicher Dunkelheit zu versinken.

***

Einen Herzschlag später saß sie wieder in ihrem Wagen. Der Frustration, mit der sie die Vision registrierte, folgte eine Trotzreaktion. Sie ignorierte sie einfach. So zu tun, als ob es nie geschehen wäre, schien ihr der einzig richtige Weg, damit umzugehen. So konzentrierte sie sich ausschließlich auf den Beginn ihres neuen Arbeitslebens. Das funktionierte anfangs gut, bis es eben wieder passierte, und dann wieder.

Nikita war knapp siebzehn gewesen, als ihre Mutter mit den Tabletten nach Hause kam. Sie hatte ihr dieses eine Mal tatsächlich zugehört. Schon beim nächsten ihrer wöchentlichen Termine in der Praxis des Psychiaters ihres Vertrauens hatte sie ihm von dem vertraulichen Gespräch mit der Tochter erzählt. Seine Einschätzung einer posttraumatischen Störung des Kindes aufgrund des frühen Unfalltodes des Vaters folgte die Empfehlung zur Einnahme von leichten Neuroleptika. Die dämpfende Wirkung des Medikamentes verhinderte jedoch auch nicht, dass es weiterhin immer wieder zum Streit zwischen der Mutter und dem gestörten Kind kam. Wenigstens wurden die Visionen allmählich weniger und irgendwann schienen sie tatsächlich ganz auszubleiben. Zwei Tage nach ihrem neunzehnten Geburtstag zog Nikita von zu Hause aus und begann ihr Leben in die eigenen Hände zu nehmen.

„Wenn du dich deinen Dämonen stellst, verschwinden sie irgendwann ... oder sie werden zu deinen Freunden."

Der Lieblingsspruch ihrer ehemaligen Lehrerin sprudelte in letzter Zeit immer häufiger durch ihre Gedanken. Wie auch jetzt gerade.

„Man kann lernen, mit diesen Dingen umzugehen," hatte sie oft gesagt. „Es gibt einige gute Beispiele, wie etwa im fernöstlichen Schamanismus, sich auf spirtueller Basis seinem Inneren zu nähern und es anzunehmen... Tatsächlich gibt es in nahezu jedem Kulturkreis Geschichten über Menschen mit ähnlichen Fähigkeiten wie deinen..."

Und sie hatte sie ermahnt: „Betrachte deine Visionen als Geschenk, Nikita... Es gibt einen Grund dafür, warum sie zu dir kommen, und ich möchte dir dabei helfen, herauszufinden, welcher Grund das ist... Denn nichts, wirklich gar nichts auf dieser Welt, passiert einfach nur aus Zufall."

Bis zum heutigen Tag war die ehemalige Lehrerin Nikita eine Freundin geblieben, obwohl Nikita sich nach ihrem Abgang von der Folkeskole gegen ihr Angebot entschieden hatte, sie den richtigen Umgang mit ihren Gaben zu lehren. Ihre Mentorin fand es unendlich schade, dass Nikita ihr unglaubliches Potential nicht nützen wollte.

Rückblickend war die Zeit, während der Nikita die Medikamente genommen hatte, etwas verschwommen. Es war zwar nicht so, dass sie es bereut hätte; sie war wirklich der Meinung, sie hätten ihr geholfen. Dennoch spürte sie tief in ihrem Inneren, dass sie die richtige Entscheidung getroffen hatte, das Zeug abzusetzen. Vielleicht war nun auch wirklich die Zeit gekommen, sich ihren ‚Dämonen' zu stellen. *Und wenn es nur ist, um sie loszuwerden!*

Nikita Jonas
Mond über Quintana Roo

Das Mädchen blickt starr vor sich hin. Das nahezu geräuschlose Halbdunkel innerhalb der grob behauenen Steinmauern wird nur durch die Sonnenstrahlen erhellt, die durch das locker geschichtete Strohdach fallen. Schmale Streifen aus Licht, die in abstrakten Mustern auf den Wänden und dem Lehmboden der schlichten Hütte zu einer surrealen Kulisse des Geschehens werden.

Vor knapp einer Stunde war sie von den Alten – den vier ältesten Frauen ihres Volkes – aus dem Labyrinth der Grotten unter dem großen Tempel der Sonne geholt worden. Wie schon am Tag zuvor gingen sie, ohne ein Wort zu verlieren, mit ihr durch das Dickicht des Dschungels auf dem schmalen Pfad zur heiligen Cenote und bedeuteten ihr dort, sich zu reinigen. In Decken gehüllt wurde sie hinterher in diese Hütte gebracht. Nachdem die alten Weiber ihren jungen Körper mit den rituellen Bemalungen bedeckt haben, bereiten sie nun die zeremoniellen Gewänder vor. Stumm und nackt steht die Vierzehnjährige währenddessen inmitten des Raumes, ihren abgrundtiefen Ängsten ausgeliefert.

Seit sie sich erinnern kann, war sie für diese Aufgabe vorbereitet worden. Man hatte ihr erzählt, dass während ihrer Geburt ein Blitz in den höchsten Tempel ihrer Stadt eingeschlagen hatte: Tulu'um, so nannten sie den Ort, an dem ihr Volk lebte, an der Ostküste Mayabs.

Dabei wurde ein Steinbrocken, so groß wie der Kopf eines Kriegers, aus der Spitze des Tempels gesprengt. Der glühende Brocken war hunderte Meter weit durch die Luft geschleudert worden und hatte direkt neben der kleinen Hütte eingeschlagen, in welcher ihre Mutter in den Wehen lag. Gleich darauf hatte sich die tiefschwarze Wolkendecke einen winzigen Spalt geöffnet und ein Sonnenstrahl beschien jene Hütte in der sie gerade – wortwörtlich – das Licht der Welt erblickte, während die Gebäude rundum im Dunklen lagen. Die Schamanen des Königs sahen darin ein Zeichen der Himmelswesen und so wurde ihre Erziehung in die Hände der Gelehrten ihres Volkes gelegt, um sie zu einer Hohepriesterin ihrer Götter auszubilden.

Gestern war es endlich soweit: sie durfte zum ersten Mal als rituelles Oberhaupt an einer Zeremonie zu Ehren der Fruchtbarkeitsgöttin Ix Chel teilnehmen. Am Ende dieser Nacht war ihr endgültig bewusst geworden, welch schwere Bürde diese ehrenvolle Aufgabe tatsächlich war. Ein ohnmächtiges Gefühl des Grauens hatte ihr kindlich naives Gemüt überschattet. Ihre Stellung als religiöse Ikone des Volkes wird sie jeden einzelnen Tag ihrer weiteren Existenz an die schlimmste Nacht dieses Lebens erinnern.

Sie ist nun die Tochter der Mondgöttin – geweiht und wiedergeboren in der Nacht des verschleierten Mondes der Zählung 11.14.11.0.0.[1]

Eine der Alten verbeugt sich tief vor ihr, in ihren ausgestreckten Armen ein wertvolles, dünn gewebtes weißes Kleid, durchwirkt mit Fäden aus purem Gold. Hinter der Alten reihen sich auch die anderen Weiber bereits auf. Jede von ihnen hält Teile der zeremoniellen Kleidungsstücke bereit, welche sie anlegen muss. Lange, bunte Federn, gold- und silberverzierte Bänder, ein Gürtel aus ziselierten Goldplatten mit edlen Steinen, wertvolle Hals- und Ohrgehänge.

Bedächtig zieht sie das Kleid über ihren Kopf, als plötzlich, mitten in die andächtige Stille hinein, zwei Männer durch den schweren Stoffvorhang der Türöffnung hereinstürmen. Die

---

[1] 1511 n.Ch. europäischer Zeitrechnung

beiden scheinen in höchster Aufregung zu sein und sehen so ganz und gar nicht aus wie die Männer ihres Volkes. Ihre Haut ist unglaublich hell, doch strotzen sie vor Dreck. Sie tragen dichte Bärte und die Haare des einen wirken beinahe golden. In ihrer zerlumpten, fremdartigen Kleidung sind sie seltsam anzusehen. Der Dunkelhaarige blickt mit tief ins Gesicht gezogenen Augenbrauen gehetzt aber forschend in der Hütte umher und scheint sich für einen Sekundenbruchteil zu entspannen. Doch in der nächsten Sekunde weiten sich seine Augen und bevor er reagiert, saust die schwere Kriegskeule des anderen durch die Luft. Der Schädel einer der Alten zerplatzt mit einem dumpfen Knall in eine Fontäne aus Blut und Knochensplittern. Ohne neu auszuholen, schlägt der Goldhaarige mit der Rückwärtsbewegung der Keule der nächsten den Kopf ein. Beide Körper schweben in Zeitlupe zu Boden, während eine weitere Alte, vom darauffolgenden wuchtigen Hieb auf ihr Ohr getroffen, in sich zusammensackt. Der Dunkelhaarige läuft nun auf das Mädchen zu. Während er sie zu Boden reißt, sehen ihre schreckgeweiteten Augen das Mordwerkzeug nur wenige Zentimeter über seinen Kopf sausen. Aus toten Augen starrt die Alte mit dem zermatschten Kopf und der fremdartige Geruch des Mannes streift wie fein gewebter Nebel ihre Sinne. Er stemmt sich hoch und springt den anderen an. Mit beiden Armen hält er ihn von hinten fest umschlungen und flüstert unverständliche Worte in sein Ohr. Der irre Blick des goldhaarigen Mannes wird zunehmend trüber und sie sieht, wie seine Armmuskeln erschlaffen. Sein mit Blutspritzern übersäter Körper zuckt noch einige Male auf, bevor die Keule schließlich aus seinen ermatteten Händen zu Boden fällt.

Plötzlich schießt die letzte der verbliebenen Alten mit unerwarteter Behändigkeit aus dem dunklen Schatten einer Ecke hervor. Lautlos schreiend stürzt sie sich mit weit ausgebreiteten

Armen auf die Männer wie ein wütender Kondor während des Balzkampfes. Doch ein dumpfer Knacks, mit dem sie in die ausgestreckte Faust des Dunkelhaarigen läuft, lässt die Alte wie ein Stück morsches Holz zu Boden fallen.

Für einen Sekundenbruchteil treffen sich die Augen des Mädchens mit seinen und für einen genauso kurzen Moment herrscht eine seltsam anmutende, friedvolle Stille in ihren beiden Universen.

Auch der Goldhaarige blickt sie nun an. Sein Gesicht verkrampft sich erneut und es sieht so aus, als würde er sie angreifen wollen, doch der andere zerrt ihn an seinem blutigen, zerlumpten Hemd zum Ausgang der Hütte. Vorsichtig streckt der Dunkelhaarige seinen Kopf nach draußen und eine Sekunde später sind die beiden weg.

Minutenlang hockt das Mädchen stumm und vor Aufregung zitternd auf dem Boden zwischen den blutüberströmten toten Leibern der alten Weiber. Erst als das hysterische Gekreische der einzigen weiteren Überlebenden des Massakers beginnt, findet sie wieder zurück in die Realität. Ihr ist, als wäre sie in der kurzen Zeitspanne, die der Blick in die Augen des seltsamen Fremden dauerte, ein ganzes Menschenleben lange fort gewesen. Die greifbare Welt mit ihren Individuen darin hatte plötzlich eine völlig andere, erstaunlich überschaubare Dimension angenommen.

***

„Hast du schon gehört ... heute Morgen hat man mir gesagt, dass ein Verhandlungstermin festgesetzt wurde."

Carl war ihr auf der Treppe entgegengekommen, blieb aber stehen und wartete einige Stufen über ihr, während sie die Treppe hochstieg. Ihre Schritte wurden langsamer.

„Ja, habe ich gehört. Wirst du als Zeuge aufgerufen?"

Halb neun Uhr morgens, ein Coffee-to-go in der Hand, ein kribbelndes Gefühl in der Magengegend nach einer unruhigen Nacht. So hatte sie vor einigen Minuten das Revier betreten. Ein paar der Polizisten im Eingangsbereich grüßten sie, Nikita hatte lächelnd reagiert. Dem Beamten in der verglasten Überwachungsloge hielt sie im Vorbeigehen die Marke hin und er hatte ihr die Neuigkeit nachgerufen.

„Wahrscheinlich... Du vielleicht auch... Übrigens, ich gehe gerade zum Polizeihauptkommissar, ich glaube wir haben einen neuen Fall. Komm gleich mit", sagte Carl grinsend und trabte an ihr vorbei.

Sie war ein wenig perplex. Doch das dauerte nur eine halbe Sekunde.

Vor fast genau vier Wochen war der Mörder verhaftet worden. Es war insgesamt gesehen nicht der spektakulärste Fall, aber es war Nikitas allererster im Sonderdezernat und sie war mit daran beteiligt, dass die Morde an drei Prostituierten aufgeklärt werden konnten. Als sie vor etwa vier Monaten dem Ermittler im Rang eines Polizeikommissars zugeteilt worden war, hatte der etwa ein Meter neunzig große Glatzkopf nicht unbedingt erfreut darauf reagiert. In seinem zerknitterten Sakko aus verwaschenem grünen Tweed über einem schwarzen Rollkragenpullover lehnte Carl Petek an einer Fensterbank des Großraumbüros, hellblaue Winter-Sneakers an den Füßen.

„Echt jetzt – ein Grünschnabel? Das habe ich gerade noch gebraucht!", waren seine ersten Worte. Im Verlauf der Wochen, in denen sie gemeinsam an dem Fall gearbeitet hatten, schien sich seine Meinung geändert zu haben. Denn es war keineswegs selbstverständlich gewesen, dass er auch weiterhin mit ihr zusammenarbeiten würde.

Doch mit dieser quasi Einladung, ihn zum Hauptkommissar zu begleiten, dürfte es entschieden sein. Wollte sie selbst das eigentlich? Schmunzelnd machte sie auf der Treppe kehrt, um ihm zu folgen.

„Sehen sie sich das an und sagen sie mir, was sie davon halten!"

Der Polizeihauptkommissar zeigte mit der Hand auf den flachen Ordner auf seinem Besuchertisch und schob dann beide Hände in seine Hosentaschen, während er hinter dem Schreibtisch hervortrat. Mit einem schwer deutbaren Gesichtsausdruck blickte er einige Male zwischen ihrem Kollegen und ihr hin und her. Carl zog die Papiere aus der Aktenmappe und fächerte sie auf dem Tisch auf. Während er und Nikita sich die Unterlagen ansahen, stand der Hauptkommissar in seinem mausgrauen Anzug wortlos mit dem Rücken zu ihnen am Fenster. Nikita blickte mit zusammengezogenen Augenbrauen auf das Tatortfoto in ihrer Hand.

„Das sieht komisch aus. Das war kein normaler Einbruch!"

„Wie kommen sie darauf?", fragte der Kommissar, ohne sich umzudrehen.

„Ich kann es nicht genau sagen. Es sieht ... irgendwie konstruiert aus."

Auf dem Foto sah man einen Mann auf dem Bauch liegen. Eine Blutlache hatte sich unter seinem Kopf und Oberkörper ausgebreitet. Auch der Kragen seines T-Shirts war voll Blut. Auf seinem Hinterkopf schien sich eine Verletzung zu befinden und so stand es auch im Bericht. Schweres Schädeltrauma am Hinterkopf, welches zum Tod geführt hat. Rund um ihn lagen

Dinge auf dem Boden verstreut und waren mit Ziffernkärtchen belegt.

„Was meinen sie, Petek?"

Der Ermittler antwortete nicht sofort. Erst, als er zwei weitere Fotos wieder auf den Tisch zurückgelegt hatte, kam etwas von ihm.

„Sieht für mich eigentlich schon wie ein gewöhnlicher Einbruch aus. Der Hausbesitzer hat den Kerl dabei erwischt, wie der mitten in der Nacht seine Schubladen durchwühlt. Er stellt ihn ... sie kämpfen miteinander ... der Typ ist stärker als er ... schlägt ihn nieder ... und der Hausbesitzer bricht sich den Schädel an der Kommode. Dann haut der Einbrecher ab. Sieht auf den ersten Blick wie Totschlag in Folge der Rauferei aus. Unsere Leute von der Tatortsicherung scheinen derselben Meinung zu sein."

Carl klappte den Ordner zu und verschränkte seine Arme vor der Brust, bevor er fortfuhr: „Steht da ja auch drin. Andererseits steht da aber auch, dass es keine Einbruchsspuren am Haus gibt, das könnte bedeuten, dass das Opfer den Täter selbst ins Haus gelassen hat, ihn möglicherweise gekannt hat... Hm ... wahrscheinlich hat er aber nur vergessen abzusperren?"

Im Gesicht des Kommissars war Skepsis sichtbar, als er sich den beiden wieder zuwandte. „Kann sein, ja... Sehen sie sich da einmal um. Das war es vorerst. Ach ja – freut mich, dass sie beide wieder zusammenarbeiten."

„Interessanter Name. Findest du nicht? Axel Chuerro ... klingt spanisch, oder? Na gut, das ist im Moment aber nicht wichtig. So, jetzt erklär mir mal, was dir komisch vorkommt, außer dass es keine Einbruchsspuren gibt?"

Carl legte den Ordner auf seinen Schreibtisch, setzte sich in seinen Bürodrehstuhl und faltete die Hände vor seinem Bauch, nachdem er beide Beine weit von sich gestreckt hatte. Nikitas Hände steckten halb in ihren Gesäßtaschen, während sie langsam auf das Fenster zuging.

In dem Großraumbüro standen vierzehn Schreibtische. Immer zwei, stirnseitig einander zugewandt, und hinter jedem ein Aktenschrank. Diese dienten gleichzeitig als Raumtrenner zum nächsten Bereich. Manche, so wie Carl, hatten ihren Arbeitsplatz mehr oder weniger personifiziert, indem sie Bilder von Angehörigen oder Sportlern aufgestellt beziehungsweise irgendwohin geklebt hatten. Sie konnte nicht wirklich etwas mit dem Film *Easy Rider* anfangen, aber fand das Filmposter hinter Carl trotzdem irgendwie cool. Auf Nikitas Schreibtisch stand ein Karton mit ihren Sachen, kaum größer als eine Hutschachtel, und das schon seit etwas mehr als einer Woche. Da bis vor etwa einer halben Stunde ja gar nicht so klar gewesen war, ob sie hier bei Carl sitzen bleiben würde, hatte sie ihre Sachen nach dem endgültigen Abschluss des letzten Falles gepackt und seither immer nur das herausgenommen, was sie für die Routinearbeiten gerade brauchte.

„Bauchgefühl, weiß nicht... Fahren wir hin, dann sag ich es dir."

Der große Typ legte seinen Kopf in den Nacken und atmete unvermittelt laut aus.

„Okay! Nimm die Akte mit", sagte er und zog sich aus seiner fast liegenden Sitzposition, „du fährst."

***

Kristallklar schimmern ihre Augen. Das ganze Universum des sternenübersäten Nachthimmels spiegelt sich in den graublauen Pupillen des etwa vierzehnjährigen Mädchens. Ein unwirklicher Moment absoluter Angst hatte sich eben um sie ausgebreitet. In eine diffuse Wolke gehüllt, geformt aus den Energien des Kosmos, steht sie da – als Auserwählte der Götter. Ein Leben lang ihnen zum Dienst.

Langsam verformen sich die silbrigen Schleier vor ihrem von Kokablättern und anderen berauschenden Mixturen vernebelten Bewusstsein und unaufhörlich spürt sie den dunklen Schatten tiefer in sich eindringen. Starr vor Entsetzen, unfähig davonzulaufen oder sich wenigstens abzuwenden, sieht sie die glänzende, furchterregende Kreatur durch den Vorhang aus Rauch auf sich zukommen. Leise knurrend nähert sich sein goldenes Gesicht. Mit den Reißzähnen und den dunkelschwarzen Akzentuierungen rund um seine Augen wirkt er wie eine Mischung aus Mensch und Leopard. Die vibrierenden Federn auf seiner Goldkrone, seine abgehackten Bewegungen, das verzerrte Gesicht – es macht sie glauben, wahrhaftig einem Dämon aus der tiefsten Unterwelt gegenüberzustehen. Abgründigste Verzweiflung lähmt sie, als das bizarre Wesen die Kontrolle über ihren Körper und ihr Bewusstsein übernimmt, sich sein grausamer Geist bis in die allerletzten Winkel ihrer Seele ausbreitet. Ohnmächtig und völlig beherrscht von dem Monster in ihr schnellen ihre Arme hoch. Für einen einzigen, kurzen Augenblick, kürzer als ein Herzschlag, verharren ihre Hände über ihrem Kopf. Der mit blauer Farbe verzierte Körper des fremdländischen Gefangenen zittert, während er von den Kriegern brutal auf den Steinquader gedrückt wird. Die von Verzweiflung erfüllten, den Tod ahnenden Augen des Menschen zu ihren Füßen bringen ihre Seele zum Weinen. Wie zum Trost schiebt sich in diesem Moment langsam ein gigantischer Schatten vor den Mond und schon bald wird nur noch das flackernde Licht unzähliger Fackeln diesen Ort erhellen. Ein Blitz, weit entfernt, zerreißt die Dunkelheit. Reflektiert auf ihrem von Angst verzerrten Gesicht.

Dennoch – in dem Moment, als ihre Arme nach unten sausen, empfindet sie gar nichts. Das gurgelnde Geräusch, mit dem die Jadeklinge des Messers in ihren Händen in den Brustkorb des Mannes eindringt, hört sie nicht. Der Augenblick, in dem der Tod das Augenlicht des Geopferten holt, erscheint Jahrtausende weit weg. Eine unfassbar grausame Leere erfüllt ihr gesamtes Sein.

Eine feste Hand packt sie grob am Handgelenk. Die Klinge fällt klirrend zu Boden. Der völlig mit Goldstaub bedeckte, nahezu nackte Mann mit Federkrone, der gerade noch ihre Gedanken kontrollierte, zerrt sie gewaltsam hinter sich her, die letzten Stufen der Pyramide hinauf. Auf dem höchsten Punkt angekommen, stößt er sie brutal zu Boden. Direkt über ihr bleibt er mit gespreizten Beinen stehen. Langsam strecken sich seine ekstatisch zitternden Arme in die Höhe. Beschwörend richtet er sie in dieses abstrakt friedliche Schwarz, aus der die Mondscheibe nun gänzlich verschwunden ist. Es herrscht absolute Stille, bis plötzlich im sternenübersäten Firmament die Mondgöttin neuerlich erscheint. Nach und nach wird die silbern leuchtende Scheibe wieder für die Menschen sichtbar und Ix Chel höchstpersönlich sichert ihnen ihr Wohlwollen zu. Langsam dringen Laute an ihr Ohr. Schnell und schneller schwillt der Geräuschpegel an. Dies ist der Auftakt. Die schreiende Menge am Fuß der Pyramide, rhythmisch schlagende Trommeln, schrille Pfeiftöne und schwerer Gewitterdonner noch in weiter Ferne, bilden die Geräuschkulisse für das weitere Geschehen, zu deren Hohepriesterin sie geworden ist. Teilnahmslos starrt sie auf das Plateau unter sich, wo dem Leichnam des von ihr Geopferten von einem Krieger der Kopf abgehackt wird. Während der König laut ächzend über sie kommt, ist sie unfähig, Freude über die Gnade der großen Mutter zu empfinden. Unter dem Jubel der Menge rollt der Kopf des Fremden platschend die Steintreppen des

Monumentalbaus herunter und weitere mit blauer Farbe beschmierte Menschen werden auf das Plateau hinaus gezerrt. Zwanzig, fünfundzwanzig werden es sein. Ein paar von ihnen stammen aus der Gruppe der weißen Männer, die vor einigen Tagen nahe der Küste gefangen wurden. Die anderen sind Angehörige eines verfeindeten Volkes, welche bei einem Überfall vor einigen Wochen als Sklaven verschleppt worden waren. Panik bricht unter den Opfern aus, als ein Krieger einem der weißen Männer mit seiner breiten Kriegskeule die Schulter bricht, als dieser versucht, sich zu wehren. Mit einem Fußtritt befördert er ihn dann in die Richtung der Schamanen. Einen um den anderen zerren die Krieger aus den Reihen der Opfer, um sie am Altarstein zu massakrieren.

Zuerst spürt sie nicht mehr als unbeschreiblichen Ekel, als das menschgewordene Monster erneut in sie eindringt. Doch jetzt ist es anders als zuvor. Der körperliche Schmerz raubt ihr buchstäblich den Atem. Schwindel umfängt sie und zutiefst dankbar nimmt sie das Licht der Dunkelheit an.

***

„Hey, sie da! Sie dürfen hier nicht stehen!"

Die trotz ihres süffisanten Untertones forsch wirkende Stimme riss sie aus ihrer Gedankenspirale. Nikita blickte auf die Uhr in ihrem Wagen und runzelte ein wenig die Stirn. Seit gut fünf Minuten war sie einfach dagesessen und hatte nachgedacht. Ihr war, als hätte sie diese Geschichte zum zweiten Mal erlebt.

Sie war direkt vor den Eingang von Det Kongelige Bibliotek gefahren und dann, plötzlich, nachdem sie sich abgeschnallt und den Motor abgeschaltet hatte, war sie von der Erinnerung eingeholt worden.

Ein Blick in den Rückspiegel zeigte ihr einen großen Typen, der provokant lässig in seiner Polizeiuniform auf ihr Fahrzeug zugeschritten kam. Er kaute auf einem Streichholz herum und hatte seine Daumen vor dem Bauch im Gürtel eingehakt. Nikita hatte kurz das Bild eines Line-Dance-Cowboys im Kopf. Während sie ihren Ausweis aus dem Fenster hielt, griff sie mit der anderen Hand in den Spalt neben dem Beifahrersitz und spürte dort den Griff ihrer Dienstwaffe. Sie zog die Waffe noch nicht hervor, um den Line-Dancer nicht unnötigem Stress auszusetzen.

„Nikita ... echt jetzt? Du bist auch bei der Polizei? Ich kann das kaum glauben, was für ein Zufall."

Der Kerl trug eine für seinen etwas zu klein geratenen Kopf zumindest zwei Nummern zu große, grün verspiegelte Pilotenbrille und hatte sich weit vorgebeugt, um den Ausweis in ihrer Hand lesen zu können. Obwohl Nikita den Mann inzwischen unverhohlen anstarrte, konnte sie ihn keiner ehemaligen Begegnung zuordnen.

Breit grinsend nahm er seine Brille ab und stützte sich dann mit beiden Händen in das offene Fenster ihres Wagens.

„Villum! Erinnerst du dich? Villum Petersen. Du hast mir in der Achten die Nase gebrochen." Er hielt sich den Zeigefinger auf seine Nasenspitze.

Okay... jetzt war nicht nur der Name wieder da, sondern, auch der Zusammenhang mit dem Flashback von eben...

„Hey ... ja klar... Tut es noch weh?", fragte Nikita und bemerkte, dass ihr Lächeln abschätziger wirkte, als sie es eigentlich wollte. „Ähm, sorry, ich wollte keine alten Wunden aufreißen. Lässt du mich aussteigen?"

Sie lächelte und das bewirkte, dass der Polizist tatsächlich einen großen Schritt rückwärts machte. Während die Tür des Wagens schnappend ins Schloss fiel, schob sie ihre Glock 19 in das versteckte Halfter an ihrem Gürtel und zog ihre Lederjacke darüber. Unterdessen betrachtete sie den ehemaligen Schulkollegen genauer. Der hatte inzwischen seine Polizeikappe abgenommen und rubbelte sich durch seinen hochmodischen Kurzhaarschnitt.

Nikita erkannte sofort, dass er anscheinend ein geübter Anabolikakonsument geworden war. Sein Körperbau war der eines typischen Vollzeitbodybuilders, deshalb wirkte sein Kopf auch so unglaublich klein. In ihrem eigenen Kopf schoss nun eine Unmenge an Informationen zu dem Mann herum. Rückschlüsse aus seiner Mimik, Gestik und seinem Gehabe. Sie beschloss, diese nicht weiter zu verfolgen, da ihr Unterbewusstsein bereits befohlen hatte, den Mann als momentan irrelevant zu deklarieren.

„Hier ist eigentlich ein Parkverbot und eigentlich dürftest du da nicht stehen. Der Platz ist eigentlich für Einsatzfahrzeuge reserviert."

„Ich bin wegen Ermittlungen hier. Sondereinsatz, also Einsatzfahrzeug. Pass bitte auf, dass dem Wagen nichts passiert, bis ich zurück bin, Villum."

„Das geht eigentlich nicht... Ich bin eigentlich zur Eingangssicherung hier und..."

„Eigentlich ist eigentlich ein Scheißwort", sagte sie und lächelte freundlich. „Ich brauch nicht lange."

Nikita drehte sich um und ließ Villum in seinem verdutzten Dilemma stehen. Schnell stieg sie die kurze, breite Treppe zu den großen Doppeltüren der Bibliothek hoch, drehte sich aber noch einmal kurz um, als ihre Hand schon auf der Türklinke lag.

„Schau nicht so. Ich bin bald wieder da. Das Auto ist alt, ihm passiert schon nichts." Das süße Lächeln, das sie draufsetzte, sollte Villums Nerven zumindest für die nächste halbe Stunde beruhigen.

„Nikita! Hallo, Mädchen... wie geht es dir? Wieso hast du nicht angerufen und Bescheid gesagt, dass du kommst?"

Sie hatte nur kurz geklopft, bevor sie die Türe öffnete und die Frau, die eben noch tief über Papiere gebeugt vor dem Tisch stand, blickte jetzt erstaunt über den Rand ihrer Brille. Dann grinste sie über das ganze Gesicht.

„Ach ... ich war gerade so in der Gegend und da dachte ich: Hey, schau doch mal bei Sylgja auf einen Kaffee vorbei", antwortete Nikita etwas verlegen und ließ sich dann von der älteren Frau umarmen.

„Hallo Sylgja, schön, dich wieder zu sehen." Nun drückte auch Nikita ihre alte Mentorin.

Ihr Weg durch den Holm, den alten Teil der königlichen Bibliothek von Dänemark, war ausgefüllt mit Erinnerungen an die langjährige Freundin, die sie gleich treffen würde. Die unvergleichliche Atmosphäre dieses Gebäudes und das höchst zufällige Zusammentreffen mit dem alten Schulkameraden waren wohl der Auslöser, welcher ihr die allerersten Begegnungen mit Sylgja wieder so stark ins Bewusstsein riefen.

„Nikita, du beschissen blöde Kuh!"

Seine Worte blubbern fast unverständlich hinter seinen Händen hervor, die der dürre Junge vors verheulte Gesicht drückt. Mit einem lauten Stöhnen lässt er sich auf den nächstbesten Sessel fallen. Kurz blickt er auf eine seiner blutverschmierten Hände und schüttelt dann zornig den Kopf. Sie starrt ihn mit weit aufgerissenen Augen an, irgendwie tut er ihr wirklich leid.

„Nikita Jonas? Du kannst jetzt reinkommen. Entschuldige, dass ich dich warten habe lassen."

Die Frau mit der Hornbrille auf der Nase passt so gar nicht zu Nikitas Erwartung. Überrascht drückt sie sich von dem ungemütlichen Holzstuhl vor den Lehrerzimmern hoch. Ihr letzter Besuch hier liegt gerade mal fünf Wochen zurück.

„Das ist bereits ihre zweite Verwarnung in diesem Schuljahr," hatte der Schuldirektor damals geschimpft, „noch so eine Geschichte und ihre Eltern werden sich eine neue Schule für sie suchen müssen. Haben wir uns verstanden?"

Mit diesen Worten hatte er sie entlassen. Und es waren die einzigen, die sie tatsächlich bewusst wahrgenommen hatte. Das Gespräch beziehungsweise sein Monolog hatte nicht einmal zwei Minuten gedauert. Der knapp sechzigjährige Direktor der Schule war gefürchtet für seinen unbarmherzigen Umgang mit verhaltensauffälligen Schülern und Nikita war klar, dass er sie mittlerweile zu genau jener Kategorie zählte. Sie wusste, dass er das ernst meinte.

„Ich heiße Sylgja Christensen und bin als Schulpsychologin deiner Schule zugewiesen worden," sagt die Frau im Blümchenkleid und der gestrickten weißen Weste darüber. „Du bist meine erste Besucherin hier."

Sie dreht sich im Türrahmen zur Seite, um Nikita eintreten zu lassen. Breit lächelnd sieht sie die Schülerin an: „Setz dich hin, wo du willst. Ich bin noch nicht wirklich eingerichtet, also ist es egal."

Sie selbst setzt sich auf einen Bücherstapel in der Mitte des Raums und atmet dann tief durch.

„Gleich mal vorweg, Nikita... Heute wird bestimmt niemand der Schule verwiesen und keine Sorge, der Junge, den du, bestimmt ohne Absicht, geschlagen hast, wird keine Anzeige erstatten... Genauer gesagt, seine Eltern nicht. Und nachdem du dich ja auch schon entschuldigt hast...“

Ein weiteres Lächeln huscht über ihr Gesicht, während sie mit den Schultern zuckt und dann fortfährt: „Also alles okay, aber jetzt erzähl mir mal, was genau da passiert ist.“

Nikita hatte einfach nur gedankenversunken vor sich hingestarrt. Als der Junge plötzlich vor ihr stand und sie anschrie, drosch sie ihm vor lauter Schreck ins Gesicht.

Die Pädagogin nickt zwar, aber will dann wissen, wo Nikita mit ihren Gedanken zu diesem Zeitpunkt gewesen war. Nikita bleibt zuerst verschlossen, doch die einfühlsame Mediatorin lässt nicht locker und nach einigem Hin und Her erzählt Nikita ihr von ihrem seltsamen ‚Sehen‘. In sehr drastischen Worten, ohne die blutigen Details auszulassen, schildert ihr das Mädchen dann eine unglaubliche Horrorstory über ein rituelles Massaker und eine Vergewaltigung im Irgendwo Mexikos in einer längst vergangenen Zeit – mit sich selbst als Hauptprotagonistin.

„Hast du öfter solche Visionen? Ich würde da echt gerne mehr davon hören ... vorausgesetzt natürlich, du magst es mir erzählen. Und nur so ganz nebenbei, ich habe ganz ähnliche Erfahrungen gemacht wie du!“

Ohne zu antworten neigt Nikita den Kopf ein wenig zur Seite und starrt nun ihrerseits ihr Gegenüber verblüfft an. Sie hatte gedacht, wenn sie der Frau einfach die Wahrheit erzählte, würde die sie als durchgeknallten pubertierenden Teenager gehen lassen. Doch ganz im Gegenteil: diese Frau scheint etwas Anderes hinter ihrer aufgesetzten Fassade zu erkennen. Urplötzlich müssen beide grinsen.

Kaum vierzehn Tage nach diesem ersten Treffen war die Schulpsychologin als Begleitperson bei einer Exkursion ihrer Schulklasse ins Wikingerschiffmuseum am Roskilde Fjord dabei gewesen. Es lag etwa dreißig Kilometer von der Hauptstadt entfernt und Nikita war eine der wenigen, die bei der Ankunft des Busses in Kopenhagen nicht von einem Elternteil abgeholt wurde. Sylgja bot an, mit ihr auf ein Eis in Nyhavns zu gehen. Die Pädagogin hatte eine Wohnung in dem Viertel und wusste offenbar, dass auch Nikita dort in der Nähe bei ihrer Mutter wohnte.

Es war das erste Mal, dass sie mit der geschulten Psychologin über eine regelrechte Häufung ihrer zutiefst beunruhigenden, alptraumhaften Visionen sprach. Eigentlich war es überhaupt das allererste Mal, dass sie sich einem anderen Menschen gegenüber dermaßen öffnete. Obwohl Nikita sie erst vor so kurzer Zeit getroffen hatte, fühlte es sich an, als würde sie diese Frau schon ewig kennen.

Seit diesem Nachmittag besuchte Nikita sie mindestens zweimal pro Woche in ihrem Büro in der Schule. Im Nachhinein fühlte sie sich in den drei Jahren, während denen Sylgja an der Schule tätig war, dort am wohlsten.

„Gut, dass du da bist. Weißt du, dass ich dich schon seit ein paar Tagen anrufen will... Was für ein Zufall, dass du jetzt gerade auftauchst! Aber mal zu dir. Wie kann ich dir behilflich sein?"

Das Lächeln der knapp Sechzigjährigen hatte sich in ein kaum deutbares Schmunzeln verwandelt, während sie die Arme vor ihrem Oberkörper verschränkte und den Kopf ganz leicht zur Seite neigte.

„Du hast recht, ich wollte dich wirklich was fragen, aber das eilt nicht. Hast du ein bisschen Zeit? Gehen wir auf einen Kaffee und du erzählst mir, was es bei dir so an Neuigkeiten gibt?", fragte Nikita und blickte sich aus den Augenwinkeln im Büro um.

Sylgja sah ins Nirgendwo und antwortete dann: „Ja gerne, ich bin ganz schön beschäftigt, wie du siehst... Trotzdem, ich sollte wirklich eine kleine Pause machen."

Mit einer etwas fahrigen Bewegung hob sie ihren Arm, deutete damit hinter sich und Nikita konnte ihre Erschöpfung förmlich spüren. Langsam drehte sich Sylgja auf den Absätzen ihrer schon etwas ramponiert wirkenden Arbeitspumps um. Sie zwängte sich an den mit Büchern überquellenden Rollwägen zu ihrem vollgeräumten Schreibtisch vor. Dann begann sie mit beiden Händen Papierstöße von einem Turm auf den anderen zu heben und schien nach etwas zu suchen.

„Falls du den Schlüssel für dein Büro suchst ... der steckt im Schloss", sagte Nikita und bemühte sich, nicht zu lachen.

Natürlich war ihr sofort beim Betreten des Büros die für ihre Freundin sehr ungewöhnliche Unordnung aufgefallen. Sofort waren ihr zwei Gedanken in den Kopf geschossen. Entweder, ihre Freundin arbeitete an einem extrem komplexen Projekt. Der zweite Gedanke war jedoch: Jetzt wird sie alt!

Es war kein großer Raum. Vielleicht zwanzig Quadratmeter, möglicherweise ein bisschen mehr. Die Wände links und rechts waren mit bis an die Decke reichenden Regalen verbaut, welche vollständig mit Büchern, Ordnern, stapelweise Papieren und Broschüren angefüllt waren. Sylgjas Schreibtisch befand sich an der Wand gegenüber der Eingangstüre und in der Dachschräge dahinter war ein kleines, viereckiges Fenster. Dieses war zwar klein, aber erlaubte dafür einen wunderbaren Ausblick auf den romantischen Park vor dem Holm. Nikita fühlte sich jedes Mal wie ein kleines Mädchen, wenn sie am Fenster stand. Das lag wahrscheinlich daran, dass sie sich ein wenig auf die Zehenspitzen stellen musste, um über die Fensterbank bis nach unten sehen zu können. Und wenn man sich dann noch ein bisschen verbog, konnte man sogar zwischen den Bäumen hindurch ein wenig von dem kleinen Ententeich im Zentrum des Parks sehen. Doch heute war es nahezu unmöglich, das Fenster zu erreichen. Der für gewöhnlich sehr aufgeräumte, runde Mahagonitisch in der Mitte des Raumes war übersät mit Papieren. Aufgeschlagene Mappen, Bücherstapel und offene Bücher neueren Datums, aber auch uralte. Nikita bemerkte Landkarten mit handschriftlichen Notizen darauf. Printkopien von mittelalterlichen Darstellungen. Dazwischen standen leere Kaffeetassen, in einer steckte sogar ein Kugelschreiber! Auf den vier hölzernen Thonet-Bugholzstühlen, die zum Tisch gehörten, waren genauso Bücherstapel abgestellt wie auf den drei Rollwägen, die rund um den Tisch standen und kaum mehr Platz zum Vorbeigehen ließen. Selbst auf dem Boden dazwischen waren Buchtürme neben herumliegenden Papierhaufen aufgebaut, was insgesamt den Eindruck eines undurchschaubaren Labyrinths erzeugte. Außerdem stand genau unter dem Fenster ein ziemlich abgewetzter, irgendwann einmal vermutlich weiß gewesener Ledersessel, auf dem zusammengeknüllt eine bunte Decke lag. Daneben stapelten sich Pizzakartons und darauf wiederum einige der typischen Faltkartons, welche wahrscheinlich sämtliche Lieferdienste asiatischer Restaurants der Welt verwendeten.

„Tatsächlich? Dann brauche ich ihn wenigstens nicht suchen... Augenblick noch... Ah! Da! Hängt meine Weste an der Tür?"

Sylgja hatte sich abrupt zu Nikita umgedreht und starrte sie nun herausfordernd an. Noch bevor Nikita etwas sagen konnte, nickte Sylgja bereits.

„Na sicher, weiß ich doch! Gut, dann können wir ja gehen."

„Was hältst du davon, wenn wir statt auf einen Kaffee in Den Sorte Diamant hinübergehen und dort was essen?", fragte Nikita ihre Freundin nun, während sie nachdenklich an ihr vorbei auf die Pizzakartons sah. „Es ist fast Mittag und ich habe Hunger, du doch sicher auch? Wann hast du eigentlich das letzte Mal eine normale Mahlzeit zu dir genommen?"

„Wie kommst du darauf, dass ich Hunger haben könnte?", fragte Sylgja zurück und dann wurde plötzlich ein lautes, andauerndes Grummeln aus ihrem Bauch hörbar.

Die Polizistin deutete mit einem leichten Kopfnicken zu der provisorischen Wohnnische unter dem Fenster, als ihre Freundin bereits nach der Weste griff.

„Sieht nach Notlager aus. Woran arbeitest du?"

Nachdem sich Sylgja die Weste übergestreift hatte, griff sie zur Türklinke, blieb aber für einen Augenblick stehen, bevor sie die Tür aufdrückte. Etwas geistesabwesend fixierte sie Nikitas drittes Auge. „Ich erzähle es dir im Restaurant."

Die Eile, mit der Sylgja durch die Korridore schritt, ließ keine weitere Unterhaltung zu, bis die beiden ihr Ziel erreicht hatten. Ohne sich umzusehen, steuerte Sylgja einen kleinen Tisch neben einer Säule im Eingangsbereich des Restaurants an. Mit einem befreiten Seufzen ließ sie sich auf einen der Holzstühle sinken und ihre Arme nach unten baumeln, während sie ein paar Mal laut aus- und einatmete.

„Ich geh kurz zur Toilette. Bestellst du mir bitte Mineralwasser und ein Fischbrötchen? Ich bin gleich wieder da." Nikita musste nicht wirklich, aber wollte Sylgja ein paar Minuten zum Durchatmen lassen.

Die Getränke standen bereits auf dem Tisch, als Nikita zurückkam. Sylgja kaute gedankenverloren auf ihrem Strohhalm herum, während sie durch die großen Panoramafenster aufs

Wasser sah. Fast erschrocken drehte sie sich zu Nikita um, als die den Stuhl geräuschvoll unter dem Tisch hervorzog.

„Sei mir nicht böse, wenn ich dir das sage, aber du siehst nicht gerade gut aus! Fast wie ein Panda... Du arbeitest anscheinend zu viel!"

Nikitas Besorgnis war echt. Die tiefschwarzen Ringe unter den Augen ihrer Freundin, das zerwühlte Haar, die unordentliche Kleidung. In solch einem Zustand hatte sie Sylgja noch nie gesehen. Dennoch hoffte sie inständig, Sylgja mit dem Vergleich, der ihr eigentlich nur herausgerutscht war, nicht beleidigt zu haben. Sylgja blickte aber nur milde lächelnd die Kellnerin an, die gerade an den Tisch trat, um ihr Essen zu bringen. Ohne auf die Bemerkung Nikitas einzugehen, griff sie nach der Suppenschale und begann zu erzählen.

Vor knapp fünf Monaten war sie zu einem Kongress eingeladen worden. Als Veranstalter zeichnete Interpol und es ging laut Seminarkonzept um die Prüfung von neuen Möglichkeiten der Verbrechensbekämpfung auf Basis von literaturgestützten Aufzeichnungen. Sylgja war aufgrund ihres mittlerweile landesweit geschätzten Wissens in der frühmittelalterlichen Geschichte, speziell der Dänemarks, sowie ihrer umfangreichen Kenntnisse über die Bestände in der dänischen Königlichen Bibliothek vorgeschlagen worden.

Nikita kam es fast so vor, als hätte Sylgja auch schon genauso lang mit niemandem mehr gesprochen. Sie wirkte wie ein Häftling, der die letzten zwei Jahre ohne jegliche sozialen Kontakte in Einzelhaft gesessen war und nun binnen weniger Minuten ein eklatantes Sprachdefizit nachholen musste. Die Worte sprudelten nur so aus ihr heraus. Sie redete, brach sich inzwischen etwas von dem getoasteten Brot ab, warf es in ihre Suppe, löffelte. Redete, blickte kurz hoch, schluckte, redete, löffelte. Verzog ihr Gesicht, als sie merkte, dass kein Brot mehr da war, redete, löffelte weiter. Starrte in die inzwischen leere Schüssel. Redete weiter. Nikita saß ihr schweigend gegenüber und bemühte sich, ihren Ausführungen zu folgen.

Eingangs war den Gästen des Kongresses erklärt worden, dass zeitgleich Seminare desselben Inhalts in Deutschland, Frankreich und Großbritannien stattfanden. Die Teilnehmer des Treffens in Dänemark waren knapp achtzig Personen aus dem skandinavischen Raum Europas. Überall waren die Gruppen so zusammengefasst worden, dass die Verständigung ohne größere Sprachbarrieren verlaufen konnte. Sämtliche Geladene waren Fachleute aus dem Literaturbereich. Allesamt Spezialisten für jedes erdenkliche Genre, durch alle Epochen hindurch, von der Frühgeschichte bis zur Gegenwart. Kunst, Kultur, Wissenschaft, Theologie, Altertumsforschung, Geschichte und so weiter. Prosa, Lyrik, Dichtung und was es da sonst noch so alles gibt. Anfangs ging es darum, zuerst einmal auf rein theoretischer Basis die Möglichkeiten für ein umfassendes Konvolut zu prüfen, in welchem sämtliche jemals schriftlich erfassten Tötungsdelikte an Menschen zusammengefasst wären. Die Rede war allerdings nur von jenen, welche fiktiv, also der Feder eines Autors entsprungen oder in Mythen, Legenden, Erzählungen oder anderweitig geschichtlich erwähnt worden waren. Dass es in diesem Seminar nicht um eine rein hypothetische Analyse ging, sondern tatsächlich beabsichtigt war, eine detaillierte, computergestützte Datenbank mit sämtlichen Details, Fakten und Hintergrundinformationen zu erstellen, wurde den Teilnehmern von Anfang an klargemacht.

„Du isst ja gar nicht!", sagte Sylgjas vorwurfsvoll und holte Nikita aus dem Strudel, der sich während dieser Ausführungen in ihrem Kopf gebildet hatte.

Wie ferngesteuert griff Nikita zu dem Fischbrötchen. „Ich überlege gerade, wie lange es brauchen würde, selbst wenn tausend Leute daran arbeiten, so einen Plan umzusetzen. Ich kann mir das gar nicht vorstellen."

„Es ist tatsächlich ein außerordentlich großes Projekt und es sind wirklich einige hundert Spezialisten aus unzähligen Fachrichtungen in den verschiedensten Ländern daran beteiligt. Es wird die bislang größte Datensammlung in ganz Europa werden und soll später als allgemein zugängliche Basisplattform Interpols für Kriminalisten der ganzen Welt zum Einsatz kommen."

Nikita starrte immer noch vor sich hin. Ihr war nur ansatzweise die enorme Tragweite einer solchen Maßnahme bewusst. Der Zugang zu einer derartigen Quelle würde einen Quantensprung in der Kriminaltechnik darstellen – durchaus mit der Einführung des DNA-Abgleichs gleichzusetzen. Fallanalytiker rund um den Globus könnten mittels eines solchen Werkzeuges über Suchfilter binnen Stunden Übereinstimmungen finden. Dem gleichzeitig einsetzenden mulmigen Bauchgefühl, welches einem vorerst nur unterschwelligen ethischen Diskussionsbedarf zu solch einem Thema entsprang, konnte sie aufgrund ihrer aufkeimenden Begeisterung allerdings keine Beachtung schenken. *Sag mir, was du liest, und ich sage dir, was du denkst – so in etwa?* Würde eine solche Plattform bereits existieren, säße sie wahrscheinlich jetzt gar nicht hier!

„Die erste Fassung soll in zwei Jahren stehen und dann kontinuierlich erweitert und gepflegt werden." Sylgjas Augen wirkten unglaublich müde.

„Jetzt aber dazu, warum ich dich schon seit ein paar Tagen anrufen will." Sie griff in die Beintasche ihrer ausgebeulten Cargohose und zog ein zusammengefaltetes Stück Papier heraus. „Sieh mal, das stammt aus einem Buch, welches im siebzehnten

Jahrhundert von einem spanischen Dominikaner verfasst wurde."

Sie streifte mit einer Hand mehrmals über das leicht zerknitterte Papier. „Ist mir wieder in die Hände gekommen, während ich an irgendetwas gearbeitet habe."

Nun drehte sie es um, damit Nikita es sich ansehen konnte.

„Ungefähr in der Mitte ... rechter Rand ... das sieht doch genauso aus wie dein Tattoo! Na, habe ich recht oder nicht?"

Nikitas Kopf bewegte sich ganz langsam, während sie sich über das Papier beugte. Dann hielt sie in der Bewegung inne. Mit der Erinnerung huschte der Schimmer eines Lächelns über ihre Lippen.

„Ich finde ja, dass Mädchen in deinem Alter noch kein Tattoo haben sollten. Aber um ehrlich zu sein, gefällt es mir. Es ist ja auch sehr dezent. Hat die Sonne eine bestimmte Bedeutung für dich, oder..."

Nikitas Lachen klingt so erfrischend, dass auch Sylgja zu lachen beginnt, ohne zu wissen, warum.

„Entschuldigung."

Von unten herauf sieht das Mädchen die Psychologin an, während sie sich mit dem Handrücken unter der Nase reibt.

„Das war gerade sehr lustig. Das ist kein Tattoo, sondern ein Muttermal und du bist die allererste, die sagt, dass es eine Sonne ist. Bisher war ich die einzige, die es so gesehen hat... Ich nenne es immer: Meine Sonne."

Sylgja beugt sich vor und sieht Nikitas Unterarm nun genauer an.

„Also ich weiß hundertprozentig... Ach ja, entschuldige... Ich hoffe, ich habe dich jetzt nicht beleidigt, es war nicht böse gemeint. Ich weiß hundertprozentig, dass ich haargenau dieses Zeichen schon mal wo gesehen habe und es war auf jeden Fall ein Logogramm... Vielleicht eine Hieroglyphe oder ein anderes altes Schriftzeichen, welches für die Sonne stand."

Die beiden haben an einem kleinen Tisch vor dem Lokal Platz genommen. Es ist einer der ersten richtig schönen Frühlingstage, die Sonne scheint, in dem Kanal zwischen den bunten Giebelhäusern dümpeln kleine Boote gemütlich vor sich hin. Die Tourismussaison hat noch nicht wirklich begonnen und so ist die Menge an Menschen, die sich in Nyhavns herumtreiben, noch überschaubar. Die beiden sind zu Fuß gekommen. Während des Spazierganges vom Busbahnhof hat die Schulpsychologin Nikita erlaubt, sie zu duzen.

„Wenn ich draufkomme, woher ich es kenne, zeige ich es dir!"

Sylgja echauffiert sich etwas künstlich. Sie hofft wohl, mit ihrem überzeichneten Verhalten die immer noch kichernde Vierzehnjährige davon überzeugen zu können, dass sie wirklich meint, was sie da sagt, und es nicht nur eine Ausrede ist, um sich aus einer etwas peinlichen Situation zu retten. Es funktioniert nicht wirklich, aber der restliche Nachmittag wird für die beiden dennoch entspannt.

Nikita blickte vorsichtig von der Tischplatte hoch und musste sich das Lachen verbeißen. Ihre Freundin saß leicht vornübergebeugt da und stützte sich mit den Handflächen auf ihren Knien ab. Ein grimassenhaftes Grinsen zog sich von einem Ohr zum anderen. Da war es wieder einmal – das Strahlen. Auf Nikita wirkte Sylgja jedes Mal wie eine weibliche Ausgabe des Lucky Buddha aus der Halle der vier Himmelskönige, wenn sie ihr Siegerlachen aufsetzte.

„Du hast dich echt daran erinnert? Aber du hättest mir das nicht zeigen brauchen. Ich habe es dir damals in Nyhavns auch so geglaubt."

Das stimmte zwar nicht wirklich, aber für Nikita war es gar nicht wichtig gewesen, ob Sylgja recht hatte. Was aber wirklich erstaunlich war – dass Sylgja sich daran erinnerte, ihr seit nunmehr ziemlich genau elf Jahren den Beweis für die Aussage von einst schuldig geblieben zu sein.

„Und jetzt erzähl mal, was wolltest du von mir, Nikita?"

„Ach ja..."

Die junge Frau zog ihre Schultern hoch und griff sich dann mit beiden Händen in den Nacken, um ihre langen blonden Haare zusammenzufassen. Drehte sie zweimal um ihre Hand und legte sich den so entstandenen Zopf über ihre rechte Schulter. Dann ließ sie sich gemütlich in die Rückenlehne des Sessels sinken, schlug ihre Beine übereinander und begann: „Also, ich arbeite da an einem Fall und ich wollte dich fragen, ob du mich ein bisschen in Sachen Okkultismus, Wahrsagerei ... du weißt schon, Karten legen, Kristallkugelschauen, Parapsychologie und solche Sachen halt, beraten kannst."

Das Hamstergesicht Sylgjas war recht ausdrucksstark, obwohl Nikita wirklich darauf bedacht gewesen war, ihre Bitte so belanglos wie möglich vorzubringen.

„Du weißt schon..." Sylgjas Stimme wirkte trotzig. „Erstens gibt es da unendlich viel, junge Dame... Da musst du schon ein bisschen genauer werden, was genau du wissen willst und außerdem..."

Ein Anflug von Sarkasmus schien sich in ihrer Stimme zu manifestieren, als sie weitersprach. „Zweitens, sagtest du mir nicht vor zig Jahren ... warte, wie war das noch genau? Ich soll dich in Ruhe mit diesen Sachen lassen, du willst mit dem

„Creepy Shit" nichts mehr zu tun haben? Und was stellst du dir jetzt genau vor, soll ich nun so eine Art Katalog für dich zusammenstellen? Oder möchtest du nun doch endlich noch mehr über diese Dinge erfahren und tiefer in die Materie eintauchen? Bist du soweit?"

Natürlich hätte sich Nikita einfach durch den Computer ihres Arbeitsplatzes auf dem Revier informieren können. Ermittlerarbeit eben, und einiges hatte sie ja auch tatsächlich schon herausgefunden. Doch je mehr sie versuchte, sich eine Art Überblick zu verschaffen, umso schwieriger wurde es für sie, zu erkennen, was genau sie eigentlich suchte. Damit kam ihre alte Freundin ins Spiel. Es war schon gut vier Monate her, seit sie sich zuletzt gesehen hatten. So gab es wenigstens einen guten Grund, Sylgja wieder einmal zu treffen, und möglicherweise würde sie ihr ja sogar helfen. Das war nicht so weit hergeholt, denn der Hang ihrer Freundin zur Esoterik war geradezu legendär. Sie hatte sogar ihre Karriere als Psychologin aufgegeben, um sich ganz dieser Obsession widmen zu können. Obwohl der Job in der Bibliothek nicht unbedingt als prickelnd bezeichnet werden konnte, nahm sie ihn trotzdem an. Schlecht bezahlt, trocken, aber dafür konnte sie mehr Zeit in ihre privaten Studien investieren. Im Nachhinein bot ihr dieser Arbeitsplatz die wahrscheinlich allerbeste Möglichkeit, sich zu verwirklichen. Sie hatte es mittlerweile sogar zu einem Ruf als landesweit anerkannte Spezialistin auf diesem Gebiet gebracht. Für alles, was Spiritismus und Okkultismus anbetraf, war sie definitiv die richtige Ansprechpartnerin. Mal abgesehen von ihren anderen Fähigkeiten. Doch jetzt beschlich Nikita ein Anflug schlechten Gewissens. Angesichts des umfangreichen Projekts, in dem Sylgja gerade steckte... Ganz zu schweigen davon, dass Sylgja ihr wegen damals immer noch böse sein könnte.

Als Nikita ihrer Mentorin erzählte, dass sie seit kurzem Tabletten gegen ihre *Störung* einnahm, hatte die sehr aufgebracht reagiert.

„Man unterdrückt sein Wesen mit diesen Mitteln! Was ist das überhaupt für ein Arzt, der so etwas ohne jegliche persönliche Diagnose verschreibt? Das gehört angezeigt!"

Daraus wurde eine der wenigen heftigen Diskussionen, die sie jemals führten und Sylgja hörte erst auf, nachdem Nikita ihr gedroht hatte, niemals wieder ein Wort mit ihr zu reden, wenn sie sich weiter einmischen würde. Danach war ihr Verhältnis eine Nuance kühler, aber sie waren Freundinnen geblieben.

„Vielleicht sollte ich dich im Augenblick gar nicht damit belästigen", sagte Nikita entschuldigend. „Du hast so viel zu tun! Aber andererseits glaube ich, es wäre ganz gut, wenn du mal ein wenig abschaltest. Oder wenigstens einen Gang zurück... Sieh dich nur mal an!"

Nikita beugte sich vor und stützte die Ellenbogen auf den Tisch. Sie versuchte gar nicht erst, auf den Vorwurf Sylgjas einzugehen, oder sich selbst zu fragen, wie ernsthaft sie bereit war, auf das Thema einzugehen. Ein Lichtstrahl streifte über ihr besorgtes Gesicht.

„Pass auf! Ich bringe dich jetzt erst einmal nach Hause. Du lässt dir ein heißes Bad ein, legst dich dann ein paar Stunden nieder und um...", sie griff sich an den Hintern und holte ihr Mobiltelefon aus der Gesäßtasche ihrer Jeans, „sagen wir mal um zwanzig Uhr hol ich dich ab und dann lade ich dich zum Essen ein. Dabei kann ich dir erzählen, worum es bei mir geht. Ich glaube, dass du es sehr interessant finden wirst. Machen wir das?"

Sylgja nickte langsam. Obwohl Nikita spürte, dass die Frau vor ihr noch mit sich rang, merkte sie doch, dass sie ihr für den Vorschlag dankbar war.

„Du hast ja recht, Kind. Ich brauche echt mal eine kleine Pause."

Die Schwerfälligkeit, mit der sich Sylgja gleich darauf von dem einfachen Holzstuhl erhob, ließ sie um zehn Jahre älter erscheinen, als sie tatsächlich war, und Nikita musste sich zurückhalten, ihr nicht beim Aufstehen zu helfen. Sylgja wäre auf das Ärgste beleidigt gewesen.

Draußen wusste sie zuerst nicht, ob sie lauthals lachen oder zornig sein sollte. Ein Strafzettel über fünfundsechzig Euro für Falschparken steckte an der Windschutzscheibe ihres knapp zehn Jahre alten, weinroten Ford KA. Eher verwundert als frustriert wollte sie den Schein eben zusammenknüllen, da bemerkte sie die handschriftlich hinzugefügte Telefonnummer am unteren Rand des Tickets. Ein Smiley und etwas, das eine Kaffeetasse hätte sein können, waren daneben gekritzelt. Beim Einsteigen warf sie den ‚Strafzettel' auf die Rückbank. Dort gesellte er sich zu zwei leeren Mineralwasserflaschen, einem kleinen bunten Plüschpolster mit Karomuster und einem einsamen, knallroten Flip-Flop, der schon seit dem letzten Sommer da herumrollte.

„Kommst du öfter hierher?", fragte Sylgja eher beiläufig, nachdem die beiden von einem Kellner zu ihrem Tisch geleitet worden waren und sich gesetzt hatten.

„Warum? Nein, ich war einmal da. Was hältst du davon? Gefällt es dir?"

Nikita blickte sich nach links und rechts um, drehte sich um und für einen Augenblick traf sich ihr Blick mit dem einer schwarzhaarigen Frau hinter der Schankanlage.

„Möchtest du Platz tauschen?"

Nikita wirkte ein wenig geistesabwesend, schüttelte aber den Kopf. „Nein, nein, warum?"

Die Hände der Älteren lagen auf der Tischplatte und sie schien schon bereit zum Aufstehen. Ein Schmunzeln zuckte über ihr Gesicht. „Ich weiß doch, dass du eine gewisse Sitzplatzphobie hast und du würdest dann besser zum Ausgang sehen."

Nikita schien ein wenig angespannt. „Das muss nicht sein... Nein, danke, Sylgja, das passt schon."

Da gerade auch der Kellner mit den Speisekarten kam, beendeten sie das Thema.

„Also gut, jetzt erzähl mir von deinem Fall und was du gerne wissen möchtest."

Nikita brauchte die ersten fünf Minuten, um Sylgja von dem Zustandekommen ihrer jetzigen Partnerschaft mit ihrem Kollegen Carl Petek zu erzählen. Dass sie ja maßgeblich zur Lösung des letzten Falles beigetragen hatte und dass er anscheinend deshalb so zufrieden war, dass er auch weiterhin mit ihr arbeiten wollte. Und so weiter. Dann kam sie schön langsam zum eigentlichen Thema. Sie erzählte davon, wie sie noch am Vormittag zum Tatort gefahren waren. Die Leiche war natürlich schon weggebracht worden. Das Haus aber, der Tatort, da von der Polizei versiegelt, war noch im selben Zustand wie zum Zeitpunkt des Auffindens der Leiche durch die Zugehfrau am frühen Morgen.

Wenn der Kellner kam, hörte sie auf und sprach erst weiter, wenn sie sicher war, dass er nicht mehr zuhören konnte. Sie vergewisserte sich, indem sie sich jedes Mal umdrehte, wenn er ging.

„Ich weiß es!", sagte sie eher zu sich selbst, aber Carl verfügte über ein ausgezeichnetes Gehör.

„Was weißt du?", fragte er, obwohl er in der Wohnzimmertüre stand und Nikita auf der anderen Seite des Raumes neben dem Couchtisch, da, wo der Leichnam gefunden worden war.

Sie ließ die Hand mit dem Mobiltelefon sinken. Während sie das Foto gemacht hatte, war es ihr plötzlich bewusstgeworden. Jetzt starrte sie etwas verwirrt auf die Tischplatte und dachte über Carl nach. Der Kerl fuhr den ganzen Sommer über mit einem ultralauten Motorrad durch die Gegend, ging zwei Mal in der Woche auf den Schießstand, ballerte da stundenlang Unmengen an Munition durch die Gegend und hörte trotzdem wie ein Luchs! Unglaublich.

„Warum mir die Tatortfotos ein komisches Gefühl verursacht haben", antwortete sie und klappte inzwischen etwas umständlich die Polizeiakte auf. „Komm her, sieh es dir an."

Er öffnete den Reißverschluss seiner Regenjacke, während er den Raum durchquerte. „Dir ist klar, dass du auf der Leiche stehst?"

Nikita hielt ihm eines der Tatortfotos unter die Nase: „Hier das war es, das habe ich gesehen. Sieh mal, der ganze Raum ist in Unordnung. Die Schubladen da drüben im Wandschrank, alle herausgerissen, der Inhalt und das Zeug, das anscheinend zuvor in den Regalen stand, über den Boden verstreut. Die Bücher aus dem Bücherboard – die meisten liegen auf dem Boden. Aber hier der Tisch! Das Kartenspiel. Sieh es dir an. Sie liegen da, als wären sie eben erst aufgelegt worden. Alle in Reih und Glied. Ich habe es noch einmal mit dem Handy fotografiert. Wenn hier wirklich ein Kampf stattgefunden hat, warum ist dann auf dem Tisch alles ordentlich, obwohl rundherum Chaos herrscht?"

Carl sah vom Ordner auf und blickte sich forschend im Raum um. Seine Augenbrauen zogen sich zusammen und langsam presste er seine Lippen aufeinander. „Stimmt! Schon ein wenig seltsam ... und...“

Sie fiel ihm ins Wort. „Genau. Seltsam, das ist der richtige Ausdruck, und genau deswegen glaube ich nicht an die Einbruchversion!“

Nikita schob ihr Handy in die Hosentasche zurück und sah ihn herausfordernd an. Vorsichtig nickend ging Carl nun zwischen den verstreuten Sachen umher.

„Ich meine zwar, dass das noch gar nichts heißen muss, aber ich habe nun auch so ein Gefühl, dass hier etwas mehr dahinter steckt... Okay. Dann machen wir jetzt folgendes: Wenn wir zurück auf dem Revier sind, klemmst du dich vor den Computer und versuchst so viel wie möglich über das Opfer herauszufinden. Ich sehe mir inzwischen die vorläufigen Ergebnisse der Spurensicherung und den Bericht aus der Gerichtsmedizin an. Dann schauen wir mal, was wir haben.“

„Der Mann war als Kartenleger tätig ... und der Kellner nervt schön langsam.“ Den zweiten Teil flüsterte sie.

Der Servierdiener trabte eben wieder an und wollte wissen, ob sie noch etwas trinken wollten – obwohl sie noch halbvolle Weingläser vor sich stehen hatten. Beide lächelten ihn gespielt freundlich an, während sie verneinten, und erst als er sich wieder wegbewegte, sprach Nikita weiter.

„Also, er war Kartenleger. Die meisten der Bücher in seinem Haus handeln in irgendeiner Art von solchen Sachen. Also, Anleitungen zum Kartenlegen, dazu unglaublich viele verschiedene Kartensets. Dann Bücher über fernöstliche Meditation, diverse Heilpraktiken, verschiedene Formen von

Channeling und so weiter und so weiter. Er hat auch etliche Wochenendseminare zum Thema Reiki-Massage absolviert und ein paar Urkunden dafür erhalten. Er war früher Buchhalter, scheint sich aber in den letzten Jahren ganz auf die Wahrsagerei oder so spezialisiert zu haben. Ich habe seine Finanzen noch nicht überprüft, aber das Haus ist ganz ordentlich und es sieht nicht so aus, als ob er Not gelitten hätte. Ich denke mal, dass er ganz gut damit über die Runden gekommen ist. Was ich von dir jetzt wissen möchte... Also, warum ich damit zu dir komme: Ich habe gedacht, du könntest mir so etwas Ähnliches wie ein psychologisches Profil dieses Mannes entwerfen, damit ich sein Umfeld nachvollziehen kann und so vielleicht dem Täter auf die Spur kommen kann."

Sylgja neigte etwas nachdenklich den Kopf zur Seite. „Weißt du, welche Karten da auf seinem Tisch gelegen haben?", fragte sie.

Nikita zuckte mit den Achseln und nahm einen kleinen Schluck von dem Bardolino, den sie zur Pasta bestellt hatte. Dass Sylgja nicht auf ihre Frage nach einem Profil des Opfers einging, störte sie zwar ein wenig, sie nahm sich aber vor, noch nicht locker zu lassen.

„Ich habe herausgefunden, dass es sich um altenglische Tarotkarten handelt, und so sind sie auf dem Tisch gelegen."

Nikita schaltete ihr Handy ein und schob es dann über den Tisch, um Sylgja das Foto zu zeigen. „Drei Karten nebeneinander, links das Gericht, in der Mitte der Tod, rechts der Turm."

Sylgja wackelte mit dem Kopf auf und ab. „Wenn er mir solche Karten legen würde ... würde ich ihn umbringen!"

Der sarkastische Unterton änderte nichts an der Aussagekraft der Worte. Nikita starrte mit offenem Mund über den Tisch.

„Würdest du?"

Sylgja strich mit den Fingern auf dem Telefon vor ihr herum. Dann zogen sich ihre Augenbrauen zusammen und einen Augenblick später begann sie sich vorsichtig mit der anderen Hand die Schläfe zu massieren.

„Das war jetzt natürlich metaphorisch gemeint, aber die Bedeutung dieser Legung ist schon durchaus als erschreckend zu bezeichnen."

Dann schwieg sie und starrte auf das Telefon. Langsam begann ihr Kopf nach unten zu sinken. Nikita hatte den Eindruck, die Frau vor ihr würde gerade im Sitzen einschlafen.

„Du meinst, wenn ich denjenigen finde, dem er die Karten gelegt hat, habe ich auch seinen Mörder gefunden?"

Das sagte sie eher laut. Zu laut wahrscheinlich, da sich das Pärchen am Tisch gegenüber sehr auffällig zu ihnen umdrehte.

„Durchaus möglich. Wer weiß, keine Ahnung, aber eigentlich sieht es eher so aus, als ob er sie für sich selbst gelegt hätte."

Sylgja schüttelte sich und hob wieder ihren Kopf, der zuvor nur noch knapp zehn Zentimeter vom Bildschirm entfernt gewesen war.

„Das würde dann auch gleich der Bedeutung entsprechen, wie sie daliegen. Das hier finde ich total spannend ... hast du mehr solcher Papiere bei ihm gesehen?"

Sie schob das Handy wieder in Nikitas Richtung und deutete auf ein Blatt Papier, das in der unteren Ecke des Fotos zu sehen war. Sie hatte den Ausschnitt auf das Maximum vergrößert. Ihr Interesse schien geweckt. Genau genommen wirkte sie extrem aufgeregt. Augenscheinlich aber nicht, weil sie der jungen Ermittlerin bei der Jagd nach einem Mörder behilflich sein durfte. Ein wenig irritiert über die Reaktion ihrer

Freundin beugte sich Nikita vor und sah sich das Bild noch einmal an. Da lag wirklich ein Blatt Papier, gleich neben dem Tischbein im Schatten unter der Tischplatte. Auf den ersten Blick schien es aus einem alten Buch zu stammen und sie wunderte sich, dass es ihr bisher nicht aufgefallen war. Es sah aus wie eine alte Handschrift. Ein A4-Blatt, welches einmal mittig gefaltet gewesen war. Eine Kaffeetasse musste darauf abgestellt worden sein, man konnte sogar den Rand darauf erkennen.

„Nein, ich glaube nicht."

„Das ist seltsam!" Sylgja schüttelte ein wenig ihren Kopf.

„Warum? Was ist das? Ist es wichtig?"

Auf ihre Frage bekam Nikita ein weiteres Kopfschütteln.

„Ich bin nicht wirklich sicher, aber es sieht auf jeden Fall aus, als wäre es aus einem sehr alten Buch herauskopiert worden. Ich hatte erst vor ein paar Wochen etwas sehr Ähnliches in den Händen. Ich wurde um eine Expertise gebeten, hab aber bis jetzt noch keine Zeit dazu gehabt. Dieses Blatt Papier sieht dem, was ich da bekommen habe, sehr ähnlich. Ich kann es auf dem Handy nicht genau erkennen ... Ach ja, genau! Es hatte irgendwie mit deinem Tattoo zu tun, die Seite, die ich dir heute gezeigt habe. Das ist ganz und gar erstaunlich. Was für eine seltsame Parallele!" Für einen Moment starrte Sylgja ihre junge Freundin mit offenem Mund an.

„Kannst du mir dieses Papier zukommen lassen? Oder kannst du mich dorthin bringen? Ich meine, in dieses Haus. Das wäre ja überhaupt am besten. Ich muss mir das unbedingt genauer ansehen ... vielleicht hat er noch mehr davon."

Perplex saß Nikita da. Eigentlich war sie es ja, die sich Unterstützung von ihrer ehemaligen Lehrerin erwartet hatte und jetzt... Ihr eigenes Anliegen war plötzlich total nebensächlich und das, obwohl es um die Aufklärung eines

Kapitalverbrechens ging. Stattdessen sollte sie nun Lesestoff für ihre alte Freundin besorgen?

Wie lange Nikitas Benommenheit anhielt, war nicht genau abzuschätzen. Sie hatte jedenfalls nicht bemerkt, dass Sylgja dem Kellner gewunken hatte. Immer noch verdattert sah sie Sylgja nun auch beim Begleichen der Rechnung zu.

„Du meinst jetzt?!"

„Ich muss aber unbedingt mit rein, Mädchen... Du weißt ja gar nicht, wonach du suchen sollst!"

Das aufgeregte Flüstern hinter Nikita erschreckte sie. Ein Stoßseufzer begleitete ihr ungläubiges Kopfschütteln. Lang und breit hatte sie vorhin im Auto versucht Sylgja zu erklären, dass diese nicht mit in das Haus kommen konnte. Es war ja immerhin ein Tatort. Von der Polizei versiegelt. Streng genommen sollte nicht einmal sie selbst jetzt da reingehen, geschweige denn etwas mitnehmen, das Beweismaterial darstellen könnte. Sie hatte Sylgja dann einfach im Wagen sitzen lassen und war über den schmalen Kiesweg zur Tür gegangen. Den Schlüssel zur Haustüre hatte sie noch von der Tatortbesichtigung am Vormittag bei sich und zog ihn nun aus ihrer Jackentasche. Doch dann wurde die Verwunderung darüber, dass ihre alte Lehrerin trotz ihres ausdrücklichen Verbots doch hinter ihr stand, von der Überraschung darüber abgelöst, dass hinter der Oberlichtverglasung der Eingangstür ein flatternder Lichtschein vorbeizog.

„Runter, Sylgja!"

Gleich darauf war ein leises Schnappgeräusch zu hören und plötzlich sprang ein Schatten aus der in tiefer Dunkelheit liegenden Hausecke. Unglaublich schnell lief die schemenhafte Gestalt zu der hüfthohen Hecke, die den Vorgarten vom

Nachbargrundstück trennte. Einige schwere Atemstöße im diffusen Dunkelblau der Nacht, das rasch leiser werdende Trappeln der Schritte durch feuchtes Gras und eine Schrecksekunde später rannte Nikita auch los. „Bleib da und rühr dich nicht!"

Als Nikita auf die Straße sprintete, konnte sie die Richtung nur ahnen. Man könnte es Instinkt nennen, jedenfalls dauerte es nur ein paar Sekunden, bis sie die Schattengestalt hinter dem Wartehäuschen der Bushaltestelle auf der anderen Straßenseite laufen sah. Ihre Waffe hatte sie bereits in der Hand, aber bevor sie zielen konnte, duckte die Gestalt sich hinter einen großen Abfallbehälter. Nikita verlangsamte sofort ihre Schritte. Die Dienstwaffe im Anschlag ging sie vorsichtig, Schritt für Schritt, auf die Container zu. Obgleich sie sich auf einen Angriff vorbereitete, war sie doch erleichtert, als sie die Gestalt völlig ruhig im fahlen Lichtstreifen der Straßenlaterne dastehen sah.

„Nimm die Hände hoch und komm vor!"

Die Kapuze war tief ins Gesicht gezogen und die Person trug Handschuhe. Zögerlich machte sie ein paar Schritte auf Nikita zu.

„Nimm die Scheißkapuze runter! Langsam!", schnauzte Nikita.

Die Frau war um einiges jünger als Nikita. Neunzehn, vielleicht zwanzig Jahre, schätzte die Polizistin. Kurze, sehr rot gefärbte Haare, schlank, etwa ein Meter sechzig.

„Hände in den Nacken und ruhig bleiben!" Nikita tastete sie hastig nach versteckten Waffen ab, während sie immer noch mit ihrer eigenen auf sie zeigte. „Was hast du in dem Haus gesucht? Was wolltest du dort, erzähl mal?"

Mit unbewegter Miene stand die junge Frau da.

„Ich bin gerade nach Hause gekommen. Bist du noch munter? Möchtest du dich auf ein Glas Wein treffen?"

Obwohl sie nicht richtig müde war und im Prinzip zufrieden sein könnte, seufzte Nikita, als sie die SMS auf ihrem Handy las. Der Umstand, dass sie vor etwa zwei Stunden eine erste Verdächtige in einem Mordfall gefasst hatte, müsste sie eigentlich fröhlich stimmen, doch irgendwie passte da einiges nicht. Dieses unterschwellig flaue Gefühl hatte sie schon erfasst, bevor noch die vom nächsten Posten herbeigeholten Polizisten ankamen, um die Verdächtige abzuführen. Nikita bildete sich einiges auf ihre hohe Überzeugungskraft ein, doch die Frau hatte stur geschwiegen. Ihre erste kurze Befragung der Verdächtigen war also keineswegs zufriedenstellend gewesen. Das Blatt Papier war nicht mehr unter dem Tisch. Es war wohl von der Spurensicherung mitgenommen worden und bei ihrem darauffolgenden Rundgang durchs Haus fanden sich keinerlei weitere Hinweise auf Sylgjas Seite mehr. Somit blieb der eigentliche Grund für dieses nächtliche Abenteuer ebenso unbefriedigt. Die Enttäuschung darüber war ihrer Lehrerin deutlich anzumerken und das wiederum schlug Nikita ein wenig auf den Magen.

Die Dunkelheit in ihrem kleinen Vorzimmer umschloss sie wohlig, doch diese seltsame Unzufriedenheit wollte nicht so recht verschwinden. Sie wohnte noch immer in Nyhavns. Nicht in der Wohnung ihrer verstorbenen Mutter, aber nur ein paar Gassen davon entfernt und es war ihr ein echtes Zuhause geworden. Ein richtiger Glücksfall war diese Bleibe gewesen, als sie vor etlichen Jahren Hals über Kopf die elterliche Wohnung nach dem letzten großen Streit für immer verlassen hatte.

„Heute nicht mehr. Ein anderes Mal vielleicht. Muss morgen früh raus. Danke fürs Fragen und gute Nacht."

Sie setzte noch ein Küsschen-Emoji dahinter. Mit einem weiteren leichten Seufzer lehnte sich Nikita mit dem Rücken an die schmale Schuhkommode. Während ihre Hände nach unten sanken, ließ sie ihren Kopf in den Nacken gleiten. Sie schloss ihre Augen und die diffuse Finsternis ihrer Umgebung wurde zur tiefsten Schwärze. Das undurchdringliche Nichts tat ihr gut, denn sie war sich im Moment gar nicht so sicher, was sie eigentlich wollte.

„Hi ... ich bin Helga.“

Sie kam breit lächelnd auf Nikita zu und streckte ihr die Hand entgegen. Ihre Lippen kräuselten sich ein wenig und Nikita kam nicht umhin ihre auffallend schönen Zähne zu bewundern. *Fast zu perfekt ... genauso wie ihre Brüste!* In diesen Gedanken lag komischerweise keinerlei Sarkasmus oder gar Neid. Die Masseurin hatte tatsächlich ein beeindruckendes Erscheinungsbild.

Samstagvormittag vor zwei Wochen war sie wie immer um 10:00 Uhr in der Sportschule angekommen, um sich für die nächsten neunzig Minuten an den Geräten ins Zeug zu schmeißen. Wie üblich danach einen Massagetermin bei Hans zu absolvieren und dann den restlichen Tag zu chillen. Nikita hatte es sich zum Ritual gemacht, die Samstage nach bester Möglichkeit ausschließlich für sich zu verwenden, um Kraft und Energie zu tanken. Sie war beinahe verärgert darüber, dass Hans, der gebürtig deutsche Masseur, heute anscheinend nicht da war. Eher widerwillig stimmte sie zu, sich stattdessen von einer Aushilfe massieren zu lassen.

Das änderte sich, als sie der auf Anhieb sympathischen Frau die Hand schüttelte.

„Fangen wir gleich an?“

Nikita nickte nur und legte sich auf das Massagebett. Während sie erst einmal den Schulter- und Nackenbereich durchgeknetet bekam, der durch das gerade zuvor absolvierte Krafttraining noch ordentlich angespannt war, führten die beiden ein wenig Smalltalk. Nikita erfuhr, dass die Masseurin nebenberuflich hier arbeitete, um sich ein wenig dazu zu verdienen. Dass sie die Praktiken durch Seminare erlernt hatte und über entsprechende Diplome verfügte. Für eine dauerhafte Beschäftigung wäre ihr aber der Verdienst zu wenig und so weiter und so fort.

Irgendwann waren die mit duftendem Öl beträufelten Hände ein wenig sanfter und die harten Bewegungen auch ein wenig geschmeidiger geworden. Während die Stimme der Masseurin eine beinahe meditative Atmosphäre erzeugte, hörte Nikita auf zu antworten und begann sich, wie in einer zeitlosen Seifenblase getragen, auf eine für sie ganz und gar unbekannte Art zu entspannen.

Das bemerkte sie erst, als sie leise, aber in gewisser Weise viel zu genussvoll aufstöhnte.

„Oh Gott ... hoffentlich hat sie das jetzt nicht gemerkt!"

Nikita fühlte neben diesem unglaublich angenehmen Kribbeln in ihrem Bauch auch eine durchaus verstörende Scham in sich aufsteigen. Das kannte sie so nicht. Sie schien alles rund um sich zu vergessen, irgendwie die Kontrolle verloren zu haben. Ihre zwiespältigen Empfindungen verwirrten sie zutiefst. Sie spürte diese zarten Hände, wie sie langsam mit leichtem Druck auf ihren Waden entlang glitten. Bis zu ihren Hüften hoch und wieder nach unten, vorsichtig in ihren Kniekehlen massierten und an den Innenseiten beider Oberschenkel gleichzeitig nach oben streiften. Sie bemerkte ein leichtes Beben an ihrem Unterbauch, als die Masseurin nur für einen Sekundenbruchteil ihre Pobacken – wohl unbeabsichtigt – ein wenig anhob und sie kurz nachschwangen.

„Soll ich dir auch eine Fußreflexzonenmassage machen? Gibt's gratis dazu!"

Sanft glitten ihre Hände an Nikitas Schenkeln entlang und blieben dann auf den Waden liegen. Nikita hatte das Gefühl, eine Ewigkeit wäre vergangen, bis sie endlich antwortete.

Wow, was war das gerade? Das warme Wasser rieselte über ihr Gesicht und sie strich sich mit beiden Händen über die triefnassen Haare. Die Begegnung mit dieser Frau ging ihr nicht mehr aus dem Kopf. Fast schon fluchtartig hatte Nikita den Massageraum ohne abschließende Fußmassage verlassen und gehofft, die Geschichte gleich wieder vergessen zu haben. Jetzt stand sie seit fünf Minuten unter der Dusche und dieses höchst seltsame Kribbeln in der Magengegend verschwand trotzdem nicht?

„Stört es dich, wenn ich mich dazu stelle?"

Nikita blickte über ihre Schulter, als die Stimme sie aus ihren Gedanken riss. Leicht erschrocken grinste sie, schüttelte ihren Kopf und drehte sich wieder zur Mauer, während ihr plötzlich unsagbar heiß wurde. *Warum habe ich mich bloß unter die Viererdusche gestellt?* Der Waschraum in den Damenumkleideräumen der Sportschule war mit zwei transparenten Einzelkabinen und einer Gemeinschaftsdusche mit vier nebeneinanderliegenden Brauseköpfen ausgestattet. *Weil du immer da stehst, blöde Kuh!*

„Entschuldige. Kannst du mir bitte den Rücken einseifen?"

Jetzt erschrak sie wirklich, drehte sich aber trotzdem sofort um. Eine Sekunde, zwei, viel zu lange wahrscheinlich – und wahrscheinlich auch zu intensiv – sah Nikita die Frau an. Sie hatte ihre kurzen schwarzen Haare nach hinten gestreift. Mit einer Hand hielt sie ihr das Duschgel hin und die andere Hand lag auf ihrem Bauch. Helga war um zwei, drei Zentimeter größer als sie selbst und etwa ein, zwei Kilo leichter. Obwohl sich Nikitas Pupillen nicht bewegten, erfasste sie die Schönheit der Frau vor sich neidlos. Ihr Busen hatte genau die richtige Größe in Relation zu ihren Schultern und dem schlanken Hals. Das Becken war ein wenig breiter als ihres. Die Beine stramm, leicht muskulös und lang. Geistesabwesend streckte Nikita ihren Arm aus und griff nach der Plastikflasche. Die Masseurin lächelte. Sie hob beide Arme und streifte sich mit den Händen nochmal übers Haar. Dann drehte sie sich um, die Hände immer noch im Nacken. Nikita spürte ein leichtes Beben in ihrem Hals und holte Luft, als ihre Hand die Haut der Frau berührte und sie nur für den Bruchteil einer Ewigkeit den Hintern vor sich betrachtete.

Es dauerte fünf, sechs Sekunden, dann reichte Nikita die Flasche wieder nach vorn.

„Gute Marke, oder? Ich finde, dass es einen wirklich fantastischen Geruch hat." Helga hatte sich umgedreht und träufelte etwas von dem Duschbalsam auf die Hand. „Du musst es einmal auf deiner Haut riechen ... Hier!"

Die Frau überrumpelte sie. Sie stand aber auch nur einen halben Meter vor ihr und deshalb hätte Nikita gar nicht schnell genug antworten können. Sie wusste auch nicht wirklich, was da gerade passierte. Immerhin war sie von der Frau vor knapp zehn Minuten noch massiert worden. Zu sagen, dass sie von ihr nicht angefasst werden wollte, würde ja auch nicht stimmen. Nikita hatte ihren Kopf ein wenig gesenkt, ihr Brustkorb hob und senkte sich rasch. Die Hände der Masseurin glitten in langsamen, leicht kreisenden Bewegungen über ihren Busen und Nikita fühlte die Hitze in ihrem Schoß aufsteigen. Wie erstarrt stand sie da und genoss es unsagbar, wie die Handflächen über ihre steif gewordenen Nippel rieben. Eher über sich selbst und ihre Gefühle erschrocken blickte Nikita scheu auf. Ohne ihren Kopf zu heben, sah sie in ein Paar hellblauer Augen, verlor sich völlig im Lächeln dieser schönen Frau und ebenso, ohne es zu bemerken, kam ihr Gesicht immer näher. Nikitas Lippen öffneten sich ganz leicht. Der Moment, als Helgas Zunge in ihrem Mund ankam, war einer der erotischsten ihres bisherigen Lebens. Die Sinnlichkeit des Augenblicks raubte ihr geradezu den Atem, während ihre Lippen miteinander verschmolzen, genauso wie ihre Zungen. Es dauerte wahrscheinlich eine ganze Minute, oder auch zwei, bevor sie die Masseurin sanft von sich wegdrückte. Zu heiß waren ihre Berührungen, zu aufregend ihre weichen, sanften Hände zwischen ihren Schenkeln, auf ihrem Bauch, ihrem Hintern. Nikita trat einen Schritt zurück und lehnte sich mit dem Rücken an die Fliesen. Ihre Hand tastete ein wenig herum und dann drehte sie die Wasserzufuhr ab. Ihr war so unsagbar heiß. Sie atmete schwer und sah etwas verschämt in Helgas Richtung.

„Es … es tut mir leid", stammelte sie, „weißt du, ich bin keine… Missversteh mich nicht, du bist eine wunderschöne Frau, aber ich bin keine Lesbierin. Der Kuss war schön, aber ich mag Männer, und ich mag Sex … also Sex mit Männern, meine ich, und ich hatte noch nie etwas mit einer Frau. Also, ich bin nicht lesbisch…"

„Das fühlte sich jetzt aber ganz anders an… Bist du dir sicher?"

Diese Hübsche schien sich ein wenig zu amüsieren. Ihr Grinsen war dennoch betörend.

„Ja, bin ich, und jetzt Schluss, okay!" Nikita grinste ebenfalls und urplötzlich schien sich die situative Anspannung in Luft aufgelöst zu haben.

Viel zu sanft strich die Hand der Polizistin über Helgas Arm, als sie an ihr vorbei ging, um den Duschbereich zu verlassen. Ohne sich umzudrehen, griff sie nach ihrem Badetuch, das auf der Holzbank in der Mitte des Duschraumes lag. Sie wickelte sich darin ein und sah noch einmal lächelnd über ihre Schulter. Dann musste sie laut lachen, als ihr Helga unvermittelt zuzwinkerte, während sie breit grinste und ihr dann die Zunge rausstreckte.

„Das ist das italienische Restaurant, in dem ich abends arbeite. Wenn du magst, besuch mich und wir trinken ein Glas Wein zusammen, wenn ich Feierabend habe. Da steht auch meine Telefonnummer darauf."

Helga stand neben Nikitas Spind und hielt ihr das Kärtchen hin. Sie hatte einen enganliegenden roten Jogger an, weiße Sneakers und über ihrer Schulter hing eine schwarze Sporttasche.

„Okay. Das mache ich vielleicht wirklich." Gedankenverloren blieb Nikitas Blick an der davonschwebenden Silhouette hängen.

„Wie bitte!"

„Unsere Verdächtige ... sie wurde heute Morgen tot aufgefunden."

Carl musste es ein zweites Mal sagen, weil Nikita es offenbar akustisch nicht richtig verstanden hatte. Der Wasserkocher hatte sich gemütlich eins weggepfiffen, als sie in ein weißes Badetuch gewickelt in die Küche kam und ihr Telefon blinken sah. Nur deshalb wusste sie überhaupt, dass es läutete. In den leiser werdenden Pfeifton hinein hatte Carl gegrüßt und danach direkt die Neuigkeit präsentiert.

„Echt jetzt?" Sie musste sich setzen. „Einfach so? Wurde sie verhört? Haben wir ein Geständnis?"

Die Antwort dauert eine Weile.

„Nein, gar nichts haben wir. Das Mädchen schien gestern in ihrer Zelle eine Art epileptischen Anfall gehabt zu haben. Die Beamten haben daraufhin den Rettungsdienst verständigt und sie wurde ins Krankenhaus verlegt. Ein Polizist war vor ihrem Krankenzimmer postiert. Heute Morgen hat er sie dann tot aufgefunden. Du wirst es nicht glauben ... die hat ihre Zunge verschluckt!"

„Das geht gar nicht."

Der wahnsinnig erschöpft aussehende Pathologe hatte seine runde Nickelbrille in der Hand und polierte die Gläser derselben mit dem Zipfel seines reinweißen Arbeitskittels, den er über der hellblauen Arbeitskleidung trug.

„Zunge verschlucken ist ein absolut falscher Ausdruck. Es kann passieren, dass bei einem bewusstlosen Menschen, der auf dem Rücken liegt, die Zunge so weit in den Rachen rutscht, dass er daran erstick... erstickt... ersticken kann." Er setzte die Brille wieder auf und plötzlich zuckten seine Augenbrauen. „FOTZE... SCHEISDRE... FOTZENSCHEI... SCHEI ... SCHEI!"

Es beutelte ihn, während er so unvermittelt die unfertigen Schimpfworte aus seinem zuckenden Mund spuckte. Für einen Augenblick zeigte sich dabei eine exorbitante Ähnlichkeit mit dem Leadsänger einer englischen Punkband aus den späten 80iger Jahren, über die Nikita erst vor wenigen Tagen eine Dokumentation gesehen hatte. Sie zog erschrocken und völlig überrascht ihren Kopf in den Nacken und drehte sich zu Carl um. Der presste nur seine Lippen aufeinander, während er weiter auf das aschfahle Gesicht der toten jungen Frau mit den knallroten Haaren starrte.

„Oder, so wie in diesem Fall hier, wenn der Unterkiefer gebrochen ist, so dass die Muskulatur erschlafft und die Zunge praktisch in den Rachen fällt. Dadurch werden die Atemwege verstopft und man erstickt."

Die Mundwinkel des Pathologen zuckten noch einmal. Dann schob er mit einem kräftigen Ruck die Lade mit der Leiche zu und Nikita hatte das Gefühl, der Typ würde sich gar nicht an seinen Ausbruch erinnern.

„Tourette-Syndrom. Trotzdem ist er ein wirklich guter ,Mediziner. Der Umgang mit ihm ist vielleicht ein bisschen gewöhnungsbedürftig, du hättest dein Gesicht sehen sollen."

Nikitas abfälliger Blick als Antwort auf Carls Amüsiertheit war nicht so ernst gemeint.

„Ja, schon gut!"

Natürlich war ihr klar, dass er ihr ganz bewusst dieses spezielle Detail zur Person des Pathologen verschwiegen hatte. Es war das erste Mal, dass sie im Leichenschauhaus der Landesklinik gewesen war und wahrscheinlich hatte sich ihr Kollege sogar schon auf genau so eine Situation gefreut. Ihr war es egal, es war ein weiterer kleiner Puzzlestein im Charakter ihres Kollegen und außerdem hatte der Fall jetzt eine echt spannende Komponente mehr bekommen.

Sie hatten eben die Pathologie verlassen und waren auf dem Weg nach unten, um mit dem Polizisten zu reden, der für die Bewachung der Verdächtigen abgestellt worden war. Nachdem ihnen der Mediziner erklärt hatte, dass die junge Frau in Folge des Kieferbruchs gestorben war und er bezweifelte, dass sie ihn sich selbst gebrochen haben könnte, gab es jetzt einen zweiten

Todesfall, den es aufzuklären galt. Möglicherweise sogar Doppelmord. Der abschließende Befund über den Tod des Kartenlegers hatte ergeben, dass er mit einem stumpfen Gegenstand von hinten erschlagen worden war. Die Verletzungsspuren stimmten aber mit keinem im Haus gefundenen Gegenstand überein und laut Spurensicherung konnte auch die Position des Leichnams nicht mit einem Sturz auf ein Möbelstück erklärt werden. Dass die Einbrecherin von gestern den Kartenleger ermordet haben könnte, schien inzwischen eher unwahrscheinlich. Irgendwie passte da im Moment gar nichts zusammen.

„Schicken sie das Video an unsere IT-Abteilung. Die können uns hoffentlich ein halbwegs brauchbares Bild von dem Kerl extrahieren, dann haben wir zumindest ein Fahndungsfoto."

Carl wandte sich vom Tresen ab. Der Polizist, der dahinter neben der Krankenschwester stand, nickte immer noch, als wäre er batteriebetrieben, während er sich exzessiv am Arm kratzte. Für einen Augenblick stützte Carl sich mit der Hand an der Wand ab, schüttelte mit geschlossenen Augen den Kopf und nach einem resignierten Seufzer deutete er Nikita zu gehen.

Sie hatten die Aufnahmen der letzten Nacht vorgespult bis zu dem Augenblick, als die Polizisten mit der Verhafteten im Krankenhaus eingetroffen waren. Dann weiter, bis zu dem Zeitpunkt, als ein Mann mit weißem Halskragen das Krankenhaus betrat. Hier erwähnte der Polizist zum ersten Mal, dass in der Nacht ein Besucher bei der Verdächtigen gewesen war.

Bevor Carl dem Polizisten klarmachte, dass es sich nicht um einen ‚normalen' Todesfall, sondern um einen Mord handeln dürfte, war der laut Bericht während seiner Aufsicht nur einmal kurz weg gewesen. Er hätte aber vorher die Nachtschwester gebeten, darauf zu achten, dass niemand das Zimmer der Verdächtigen betrat.

Danach erst ergänzte er seinen Bericht um dieses nicht unwesentliche Detail. Sie spulten das Video noch weiter vor und einige Minuten später sahen sie den Geistlichen in Begleitung des Polizisten wieder an der Rezeption auftauchen. Der Polizist führte noch ein kurzes Gespräch mit der Krankenschwester, nachdem der Besucher gegangen war, bevor er selbst aus dem Aufnahmebereich verschwand.

„Das ist unfassbar!" Carl hatte sich von ihr weggedreht und starrte aus dem Beifahrerfenster.

Der Beamte hatte erklärt, dass er keine Notwendigkeit gesehen hatte, den Priester nach einer Legitimation zu fragen. Der hatte ihm gesagt, dass er von der katholischen Erzdiözese geschickt worden war, um der Verdächtigen Trost zu spenden. Sein Priesterkragen und sein Verhalten waren dermaßen glaubhaft, dass der Polizist gar nicht auf die Idee kam, den Ausweis zu registrieren oder zumindest auf Authentizität zu prüfen. Wenn es keine Videoüberwachung im Foyer des Krankenhauses gegeben hätte, hätten sie jetzt nicht einmal den Funken einer Hoffnung, diesen Mann jemals zu finden.

„So ein Vollidiot!"

Nikita konnte die Verbitterung des Ermittlers nachvollziehen. Sie selbst war geradezu fassungslos über die Schlamperei des Polizisten, hatte aber eine halbwegs verständliche Entschuldigung für das Fehlverhalten des Kollegen parat.

„Es kennt sich kaum jemand bei uns mit den Gepflogenheiten der katholischen[2] Kirche aus. Der hatte einfach Angst, was falsch zu machen … und hinterher dann vielleicht ein Dienstrechtsverfahren zu bekommen, nur, weil er nicht auf die spirituellen Ansprüche einer Inhaftierten eingegangen ist, die einer religiösen Minderheit angehört … Das ist nicht so abwegig, gab es ja schon in der Vergangenheit. Ich kann ihn fast verstehen." Sie strich sich mit dem Daumennagel über eine Augenbraue.

„Aber er hätte überprüfen müssen, ob es dem Mädchen gut geht. Nur kurz in das Zimmer schauen ist da wirklich zu wenig! Ich verstehe die nicht! Um die religiösen Ansprüche zu gewährleisten? Hallo! Die stand immerhin unter Mordverdacht!"

Carl sah immer noch aus dem Fenster. Er war offensichtlich kurz davor zu explodieren. Seine Resignation war für Nikita durchaus nachvollziehbar.

„Ich meine ja nur… Ach was, vielleicht hat der Nachtdienst einfach zu lange gedauert für ihn", fügte sie hinzu, als sie in den Parkplatz vor dem Revier einfuhr.

Außer einem lauten „Mmh" kam nichts mehr von Carl, bis sie eingeparkt hatte. Er öffnete die Tür, stieg aus, blieb dann wie angewurzelt stehen und starrte in den strahlend blauen Himmel. Als er seinen Blick wieder senkte, wirkte er ein wenig entspannter und sagte über das Autodach hinweg: „Bevor wir ins Büro gehen, sehen wir uns noch die Sachen von dem Mädchen an, die wurden ja wenigstens in der Früh noch hergebracht. Danach klemmen wir uns vor unsere Computer und schauen mal, ob wir irgendetwas herausfinden, was uns weiterhilft. Im Moment sieht es ja fast so aus, als ob wir einen

---

[2] Die römisch-katholische Kirche ist in Dänemark eine Minderheit. Ihr Anteil beträgt nur etwa 0,8 % der Gesamtbevölkerung.

katholischen Priester als Hauptverdächtigen in zumindest einem, wahrscheinlich sogar zwei Mordfällen hätten... Oder sehe ich das falsch?"

Nikita schlug ein paar Mal auf das Autodach, als wäre es eine Bongotrommel. Es war klar, dass Carl damit keine Frage gestellt hatte. Es war eine logische Schlussfolgerung.

„Sehe ich auch so!"

„Sieh dir das an, Carl", sagte Nikita und beugte sich leicht zur Seite, um Carl an ihrem Bildschirm vorbei ansehen zu können. „Glaubst du an Zufälle?"

Als ihr Kollege neben ihr stand, deutete sie mit dem Zeigefinger auf einen Bereich des Bildschirms: „Unser Kartenleger – ich habe gerade die E-Mail aus der Datenabteilung bekommen, mit den meisten seiner persönlichen Unterlagen. Staatsbürgerschaftsnachweis, Geburtsurkunde und so weiter. Beim Durchsehen bin ich auf etwas echt Interessantes gestoßen. Er hatte einen Bruder."

Carls Gesicht hätte einem völlig zugedröhnten Haschischkonsumenten, der zum ersten Mal in seinem Leben einen Delphin auf einem Skatebord sieht, Konkurrenz machen können. Das langgezogene, „eeeecht waaahr?", unterstrich die ironische Darstellung noch.

Nikita musste über sein gelangweiltes Interesse lachen, redete aber weiter: „Dieser Bruder, er heißt Asger Chuerro, ist ein katholischer Priester. Was sagst du dazu?"

Carl war plötzlich sehr aufmerksam. „Haben wir eine Adresse?"

Für einen Haftbefehl reichten die Verdachtsmomente nicht aus. Eine erste Theorie, die Einbrecherin könnte im

Zusammenhang mit dem Tod des Kartenlegers eine tragende Rolle spielen und wäre deshalb vom rachesuchenden Bruder des Getöteten gemeuchelt worden, war den übergeordneten Stellen zu vage. Nach dem frustrierenden Telefonat mit seinem Vorgesetzten hatte Carl eine seiner typisch sarkastischen Tiraden auf die seiner Aussage nach „lahmarschigste Bürokratie" ganz Europas abgelassen. Eine ganze Minute lang starrte er schweigend aus dem Fenster, bevor er in seine Schreibtischlade griff und seine Dienstwaffe herausnahm. Das Zeichen für Nikita, dass sie aufbrechen würden.

„Na gut! Dann unterhalten wir uns halt einfach nur mit dem Kerl! Er war ja anscheinend der letzte, der das Mädchen lebend gesehen hat. Ich glaube er hat uns einiges zu erklären. Du fährst."

Die Wohnung des Bruders lag im ersten Stock eines der typischen Mietswohnhäuser im heruntergekommensten Teil des Stadtviertels Nørrebro. Die Aprilsonne ließ bereits kräftige Lebenszeichen des Frühlings spüren. Die abblätternden und rissigen Anstriche an den Hausfassaden wirkten nicht mehr ganz so fahl und marode. In jüngster Zeit erfuhr diese Gegend einen gewissen Aufschwung als multikultureller Treffpunkt und über die 'gehypten' Orte und Lokale zog es nun auch immer mehr Touristen an. Doch in den Seitenstraßen lebte die Tristesse ihr Schattendasein weiter. Hierher schien sich wohl so gut wie nie Tageslicht oder ein Fremder zu verirren. In kleinen Pfützen und Rinnsalen neben dem Gehsteig klumpte sich Tierkot und Abfall zu kleineren und größeren Haufen. Kotze auf der Straße und unterschwelliger Uringeruch, überlagert vom Gestank aus aufgeplatzten Müllsäcken, erzeugte die faulige Atmosphäre der Hoffnungslosigkeit. Ein Obdachloser kauerte zusammengerollt in einem der dunklen Hauseingänge. Hier zeigte sich das wahre Gesicht hinter der von der Tourismusbranche schöngezeichneten Kopfsteinpflastermelancholie.

Mit einem lauten Scheppern fiel das Haustor hinter Nikita zu und Carl sah sie strafend an. Sie zuckte entschuldigend mit den Schultern, sie hatte sich auch erschrocken. Eine einzige Glühbirne erhellte das Treppenhaus. Nikita war fast froh darüber. Es erschien ihr beruhigend, nicht genau zu erkennen, warum ihre Schuhsohlen bei jedem Schritt auf den Stiegen zu kleben schienen.

„Da vorne", sagte Carl.

Nikitas Hand strich langsam über das Holz des abgegriffenen Handlaufs am Aufgang. Sie sah, wie Carl in Zeitlupe seinen Arm hob, um auf die Türe zu deuten. Sie nahm wahr, dass sich seine Lippen bewegten, aber hörte nichts mehr. Schummrige Ringe aus dem Nichts formten einen grauschwarzen Tunnel vor ihren Augen.

**

Das Klatschen der wuchtigen Schläge dröhnt wie Peitschenknallen über den Flur. Im Türstock hockt ein zitterndes Mädchen im zerfledderten Rüschenkleid auf dem Boden und drückt sich die Hände vor die Augen. Eine junge Frau steht neben ihr an die Wand gepresst. Sie hält ein Kleinkind in den Armen und harte Tränen zeichnen weiche Streifen auf ihre dreckigen Wangen. Da ist ein Mann mit dunkler Hautfärbung. Sein Oberkörper ist nackt. Schwitzend hockt der fettleibige Kerl auf dem Brustkorb einer halbnackt daliegenden Frau und drischt wie von Sinnen auf sie ein. Ihr Blut besudelt sein krampfendes Gesicht. Die Wand ist mit dunkelroten Spritzern befleckt. Nikita hört die schrillen Pfeiftöne einer Polizeipfeife und dreht sich erschrocken um, als Schritte auf der Treppe hinter ihr herauftrampeln. Erst als der Polizist mit seinem Knüppel in der Hand einfach durch sie hindurch stürmt und sie direkt in das zornige Gesicht des nächsten blickt, begreift sie, beinahe erleichtert, die Situation. Der Holzprügel des Polizisten trifft den Kopf des Tobenden direkt an der Schläfe. Eine breiige Blutfontäne spritzt in die Höhe und der Körper des Kerls kippt in Zeitlupe zur Seite. Genau in diesem Moment friert das Geschehen ein. Abermals formen sich schummrige Ringe aus dem Nichts, lassen das Szenario rundherum zum schemenhaften Standbild verblassen. Es wirkt wie das Ölgemälde eines alten Meisters hinter Glas und macht Nikita zur stummen Betrachterin einer schaurigen, weit zurückliegenden Vergangenheit. In dem grauschwarzen Tunnel ist nun einzig das Gesicht des Kleinkinds in den Armen der Frau zu sehen. Mit weit aufgerissenen Augen lächelt es Nikita an.

***

„Die Tür ist offen ... aufgebrochen!" Das letzte Wort war ein Flüstern. Carl deutete mit dem Finger auf das aufgebogene Türschloss.

Es war eine automatische, antrainierte Reaktion. Genauso wie Carl griff Nikita zu ihrer Waffe. In derselben Sekunde, als Carl es aussprach, sah sie selbst, dass die Eingangstüre zur Wohnung des Verdächtigen nur angelehnt war und beinahe augenblicklich rückte die Erinnerung an die Vision in den Hintergrund.

Nikita lehnte mit dem Rücken an der Wand. Ihre Waffe zeigte auf den Boden. Alle ihre Muskeln waren gespannt. Sie nickte Carl zu. Er schob seinen Kopf ein Stück vor und lugte durch den Spalt der offenen Tür. Einen Augenblick später schob er mit der Schuhspitze langsam die Türe auf, ohne seine Position neben der Tür zu verändern.

Die Wohnung bestand aus einer kleinen Küche mit integrierter Duschecke und einem Wohnschlafzimmer. Obwohl spärlich eingerichtet, herrschte absolutes Chaos. Sie war offensichtlich durchsucht worden. Der einzige Schrank im Zimmer stand offen, genauso wie alle Küchenkästchen. Sämtliche Inhalte waren über den Boden verstreut. Zerbrochenes Geschirr lag auf dem Küchenboden und im Wohnzimmer lagen Kleidung und einige Gegenstände herum. Ein wuchtiger Schreibtisch, der außer einem Wäscheschrank und einem zerwühlten Einzelbett in dem Zimmer stand, war übersät mit Büchern, Ordnern und weiteren Papieren, die augenscheinlich zuvor in den Regalen darüber verstaut gewesen waren. Einige Blicke reichten aus, um zu wissen, dass sich niemand in der Wohnung befand.

Als erstes war Nikita der Geruch aufgefallen. *Ein bisschen zu blumig für die Wohnung eines älteren Herrn.* Sie trat zum Schreibtisch. Unter dem Fenster direkt daneben lag eine abgewetzte Reisetasche aus armeegrünem Canvas und ein kleiner Haufen Wäsche. Carl war inzwischen mitten im Raum stehengeblieben. Er hatte seine Arme vor dem Oberkörper verschränkt und sah sich um.

„Das ist das Zeug einer Frau. Unterwäsche, T-Shirts ... ein Kosmetiktäschchen."

Nikita hatte sich über den Haufen gebeugt und sprach quasi in die Tasche hinein, die sie mit beiden Händen offenhielt. Die Tasche blieb ihr eine Antwort schuldig, aber Carl antwortete ihr. Sein Kopf bewegte sich langsam auf und ab, er hatte auch schon sein Telefon in der Hand. Während er zu wählen begann, drehte er sich zu ihr um.

„Ich veranlasse, dass unsere Leute herkommen, um die Wohnung zu sichern. Sehen wir uns inzwischen ein bisschen um. So, wie es hier aussieht, sind wir nicht die einzigen, die etwas von dem Kerl wollen. Ich glaube ja nicht, dass er seine Wohnung selbst so verwüstet hat. Hier ist jemand eingebrochen und dieser jemand hat nach etwas gesucht..." Er deutete mit dem Kopf auf die Stofftasche in Nikitas Hand. „Vielleicht hat er sogar gefunden, wonach er gesucht hat."

Der lange Kerl saß in dem Drehsessel vor dem Schreibtisch und kramte in den Papieren des Verdächtigen herum, als er Nikita rufen hörte. Im Türrahmen stehend winkte sie ihm mit einem Heftordner.

„Hier, sieh dir das an, das muss etwas mit den Morden zu tun haben! Ich habe dir doch erzählt, dass ich mich mit meiner alten Freundin Sylgja Christensen getroffen habe. Du weißt schon."

Stumm nickte er ihr zu während sich seine Augenbrauen zusammenzogen.

„Und ich habe dir erzählt, dass sie komplett fertig war wegen irgendeiner Kopie aus einem alten Buch, das auf einem der Tatortfotos zu sehen ist. Sieh mal, das habe ich hinter dem Spülkasten der Toilette gefunden. Ich habe es mir schon angesehen, es ist genau dieselbe Schrift. Der Priester hatte also auch solche Kopien wie sein Bruder, das kann kein Zufall sein!"

Er nickte nur, während sie ihm den aufgeschlagenen Ordner und ihr Handy vor die Nase hielt und wiegte dann seinen Kopf hin und her.

„Könnte bedeuten, dass der Einbrecher noch gar nicht fertig war mit seiner Suche, er wurde von jemandem gestört!" Sehr skeptisch blickte er zu ihr hoch und rieb sich dabei die Stirn. „Vielleicht sogar von uns!"

Nikita kniff ihre Augen ein wenig zusammen, aber hörte ihm aufmerksam zu.

„Ich nehme an, wie haben ihn sehr knapp verpasst! Vielleicht musste er flüchten, weil er das Geräusch einer sehr lauten Eingangstüre gehört hat?"

Eine gewisse Enttäuschung schwang in den Sarkasmus hinein. Dann deutete er mit dem Glatzkopf auf den Schreibtisch.

„Der Computer ist angeschaltet, noch nicht einmal im Ruhemodus. Outlook geöffnet und eine E-Mail vom letzten Monat markiert, eine Reservierungsbestätigung für einen Flug nach Amsterdam... Heute Morgen um 05:55 Uhr! Unser Priester ist anscheinend inzwischen in Holland."

Als er die junge Polizistin ansah, wirkte sein Gesicht ein wenig lockerer als gerade zuvor noch. Er griff zu den Papieren in Nikitas Hand.

„Na ja. Trotzdem! Gut gemacht, Nikita. Mit dem hier könnten wir mal eine konkrete Spur..."

„Hallo!"

Der Ruf kam aus der Richtung der Eingangstüre. Zwei Männer, beladen mit je einem großen Koffer, betraten das Wohnzimmer.

„Spurensicherung. Sie sind Carl Petek?"

Der glatzköpfige Polizist nickte und stand auf, während er auf seine Armbanduhr sah. Etwas mehr als dreißig Minuten waren seit seinem Anruf vergangen.

„Setzt du mich bei mir zuhause ab?", fragte er, an Nikita gewandt. „Ich habe einen Termin am Schießstand für den späteren Nachmittag reserviert und will mit dem Motorrad rausfahren. Wir sehen uns dann morgen auf dem Revier."

„Ich habe Seiten aus deinem Buch gefunden ... Sieh es dir bitte an und sag mir dann, was daran so besonders ist."

Nikita stand in der offenen Eingangstür zu Sylgjas Wohnung und hielt ihr den schlanken Heftordner entgegen. Erfreut bemerkte sie die Überraschung in Sylgjas Gesicht.

„Aber ich brauche auch gleich einmal eine Einschätzung vorab von dir, hoffentlich hast du ein bisschen Zeit dafür. Ich glaube nämlich, es könnte im Zusammenhang mit den Morden von hoher Bedeutung sein."

Für einen Moment standen die Frauen still da und hielten beide den Ordner fest.

„Den Morden?", fragte Sylgja entgeistert.

Nikita presste für einen Moment ihre Lippen aufeinander und ihre Augen zogen sich zusammen, als ob sie ein weit entferntes Objekt zu erkennen versuchte.

„Ja, das Mädchen, die Einbrecherin von vorletzter Nacht ... sie wurde auch ermordet. Das kannst du ja nicht wissen, stimmt!" Nikita zuckte mit den Schultern, während Sylgjas Kopf langsam nach unten sank.

„Das arme Mädchen, das tut mir echt leid."

Ein Schatten lag nun auf dem Gesicht der Älteren und Nikita merkte, dass es ihr anscheinend wirklich zu schaffen machte. Sie bemerkte aber auch, dass sie selbst erst durch Sylgjas Reaktion so etwas wie Bestürzung über den Tod des Mädchens empfand. Es machte sie stutzig. Heute Morgen hatte sie außer Überraschung gar nichts empfunden, als sie vom Tod des Mädchens gehört hatte. Sie war doch nie so kalt gewesen. Ein innerer Zwiespalt knisterte plötzlich durch ihre Seele. Einerseits war es wichtig, sich auf Gefühlsebene so distanziert wie möglich mit der Aufklärung von Verbrechen zu befassen. Kreatives, analytisches Denken war dabei gefordert. Andererseits, wohin würde eine solche Abgebrühtheit auf Dauer unweigerlich führen? Das Gefahrenpotential, ein emotionaler Krüppel zu werden, war erheblich! *Berufskrankheit? Ich muss echt aufpassen! Und dabei bin ich erst ein paar Monate im Sonderkommando!*

Es blieb dann doch nur beim Ansatz einer beginnenden Auseinandersetzung mit sich selbst. Sylgja nahm sie am Arm und zog sie in ihre Wohnung.

„Komm erst mal rein und mach uns Kaffee, ich hatte noch keinen, bin gerade erst aufgestanden. Wie spät ist es überhaupt? Egal, ich sehe mir das gleich einmal an."

Die Wohnungstüre fiel ins Schloss, Sylgja ging mit dem Ordner in der erhobenen Hand in Richtung ihrer verglasten Loggia und Nikita stand für einen Moment bewegungslos da. Es war ziemlich genau acht Uhr morgens, wie ihr der flüchtige Blick auf die Armbanduhr zeigte. Ihre Augen wanderten durch den Raum. *Es muss locker ein Jahr her sein, seit ich das letzte Mal da war... Aber verändert hat sie nichts hier.*

Die gesamte Wohnung bestand praktisch nur aus einem Quadrat, unterteilt durch eine Mauer. Die Loggia war wie ein Erker gegenüber der Türe angelegt. Daneben waren die Zugänge in das geräumige Bad mit Toilette und das angrenzende Schlafzimmer von einer breiten Schiebetüre verdeckt. Für einen sehr, sehr kurzen Augenblick spürte Nikita einen leicht melancholischen Schauer in ihrer Brust, der durch ein plötzlich aufgetretenes „ich-bin-zuhause" Gefühl entstanden war. Sie war früher oft hier gewesen. Lächelnd ging sie zum Küchenblock hinüber und begann mit der Zubereitung des Kaffees. Während der Wasserkocher leise Fahrt aufnahm, ließ sie ihren Blick über die Wände gleiten.

Ein paar Regale, bestückt mit Büchern und dazwischen Figuren hinduistischer Gottheiten. Ein großes TV-Gerät auf einem niedrigen Tisch aus Indien, den Sylgja vor vielen Jahren auf einem Flohmarkt gekauft hatte. Ein Gemälde, welches Ganesha als Gebieter der Scharen darstellte, hing an der Wand, wo die Essgruppe platziert war, und ein Sammelsurium an verschieden Bildern über der Couch. Ihr Blick blieb an einem großen, sehr bunten und ziemlich genau in der Mitte der Wand angebrachten Bild hängen. Sie ging darauf zu. Es war die Darstellung irgendeines Sternbildes, betrachtet aus den Tiefen des Kosmos, und am unteren Rand steckte eine kleine Fotografie im schmalen Holzrahmen. Nikita nahm sie heraus und ein zartes Leuchten streifte ihr Bewusstsein. Sylgja und sie, unter der Birke im Schulpark sitzend. Lachend winkten die beiden aus der schon ziemlich verblassten Polaroid-Erinnerung. Während Nikitas Perspektive verschwamm, schob sie das Bild wieder zurück in den Rahmen.

„Weißt du, Nikita, es gibt sehr viele Menschen auf der Welt, die von diesen Dingen felsenfest überzeugt sind ... und ich gehöre da auch dazu."

Die Schulpsychologin sah ihr fest in die Augen. Die Ernsthaftigkeit dahinter war es, welche in Nikita eine gewisse Angst erzeugte, und eine ganz gehörige Portion Trotz dazu.

„Und was ist, wenn ich das gar nicht möchte? Vielleicht bin ich ja auch einfach nur verrückt oder habe eben nur eine viel zu lebhafte Fantasie."

Nikita meinte es nicht böse, es war nur der ihrem Charakter zugrundeliegende, ganz eigene Sarkasmus, mit dem sie auf Sylgjas Faszination ob ihrer ‚Fähigkeiten' reagierte.

Sylgja grinste nur, bevor sie antwortet: „Ja, vielleicht, du kleine Verrückte. Machen wir für heute Schluss und gehen hinunter in den Park. Du musst in einer Stunde wieder in den Unterricht. Wir können uns noch ein bisschen in die Sonne setzen. Das war ganz schön viel heute."

„Das hier können sie behalten, ich habe zwei gemacht."

Das Mädchen stand direkt vor ihnen und hielt Sylgja mit ausgestrecktem Arm das Bild entgegen. Die beiden saßen auf der Holzbank, welche rund um die hundertfünfzig Jahre alte Birke im Schulhof gebaut war. Die Sonne stand direkt hinter dem Kopf des Mädchens, zauberte ihr einen Heiligenschein, und ihr Lächeln war süß. Sie war ungefähr gleich alt wie Nikita, ging aber in eine andere Klasse. Jeder hier am Campus kannte sie. Sie war „die Fotografin". Seit sie zwei Jahre zuvor zu Weihnachten von ihren Eltern einen Fotoapparat geschenkt bekommen hatte, lief sie mit diesem herum und machte überall Bilder. Niemand hatte sie seither ohne die Kamera gesehen, das Ding schien mit ihr verwachsen zu sein. Bis zu jenem Tag, als die Polaroid spurlos verschwunden war. Die Mädchen kamen nach dem Sportunterricht aus den Duschen in die Umkleideräume zurück und da war die Kamera weg. Völlig verzweifelt war das Mädchen tagelang herumgerannt und hatte ihren Fotoapparat gesucht. Bis einige Zeit später sie selbst plötzlich verschwunden war. Ein Gerücht machte danach die Runde. Sie hätte sich vor einen Zug gestürzt. Vor den Zug, der die Strecke abfuhr, auf der ihre Eltern zwei Jahre zuvor, kurz nach dem Weihnachtsfest, bei einem tragischen Unglück ums Leben gekommen waren.

„Weißt du noch, wie sie geheißen hat?"

Sylgjas Gesicht wirkte zerstreut. „Was?"

Nikita deutete mit dem Kopf auf das Bild an der Wand, während sie das heiße Wasser in den Glasbehälter füllte.

„Dieses Mädchen, wir nannten sie alle nur „die Fotografin". Sie hat dieses Foto von uns zweien gemacht."

Sylgja schloss die Augen. „Carla... An den Nachnamen erinnere ich mich nicht mehr genau, es war irgendein typisch italienischer Name. Aber sie wollte immer, dass ich sie..."

„Schon gut, Sylgja, das ist jetzt nicht wichtig. Erzählst du mir etwas über die Papiere?"

Da war er nochmal, Sylgjas höchst beeindruckender, verdutzter Gesichtsausdruck.

„Ich glaube übrigens, dass ich sie erst unlängst gesehen habe."

Nikita kam mit dem Tablett zu ihr in die Loggia. „Ist schon in Ordnung, Sylgja... Was ist nun mit den Seiten?"

„Nun, ich weiß eigentlich noch nicht genau, was ich davon halten soll. Habe auch erst ein paar Seiten angesehen."

Während der Kaffee in Zeitlupe in die Tasse lief, sah Nikita die Fotografin lächelnd an der Loggia vorbeilaufen. Das war erstaunlich, da sich Sylgjas Wohnung im dritten Stock befand. Das dunkelhaarige Mädchen winkte ihr zu und verblasste dann, während sie die Kamera vor ihr Gesicht hob. Ein Blitz blendete Nikita für einen Sekundenbruchteil.

Auch Sylgja bewegte sich im Zeitlupentempo, obwohl ihre Stimme völlig klar und unverzerrt im Raum zu hören war: „Es könnte aus dem *Popol Vuh* sein, dem Buch des Rates der Maya-Kultur."

Ein Blick an die Zimmerdecke, dann starrte sie wieder auf die Blätter in ihren Händen und sprach weiter: „Zumindest besteht eine Ähnlichkeit, wenn ich mich richtig daran erinnere. Wie beim *Popol Vuh* sind hier Seiten zweispaltig, wobei eine Spalte in Quiche, also Mayasprache, verfasst ist, und die andere in Spanisch. Ich müsste das im Holm erst einmal vergleichen. Mit den Unterlagen der Bibliothek kann ich wahrscheinlich sogar eine Übersetzung erstellen, aber dazu brauche ich eine Weile."

Ohne vom Tisch hochzusehen, strich Sylgja mit dem Zeigefinger über eine Zeile.

„Hier wird ein Name genannt, den kenne ich. Es gibt eine allseits anerkannte Geschichte über die Eroberung Mexikos durch die Konquistadoren und den Ursprung der Mestizen in Mexiko, vielleicht in ganz Lateinamerika. Da scheint ein Bezug zu bestehen. Nun ja, es sind nicht sehr viele Seiten. Um wirklich mit Bestimmtheit etwas dazu sagen zu können, müsste ich das gesamte Originalmanuskript haben, aus dem diese Seiten herauskopiert wurden." Sie zog skeptisch die Augenbrauen hoch, bevor sie weitersprach. „Ich muss auf jeden Fall einmal die heute bekannten historischen Quellen genau recherchieren. Ohne professionelle Textanalyse und vergleichende Studien kann ich aber auf die Schnelle noch nicht viel mehr dazu äußern. Da ist viel zu viel Spielraum für Spekulation."

Gedankenverloren starrte Nikita auf die kleinen Bläschen in ihrer Kaffeetasse, die wie eine Perlenkette aufgereiht bewegungslos an der Oberfläche der schwarzen Flüssigkeit hingen. Schließlich sprach sie den Gedanken aus, der ihr schon die ganze Zeit auf der Zunge brannte.

„Ist es etwas wert? Ich meine, wenn diese Seiten aus einem sehr alten Buch stammen, und ich finde es... Was wäre so ein Buch wert? Für wie viel könnte ich es dann verkaufen?"

Sylgja lehnte mit ihren Ellenbogen auf dem Tisch und strich sich mit den Handflächen die Wangen lang. Ihre Mundwinkel zogen sich dabei immer weiter nach unten.

„Also, wenn du Geld meinst, ich habe von den Marktpreisen für Antiquariate keine Ahnung. Aber falls es ein echtes handschriftliches Manuskript wäre, datiert und zuordbar, historisch belegbar, und die Authentizität dann auch noch von der Fachwelt bestätigt wäre..." Sie klopfte mehrmals energisch mit dem Zeigefinger auf die Aktenmappe. „Solche Bücher sind tatsächlich sehr viel wert, Nikita!"

Die Polizistin nickte langsam mit dem Kopf. „Also durchaus ein Mordmotiv!"

Das Flugzeug stieg steil auf. Für einige Augenblicke, während der Flieger auf der Rollbahn dahin raste, bis er abhob, hielt sie ihre Augen geschlossen. Der sanfte Druck, mit dem sie sich in den Sitz gepresst fühlte, der Moment, als das Rumpeln der Räder auf dem Asphalt plötzlich in Lautlosigkeit überging... Das Wissen, dass sich der tonnenschwere Flugkörper nun gänzlich vom sicheren Erdboden gelöst hatte. Nikita war noch nicht oft geflogen, aber seit sie das allererste Mal mit ihrer Mutter in einem Flugzeug gesessen hatte, liebte sie diesen speziellen Moment. Und den wollte sie voll auskosten. Langsam öffnete sie wenig später ihre Augen und blickte hinaus in den strahlend blauen Himmel über der weißen Wolkendecke. Einige Minuten lang ließ sie sich von dem etwas schwärmerischen Gefühl einer vermeintlichen Freiheit treiben, weit über dem Gewimmel auf der Erde, und genoss diese Entspannung. Doch nur genau so lange, bis der ältere Asiate neben ihr das erste Mal geräuschvoll seinen Rotz durch den Rachen hochzog. Ein wenig befremdet starrte sie ihn an, doch er war dermaßen in sein Buch vertieft, dass er es gar nicht zu bemerken schien. Als er erneut aufzog, stießen Nikitas Augenbrauen enerviert hoch und sie rieb sich die Stirn. Dann schüttelte sie langsam den Kopf und griff zu ihrer Jacke, die zusammengelegt auf ihren Schenkeln lag.

„Hast du Ohrstöpsel dabei?", hatte Carl beim Abschied gefragt und sie angegrinst. „Ich schlafe gerne, wenn ich wohin fliege, und du glaubst nicht, wie störend es sein kann, wenn jemand in einem Flieger niest, wenn du gerade am Wegknacken bist." Dann nickte er wissend und holte aus der Brusttasche seiner speckigen Biker-Lederjacke eine kleine Plastiktüte.

„Davon habe ich immer welche dabei. Dieselben nehme ich auch am Schießstand."

Er hielt ihr die Packung hin.

„Ich verwende beim Schießtraining immer den Standardgehörschutz", sagte die junge Polizistin grinsend und beschloss, das nicht mit ihm durchzudiskutieren, stattdessen schob sie das Päckchen in ihre Innentasche.

Im Flugzeug erinnerte sie sich wieder an die Szene. „Danke Papa!"

Obwohl Nikita den Mund verzog, fand sie es lustig, dass ihr Kollege offensichtlich für sie mitgedacht hatte. Lächelnd riss sie das dünne Plastiksäckchen auf, schob sich die Stöpsel in die Ohren und schloss ihre Augen. Den nicht einmal neunzig Minuten dauernden Flug wollte sie so gut wie möglich schlafend verbringen.

Als Carl ihr gesagt hatte, dass sie in wenigen Stunden nach Amsterdam fliegen würde, war ihr erster Impuls gewesen zu protestieren. Wenngleich sie sofort danach gar nicht mehr wusste, warum eigentlich. Wahrscheinlich, weil sie ganz kurz das vage Gefühl hatte, er wollte sie abschieben. Aber ihr Kollege ließ ihr sowieso keine Möglichkeit, länger darüber nachzudenken.

„Dein Flug geht um 14:30 Uhr und du bist bereits eingecheckt. Holen wir uns einen Kaffee aus dem Automaten und ich erkläre dir, worum es geht!"

Er stand auf und deutete ihr mit einem Kopfnicken mitzukommen. Sie musste sich beeilen, um mit dem langen Kerl Schritt zu halten.

Als er an der Treppe angekommen war, redete er weiter, ohne sich umzudrehen: „Zehn Minuten, nachdem du heute Morgen weggefahren bist, um deine Freundin zu ihrer Meinung wegen den Papieren zu fragen, habe ich die Fotos von der IT bekommen, die Bilder des Priesters aus dem Krankenhaus. Ich bin dann noch einmal nach Nørrebro gefahren, wie wir es besprochen hatten, um mich mit dem Vorstand der Sakramentkerken zu treffen, in deren Wirkungskreis der Bruder des Kartenlegers zuletzt tätig war. Von ihm habe ich erfahren, dass der Verdächtige vor etwa einem halben Jahr seinen Kragen abgelegt hat! Interessant, oder?"

Nikita atmete langsam in die dramatisch verlängerte Sprechpause Carls hinein, nicht sicher, ob er eine Antwort von ihr erwartete, als er plötzlich fortfuhr: „Er wollte mir aber keine Einzelheiten dazu erzählen – außer, dass es eine Auseinandersetzung gab, in der es um fundamentale Glaubensgrundsätze ging. Und das hat dann zu seinem Austritt geführt. Das erklärt aber jetzt auch wieder einen ganz anderen seltsamen Umstand."

Eine weitere, fast zu lange dauernde Stille folgte, während der sie weiter die Stufen hinunter gingen.

„Der Priester aus dem Krankenhaus und der Priesterbruder des Kartenlegers, Asger Chuerro ... es sind zwei verschiedene Personen! Ich habe dem Kirchenvorstand die Fotos gezeigt, weil ich sie ja mit hatte... Den Kerl aus dem Krankenhaus kennt er nicht, sagte er."

Die beiden waren im Eingangsbereich der Polizeistation angelangt, wo sich der Kaffeeautomat befand. Carl blieb direkt davor stehen und zog die rechte Schulter hoch, um mit der Hand in seiner Hosentasche kramen zu können.

„Auf meine Frage, ob er vielleicht wisse, wie es mit Herrn Chuerro nach seinem Austritt weiterging, sagte er, dass er gehört habe, dieser hätte Kopenhagen verlassen. Irgendwo in die Nähe von Jönköping sei er gezogen. Ich habe schon veranlasst, dass diese Angabe überprüft wird."

Bedächtig warf er die Münze in den Automatenschlitz.

Während Carl hochkonzentriert auf den Kaffeeautomaten starrte, kam Nikita endlich dazu, ihm ihre Neuigkeiten über die kopierten Buchseiten zu erzählen – und von der Möglichkeit, dass es tatsächlich als Mordmotiv in Frage kam.

„Dann kannst du den Ex-Priester auch gleich danach fragen, wenn du ihn triffst", sagte er grinsend und wurde gleich darauf wieder ernst. „Spaß beiseite, pass trotzdem auf! Dass er der Mörder seines Bruders oder des Mädchens wäre, scheint jetzt höchst unwahrscheinlich, sonst würde ich dich gar nicht fliegen lassen. Aber er hat doch seine Rolle in der Geschichte und wir wissen noch nicht, welche. Dein Job ist nur, mit ihm zu reden. Sonst nichts! Finde heraus, was er weiß. Okay? Wir brauchen sämtliche Informationen, die er uns liefern kann!"

Er starrte über ihren Kopf hinweg, bevor er an seinem Becher nippte und dann einen Schritt zur Seite trat, damit Nikita sich auch einen Chemiekaffee drücken konnte.

„Jonas, Nikita Jonas!"

„Wodka Martini ... geschüttelt, nicht gerührt, könnte ich mir vorstellen... Zwei oder ein Kilo Oliven?"

Der etwa dreihundertjährige Rezeptionist grinste dämlich hinter dem Tresen hervor und sie war sich nicht sicher, ob er überhaupt seine Lippen bewegt hatte, während sie seine Stimme gehört hatte.

„Ich bevorzuge einen trockenen Chianti, zu ihrer gerösteten Leber, serviert in ihrem ausgehölten Schädel."

Er grinste weiter dämlich und Nikita betrachtete ihr Spiegelbild in der glattpolierten schwarzen Marmorwand neben sich. Sie fand, dass sie der Smoking, den sie trug, ausgezeichnet kleidete, und die dunkelrot gefärbte Kurzhaarfrisur mit dem Seitenscheitel ihr Gesicht in ein sehr markantes Profil zeichnete.

„Ich nehme an, ich darf mich um ihr Gepäck kümmern!"

Der Schatten verschwand bereits im Aufzug und sie dachte darüber nach, wie lange die Putzkolonne wohl brauchen würde, um die fette, turmalinviolett schimmernde Schleimspur auf dem Boden wieder zu entfernen, die er auf seinem Weg dorthin hinterlassen hatte. Es schien zwar das Normalste auf der Welt zu sein, dennoch starrte Nikita seine aus den Augenhöhlen ragenden Tentakel, welche seine Pupillen trugen, unverhohlen an. Mit einem hellen Glockengeräusch blieb der Lift ruckartig stehen und die Türe öffnete sich. Sie stieg aus, blieb dann stehen und wartete darauf, dass der Typ ihr folgte. Ein wenig irritiert blickte sie zurück in den Aufzug. Ihr Trolley stand da. Daneben dieser höchst seltsame Kerl, der gerade einmal so hoch wie ihr Handgepäckstück war. Sein zahnloser Mund war unnatürlich weit aufgerissen und das auf- und abschwellende Klingeln daraus wollte einfach nicht aufhören.

„Jonas!" Zwar nicht wirklich erschrocken, aber doch erheblich desorientiert hatte sie ihre Augen aufgerissen und sich dann sofort den halben Meter über das Bett gerollt, um das Zimmertelefon abzuheben.

„Frau Jonas, ihre Verabredung ist eingetroffen und wartet in der Lounge auf sie."

Für einen ewig dauernden Augenblick blieb sie noch auf dem Rücken liegen, nachdem sie den Hörer wieder aufgelegt hatte. Die surrealen Traumbilder zerbröselten derweil zu Bildermüll im Mahlwerk ihrer bewussten Gedanken. Sie hatte eine Aufgabe auf dieser, ihrer allerersten, Dienstreise. Nämlich, wenn möglich, diesen Asger Chuerro ausfindig zu machen. Sie sollte mit ihm über seinen Bruder reden und vielleicht gelang es ihr ja auch noch herauszufinden, was es mit diesem Buch auf sich hatte.

Nikita war zuerst ein wenig überrascht. Der Mann, den sie in der Hotellobby traf, war etwa zwanzig. Er stellte sich als Jan Huismann vor und war Polizeiassistent beim ICR. Sie hatte eigentlich erwartet, zumindest von einem Kriminalisten in Empfang genommen zu werden, doch stattdessen schickte man ihr lediglich einen Botenjungen? Aber gut, sie war ja auch bloß wegen Recherchen geschickt worden, also kein Grund, sich besonders um sie zu bemühen. In Wahrheit war es ihr sogar ganz recht, sich quasi unbeaufsichtigt bewegen zu können.

Das Gespräch mit dem jungen Mann dauerte dann doch fast eine Stunde. Das lag daran, dass er seinen Job, wie auch die rein formelle Begrüßung Nikitas durch seine Dienststelle recht locker zu nehmen schien. Er hatte ein kurzes Dossier über Asger Chuerro dabei, was für Nikita gleich einmal überraschend war. Die Erläuterungen des Polizeianwärters zur Akte erwiesen sich als extrem hilfreich. Er hatte sich anscheinend Mühe gegeben, in der kurzen Zeit so viele Informationen wie irgend möglich über die gesuchte Person zu bekommen. Auch wenn es insgesamt nicht viel war, konnte er ihr doch wenigstens einen vermutlichen Aufenthaltsort nennen.

Außerdem war der junge Mann ein witziger Charakter. Seine Ausführungen brachte er in einem entspannten Plauderton vor, die sie an einen Stand-Up-Comedian erinnerten. Kein Vergleich zu dem sachlichen Umgang mit den Kollegen der Polizei in Dänemark.

Sie stand in der Mitte der kleinen Brücke ans Geländer gelehnt und ließ sich von dem unaufgeregten Treiben am Rande der Gracht tragen. In einem beinahe meditativen Zustand wanderte ihr Blick an den Häuserzeilen entlang. Auf der linken und rechten Seite, an der Wasserstraße unter ihr, strebten die Fassaden immer kleiner werdend in die Ferne. Der einzigartige Charme dieser für Amsterdams Old Town so typischen schiefen Fassaden verstärkte sich noch im strahlenden Sonnenschein. Ein Frühlingstag wie aus einem Werbefilm. Schmale Streifen Sonnenlichts brannten sich durch Lücken im Blätterwerk, welche dunkle Schattengebilde auf die Pflastersteine vor den Häusern warfen. *Sieht ein bisschen wie bei uns in Nyhavns aus. Schön hier.* Nikita blickte auf ihr Handy, das sie zwecks Orientierung schon die ganze Zeit in der Hand hielt. Die eingegebene Adresse in der Karten-App war nur mehr zwei Gehminuten von hier entfernt, aber im Moment verspürte sie einen beinahe unstillbaren Gusto auf einen Kaffee. Das lag hauptsächlich daran, dass ihr das kleine charmante Lokal an der Ecke direkt über der Brücke ins Auge gefallen war. Vier kleine Tischchen mit jeweils zwei Holzstühlen standen unter rot-weiß-gestreiften, halbrunden Sonnenmarkisen vor dem Lokal. An zweien saßen junge Pärchen und an einem weiteren hielt gerade ein älterer Herr seiner Begleiterin den Stuhl auf, damit sie Platz nehmen konnte. Ein paar Sekunden lang blickte Nikita gedankenverloren auf die Szene, bevor sie bemerkte, dass sie dies mit einem Lächeln tat. Sie senkte für einen Moment den Kopf, grinste über sich selbst und griff in die Innentasche ihrer Lederjacke, um die Ray-Ban-Sonnenbrille herauszuholen. Sie wollte schon losgehen, überlegte es sich aber anders und lehnte sich noch mal ans Geländer der Brücke. Dann lächelte sie süß und drückte ab. Nach einem kurzen, nicht sehr kritischen Blick auf das Handy setzte sie ein Küsschen-Smiley dazu und schickte das Selfie ab. Während sie beschwingt auf den letzten freien Tisch vor dem Lokal zusteuerte, schob sie das Mobiltelefon in ihre Gesäßtasche, aber nur, um es wieder herauszuholen, weil sie das Brummen des Geräts an ihrer Pobacke spürte.

„Hi. Geht's dir gut?"

Sie klopfte ein einzelnes Daumen-hoch-Zeichen als Antwort auf Carls Nachricht zurück und legte das Telefon dann auf den Tisch vor sich, nachdem sie sich gesetzt hatte.

„Neuigkeiten?"

Nikita stützte sich mit dem Ellenbogen auf den Tisch.

„Noch nicht wirklich!", tippte sie und schickte ihm ein paar Stichworte, die er lediglich mit Emoji kommentierte.

„Wenn sie heute Abend noch nichts vorhaben, können wir uns gerne treffen. Ich feiere mit ein paar Freunden Geburtstag. Ab 20:00 Uhr."

Mit einem verwunderten Schmunzeln im Gesicht las Nikita die WhatsApp-Nachricht von Jan Huismann, die sich in die Unterhaltung mit ihrem Kollegen eingeschlichen hatte. *Adresse wäre nicht schlecht, Kleiner! Naja, netter Versuch!* Ihr fiel beinahe das Telefon aus der Hand, als direkt nach diesem Gedanken brummend eine weitere Nachricht auf dem Display erschien.

„Irish Pub in De Weteringschans. LOL."

Sie nahm sich vor, ihm später eine Absage zu schreiben. Ihr Kaffee kam gerade, serviert von dem dunkelhäutigen Mädchen, welches ihre Bestellung aufgenommen hatte, während sie noch mit Carl schrieb. Nikita hielt der jungen Frau einen fünf-Euro-Schein hin und nickte ihr lächelnd zu. Während sie in der Tasse rührte, drifteten ihre Gedanken ein wenig ab. Sie hatte ein schlechtes Gewissen gegenüber ihrer Freundin Sylgja. *Ich hätte ihr erzählen sollen, dass ich wieder Visionen habe. Sie würde sich wahrscheinlich sogar freuen, wenn ich es ihr sage.* Das war ihr im Taxi vom Flughafen zu ihrem Hotel bewusstgeworden. Und in diesem Taxi gestand sie sich auch zum ersten Mal ein, dass ihre Visionen nach so langer Zeit vor einigen Monaten wieder begonnen hatten.

Damals, vor zehn oder elf Jahren, wusste sie mit den Bildern in ihrem Kopf nichts anzufangen. Sylgja hatte dann so eine Art Therapie mit ihr begonnen, nachdem sie sehr lange und ausführlich über diese quälenden Tagträume gesprochen hatten. Sylgja wollte von Nikita, dass sie die Visionen annahm und damit arbeitete.

„Es ist eine unglaubliche Gabe. Nur ganz, ganz wenige Menschen werden mit solch einem Geschenk gesegnet. Du bist eine Seherin, junge Dame!"

Das waren ihre Worte und eine Zeitlang fand Nikita es sogar spannend, sich darauf einzulassen. Fast drei Jahre lang wurde sie von ihrer Lehrerin auf dem Weg transzendenter Wahrnehmung begleitet. Doch die Erfahrungen wurden immer intensiver, erschreckender und furchtbar unkontrollierbar. Irgendwann war es ihr zu viel geworden und sie wollte nur mehr, dass es aufhörte. Sie wollte ein ganz normales Leben führen. Ganz normale Freunde haben. Ein ganz normales Mädchen sein. Ihre Lehrerin verstand diesen Wunsch damals wohl nicht und das hatte dann zu dem großen Streit geführt. *Und sie hatte wirklich recht!*

Sie nahm sich vor, mit Sylgja darüber zu reden, sobald sie wieder zu Hause war. Vielleicht war ja nun tatsächlich die Zeit gekommen, sich mit ihren Dämonen ernsthaft auseinanderzusetzen. Denn heute empfand sie das alles irgendwie anders. Sie war inzwischen erwachsen und es machte ihr weniger Angst, sich an die dunklen Stellen in den Tiefen ihres Unterbewusstseins zu begeben.

Zwei Häuserblöcke an der Gracht entlang und sie hatte die Adresse gefunden. Sie blieb stehen und sah sich um. Der Ausblick in diese Häuserzeile hinein war einfach hinreißend. Wert, von einem Meister des Pinsels für die Ewigkeit auf Leinwand festgehalten zu werden. Wahrscheinlich war genau das geschehen – denn sie hatte das nahezu unbeschreibliche Gefühl eines Déjà-vus. Nikita war hier schon einmal gewesen! Rational erklärt musste sie wohl einmal ein Bild von diesem Ort irgendwo gesehen haben und dann in ihrem Kopf abgespeichert haben. Sieben oder acht der charakteristisch schiefen Häuser, manche schmäler, manche breiter, reihten sich links und rechts der Pflastersteinstraße bis zur nächsten Quergasse. Alle paar Meter trennten gusseiserne Poller, die sogenannten Amsterdammertje, den Gehsteig vom Fahrstreifen. Fahrräder lehnten da und dort an den Mauern, an schmalen Treppen, die zu den Hauseingängen hinaufführten, oder an den Metallstehern. Unaufdringlich charmante Fassadenanstriche vermischten sich im Sonnenlicht zu einem Farbarrangement wohliger Wärme. Hohe Fensterreihen ohne Vorhänge gaben den Blick in die Zimmer der Bewohner frei. Die gesuchte Adresse war das zweite Geschäft auf der anderen Straßenseite. Es war eine Buchhandlung, die sich direkt neben einem Antiquitätenladen befand. Keine Auslagenscheiben, dafür hohe Fenster und nostalgisch wirkende Firmenschilder in Schwarz und Gold über den Eingängen. Drei Atemzüge lang saugte die Kriminalistin noch das Flair dieser Straße in sich auf, bevor sie sich in Bewegung setzte.

Im Vorbeigehen blieben ihre Augen an einem langen Fernrohr aus dunklem Holz mit Messingeinfassungen hängen, das auf ein goldglänzendes Stativ montiert in der Auslage der Altwarenhandlung ausgestellt war. Die Metallbeschläge waren auffällig graviert und in Verbindung mit dem Ölgemälde eines von den Elementen gepeitschten mittelalterlichen Dreimasters dahinter ergab sich ein stimmiges Ensemble. Nikitas Synapsen begannen sich zu regen. Es fiel ihr richtig schwer, sich nicht unzählige Geschichten auszumalen, in denen dieses Relikt aus alten Seefahrerzeiten eine Rolle gespielt haben könnte. Kap Horn, Inseln in der Karibik, marodierende Bukaniere, visionäre

Entdecker und Kaperfahrer, während ihrer abenteuerlichen Fahrten stets den Tod vor Augen. Die Gedanken waren wie weggewischt, als sie den Eingang des Buchladens erreichte und plötzlich die Türe mit einem heftigen Ruck aufschwang. Wäre sie eine halbe Sekunde früher dran gewesen, hätte sie ein Stück davon abgebissen.

Er schien so um die dreißig Jahre, vielleicht ein wenig jünger, trug Jeans und eine speckige braune Motorradjacke über einem armeegrünen T-Shirt. In der einen Hand hatte er einen Retrosturzhelm und mit der anderen Hand fuhr er sich durch sein kurzes blondes Haar. Während sein Arm noch in Zeitlupe nach unten sank, war er bereits abrupt stehen geblieben. Offensichtlich war er genauso erschrocken wie sie. Keine dreißig Zentimeter trennten die beiden. Sein leicht gebräuntes Gesicht war ein wenig stoppelbärtig und seine Kinnpartie wirkte wie von Goldstaub bedeckt. Kleine Fältchen bildeten sich um seine zugekniffenen Augen, während er in die Sonne hinter Nikitas Rücken sah.

„Sorry!", sagte er erschrocken.

Er war knapp einen Kopf größer als sie und hob nochmals seinen Arm zum Schutz gegen die Sonne. Er entschuldigte sich ein weiteres Mal, diesmal mit einem smarten Lächeln, und machte im selben Augenblick einen Schritt zur Seite. Er griff sich dabei in die Hosentasche. Nikita blickte ihm nach. Er ging auf eine alt aussehende Maschine zu, die auf der gegenüberliegenden Straßenseite geparkt stand, und schob sich noch während des Gehens den Helm über den Kopf. Sie sah nicht mehr, dass er sich ebenfalls nochmals nach ihr umdrehte.

„Herr Asger Chuerro? Jonas, Nikita Jonas, Polizei Kopenhagen. Ich hätte ein paar Fragen an sie. Haben sie ein paar Minuten Zeit für mich?"

Der große, breitschultrige Mann mit dem schlohweißen Bürstenhaarschnitt sah Nikita über die Ränder des halbrunden Zwickers auf seiner Nase an. Er stand vor einem kleinen runden Holztisch, auf dem eine Teekanne und zwei Tassen abgestellt waren. Ihr war sofort klar, dass er es sein musste. Sein Passbild, welches sie aus der IT-Abteilung angefordert hatte, war zwar schon gut vierzehn Jahre alt, aber er hatte sich nicht grundlegend verändert.

Der Mann schien überhaupt nicht überrascht zu sein. Stattdessen bot er ihr etwas zu trinken an. „Möchten sie Tee? Oder lieber einen Wodka Martini?"

Sie hörte in letzter Zeit tatsächlich ab und zu Anspielungen auf die Bond-Filme, wenn sie sich vorstellte. *Vielleicht sollte ich mir das Grüßen abgewöhnen!* In der momentanen Situation zog sie es aber vor, den Scherz zu ignorieren.

„Gar nichts, danke. Sie wissen sicher, worüber ich mich mit ihnen unterhalten möchte?"

Der Mann nickte und zog einen der beiden Stühle unter dem Tisch hervor. Sein Gesicht war ernst. Er nahm mit einer bedächtigen Bewegung die Lesehilfe von der Nase und deutete mit der Hand auf den zweiten Stuhl, während er selbst Platz nahm: „Setzen sie sich doch bitte."

Er sah zwar aus wie ein pensionierter amerikanischer Kampfpanzer, aber er strahlte absolute Ruhe und Gelassenheit aus. Nachdem sie sich gesetzt hatte, begann Nikita nicht sofort zu sprechen, sondern beobachtete ihn für ein paar Augenblicke. Nur beiläufig hatte die Polizistin erkannt, dass etwas an seinem Bewegungsmuster ungewöhnlich wirkte, als er sich hinsetzte. Gut, er war ein wenig abseits der sechzig, schien aber noch ganz gut in Form zu sein. Für zwei, drei Sekunden ließ sie ihren Blick durch den Raum schweifen und streifte dabei auch über den Boden und an seinen Beinen vorbei. Sie meinte zu erkennen, dass er eine Beinprothese trug. Als sie ihn wieder ansah, ließ er gerade vorsichtig einen kleinen Schwall dampfend heißes Wasser in die Tasse laufen und Nikita fühlte sich an eine japanische Teezeremonie erinnert. Der Mann hätte auch ein buddhistischer Mönch sein können.

„Es geht um den Tod meines Bruders, deswegen sind sie wahrscheinlich hier. Wobei ich mich frage, warum eigentlich?"

Der ältere Mann wirkte sehr gefasst und kein bisschen nervös, aber offensichtlich überrascht.

„Sie haben recht, darum geht es. Sie sind ziemlich schnell nach seinem Ableben abgereist", antwortete sie und sah ihn fragend an.

„Mein jetziger Aufenthalt war schon länger geplant und ich habe sehr wichtige Termine hier. Zur Regelung des Nachlasses werde ich aber demnächst nochmals zurück nach Kopenhagen kommen."

Verständnislos blickte sie über den Tisch: „Ihr Bruder wurde getötet! War ihnen nicht bewusst, dass wir mit ihnen reden hätten wollen?"

Der Mann vor ihr atmete tief durch, bevor er antwortete. „Ich habe meinen Bruder das letzte Mal um die Weihnachtszeit herum getroffen, also vor gut vier Monaten. Die letzten Wochen vor meiner Abreise war ich in Jönköping, das habe ich dem Beamten bereits erzählt, der mich telefonisch über seinen Tod informiert hat. Den hat sonst nichts mehr interessiert!"

Kein bisschen regte sich Nikita, als er das sagte, aber innerlich ärgerte sie sich unsagbar darüber, dass im Polizeibericht nichts über dieses Telefonat erwähnt worden war. Geschweige denn eine Telefonnummer unter der man ihn hätte erreichen können. *Vielleicht habe ich es überlesen?*

„Sie waren also gar nicht in Kopenhagen zum Zeitpunkt des Einbruchs im Haus ihres Bruders?"

„Nein." Seine Augen sahen sehr traurig aus.

Diese knappe Antwort, die vorherige Aussage und sein Verhalten bestärkten Nikita in ihrer Annahme, dass er als Täter in beiden Todesfällen tatsächlich auszuschließen war. Aber sie war auch davon überzeugt, dass da noch mehr war.

„Wissen sie, dass auch in ihre Wohnung in Nørrebro eingebrochen worden ist?"

An seiner Mimik konnte die Kriminalistin erkennen, dass er das nicht tat.

„Nein. Und falls das ihre nächste Frage ist, nein, ich habe keine Ahnung, warum man bei mir hätte einbrechen sollen... Aber in der Gegend dort sind Einbrüche an der Tagesordnung."

Die Überraschung in seinem Gesicht wirkte nicht gespielt. Die Polizistin hörte jedoch noch etwas anderes in seiner Stimme – eine nicht so ganz passende Emotion.

„Wir glauben nicht, dass etwas gestohlen wurde. Zumindest soweit wir das beurteilen können. Im Haus ihres Bruders sieht es ebenfalls nicht so aus, als ob etwas fehlen würde, obwohl alles durchwühlt wurde. Interessante Parallele, nicht wahr? Der oder die Täter haben offensichtlich nach etwas Bestimmten gesucht. Haben sie eine Vermutung?"

Der Mann vor ihr schüttelte bedauernd den Kopf.

„Was können sie mir über Marie-Ann Zilversmit sagen?"

Das Einfrieren seiner Mimik zeigte Nikita, dass er im Begriff war zu lügen.

„Gar nichts... Aber was hat das mit dem Tod meines Bruders zu tun?" Seine abwehrende Körperhaltung sprach Bände. Er verschränkte seine Arme vor dem Oberkörper.

„Sie ist vorgestern Nacht in das polizeilich versiegelte Haus ihres Bruders eingedrungen, wurde deswegen verhaftet und dann, Stunden später, ebenfalls getötet."

Nikita riss ihre Augen auf und wollte instinktiv zu ihrer Waffe greifen. Doch das schaffte sie nicht mehr. Der riesige Kerl auf der anderen Seite des Tisches war unglaublich schnell über sie hergefallen. Im Bruchteil einer Sekunde hatten sich seine Augen zu kleinen Schlitzen zusammengezogen und plötzlich war er über den Tisch gehechtet. Seine breite Schulter traf ihr Brustbein und sie bekam keine Luft mehr. Drei schnell aufeinander folgende laute Knaller hallten in das Geklirr der zerplatzenden Auslagenscheibe, während sie bereits über den Holzfußboden kullerte. Ihr Gehör war geschult genug, um zu wissen, dass es sich dabei um Schüsse aus einer Faustfeuerwaffe handelte.

„Bleiben sie unten!"

Der massige Mann war nicht einmal eine Sekunde mit vollem Gewicht auf ihr gelegen, bevor er sich zweimal um seine Achse über den Boden rollte und dann, erstaunlich schnell für sein Alter und in Anbetracht seiner Fußprothese, aufrichtete. Mit dem Zeigefinger seines ausgestreckten Armes auf sie zeigend lehnte er an der Wand neben der kaputten Auslage und reckte vorsichtig seinen Kopf hinaus. Die Polizistin reagierte nicht auf seine Anweisung. Sie holte zwei Mal tief Luft und ignorierte dabei das harte Brennen in ihrem Brustbereich. Die drei Meter zum Eingang des Geschäftes schob sie sich fast liegend auf dem Boden vor, wie ein Gecko, der über heißen Asphalt läuft. Dann stand auch sie. Kaum länger als ein Augenzwinkern dauerte es, bis sie hinter dem Holzrahmen der Eingangstür auf die Straße hinausstürmte und zwei Meter später mit angelegter Waffe auf den hinwegbrausenden Motorroller zielte. Einen Atemzug danach ließ sie die Waffe sinken. Mit quietschenden Reifen war das Fahrzeug am Ende der Gasse um die Ecke gedriftet. Rasch verflüchtigte sich das knatternde Motorgeräusch des Rollers, von dem aus die Attentäter auf sie gefeuert hatten, und immer lauter wurden dafür die Stimmen rundherum.

„Also auf mich hatten die es nicht abgesehen! Ich denke, dass sie mir jetzt doch ein bisschen mehr erzählen sollten, Herr Chuerro!"

Nikita schritt energisch auf ihn zu, während sie ihre Waffe wieder in das Halfter zurückschob. Er stand völlig ruhig und unbewegt im Türrahmen der Buchhandlung, aber seine Lippen waren hart aufeinandergepresst und die Muskeln der Kieferknochen in seinem Gesicht schienen quasi zu tanzen. Daran erkannte Nikita, dass ein Anschlag auf sein Leben für ihn auch nicht unbedingt alltäglich sein dürfte.

„Hören sie, in ein paar Minuten wird die Polizei hier sein und wir werden kaum Ruhe haben, uns zu unterhalten. Die Frau, Marie-Ann Zilversmit... Ich kannte sie natürlich... Ich wusste nicht, dass sie auch gestorben ist ... und es tut mir unendlich leid. Das arme Mädchen."

Er hatte Nikita direkt in die Augen gesehen. Jetzt ließ er seinen Kopf sinken, während er seine Hände in die Hüften stemmte. Sehr leise war eine Polizeisirene zu hören.

„Ich werde es ihnen erzählen ... heute Abend." Er kehrte ihr nun den Rücken zu und sah in die Richtung, aus der das Folgetonhorn zu hören war.

„Sie erzählen es mir sofort. Ich kann sie genauso gut verhaften lassen", sagte sie laut, schnell und dominant und gab ihm einen Stoß mit der flachen Hand zwischen die Schulterblätter, um ihren Worten Nachdruck zu verleihen.

Der große Mann schien das nicht einmal zu spüren, aber er drehte sich trotzdem noch einmal zu ihr um: „Ach ja! Mit welcher Begründung?"

Er wirkte gereizt, doch nur für einen Moment. Er holte tief Luft und wischte sich mit dem Handrücken über die Nase. Seine Augen waren wässrig, aber nach einem Schnaufen entspannte sich sein Gesicht ein wenig.

Als er weitersprach, war es fast ein Flüstern: „Ich glaube, es wird länger dauern, ihnen das zu erklären. Ich werde es versuchen, aber mir ist erst vor wenigen Minuten einiges bewusstgeworden und ich brauche etwas Zeit, um es gedanklich in den richtigen Zusammenhang zu bringen. Sie müssen mir vertrauen."

Er hielt plötzlich ein kleines Kärtchen in der Hand. „Kommen sie heute um etwa 21:00 Uhr zu dieser Adresse."

Die kreischende Sirene des um die Ecke rasenden Polizeiwagens unterbrach ihn. Nikita war die Skepsis förmlich ins Gesicht gemeißelt. Der Ex-Priester drehte sich dem ersten der heranbrausenden Wagen mit vor der Brust verschränkten Armen zu. Während das Fahrzeug hart bremste, zog die Ermittlerin ihren Ausweis aus der Jackentasche. Ihre Neugier hatte gesiegt.

Fish & Chips im Irish Pub? Ich habe noch fünfzig Minuten Zeit. Die Adresse auf der Visitenkarte, die sie von Asger Chuerro bekommen hatte, lag nur etwa fünf Gehminuten von dem Lokal an der Weteringschans entfernt, in dem heute eine Geburtstagsfeier stattfand, zu der sie eingeladen war. Nikita hatte dem Polizeischüler weder eine Zusage noch eine Absage geschickt. Es fiel ihr erst wieder ein, als sie von weitem die typisch grüne Fassade des Lokals sah. Es lag am anderen Ende des Rondos, in das sie gerade einbog, und sie war hungrig. In der Mitte des kleinen Platzes befand sich eins der omnipräsenten

Hardrock Cafés und dann gab es da auch noch ein Steakhouse. Den Polizeischüler zu treffen hatte sie vorerst keine Lust. Außerdem hatte sie die Informationen aus dem Gespräch mit Sylgja noch immer nicht ganz in den passenden Kontext gebracht. *Ein schnelles Steak!*

Nachdem sie ihre Aussage zu dem Geschehen bei der Buchhandlung beendet hatte, war sie nicht mehr in ihr Hotel zurückgegangen. Der Polizistin, die ihre Daten aufgenommen hatte, erzählte sie, dass sie rein zufällig Zeugin der Schießerei geworden war. Damit hatte sie auch nicht gelogen. Sie hatte aber auch nichts darüber gesagt, warum sie gerade zu diesem Zeitpunkt dort war, und während sie dann so tat, als würde sie telefonieren, hörte sie sich an, was der ältere Herr zu dem Attentat zu sagen bereit war. Seine aus dem Stehgreif erfundene Geschichte, in der es um Schutzgeldforderung ging, wirkte durchaus glaubwürdig. Dazu erklärte er den Einsatzkräften, dass dieser Überfall wohl eine Warnung der Erpresser gewesen sein musste. *Gar nicht schlecht ausgedacht.* Danach war sie ziellos durch die Straßen geschlendert. Etwa eine Dreiviertelstunde später fand sie sich – völlig unbeabsichtigt – im weltbekannten Rotlichtbezirk der Stadt wieder. In Gedanken versunken war sie anscheinend instinktiv einem der urbanen Trampelpfade gefolgt, welche seit Jahrzehnten von den Besuchern Amsterdams benutzt wurden. Wie eine Ameise! Vielleicht existierte eine Art Energie, die von den Massen an Individuen erzeugt wurde? Unsichtbare Markierungen, wie Wasserbojen in einem unendlichen Ozean gesetzt, und man wird davon automatisch geleitet, wenn man sich in deren Nähe befindet? Während sie ein wenig später in einem kleinen Lokal saß und die vorbeiziehenden Menschen beobachtete, breitete sie diese Theorie vor sich aus und versank in Gedanken. Fünfzehn Minuten später griff sie sich verwundert an die Stirn. Über sich selbst belustigt blickte sie sich um. Ob vielleicht irgendjemand in der unmittelbaren Umgebung einen Joint geraucht hatte? Möglicherweise hatte sie passiv mitgeraucht und ihre Sinne waren dadurch beeinflusst worden? *Blödsinn!* Sie grinste vor sich hin. Genauso unbeabsichtigt, wie sie hierher gefunden hatte, bestellte sie sich ein zweites Corona und bezahlte gleich. Während sie dann wieder etwas konzentrierter in der Karten-App auf dem Handy nach der Adresse suchte, rief Sylgja an.

„Hi, hast du ein bisschen Zeit? Ich muss dir unbedingt was erzählen."

Nikita lehnte sich zurück und nahm einen Schluck aus der Flasche: „Hi. Klar. Schieß los."

„Ich habe was Interessantes für dich... Also, ich habe gestern noch die Kopien, die du mir gebracht hast, in den Holm mitgenommen und sie mit einer digitalisierten Ausgabe des *Popol Vuh* in unserem System verglichen. Nun, ich hatte teilweise recht, als ich sagte, es könnte daraus stammen... Also, es ist zwar definitiv nicht aus der offiziell bekannten Schrift, also zumindest nicht aus der von einem spanischen Dominikanerpriester übersetzten Schrift von 1702 oder so. Aber es sieht dem sehr ähnlich... Bist du noch dran?"

Nikita schreckte auf. Sie war sich nicht sicher, ob sie überhaupt geatmet hatte, während Sylgja redete.

„Ja klar, ich hör dir zu!" Sie nahm einen weiteren kräftigen Schluck von ihrem Bier.

„Gut. Ich sagte dir doch, dass ich vor einiger Zeit einen Brief bekommen habe, in dem ich um eine Expertise zu einer beigelegten Handschrift gebeten worden bin. Du weißt schon, der Zusammenhang mit deinem Tattoo... Ich bin gestern wieder draufgekommen. Das allererste Mal, dass ich dein Tattoo gesehen habe, war nämlich im *Popol Vuh*. Ich hatte mich daran erinnert, während ich mir diesen Brief durchlas und dann einen

Blick auf die mitgeschickten Seiten warf. Ich habe es dann gleich aus dem *Buch des Rates* herausgesucht, damit ich es dir zeigen kann, wenn wir uns wiedersehen und bevor ich es wieder vergesse. Danach war der Brief einfach liegengeblieben. Das ist mir gestern wieder eingefallen. Ich hätte mir das gleich genauer ansehen sollen, dann hätte ich es sicherlich sofort erkannt... Wie schon gesagt, hatte ich damals nicht wirklich Zeit dafür. Na, egal. Also, ich habe gestern die drei nebeneinander gelegt und verglichen. Die Seiten, die mir vor ein paar Wochen geschickt worden sind, die von dir und welche aus dem *Popol Vuh*, meine ich. Jetzt wird es spannend... Pass auf! Die Seiten, die du mir gegeben hast und die Seiten, die ich geschickt bekommen habe, gehören hundertprozentig zusammen! Mir wurden zwei Seiten geschickt. Von dir habe ich neun Seiten bekommen, die bis auf eine Lücke anscheinend einen fortlaufenden Text bilden. Meine beiden Seiten sind Kopien der Seiten vier und neun von denen, die du mir gegeben hast. Und jetzt wird es richtig interessant! Die stilistische Ähnlichkeit zu den Originalmanuskripten des *Popol Vuh* sind dermaßen groß, man müsste eigentlich annehmen, dass es aus derselben Quelle stammt – oder vielleicht sogar so etwas wie ein bis dato völlig unbekannter, unveröffentlichter Teil davon, da das Thema ein anderes ist, soviel kann ich schon einmal erkennen."

Während sie Sylgjas Ausführungen lauschte, waren Nikitas Augenbrauen hochkonzentriert zusammengezogen.

„Was ist mit der einen Seite vom Tatort, dem Haus des Kartenlegers, meine ich. Passt die vielleicht in die Lücke?"

Ganze drei Atemzüge lang herrschte Stille in der Leitung, bevor Nikita ein Schnauben am anderen Ende hörte.

„Das muss ich noch prüfen... Ich habe das Bild einem Spezialisten bei uns im Institut geschickt, um vielleicht eine brauchbare Vergrößerung zu bekommen, mit dem Handyfoto allein konnte ich zu wenig anfangen. Aber erstens nehme ich das sowieso als gegeben an und zweitens war ich noch nicht ganz fertig, Mädchen!"

Der Rücken der Kriminalistin versteifte sich, als sie mit den letzten Worten wieder an alte Tage und vor allem an den Autoritätsanspruch ihrer ehemaligen Lehrerin erinnert worden war.

„Entschuldige... Ich dachte nur, ich sollte vielleicht zwischendurch auch etwas sagen... Sprich weiter, bitte!"

Das kurze Lachen ihrer Gesprächspartnerin bestätigte Nikita, dass ihre ironische Bemerkung den richtigen Nerv getroffen hatte.

„Schon gut, Nikita. Also, meine persönliche Einschätzung... Nach meinen bisherigen Recherchen würde ich sagen, dass die Seiten von dir wahrscheinlich lange vor dem *Popol Vuh* entstanden sind, wahrscheinlich schon zu Beginn der Kolonialisierung um 1550 oder 1600 herum. Ich könnte mir sogar vorstellen, dass es so etwas wie die Vorlage oder die eigentliche Urfassung war und dann irgendwie in Vergessenheit geriet. Verstehst du? Zum Vergleich: die heutige Bibel etwa... Auch die wurde im Laufe der Jahrhunderte oft umgeschrieben, ergänzt, durch unzählige Übersetzungen in ihren ursprünglichen Aussagen verzerrt und etliche Teile wurden weggelassen, je nachdem, wie sie in das damalige Weltbild passten. Wie zum Beispiel das Thomas Evangelium, von dem man..."

Nikita unterbrach sie: „Sylgja!"

Für zwei Sekunden herrschte befreiende Stille und Nikita atmete tief durch.

„Ich doziere schon wieder, meinst du... Stimmt, da hast du recht, das hat ja nur peripher mit unserer Geschichte zu tun, aber ich wollte es dir anhand dieses Beispiels erklären."

Langsam nickend saß die Polizistin in ihrem eigentlich gemütlichen Sessel und bemerkte, dass ihr die Pobacken eingeschlafen waren.

„Was ist dann jetzt die Schlussfolgerung daraus, Sylgja?"

„Einfach und schnell erklärt. Wenn dieses Buch tatsächlich existiert, und so sieht es für mich fast aus... Ich würde eine solche Entdeckung fast mit dem Fund der Schriftrollen von Qumran vergleichen wollen. Die Geschichte Süd- und Mittelamerikas vor und nach der Ankunft der Konquistadoren auf dem Kontinent wäre wahrscheinlich neu zu bewerten, stellenweise müsste sie vielleicht sogar umgeschrieben werden. Es wäre eine unschätzbare Quelle von Erkenntnissen und Einsichten in die Kultur Mesoamerikas..."

Nikita fiel ihr spontan in den Redefluss: „Für wie viel Geld könnte man so ein Buch verkaufen?"

Sekundenlange driftete Stille über den kleinen, historischen Platz der holländischen Stadt, und dann war eine eher erschöpfte Stimme am anderen Ende der Leitung zu hören.

„Ich weiß, dass es dir um ein greifbares Motiv geht, Mädchen. Aber eigentlich geht es nur darum, dass dieses Buch überhaupt noch existiert. Verstehst du? Es geht in Wahrheit nur um den Inhalt! Der historische Wert dieses Buches könnte unermesslich sein, Nikita! Um zu erfahren, wie viel ein Sammler oder eine Institution dafür zahlen würden, musst du aber einen Buchhändler fragen."

Sie wanderte seit einiger Zeit an der roten Backsteinmauer entlang. Das Steak hatte ihr nicht wirklich geschmeckt, dafür war es glücklicherweise klein und sie hatte wenigstens etwas im Magen. Mit diesem leichten Sattheitsgefühl und immer noch gut dreißig Minuten Zeit war sie aus dem Lokal gekommen. Den spontanen Entschluss, ein schnelles Getränk in einem holländischen Irish Pub zu nehmen, fasste sie erst, als sie schon fast an dem Lokal vorbei war. Verlassen hatte sie das Pub nach einer großen Portion Pommes und einem Kilkenny dazu. Danach fühlte sie sich sogar ein wenig überfressen und deswegen war sie froh, sich ein wenig verirrt zu haben. Es gab ihr die Möglichkeit, den Verdauungsspaziergang in die beginnende Abenddämmerung auszudehnen. Sie erschrak, als ihr Handy plötzlich mit ihr sprach.

„Sie haben ihr Ziel erreicht ... es befindet sich links von ihnen."

Da war gar nichts! Neben ihr befand sich nur die etwa drei Meter hohe Ziegelmauer. *Und jetzt? Drüber springen?* Während sie mit ihrem Handy haderte und es mit Sarkasmus bedachte, ging sie weiter, blieb nach ein paar Metern aber unvermittelt stehen. Aus den Augenwinkeln war ihr etwas aufgefallen. Leicht zu übersehen, befand sich eine schmale Holztür in einer Nische zwischen zwei Mauervorsprüngen. Unbeleuchtet, kein Schild, keine Türklinke. Nur ein etwa fünfzehn Zentimeter großer, gusseiserner Ring war auf dem schwarzen Holz montiert. Ohne zu zögern schob sie ihr Mobiltelefon in die Jackeninnentasche und griff zu. Die Resonanz, die durch das Holz schwang, als der Eisenring sanft dröhnend darauf pochte, erzeugte einen Schauer auf Nikitas Unterarm und sie war sofort überzeugt davon, dass man wahrscheinlich einen Panzer brauchen würde, um diese so unscheinbare Türe zu knacken. Eisenholz! Es dauerte vielleicht fünf Sekunden, bevor ein leises Schnappen zu hören war und sich die Pforte öffnete. Ein schummrig beleuchteter Kiesweg führte in einem leichten Bogen durch einen Garten, an dünnen Akazienbäumchen vorbei zu einem schwach beleuchteten, etwa zwanzig Meter entfernten Gebäude. Als sie die ersten zwei Schritte gemacht hatte, registrierte sie, dass es ein automatisches Tor war. Es schloss sich wie von Geisterhand hinter ihr. Sie ging langsam auf den Backsteinbau zu. Die Fassade sah genauso aus wie die Mauer draußen. Sehr schlicht, ohne Schnörkel. Zwei Stockwerke, aber nur im oberen sah man Licht. Die menschliche Silhouette auf der Terrasse war groß und breitschultrig. Sie sah sein Gesicht nicht, da sein massiger Körper von sanftem Licht aus der verglasten Türe hinter ihm beleuchtet war, aber sie war sich ziemlich sicher, dass es der Ex-Priester war.

„Nehmen sie bitte Platz. Ich kann ihnen grünen Tee anbieten."

Mit diesen Worten begrüßte Asger Chuerro sie. Auf der Veranda stand eine sehr einladend wirkende Ecksitzgruppe aus grauem Holz, die mit Polstern aus robustem, khakifarbenem Stoff bestückt war. Davor befand sich ein ebenfalls hölzerner, viereckiger Tisch mit eingebautem Tischlagerfeuer und einem Tee-set. Zwei hohe, tönerne Vasen mit grünen Sträuchern rundeten das Bild der Idylle mitten in der Großstadt perfekt ab.

„Guten Abend, Herr Chuerro. Ich würde gerne eine Tasse Tee nehmen. Danke."

Sie blieb stur auf der Stelle stehen und verschränkte ihre Arme vor der Brust, bevor sie fortfuhr: „Was ist das für ein Gebäude und warum sollte ich hierherkommen?"

Er sah ein wenig skeptisch drein, kommentierte ihre offensichtliche Weigerung, sich zu setzen, aber vorerst nicht und nahm selbst Platz. Er begann den Tee in zwei Tassen zu füllen.

„Eigentlich ist es ein Museum, aber hier im hinteren Teil gibt es auch ein paar mehr oder weniger private Räumlichkeiten. Also, zumindest nicht der Öffentlichkeit zugänglich. Wir haben ein Büro hier. Geschäftsbeziehungen mit dem Kuratorium."

Vorsichtig stellte er die Porzellankaraffe wieder auf den Untersetzer, unter dem ein Teelicht brannte. Zwinkernd zuckte er mit den Schultern, dann lehnte er sich mit den Ellenbogen auf seine Knie und faltete die Hände. Er blickte zu ihr auf. Ein verschmitztes Lächeln streifte sein Gesicht.

„Wollen sie sich jetzt zu mir setzen, oder haben sie vor, ihren Tee stehend zu trinken."

„Also gut."

Sie atmete tief ein und ging um den Tisch herum. Langsam ließ sie sich nieder und nahm dann dieselbe Sitzhaltung wie er ein.

„Es gibt zwei Gründe, warum ich sie hierhergebeten habe," erklärte er, „der Erste: Diese Anlage ist bestens überwacht. Der Anschlag heute hat mir sehr zu denken gegeben und mir bewusst gemacht, dass nicht nur ich, sondern auch Menschen, die sich in meiner unmittelbaren Umgebung befinden, gefährdet sind. Hier können wir ungestört reden. Der Zweite: Als sie mir sagten, dass Marie-Ann tot ist – ich wusste es wirklich nicht – da ist mir erst klargeworden, dass auch der Tod meines Bruders wahrscheinlich nicht bloß das Resultat eines unglücklichen Zufalls gewesen sein muss."

Er hatte auf seine gefalteten Hände gestarrt, während er redete, und blickte nun auf.

„Ich habe in den letzten Stunden viel nachgedacht. Und ich möchte weder den Tod meines Bruders noch den von Marie-Ann ungestraft lassen. Ich will auch nicht, dass noch mehr passiert. Ich werde ihnen deshalb so gut ich kann helfen, und ihnen alles erzählen, was ich dazu weiß!"

Sehr aufmerksam hörte Nikita ihm zu und überlegte, ob es der richtige Zeitpunkt war, ihn direkt auf das Buch anzusprechen. Aber das war vielleicht im Moment noch gar nicht das wichtigste.

„Werden sie das?" Sie fuhr sich mit der Hand durch die Haare. Dann griff sie zu ihrer Tasse und nahm einen Schluck, bevor sie weiterfragte: „Wissen sie, wer es getan hat?"

Er schüttelte den Kopf.

„Nein. Aber es gibt anscheinend jemanden, den mein Bruder schon länger kannte und von dem ich mir vorstellen könnte, dass er damit zu tun hat!"

Mit starren Augen fixierte sie ihn. „Wieso haben sie das der Polizei gegenüber nicht erwähnt?"

Verständnislos sah er einen Augenblick in den Sternenhimmel und dann kopfschüttelnd zu Boden, bevor er antwortete: „Vor fünf Tagen werde ich morgens von einem Polizisten angerufen, der mir sagt, dass mein Bruder von einem Einbrecher im Affekt getötet wurde. Denken sie, dass da mein erster Gedanke war, es könnte sich um etwas anderes als eine Verkettung von tragischen Umständen handeln?"

Er wirkte sehr verärgert, während er mit beiden Händen Ausrufungszeichen zu den Wörtern „tragische Umstände" in die Luft malte.

„Sie hätten es trotzdem sagen sollen, wenn es einen berechtigten Verdacht gibt."

Seine zusammengepressten Lippen zeugten von tiefem Zweifel.

„Haben sie mir nicht zugehört? Da hatte ich doch noch keine Ahnung... Erst, als sie mir heute Nachmittag von dem Einbruch in meine Wohnung berichteten, und von Marie-Anns Tod... Da wurde mir klar, dass es offensichtlich um mehr geht und wahrscheinlich ein Zusammenhang besteht." Ein deutliches

Knacken war zu hören, als er sich aufrichtete und dabei das linke Bein ausstreckte.

„Außerdem ist es sehr kompliziert", fuhr er fort. „Ich kenne noch nicht einmal einen Namen. Ich weiß nur, dass es jemanden gibt, der offenbar ein recht hohes Ansehen genießt und von dem ich glaube, dass er an etwas interessiert sein könnte, das mein Bruder bis vor kurzem hatte. Außerdem bezweifle ich sowieso, dass man mir glaubt, wenn ich mit irgendwelchen vagen Vermutungen daherkomme. Solange ich nichts Handfestes bringen kann... Unsere Justiz ist nicht gerade das, was man als...", ein resigniertes Achselzucken begleitete seine Worte, „Entschuldigung ... weitsichtig bezeichnen könnte."

„Warum sollte man ihnen keinen Glauben schenken, oder es wenigstens prüfen? Immerhin wurde jemand getötet."

„Wie gesagt, es ist eine Vermutung und Personen aus dem öffentlichen Bereich beschuldigt man nicht einfach so ohne Beweise!"

„Erzählen sie mir erst einmal, was sie vermuten. Ich verspreche ihnen, dass ich der Sache vorurteilsfrei gegenüberstehe. Und wenn ein sehr spezielles, altes Buch etwas damit zu tun hat, dann würde ich sie bitten, dieses Detail nicht auszulassen!"

Die Gelassenheit, mit der er zuvor noch gesprochen hatte, war wie weggeblasen. Er schien wirklich irritiert zu sein. In seinen Pupillen spiegelten sich die niedrigen Flammen der gasbetriebenen Feuerstelle im Tisch, aber das Flackern in seinen Augen kam nicht davon. Er starrte stumm ins Dunkel des kleinen Parks hinter ihr, bevor er wieder zu reden begann.

„Genau darum geht es, Frau Jonas. Ich habe Fehler gemacht und das hat meinen Bruder und Maria-Ann das Leben gekostet. Sagen sie mir, was sie über das Buch bereits wissen? Dann erzähle ich ihnen den Rest dazu."

Die Traurigkeit in seiner Stimme war unüberhörbar. Sie empfand ehrliches Mitgefühl für den Mann. Der Verlust des Familienangehörigen traf ihn anscheinend weit härter, als es seine Haltung annehmen ließe.

„Wir haben in ihrer Wohnung einige kopierte Seiten einer anscheinend sehr alten Handschrift gefunden, in einem Plastikumschlag hinter der Toilettenspülung. Und genau so eine Seite lag auch am Tatort im Haus ihres Bruders, die ist allerdings verschwunden. Aber beides gehört definitiv zusammen. Die Expertise dazu besagt auch noch, dass es sich um ein äußerst wertvolles Manuskript handeln könnte... Wertvoll genug, dafür zu morden?"

Die letzte Frage betonte Nikita mit einem forschenden Blick in seine Richtung.

Während sie sprach, hatte er mit zusammengezogenen Augenbrauen in die Pflanze hinter ihr gestarrt. Nun stützte er sich mit beiden Händen auf die Bank und ihre Blicke trafen sich. „Vielleicht... Ja!"

Ob sie sich momentan in ihrer Haut wohlfühlte, da ihre Theorie über das Mordmotiv von dem Ex-Priester bestätigt wurde, hätte Nikita mit Nein beantworten müssen. Dass sie aber froh war, schön langsam mit dem Fall weiterzukommen, war sicher.

„Wo befindet sich dieses Buch jetzt?"

Die Frage war ihr spontan herausgerutscht, hatte aber bei genauerer Betrachtung durchaus Priorität. Wenn deswegen schon zwei Menschen gestorben waren, dann war der momentane Besitzer vielleicht ebenfalls in höchster Lebensgefahr!

Asger Chuerro schien genau zu wissen, worauf sie hinauswollte, als er antwortete: „Das Original an einem sicheren

Ort und eine Kopie davon wird hier aufbewahrt. Außer jenen Seiten, welche ich meinem Bruder gegeben hatte."

Ihr Rücken begann zu schmerzen. Das Gefühl, ihr Rückgrat hätte sich in einen eisernen Pfahl verwandelt, hatte mit einem leichten Kribbeln im Nacken begonnen und war ihr dann als eisige Stoßwelle bis ins Steißbein geschossen. Dem Ex-Priester schien es ähnlich zu gehen. Er senkte den Kopf und begann sich an der Schulter zu kratzen.

Dann sprach er laut aus, was Nikita durch den Kopf ging: „Was haben sie eigentlich mit den Kopien gemacht, die sie in meiner Wohnung gefunden haben?"

„Entschuldigen sie mich mal... Ich muss telefonieren!" Während sie das sagte, stand sie schon auf und ging dann ein paar Schritte ans Ende der Terrasse.

Wie ein Eisbär in einem zu engen Zirkuskäfig trottete sie auf und ab, während sie mit ihrem Kollegen Carl telefonierte. Der Ex-Priester erhob sich währenddessen ebenfalls von seinem Platz und lehnte mit verschränkten Armen an der Wand neben der Terrassentür. Aufmerksam beobachtet er sie. Das Gespräch dauerte eine ganze Weile und in ihrem Gesichtsausdruck vermischte sich Sorge mit Erleichterung, als sie wieder zu ihm trat.

„Ich habe ein bisschen etwas von dem Gespräch mitbekommen... Sie haben die Kopien jemanden gegeben und machen sich jetzt Sorgen um ihre Sicherheit?"

„Die Frau, der ich es gegeben habe, war einmal meine Lehrerin," antwortete Nikita zerknirscht, „sie ist eine von der Fachwelt geschätzte Expertin für alte Schriften. Deshalb habe ich sie gefragt, was sie mir darüber sagen kann. Und nun, da ich weiß, dass bereits zwei Personen wahrscheinlich genau deswegen getötet wurden, mache ich mir Sorgen um sie. Aber mein Kollege fährt gleich zu ihr und sieht nach dem Rechten."

Unbewusst hatte Nikita eine Verteidigungshaltung eingenommen, entspannte sich aber wieder etwas, als er beschwichtigend die Hände hob.

„Schon gut, ich verstehe sie besser, als sie glauben. Hätte ich wie sie gehandelt, wären mein Bruder und Marie-Ann wahrscheinlich noch am Leben. Ich habe mir leider nichts dabei gedacht, als Axel sagte, er würde die Seiten jemandem zeigen, der sich mit so etwas auskennt", sagte er mit wässrigen Augen und wandte sein Gesicht ab.

Mit festem Blick fixierte sie ihn: „Was spielt das Mädchen eigentlich für eine Rolle in der Geschichte?"

„Marie-Ann! Das ist ja das Tragische daran – gar keine... Sie hat überhaupt nichts damit zu tun. Kennengelernt habe ich sie, als sie vor etlichen Monaten dabei erwischt wurde, wie sie den Opferstock in der Kirche knacken wollte. Der Kirchenvorstand hatte sie verhaften lassen und wollte, dass sie mit voller Härte des Gesetzes bestraft wird, aber ich habe mich für sie eingesetzt. Das arme Mädchen hat trotz ihrer jungen Jahre schon so viel durchgemacht. Waisenhaus, Drogen, Jugendhaft, seit Monaten obdachlos... Ich habe für sie gebürgt, um ihr einen weiteren Aufenthalt im Gefängnis zu ersparen, und ihr zwischenzeitig meine Wohnung in Nørrebro überlassen. Ich habe ihr versprochen, dass sie mit mir nach Amsterdam kommen kann, wenn ich hierher übersiedele. Da ich aber nicht so bald nach Kopenhagen kommen würde, hatte ich sie gebeten, die Kopien bei meinem Bruder abzuholen und mitzubringen, wenn sie herkommt. Es sollte für sie ein neues Leben, ein komplett neuer Anfang hier werden... Es waren nur noch die letzten paar Formalitäten für ihre Übersiedelung nach Holland zu regeln. Das war meine Aufgabe und der Grund, warum ich gerade in Amsterdam bin. Arbeit hatte ich schon für sie und konnte eine Wohnung klarmachen."

Er wischte sich mit dem Handrücken über die Nase und atmete tief durch. Mit in die Hüften gestemmten Armen schüttelte er langsam den Kopf, so, als ob er die schuldhaften Gedanken damit loswerden könnte. Nikita wusste nicht, was sie dazu sagen hätte können, war aber gleichzeitig irgendwie froh darüber, sich nicht selbst mit solch ambivalenten Gefühlen auseinandersetzen zu müssen.

„Es ist meine Schuld... Ich habe nicht im Geringsten daran gedacht, dass es irgendetwas mit diesem Buch zu tun haben könnte", fuhr er fort und schüttelte ein paar Mal ungläubig seinen Kopf. „Wenn sie wollen, zeige ich ihnen das Manuskript, es ist oben im Büro."

Mit seinen baumelnden Armen vermittelte er ein Gefühl des Aufgebens, als er hinzufügte: „Ich werde hier im Büro übernachten. Der Buchladen, in dessen Obergeschoß ich während meiner Aufenthalte in Holland für gewöhnlich logiere, ist mir momentan zu unsicher. Außerdem könnte ich ein Glas Wein vertragen... Kommen sie mit hoch, da können wir uns weiter unterhalten."

Er wartete erst gar nicht auf eine Antwort. Nachdem er hinter sich abgeschlossen hatte, steuerte er direkt auf einen im Halbkreis nach oben führenden Treppenaufgang zu. Es blieb ihr kaum Zeit sich umzusehen. Als geschulte Kriminalistin erfasste sie ihre Umgebung aber sowieso um einiges effizienter als Normalsterbliche.

Es fühlte sich an, als würde sie ein Mausoleum betreten. Ein gut dreißig Quadratmeter großes, rund angelegtes Foyer breitete sich vor ihr aus. Der Boden war fugenlos, rostbraun gefleckt und schien mit den Stufen in das obere Stockwerk wie aus einem einzigen Block geschnitten zu sein. Die Treppe führte auf eine kurze Balustrade, gesäumt von einfachen geschmiedeten Eisenstangen, aus denen auch das Geländer bestand. Blanke, weiße Wände bildeten einen satten Kontrast zum Boden und eine große geschlossene Doppeltüre aus demselben Holz wie das der Pforte, durch die sie gekommen war, ergänzte den beinahe schwarzen Farbton des eisernen Grifflaufs an der Wand. Ein wenig außerhalb des Mittelpunktes des sonst leeren Raumes stand eine etwa zwei Meter lange und einen Meter fünfzig hohe Steinskulptur, vermutlich aus Granit. Sie stellte einen Menschen dar, der mit angezogenen Beinen auf dem Rücken liegend ein Gefäß auf seinem Bauch hielt. Der Kopf war von einer Art Helm bedeckt und zur Seite gedreht, den Blick Richtung Eingangstüre.

Für einen Moment bekam Nikitas Herz eine höhere Schlagfrequenz, blieb stehen, und begann dann langsam wie eine riesige Maschine dröhnend zu wummern. Jeder einzelne Schlag war wie das Ausrollen einer gigantischen Welle an einem flachen Sandstrand. Sie spürte, wie das Universum sich auf die Größe eines Atoms in ihrem Brustkorb komprimierte und es blieb ihr gar nichts anderes übrig, als kopfüber in seine ausgehöhlten Augen zu stürzen.

***

Die Augen der Steinfigur starren ins Leere, in ihre ganz persönliche Leere, bis auf den allertiefsten Grund dieser jungen Seele. Das Mädchen steht zitternd mitten auf dem Plateau hoch über der Ebene. In den offenen Händen ihrer weit vom Körper weggestreckten Arme liegt ein glitschig- feucht triefendes Stück Fleisch. Hinter dem Altar befinden sich die Hohepriester ihres Volkes. Geschmückt mit bunten Federn auf ihren Köpfen, wertvolle Jaguarfelle über den Schultern, goldene Gürtel um die Taille gelegt, Gesichter und Körper grell bemalt. In den schwarz umrandeten Augen jedes einzelnen von ihnen kann sie deren ganzes Leben lesen und allesamt werden sie in der nächsten Minute der Ektase des Blutrausches anheimfallen. Sie blickt auf das dunkelrot funkelte Etwas in ihren Händen. Sie spürt sogar noch das Pochen des Muskels, der erst vor wenigen Sekunden aufgehört hat zu schlagen – als er von der gierigen Hand des Zeremonienmeisters aus dem Brustkorb des jungen Mannes gerissen wurde. Die schrille Stimme des Königs dringt an die Ränder ihres Bewusstseins und jedes einzelne Haar ihres Körpers richtet sich auf. Sie geht zwei wackelige Schritte auf den Opferstein zu. Wie ferngesteuert hebt sie die Hände mit dem blutigen Menschenherz hoch über ihren Kopf. Dann lässt sie ihre Arme über der Schale des Altars sinken und beginnt, mit beiden Händen den Lebenssaft aus dem noch warmen Fleisch herauszupressen. In Zeitlupe tröpfelt der dunkelrote, breiige Saft herab. Er spritzt auf ihr weißes Kleid und den grauen Stein.

Nichts mehr, sie hört rein gar nichts. Absolute Stille. Stumpf, leblos, tot platscht ein menschliches Herz aus zittrigen Händen in eine steinerne Mulde und höher und höher steigt der See aus Tränen im Abgrund ihrer Seele – gleich dem Blut der Opfergabe.

***

„Chacmool", sagte Asger Chuerro und lehnte sich ans Treppengeländer. „Das ist ein sogenannter Chacmool. Er war ein wichtiger Bestandteil heiliger Zeremonien der Mayas und Azteken."

Ich weiß! Dieser Gedanke schoss ihr durch den Kopf, während sie sich zu ihm umdrehte. Sie sprach ihn aber nicht aus. Obwohl sie überhaupt kein Gefühl für die Dauer dieser Vision hatte, hoffte sie, dass auf der realen Zeitebene nicht mehr als wenige Augenblicke vergangen wären.

„Aber das wissen sie ja wahrscheinlich", ergänzte er mit einem Nicken und Nikita lief ein Schauer über den Rücken.

Habe ich das jetzt doch laut gesagt? Nicht allzu schnell stieg er die Treppen hoch und sie drehte sich auf den niederen Absätzen ihrer Stiefeletten, um ihm zu folgen. Als sie ihren Fuß auf die erste Stufe setzte, blickte sie noch einmal über ihre Schulter, nur um sicher zu gehen, dass der Chacmool ihr auch wirklich nicht hinterher sah.

Vor der schmalen Tür, die sich am Ende des Treppenaufgangs im ersten Stock befand, blieben sie stehen. Was Nikita erwartet hatte, war ihr nicht bewusst, aber unter einem Büro stellte sie sich eigentlich etwas anderes vor. Der große Raum erinnerte an ein Loft. Einzelne Strahler, beleuchteten die roten Ziegelwände und aufgrund dieser sanften, indirekten Beleuchtung wurde Nikita sich fast unangenehm einer gewissen Müdigkeit bewusst. Eine hölzerne Küchenzeile an der Wand, eine lederne Sitzgarnitur und ein freistehender Coca-Cola-Kühlschrank waren die auffälligsten Möbelstücke hier. Um mehr zu erkennen, waren die Lichtverhältnisse zu dunkel und deshalb ging Nikita einfach zu der Sitzgruppe und ließ sich in einen der Sessel fallen. Sie atmete tief durch und merkte gar nicht, dass ihre Augenlieder langsam immer tiefer herabsanken, während sie in die Augen des Kristallschädels blickte, der am Rand des niedrigen Couchtisches vor ihr stand.

„Was haben sie gesehen? Vorhin, als sie den Altarstein betrachtet haben?"

Plötzlich wieder sehr munter waren ihre Augen sperrangelweit geöffnet und auf den Rücken des alten Herrn gerichtet. Gerade noch lässig in dem extrem gemütlichen Chesterfield-Sessel lungernd, richtete Nikita sich wieder auf. Sehr nachdenklich betrachtete sie dann das kleine Holztischchen vor sich, auf dem der Schädel stand. Es sah tatsächlich fast genauso aus wie jenes in Sylgjas Wohnung. Dann sah sie wieder zur Küchenzeile hinüber.

„Ich hatte mir überlegt, wie viele Menschenleben dieser Götzenstein wohl gefordert hat."

Er stellte ihr ein Weinglas direkt vor die Nase. „Rotwein, nehme ich an?"

Schmunzelnd blickte sie auf. „Nein ... aber wenn es ein guter ist, dann ist es schon okay."

Müde, aber doch auch ein wenig amüsiert zuckten seine Augenbrauen und er nahm einen Schluck von seinem Glas. „Ich denke schon."

Während er sich selbst auf den gegenüberliegenden Sessel setzte, deutete er mit dem Kopf auf zwei große schwarze Ringordner, die auf dem Tisch lagen.

„Sehen sie es sich an, wenn sie mögen", sagte er und lehnte sich zurück, das Glas in der Hand. „Als ich das erste Mal diesen Chacmool da unten gesehen habe, war mir, als würde er mich förmlich in sich hinein saugen und in eine andere Dimension zerren. Das ist schon einige Zeit her und eigentlich hat mich nur interessiert, ob sie vielleicht etwas Ähnliches erlebt haben."

Diese Enthüllung fand Nikita durchaus erstaunlich, hatte aber trotzdem nicht das Gefühl, sich ihm gegenüber mehr öffnen zu müssen. Also ging sie nicht weiter darauf ein. Vornübergebeugt zog sie die Ordner zu sich und schlug einen irgendwo in der Mitte auf.

„Was hat es jetzt mit diesem Buch auf sich?", fragte sie, während sie langsam in den Seiten blätterte, „und warum wurde auf sie heute Nachmittag geschossen? Sie schulden mir noch ein paar Erklärungen."

Eine kleine Ewigkeit lang starrte er in sein halbvolles Glas und trank es dann mit einem Schluck fast leer.

„Dieses Buch," begann er dann, „es ist so eine Art Chronik, die das Leben und die Kultur der Maya-Stämme, welche um das

Jahr 1520 herum im heutigen Mexiko beheimatet waren, beschreibt. Es bietet einen unglaublich faszinierenden Einblick in den Alltag dieser einzigartigen Zivilisation. In dem Buch wird auch über die grausame Eroberung des Landes durch die Spanier berichtet, und von der beginnenden Einflussnahme und Unterdrückung durch christliche Missionare, aber es ist noch mehr: Es beinhaltet auch die Biografie des Mannes, der als Urvater aller Mestizen Südamerikas angesehen wird. Sein Name ist Gonzalo Guerrero und...“

Sie hatte auf eine beinahe ganzseitige Zeichnung eines über den gesamten Körper tätowierten, bärtigen Mannes in dem Ordner gestarrt und hob jetzt ruckartig ihren Kopf.

„Schon gut, ich habe es verstanden. Das Buch ist sehr alt und dementsprechend sehr wertvoll. Irgendjemand will um jeden Preis dieses Manuskript haben und scheut nicht einmal vor Mord zurück ... und sie wissen anscheinend, wer es ist!“

Die Müdigkeit machte sich bei der Polizistin bemerkbar und das machte sie ungeduldig. Obwohl das Thema an sich durchaus spannend war, wollte sie endlich etwas über den möglichen Täter erfahren.

„Ich bin eben dabei, es ihnen zu erklären.“

Seine Gelassenheit ging ihr auf die Nerven.

„Vor einigen Monaten war ich zu Besuch bei meinem Bruder und ließ ihm ein paar der Kopien da, damit er sich diese ansieht. Wochen später rief er mich an. Er war sehr aufgeregt, wollte wissen, wo sich das Buch befindet oder ob ich ihm nicht auch alle anderen kopierten Seiten des Manuskriptes bringen könnte. Es hat mich stutzig gemacht und ich fragte ihn, woher dieses große Interesse kommt... Wissen sie – er war nie großartig geschichtlich interessiert gewesen und der Grund, warum ich ihm die Kopien gab, war ein sehr spezieller... Wie auch immer, nach einigem hin und her sagte er, dass er es jemandem gezeigt hatte, den er von früher kannte. Und dieser Jemand wäre bereit, eine hohe Summe dafür zu zahlen."

„Wie viel?"

„Hunderttausend. Vielleicht sogar mehr, wenn es seinen Vorstellungen entspräche. Aber ich habe Axel damals schon gesagt, dass dieses Buch nicht zum Verkauf steht, also zumindest vorläufig nicht."

Ein leises Zischen kam zwischen Nikitas Lippen hervor. „Wissen sie, wer dieser jemand ist?"

„Er nannte keinen Namen. Sagte nur, er hätte einmal für ihn gearbeitet, als er noch selbstständiger Buchhalter war."

„Wissen sie noch mehr?"

Kopfschüttelnd richtet sich der Mann auf und stellte das Glas auf den Tisch, nachdem er auch den letzten Rest ausgetrunken hatte.

„Axel war eine ganze Weile Berater bei einer Firma, die ihn eines Tages mit der privaten Buchhaltung eines Industriellen beauftragt hatte. Bei diesem Mann handelte es sich um einen Unternehmer, der sich anscheinend eine recht große Kunstsammlung aufgebaut hatte und damals gerade im Begriff war, diese in eine Stiftung umzuwandeln, um gewisse steuerliche Problematiken zu umgehen ... wie man das so schön nennt. Axel hatte auch nach Abschluss des Projektes Kontakt, er hat mir das eine oder andere Mal davon erzählt. Ich bin überzeugt davon, dass dieser Mann etwas mit den Einbrüchen und den Morden zu tun hat... Kann gar nicht anders sein."

Nikita gähnte ausgiebig und entschuldigte sich dafür mit einem Achselzucken, bevor sie antwortete: „Ich brauche den Namen, aber ich schätze den können meinen Kollegen anhand ihrer Angaben relativ rasch herausfinden. Das erklärt aber noch nicht wirklich den Anschlag auf den Buchladen, da gibt es einen gewissen Widerspruch für mich, beziehungsweise sehe ich den Zusammenhang nicht."

Asger strich sich mit der Hand über den Nacken. „Es ist tatsächlich eine völlig andere, etwas längere Geschichte, hängt aber auch mit diesem Buch zusammen."

Mit zur Seite geneigtem Kopf signalisierte die Polizistin ihre Aufmerksamkeit, ohne etwas zu sagen.

„Über lange Zeit hinweg kam eine sehr betagte Dame in den Laden. Sie war so etwas wie eine Stammkundin, kaufte hin und wieder ein Buch, meistens aber kam sie, um sich mit der Ladenbesitzerin zu unterhalten. Über die Zeit freundeten sich die beiden an und die alte Frau begann von ihrem Leben zu erzählen – einem harten und arbeitsreichen Leben, an dessen Ende sie ganz allein dastand."

Verbitterung schwang in der Stimme des Mannes mit, während die Melancholie dahinter deutlich spürbar war.

„Geboren kurz nach Ende des ersten Weltkrieges und aufgewachsen in den Wirren danach, erlebte Madame Choulises, das war ihr Name, den zweiten Weltkrieg hautnah mit. Sie zog unter unglaublichen Entbehrungen Kinder groß, und doch war sie am Ende mutterseelenallein. Die beiden Söhne waren weggezogen, um in der Ferne ihr Glück zu machen. Ihre Enkelkinder und Urenkel hat sie nie gesehen. Die Söhne hatten sich einfach nicht mehr für ihre Mutter interessiert ... einfach vergessen. Naja, als die alte Frau dann eines Tages starb, war die Ladenbesitzerin der einzige Mensch, der die Formalitäten nach ihrem Ableben hätte regeln können ... und das tat sie auch."

Ein wenig behäbig erhob er sich und griff zu seinem Weinglas. „Wollen sie auch noch etwas?"

Mit zusammengezogenen Augenbrauen schüttelte Nikita langsam den Kopf. „Nein danke, ich habe genug für heute."

Sie sah ihm dabei zu, wie er sich an der Küchenzeile ein weiteres Glas einschenkte. Nachdem er einen kleinen Schluck genommen hatte, lehnte er sich langsam an die Kochinsel und verschränkte seine Arme.

„Wo bin ich stehengeblieben? Ah ja, genau. Also, wenige Wochen nach dem Begräbnis von Madame Choulises bekam die Ladenbesitzerin den Brief eines Notars, in dem sie darüber informiert wurde, dass die alte Dame sie als alleinige Erbin eingesetzt hatte. Natürlich wusste sie von der Liebe der alten Dame zu ihren Büchern und sie brachte es wohl nicht übers Herz, dass die über alles geliebten Bücher der alten Dame einfach entsorgt würden."

Er zuckte mit den Schultern und sprach weiter: „Ihre hohe Wertschätzung für die Literatur hat die Ladenbesitzerin letztlich dazu bewogen, das Erbe anzunehmen, und sie erlebte eine ziemliche Überraschung, nachdem sie eingewilligt hatte. Die private Bibliothek in der Wohnung der alten Frau war überschaubar. Doch! Was bis dahin anscheinend niemand wusste, sie war auch Mitbesitzerin eines recht großen Grundstückes in Belgien und in den darauf befindlichen Gebäuden fand sich so einiges, unter anderem auch Buchantiquariate. Einige davon mittelalterliche Handschriften und, sie werden es sich bereits denken können, eines davon war eben auch dieses eine Buch, hinter dem jetzt alle her sind."

Obwohl die Kriminalistin bereits ahnte, was er erzählen würde, streckte sie bloß herausfordernd ihr Kinn in seine ,Richtung, ohne ihn zu unterbrechen.

„Bei der Eröffnung des Testamentes war plötzlich der amerikanische Rechtsanwalt da. Im Namen der Enkelkinder der alten Dame versuchte er ihren letzten Willen anzufechten. Über zwei Jahre hat sich der Rechtsstreit hingezogen!" Er schüttelte den Kopf und nahm noch einen Schluck Wein. „Eineinhalb

Jahre, nachdem das Gericht die Richtigkeit des Testaments, die Abwicklung der Hinterlassenschaft und den Rechtsanspruch der Buchhändlerin bestätigt hatte, verstarb leider auch sie und ihr Sohn führt seither das Geschäft."

Ein dunkler Schatten schien sich auf das Gesicht des Ex-Priesters zu legen und irgendwie tat er ihr furchtbar leid – obwohl Nikita nicht wusste, weshalb.

„Wie auch immer... Nach dem Richterspruch schien die Geschichte ein für alle Mal erledigt und für lange Zeit herrschte Ruhe, bis plötzlich vor einiger Zeit ein paar komische Typen im Buchladen auftauchten. Sie haben den Buchhändler aufgefordert, genau dieses eine Buch herauszurücken. Zunächst bekam er noch das Angebot, es zu verkaufen. Als er das nicht tat, bedrohten sie ihn mit Gewalt, und als er es weiterhin nicht herzugeben bereit war, eskalierte die Situation. Es kam zur Auseinandersetzung... Ist nicht gut ausgegangen für die Schläger. Aber trotzdem haben die Drohungen seither nicht mehr aufgehört und haben sogar, wie sie ja selbst heute miterlebt haben, zu diesem Anschlag geführt."

Als der Ex-Priester die Schläger erwähnte, war Nikita hellhörig geworden. Jetzt saß sie mit zusammengekniffenen Augen da.

„Kannte ihr Bruder die ganze Story über die Herkunft des Buches?"

Ihr Gegenüber nickte langsam: „Ja, ich habe es ihm erzählt."

Als er die Polizistin dann ansah, war der Schimmer der Erkenntnis in seinen Augen sichtbar.

„Ich glaube, ich weiß, worauf sie hinauswollen. Diese Schlägertypen – das hat gar nichts mit den Hinterbliebenen der alten Dame zu tun... Und zwar, weil sie nur dieses eine Buch haben wollten, nicht wahr?"

Der Speisesaal war noch angenehm ruhig. Nikita rieb sich die Stirn zwischen den Augenbrauen, blinzelte und starrte auf ihr Mobiltelefon, das sie neben die Kaffeetasse gelegt hatte.

Vor gut einer Stunde war sie aufgestanden und nach einer ausgiebigen Dusche in den kleinen Speisesaal des Hotels hinuntergegangen, um zu frühstücken. In Gedanken versunken bediente sie sich am gut bestückten Buffet und suchte sich einen Tisch. Erst nach einem belebenden Schluck Kaffee fiel ihr der besondere Charme dieses Raumes auf. Nur drei von sieben Tischen waren von Hotelgästen besetzt und zwei junge Frauen kümmerten sich um den Ausschank hinter der Bar, das Buffet und räumten Tische ab. Die Sonne warf breite Strahlen hellen Morgen durch die Fenster herein und winzig kleine Staubpartikel tanzten langsam darin herum, jedes Mal, wenn eine der Frauen durch einen der Lichtstreifen lief. Obwohl das Hotel offensichtlich von einem professionellen Innenausstatter konzipiert worden war, war trotzdem so etwas wie heimelige Atmosphäre vorhanden und Nikita ließ sich darin treiben, bis ihr Telefon hysterisch zu brummen begann. Es war Asger Chuerro, der sie so zeitig am Morgen anrief.

„Ich wollte ihnen nur Bescheid geben, dass ich nach Belgien fahre. Ich wünsche ihnen eine gute Heimreise. Hoffentlich finden sie den Mörder und seinen Auftraggeber bald. Halten sie mich bitte auf dem laufendem? Sie dürfen mich auch gerne anrufen, wenn sie noch Fragen haben."

Einen Sekundenbruchteil war sie sprachlos, fasste sich aber gleich wieder und polterte los: „Augenblick mal! Wir sind doch noch gar nicht fertig miteinander!"

Die Stimme am anderen Ende der Leitung fiel ihr einfach ins Wort: „Sie können auch mitkommen, wenn sie wollen.

Betrachten sie sich als eingeladen. Oder warten sie, bis ich wieder zurück bin. Es dauert nur zwei, vielleicht drei Tage."

Sie sagte tatsächlich zu. Der Ex-Priester hatte ihr ja auch überhaupt keine Wahl gelassen. Genau gesehen schon, aber zwei Tage lang einfach in Amsterdam auf seine Rückkehr zu warten, kam für sie überhaupt nicht in Frage. Das Gefühl, sich wie ein randalierender Hund mit Kiefersperre in eine Sache verbissen zu haben, war überwältigend. Sie wollte, konnte nicht ruhig dasitzen und warten. Sie hatte die halbe Nacht wach gelegen und je mehr sie sich im Bett herumwälzte, desto komplizierter wurde alles.

***

Das Herz der jungen Frau schlägt laut – sie hat beide Hände fest auf ihren Brustkorb gedrückt und hofft, dass niemand der Umstehenden bemerkt, wie erregt sie ist.

Am frühen Morgen mit der aufgehenden Sonne waren sie gekommen. Eine große Gesandtschaft des weit entfernt lebenden Volkes, über vierhundert Menschen, einige Schamanen, mindestens fünfzig Krieger und der Rest von ihnen waren schwer beladene Lastenträger. Der Anlass, obwohl nicht unbedingt freudig, gab den Menschen ihres Volkes trotzdem Hoffnung.

Als vor etlichen Jahren die weißen Männer mit ihren großen Booten über das Meer gekommen waren, wurden sie von ihrem Volk nicht unbedingt als Bedrohung angesehen. Doch das war falsch, wie viele von ihnen mittlerweile wussten. Die Fremden rücken mordend und brandschatzend immer weiter in ihr Land vor und immer mehr von ihnen kommen. Todbringende Wolken aus fremdartigen Krankheiten umgeben sie und breiten sich mit dem Wind überall dort aus, wo sie ihre Füße auf den Boden setzen. Waffen mit göttlicher Macht tragen sie bei sich.

Viel zu spät, so sagen manche ihres Volkes, findet die Erkenntnis den Weg in die Köpfe ihrer Anführer, doch hat es nun dazu geführt, dass aus verfeindeten Stämmen heute Verbündete werden. Zu verdanken ist dieser Umstand hauptsächlich einem einzigen Mann. Wohl schicksalhaft, dass dieser Mann selbst einst als einer der fremden Eroberer das Land ihrer Ahnen betreten hatte. Man erzählt seine Geschichte abends an den Feuern.

Sein Schiff war vor der Küste zerschellt und er war mit wenigen anderen Überlebenden gefangen genommen worden. Zu zweit flohen sie, wurden aber später von einem anderen Stamm gefangen und zu Sklaven gemacht. Im Laufe der Zeit erlernte er ihre Sprache und konnte sich durch höchste Tapferkeit beweisen. So wurde er zum freien Mann und einer der ihren.

Wie es sich für die Frauen der obersten Kaste geziemt, hatte sie mit den anderen abseits der einfachen Bevölkerung einen erhöhten Platz eingenommen und dort das Ende der Gespräche abgewartet. Ihre Blicke hatten sich getroffen, als er mit drei anderen Gesandten seines Stammes aus dem Königspalast neben der größten Pyramide ihrer Stadt gekommen war.

Nun steht der auf dem ganzen Körper tätowierte Mann, als hoch angesehener Krieger seines Stammes zum Nacom[3] ernannt, neben ihrem König. Ein weiteres Mal – genau wie schon vor etlichen Jahren, als er in eine Hütte gestürmt kam, in welcher ein junges Mädchen gerade für ihre Initiation vorbereitet wurde und er ihr das Leben rettete – scheint die Zeit stehen zu bleiben, solange ihre Blicke aneinanderhaften. Es ist der Augenblick des Erkennens. Sein Äußeres ist verändert, genauso wie aus dem jungen Mädchen von damals eine Frau geworden ist – doch der Gleichklang ihrer Universen ist derselbe geblieben.

---

[3] Oberster Kriegsherr der Maya

Der weiße Range Rover stand bereits vor dem Hotel, als sie mit ihrem Trolley bepackt auf die Straße hinaustrat. Der Ex-Priester lehnte lässig an der Motorhaube des Wagens und tippte auf seinem Mobiltelefon herum. Sie stand schon fast vor ihm, als er sie bemerkte.

„Das ist Adam. Er kommt mit", stellte er den jungen Mann auf dem Beifahrersitz vor, nachdem er sich angeschnallt und den Wagen gestartet hatte. Es war jener lässig gekleidete Typ, der ihr gestern fast die Tür des Buchladens ins Gesicht gedroschen hätte. Das flüchtige Händeschütteln und die förmliche Begrüßungsfloskel nahm sie kaum wahr, während die Häuserfassade außerhalb ihrer visionären Seifenblase wie von einer Riesenhand im Zeitraffer weggerissen wurde. Sie saß danach für einige Sekunden mit gesenktem Kopf da und war froh darüber, dass keiner der beiden ihr Gesicht sehen konnte, während sie sich bewusst umständlich anschnallte. Ihre Verblüffung kam aber nicht daher, dass sie nicht erwartet hatte, dass noch jemand mitkommen würde. Auch nicht unbedingt davon, dass sie schon wieder eine Vision gehabt hatte. Nein. Vielmehr glaubte sie gerade ein gewisses Muster hinter den wieder so häufig auftretenden Tagtraumbildern zu erkennen. Diese wurden anscheinend durch gewisse Trigger ausgelöst. Um nicht zu verwirrt zu wirken, beschloss Nikita aber nach wenigen Minuten, die Analyse dieser Erkenntnis auf später zu verschieben.

„Und warum müssen sie gerade jetzt so plötzlich weg?" Nikita hielt ihr Mobiltelefon in der Hand und stellte die Frage betont beiläufig, während sie so tat, als würde sie eine SMS schreiben.

„Zeichnen sie unsere Unterhaltung auf?"

Amüsiert sah sie in den Rückspiegel, wo sich ihre Augen trafen. „Gute Idee, aber nein. Ich bin zwar offiziell unterwegs, sehe aber im Moment noch keinen Grund, ihre Aussage aufnehmen zu müssen."

Sie ärgerte sich über sich selbst, dass sie dem Blick des jungen Mannes im Rückspiegel nicht standgehalten hatte. Dann lehnte sie sich mit dem Ellenbogen an die Rückenlehne des Fahrersitzes und sprach den Ex-Priester von hinten an.

„Erfahre ich etwas über unser Reiseziel?"

Einen Augenblick schwieg er und sie war sich nicht sicher, ob er wusste, dass sie mit der Frage ihn gemeint hatte. Entspannt steuerte er den Wagen über die Auffahrt zur Autobahn und sah sie dann doch flüchtig im Rückspiegel an.

„Wir fahren in die Nähe von Brügge. Das sind etwa zweihundertfünfzig Kilometer von hier. Zu einem Ort namens Het Godshuis, es ist ein Hotel. Das Gebäude hat aber eine sehr interessante Geschichte und die Bücher aus der Hinterlassenschaft der alten Dame befinden sich dort. Ich habe gestern Abend eine Nachricht bekommen, als sie schon weg waren. Es gibt einen Anlass, zu dem wir eingeladen sind. Und ich hatte mich nach unserem Gespräch gestern schon dazu entschlossen, die Kopien wieder hinzubringen. Ich bin inzwischen der Meinung, dass weder mein Sohn noch ich sicher sind, solange wir sie bei uns oder auch nur in der Nähe seiner Buchhandlung aufbewahren."

Wie ein Pendel spürte sie die Gedanken in ihrem Kopf von einer Seite zu anderen schwingen, während der Ex-Priester in Zeitlupe mit dem Kopf auf den Beifahrersitz deutete.

„Also noch ein Herr Chuerro", hörte sie sich selbst sagen. Vor ihrem geistigen Auge schoben sich einige Puzzlesteine zusammen. Bisher noch als nicht gestellte Fragen zusammenhanglos im Hintergrund ihrer Überlegungen schwebend, ergab sich plötzlich ein verständliches Bild und die logische Schlussfolgerung, dass die Besitzerin des Buchladens Asger Chuerros Frau gewesen sein musste.

„Genau ... Chuerro ... Adam Chuerro." Schmunzelnd hielt er seinen Daumen in die Höhe und drehte sich zu ihr um. „Aber wir können uns duzen, wenn sie möchten. Ich habe es nicht so mit Förmlichkeiten."

Dieses Mal hielt sie seinem Blick länger stand, musste dann aber doch fragen. „Ich wusste gar nicht, dass katholische Priester auch Familien haben. Ich dachte immer, die leben ... enthaltsam."

Mit fragend hochgezogenen Augenbrauen sah sie wieder zum Lenker des Wagens hinüber. Einige Atemzüge lang schwieg er, dann begann er zu reden.

„Das Zölibat in der katholischen Kirche besteht immer noch, ich meine, das Gelöbnis vor dem Herrn – in Keuschheit zu leben. Jeder Priester, Mönch, Nonne ... Diener unter dem Kreuze Christi legt es ab. Adams Mutter und ich haben uns kennengelernt, bevor ich mich entschloss, meiner Berufung zum Priester zu folgen, und für uns beide war es kein Widerspruch."

Gespannt hörte die Kriminalistin zu und fragt dann: „Haben sie deshalb ihren Kragen abgenommen?"

Sein Kopf wackelte ein wenig hin und her. Doch er wirkte entspannt, als er antwortete: „Der Auslöser war eigentlich der Disput, den ich mit dem Vorstand der Sakramentkerken wegen Marie-Ann hatte. Natürlich war zum Teil auch ein spezieller Gewissenskonflikt mit ein Grund, trotzdem ist es insgesamt etwas komplexer. Belassen wir es einfach dabei, dass ich einen anderen Weg für mich gefunden habe, meinen Glauben zu leben und mich deswegen nicht mehr an die Zwänge jahrhundertealter, längst überholter Zweckmäßigkeit gebunden fühle."

So etwas wie Friede lag in den Gesichtszügen des alten Herrn und Nikita bestätigte die Beendigung dieses Themas mit einem stummen Nicken. Sie drückte sich mit dem Ellenbogen von seiner Lehne weg und rutschte in eine bequeme Sitzposition. Im Nirgendwo ihrer Gedankenstrudel sinnierend sah sie durch die Seitenscheibe des Fahrzeugs drei mediäval anmutende Windmühlen in einem Meer aus bunten Tulpen nebeneinander aufgereiht am Rande der Autobahn stehen. Die Landschaft und der Himmel ringsum wirkten unglaublich idyllisch. Sie fühlte sich wie ein kleines Mädchen, als dieses beeindruckende Bild Sekunden später wieder aus ihrem Blickfeld verschwunden war und sie immer noch lächelte. Der flüchtige Blick über den Rückspiegel in die Augen von Adam Chuerro machte ihr bewusst, dass er es wohl auch bemerkt hatte. Der sanfte Glanz darin wirkte dermaßen beruhigend auf sie, dass sie laut gähnen musste.

„Sie können ruhig ein wenig schlafen, wenn ihnen danach ist. Wir wecken sie, wenn wieder Windmühlen kommen."

Während des zweiten langen Gähnens lehnte sie schon wieder in der weichen Rückenpolsterung des Wagens, aber antwortete lächelnd: „Sie wissen, dass wir in Dänemark auch Windmühlen haben."

Es war ein beinahe meditativer Zustand. Die beiden Männer unterhielten sich rücksichtsvoll nur wenig und leise. Nikita ließ sie in dem Glauben, sie wäre eingeschlafen, und behielt ihre Augen geschlossen im Versuch, etwas Ordnung in ihren Gedanken zu schaffen.

„Weck Frau Jonas auf, Adam. Vielleicht hat sie Hunger oder möchte etwas trinken. Wir brauchen noch etwa eine Stunde bis zum Godshuis und ich muss bald tanken."

Ob sie nicht doch eingeschlafen war, wusste Nikita nicht so recht, doch als sie ihre Augen halb öffnete, wollte ihr der junge Chuerro eben mit der Hand aufs Knie klopfen.

„Lassen sie das, ich schlafe nicht."

Entgegen ihrer Erwartung war er anscheinend nicht überrascht. Er grinste sie an und antwortete freundlich: „Hab es mir fast gedacht. Dann haben sie ja mitbekommen, dass sie in Kürze die Chance bekommen, sich zu erfrischen, während mein Vater den Wagen auftankt."

„Gib mir die Papiere!"

Ihr Atem stockte, das Herz schlug ihr bis zum Hals und in ihrer Brust breitete sich stechender Schmerz aus, während sie aus ihren vom Schlaf verschwollenen Augen den dunklen Umriss in ihrem kleinen Wohnzimmer anstarrte.

Sylgja hatte etwas gehört. Zuerst nur unterschwellig als Nebengeräusch eines Traumbilds wahrgenommen, war sie dann hochgeschreckt. Konzentriert in die Stille ihrer Wohnung horchend saß sie auf der Bettkante. 05:02 Uhr verkündete die Digitalanzeige ihres Radioweckers und obwohl sie noch gut zwei Stunden hätte schlafen können, war sie zu wach und zu durstig, um sich wieder hinzulegen. So war sie ins Wohnzimmer getapert.

„Ich weiß nicht, was sie meinen! Wovon reden sie, was machen sie in meiner Wohnung? Ich rufe..."

Unglaublich schnell flog der Schatten auf sie zu und eisern packte der brutale Griff ihren Hals.

„Laber nicht herum, blöde Schnepfe, du weißt, wovon ich rede. Ich will die Papiere, die du von der Polizei bekommen hast. Gib sie mir und mehr als das passiert nicht!"

Einige Tropfen Speichel platschten ihr ins Gesicht, als er sie anzischte und ihr im selben Augenblick seine Faust in den Magen drosch. Dafür empfing der Ärmel seiner Jacke einen kleinen Schwall Kotze aus teilverdautem Earl Grey und Milchreis von Sylgjas Mitternachtssnack. Panik und Schmerz waren ihr ins Gesicht gemeißelt. Trotzdem war ihr bewusst, dass sich blöd zu stellen ihr nicht helfen würde.

„Ich … ich habe sie nicht da, die sind in meinem Büro, in der Bibliothek."

Das Wasser stand ihr in den Augen, während sie versuchte, in seiner angewiderten Fratze zu lesen, mit der er seinen angekotzten Arm betrachtete. Nach einem Moment bedrohlicher Stille schubste er sie heftig nach hinten. Stolpernd stieß sie mit dem Rücken gegen die Wand und blieb zitternd dort stehen.

„Zieh dir was an, wir fahren hin."

Sylgja nickte stumm, während sie den angestauten Rotz durch die Nase hochzog. Vorsichtig drückte sie sich von der Wand weg und ging langsam zu ihrem Schlafzimmer, während der Eindringling ein Geschirrtuch vom Haken herunterriss und sich damit über den Ärmel wischte. Obwohl ihre Hand zitterte, griff sie im Vorbeigehen nach ihrem Handy, das auf dem Vorzimmerkästchen lag, und hielt es dann mit beiden Händen fest vor ihren Bauch gedrückt.

„Beeilung!"

Er stand plötzlich im Türrahmen und machte keinerlei Anstalten, sich von da wegzubewegen. Sylgja sah erschrocken über ihre Schulter und begann sich dann umständlich etwas anzuziehen.

Das leise Knirschen unter den Rädern des Rovers verstummte, als der Wagen vor der halbverfallenen Ziegelwand zum Stehen kam, und die Polizistin atmete laut hörbar aus.

Das Wetter hatte sich in der letzten Stunde zum zweiten Mal komplett geändert. Nur kurz nach dem Tankstopp auf der Autobahn waren sie auf eine Bundesstraße eingebogen und ab da durch einen scheinbar niemals enden wollenden Regenschauer gefahren. Erst vor etwa fünfzehn Minuten begann der Niederschlag merklich abzuklingen und kurz bevor sie ihr Ziel erreichten, brach plötzlich die Sonne durch die schweren schwarzen Wolken. Eine nahezu gerade Linie trennte den schwarzen vom blauen Himmel und Nikita war sich sicher, niemals zuvor solch ein Wetterphänomen gesehen zu haben.

Das Anwesen lag am Rande der kleinen Ortschaft, nicht allzu weit von der Küste entfernt, aber wohl zu weit weg, um vom Tourismus entdeckt worden zu sein. Schon auf den paar Kilometern durch den Ort war ihnen keine Menschenseele begegnet. Auch nicht, als sie durch das breite Tor der Steinmauer über die von dicken Bäumen gesäumte Asphaltstraße bis zum Haupteingang vorfuhren. Adam hatte Nikita inzwischen von der wechselvollen Geschichte der Anlage erzählt. Die Bauarbeiten begannen im Jahr 1843 und das Gebäude wurde mit den großzügig bereitgestellten Mitteln einer Frau aus der Umgebung etwa 1849 fertig gestellt. Ursprünglich war es ein Krankenhaus, später ein Altenheim, dazwischen nochmals eine Krankenanstalt, dann ein Waisenhaus. Während des zweiten Weltkrieges wurde es von der Bevölkerung als Zufluchtsort genutzt und stand dann lange Zeit wegen ungeklärter Besitzansprüche leer. In den 1990er Jahren war es bereits völlig desolat und verfallen, bis es von einem Investorenkonsortium aufgekauft wurde. Im Jahr 1999 begannen dann die Umbauarbeiten zu einem Hotel. Die Investoren hatten sich anscheinend große Gewinne erwartet.

Tagungen, Seminare und sonstige Veranstaltungen sollten an diesem außergewöhnlichen Ort stattfinden. Als Luxusressort für Radfahrer, Wanderer und landschaftsbegeisterte Besucher 2004 fertiggestellt, schien das Konzept aber nicht wirklich aufgegangen zu sein.

Die Absätze ihrer Stiefel sanken in den feuchten Kies ein als sie ausstieg und sich umblickte. Es fühlte sich unwirklich an. Alles hier. Der geschotterte Parkplatzbereich bot Platz für etwa achtzig Fahrzeuge, aber hier standen bloß fünf Autos. Das gesamte Areal machte einen verlassenen Eindruck – verstärkt noch durch den von den weiten Grasflächen rund um das riesige Gebäude aufsteigenden Bodennebel. Der Niederschlag von zuvor verdunstete jetzt schnell im Sonnenschein. Eine kleine, schneeweiße Katze lief laut miauend über die niedrige Ziegelmauer vor dem großen Haupteingang des Hotels bis zu ihnen und setzte sich hin. Aus grün glänzenden Augen starrte sie die Ankömmlinge an. Nikita atmete ein weiteres Mal laut hörbar aus. In dieser seltsamen Friedhofsstille empfand sie eine wunderbare Entspanntheit. Adam Chuerro ging an ihr vorbei, einen ledernen Weekender über der Schulter hängend. Das Schnappen der Zentralverriegelung des Wagens vernahm sie kaum. Die Silhouetten der beiden Männer verschwanden in waberndem Dampf und das Echo gregorianischen Gesangs und sakralen Glockengeläutes drang aus weiter Ferne in ihr Bewusstsein.

***

Eine lange Kolonne von Armeelastwagen reiht sich in der Allee neben dem ehemaligen Kloster dicht an dicht. Soldaten der deutschen Wehrmacht laufen herum. Vier davon heben eine schwere Holzkiste auf den letzten Laster in der Reihe und dann ertönt ein lauter Ruf gefolgt vom Schrillen einer Trillerpfeife. Die Motoren dröhnen und während sich die ersten Wagen an der Spitze des Trosses in Bewegung setzen, steigen hinter dem Gebäudekomplex zwei schwarze Bombenpilze in die Höhe. Eine Staffel Sturzkampfbomber fliegt in niedriger Höhe über das Gelände und überzieht die gesamte Szenerie mit infernalischem Lärm. Eine Gruppe von mindestens zwanzig Männern, einige davon in dunklen Mönchsroben, steht zusammengedrängt auf den Stufen des Nebeneingangs. Vier Soldaten halten ihre Maschinengewehre auf sie gerichtet. Etwas abseits steht ein SS-Offizier und redet auf einen Mann ein, der eine Kutte aus grauem Stoff trägt. Plötzlich tritt einer der Ordensbrüder aus der Gruppe und richtet das Wort an die beiden. Er beginnt zu schreien. Nikita versteht die Sprache nicht, doch es ist eine Anklage. Sie sieht es an der Verbitterung und Wut in dem Gesicht des Mannes. Zornig zeigt sein Finger auf die beiden und hart klingen die Worte durch die kühle Luft. Der SS-Offizier nimmt seine schwarze Kappe ab und fast unmerklich nickt er. Einer der Soldaten tritt zwei Schritte vor und richtet seine Pistole auf den Kopf des Anklägers. Während dessen Schädel an der Austrittsstelle der Kugel mit einer matschigen Blutfontäne zerplatzt, sackt sein Körper zusammen. Keinerlei Regung ist im Gesicht des Offiziers zu sehen, während er seine Kappe mit dem silbernen Totenschädel ein wenig schief wieder auf seinem Kopf platziert und sich dann wortlos von dem Mönch neben sich abwendet. Während er auf einen Kübelwagen zugeht, knattern kurze Stöße von Maschinengewehrsalven durch den Lärm. Jeder einzelne aus der Gruppe der Männer liegt tot auf der breiten, steinernen Treppe. Der Mönch, der nicht in ihrer Reihe gestanden hatte, aber trotzdem einer von ihnen war, dreht sich um. Langsam zieht er seine Kapuze vom Kopf und Nikita weiß genau, dass sie diesem Mann schon einmal begegnet ist. Sein gelbblonder Vollbart ist zerzaust, der Haarkranz der bereits merklich zugewachsenen Tonsur zeigt seine Zugehörigkeit zu einer christlichen Gemeinschaft. Dieser Gesichtsausdruck, diese Augen. *Dich kenne ich doch!*

***

„Hey, Kleine."

Dicht an ihre Wade gedrängt sah die kleine weiße Katze zu ihr hoch und miaute. Doch als Nikita sich nach unten bückte, um sie zu streicheln, rannte sie plötzlich mit hoch in die Luft gestrecktem Schwanz weg.

„Sie mag sie anscheinend."

Adam stand etwa da, wo die Katze vorhin gesessen hatte als sie ankamen. Ein Bein auf der niedrigen Mauer abgestellt und die Arme lässig darauf abgestützt, grinste er sie an.

„Normalerweise spricht sie nicht mit jedem. Kommen sie, Frau Jonas."

Für eine Sekunde blieb sie hocken und blinzelte. Die Sonne stand direkt hinter ihm am Himmel und sie hatte plötzlich das Gefühl, ihn schon ewig zu kennen.

„Nikita! Du kannst mich Nikita nennen. Ich habe es auch nicht so mit Förmlichkeiten."

Sie drückte sich in die Höhe und griff zu ihrem Trolley.

„Wenn es für dich okay ist, treffen wir uns in ungefähr vierzig Minuten wieder hier und gehen dann gemeinsam in den Studientrakt hinüber. Mein Vater ist schon dort."

Er hatte lässig am Tresen gelehnt, solange Nikita das Anmeldeformular für ihr Zimmer ausfüllte. Jetzt standen sie sich gegenüber.

„Ja klar. Bis dann", antwortete sie und überlegte auf dem Weg zum Aufzug, ob sie zu kurz angebunden gewesen war, vergaß es aber auch gleich wieder. Sie mochte diesen Ort. Schon beim Eintreten in das Foyer war sie von einer gewissen Zufriedenheit erfasst worden. Das lag aber eher an der besonderen Atmosphäre der alten Mauern statt an der Anwesenheit Adam Chuerros. Fünf, sechs Meter hoch war das langgestreckte Foyer mit den extra breiten Treppen links und rechts vom Eingang. An den weiß getünchten Ziegelwänden hingen große Poster in schweren Goldrahmen. Der Boden war mit rotem Teppich ausgelegt, welcher auf der Treppe von kupfernen Stäben in Position gehalten wurde.

Ihr Zimmer befand sich im dritten Stock. Die Räume in den oberen Stockwerken waren nicht mehr ganz so hoch wie im Erdgeschoß, aber doch zumindest dreieinhalb Meter. Der breite Flur war mit graubraunem Teppichboden ausgelegt und Ölgemälde mit Blumenmotiven hingen zwischen den hohen Fenstern. Nach einem Blick auf die Orientierungstafel mit den Zimmernummern bog sie nach links ab. Die Sonne schien hell durch die schmalen Dachfenster und es war, beinahe schon unheimlich, still. Nikita ertappte sich dabei, dass sie beim Öffnen ihrer Zimmertüre versuchte, kein Geräusch zu verursachen. In der geräuschlosen Ruhe dieser alten Mauern hatte sie, anscheinend unbewusst, die Rolle des stumm dahinschwebenden Eindringlings übernommen.

Das unfassbar laute Intro des Guns N' Roses Songs „Paradise City", welchen sie als Klingelton auf ihrem Handy abgespeichert hatte, explodierte ihr am Busen und hob sie fast aus den Schuhen. Genervt wischte sie mit dem Finger über den grünen Button auf dem Display des Handys und genauso genervt hörte sich ihre Begrüßung an: „Was gibt es, Carl!"

Während sie rasch ans Fenster trat, zog sie sich das Gummiband vom Zopf an ihrem Hinterkopf und wechselte dann das Handy an ihr anderes Ohr. Deswegen hörte sie seinen Gruß nur sehr leise und wie aus weiter Ferne.

„Du wirst es nicht glauben, Nikita, wir haben den Mörder, er wurde heute Morgen erschossen! Es gibt keinen Zweifel, es ist der als Priester verkleidete Kerl aus dem Krankenhaus! Der Mann, den wir auf der Videoaufzeichnung haben. Und wir haben auch noch die fehlende Seite aus dem Buch bei ihm gefunden, die du am Tatort fotografiert hast. Er muss sie dem Mädchen abgenommen haben."

„Scheiße!"

Ein paar Sekunden lang herrschte Stille.

„Also, eigentlich hätte ich eine andere Reaktion von dir erwartet."

Carls Stimme wirkte nun auch ziemlich genervt. Nikita ließ sich in den gemütlich aussehenden Sessel fallen, der unter dem Fenster neben einem kleinen, einfachen Tischchen stand. Sie rubbelte sich mit der Handfläche die Stirn.

„Du sagtest erschossen, also ist der Kerl tot, oder? Dann wird es jetzt erst recht kompliziert, nicht wahr."

Das war eine Feststellung und keine Frage. Was Carl aber wohl nicht ganz so bewusst war: „Finde ich nicht. Ich erzähl dir mal, was passiert ist."

„Ist alles okay? Du siehst ein wenig frustriert aus. Hier, ich habe für dich auch gleich einen genommen."

Adam hatte auf der breiten braunen Ledersitzbank des Foyers gesessen, als sie aus dem Aufzug kam. Vom Tisch vor ihm nahm er zwei kleine, rotbraune Pappbecher und hielt ihr einen davon entgegen: „Ein wenig Zucker und etwas Milch."

Adam merkte ihr anscheinend nicht nur an, dass sie nachdenklich war, sondern hatte ebenso daran gedacht, dass sie vielleicht einen Kaffee brauchen könnte. So sympathisch diese Geste auch war, sie trug zu ihrer Verwirrung bei.

„Vielen Dank. Ich erzähle es dir, wenn wir deinen Vater treffen", sagte sie, und nahm einen Schluck aus dem Becher.

„Okay. Wir müssen in den Südflügel."

„Hey, Jonas! Jonas, hörst du mich nicht? Hey, Jonas!"

Der eiskalte Schauer, der Nikita über den Rücken lief, kam nicht etwa davon, dass ihr die unsagbar schrille Stimme der blöden Kuh aus der Neunten so fürchterlich auf den Keks ging.

Das Mädchen hatte ihr direkt in die Augen gestarrt, als Nikita aus dem Schulgebäude kam, und sie befürchtete, dass die sie gleich ansprechen würde. In dem Versuch, dem zu entgehen, war Nikita die letzten drei Stufen der Schultreppe in einem Satz hinuntergesprungen. Blöderweise war genau dort, wo sie landete, eine doch recht ansehnliche Pfütze und in genau der stand sie jetzt und spürte das Wasser durch den Stoff ihrer Converse sickern.

„Hey, Jonas."

Das Tippen auf ihrer Schulter ließ Nikita resignierend die Augen verdrehen. „Hey... Hi, was gibt es."

Die Augen zuerst noch auf die nassen Turnschuhe gerichtet, stieg Nikita aus der Wasserlache und sah das vor ihr stehende Mädchen dann fragend an.

„Hast du es schon gehört? Die Fotografin, die soll sich umgebracht haben! Kanntest du die nicht näher? Weißt du mehr darüber? Ist das wahr?"

Adam und Nikita stiegen über die Treppe in das erste Stockwerk und gingen dann den breiten Flur entlang.

„Auf dieser Etage sind die meisten Tagungs- und Seminarräume untergebracht."

Während Nikita neben ihm herlief, ließ sie die Umgebung auf sich einwirken und da sie dabei nicht sprach, schien Adam das Bedürfnis zu verspüren, ein bisschen den Fremdenführer zu spielen. Die Polizistin antwortete zwar mit einem Nicken und dem Ansatz eines Lächelns, ließ sich aber nicht von der Betrachtung der Örtlichkeit ablenken. In diesem Stock waren über die ganze Länge des Korridors hohe Fenster in die Wände eingelassen, die einen wunderbaren Blick in den weiten Innenhof boten. Er bestand aus einer einzigen Grasfläche mit jeweils einem breiten Zugang an der Nord- und Südseite des Vierkantgebäudes. Interessant waren auch die Bilder an den Wänden. Alle paar Meter befanden sich hohe, oben halbrunde, dunkle Holztüren, welche wohl in die von Adam erwähnten Seminarräume führten. An den freien Wandflächen dazwischen hingen Fotografien in verschiedenen Größen und Ausrichtung. Erst nachdem Nikita an einigen vorbeigegangen war, bemerkte sie, dass sie alle etwas gemeinsam hatten. Sämtliche Bilder zeigten halb oder gänzlich nackte Frauen in mehr oder weniger erotischen Posen. Sie blieb vor einem recht großen stehen, um es sich genauer anzusehen.

„Was hältst du davon? Die stammen alle von einer Fotografin, die eine Landsmännin von dir ist, aus Dänemark. Kopenhagen sogar. Ein Freund von ihr, der Eigentumsanteile des Hotels hält, hat sich dafür eingesetzt, dass ihre Werke hier im Hotel für einige Zeit ausgestellt werden."

Die junge Polizistin zuckte mit den Schultern und wandte sich von der Fotografie ab.

„Naja, was soll ich sagen, über Kunst lässt sich ja bekanntlich streiten, nicht wahr? Ich finde die Bilder ganz okay, aber das war es auch schon."

Adams Augenbrauen zuckten belustigt, dann setzte er den Weg fort. Am Ende des langen Korridors bogen sie ab und nachdem sie über eine schmale Treppe wieder zwei Stockwerke nach unten gegangen waren, führte er sie durch den Innenhof auf die andere Seite des Gebäudes. Hier gab es nur einen einzigen Treppenabgang. Ein Gang, eigentlich eine langgestreckte Halle aus nackten, wohl absichtlich alt belassenen Ziegelwänden im Rundbogengewölbestil erwartete sie. Der derbe Holzfußboden war, obwohl angepasst an die Mauern, aber mit Sicherheit neueren Datums.

„Das war einmal der Weinkeller."

Das hätte er ihr nicht sagen zu brauchen, es war allein schon aufgrund der Optik und wegen der speziellen Lage im Gebäude ersichtlich. Das war jedoch nicht das, worauf er hinauswollte.

„Bei Renovierungsarbeiten im Jahr 2011 wurde hier ein zugemauerter Gang gefunden. Dieser Gang..."

Er blieb plötzlich stehen und deutete mit der Hand nach links. „Hier geht es entlang. Er führt zu einem unterirdischen Komplex, es wird das Gewölbe genannt. Man vermutet, dass die Erbauer des Krankenhauses ein bereits bestehendes Höhlensystem tief in der Felsstruktur darunter freigelegt und dann ausgebaut haben. Vielleicht war es sogar der Grund für die Standortauswahl, wer weiß."

Sie gingen den etwa eineinhalb Meter breiten, aber eher niedrigen Gang entlang, der in einem Bogen zu einer dunklen, mit gusseisernen Beschlägen verstärkten Doppeltüre führte.

Während er auf den Knopf neben einem Display auf der Tür drückte, redete Adam weiter: „Der Zugang wurde wahrscheinlich zugemauert, als die deutsche Wehrmacht immer weiter nach Belgien vorrückte. Während der gesamten Zeit, in welcher sich deutsche Truppenteile hier herumtrieben, haben sie den Eingang nicht gefunden. Und das, obwohl sie angeblich sogar Zuträger aus der Bevölkerung hatten. Als sie dann wegen der herannahenden Alliierten abziehen mussten, töteten sie jene, die hier Zuflucht gesucht hatten. Das Wissen über die Existenz der Gewölbe ging verloren. Zurück blieb nur ein diffuses Gerücht."

Mit einem dumpfen Schnappton sprang eine Hälfte der Türe auf und Adam drückte sie mit der Handfläche ganz auf. Entgegen ihrer Erwartung lag hinter der Tür kein verstaubter mittelalterlicher Gewölbekeller, sondern ein großer, nahezu leerer, heller Saal. Er war wohl von den Eigentümern des Hotels als Veranstaltungsraum gestaltet worden. Sie schätzte den Raum auf gut dreihundert Quadratmeter und er war sicher mehr als drei Meter hoch. Eine lange, modern wirkende Bar aus gebürstetem Metall mit zweistöckigen Glasregalen an der weiß getünchten Ziegelmauer dahinter war die Grundausstattung dieser Räumlichkeit. Was allerdings etwas surreal wirkte, war das geschäftige Treiben hier. Entgegen der fast schon gespenstisch anmutenden Leere in diesem Hotel, sah sie Menschen. Einige davon waren damit beschäftigt, eine ganze Reihe von Stehtischen mit weißen Tüchern zu bespannen, andere schienen ein Buffet vorzubereiten. Drei Frauen waren hinter der Bar damit beschäftigt, Gläser zu polieren und in die Regale an der Wand zu stapeln. Adams Vater stand mit dem Rücken zu ihnen am Ende der Bar und redete dort mit zwei Frauen.

Dann drehte er sich zu ihnen um und stellte die Rothaarige als Frau Kira Lindstrom vor. Die andere nannte er einfach nur Lindsay, sie war ihre Assistentin. Adam schien die beiden Frauen bereits zu kennen.

„Lindstrom? Kann es sein, dass wir uns kennen?"

Wie durch eine Nebelwand versuchte die Polizistin eine schemenhafte Erinnerung in ihrem Unterbewusstsein auf ein klares Bild zu fokussieren. Die Rothaarige, die ihr gegenüberstand, blickte gespielt forschend über den Rand ihrer Sekretärinnenbrille und rückte sie mit zwei Fingern noch ein wenig tiefer in Richtung ihrer perfekten Nasenspitze, während sie ihr schlaff die Hand drückte. Eine fröstelnde Welle kroch über Nikitas Waden und sie bereute, dass sie überhaupt gefragt hatte. Das überhebliche Schmunzeln im Gesicht der Rothaarigen weckte Erinnerungen an ihre Kindheit. Aber nicht unbedingt angenehme. Außerdem fühlte sie sich dem Blick der Rothaarigen ausgeliefert. Sie zog die Jacke über ihrem Busen zusammen. *Ich hoffe nicht!*

Nikita spürte die Hand des Ex-Priesters auf ihrer Schulter und sah ihn an.

„Kira ist eine bekannte Fotografin und hier wird gerade die Vernissage zu der Ausstellung ihrer Werke vorbereitet. Es sind einige davon im Hotel aufgehängt. Vielleicht haben sie auch schon einen der Flyer für die Veranstaltung heute Abend bemerkt, die liegen in der Lobby überall herum und wahrscheinlich kommt sie ihnen deshalb bekannt vor." Er zwinkerte Nikita zu.

„Die Damen entschuldigen uns jetzt bitte. Die beiden holen mich zu einer Verabredung ab." Er drehte sich von der Fotografin und ihrer Assistentin weg. „Wir können gehen, wenn ihr wollt."

„Ich freue mich, euch heute Abend zu sehen. Sie natürlich auch, Frau Jonas!"

Mit einem Nicken bestätigte die Polizistin, die Einladung der Rothaarigen registriert zu haben.

Mit großen Augen starrte Nikita die rohe Decke des Gewölbebogens im ehemaligen Weinkeller an, während sie ihr Telefon in die Gesäßtasche zurückschob. Als sie bemerkte, dass sie angefangen hatte, die Ziegel zu zählen, schüttelte sie den Kopf und ging weiter.

Ihr Handy hatte plötzlich geläutet, als sie gerade am Ende des Kellergangs angekommen waren. Dort schien ein weiterer Gang im rechten Winkel angelegt zu sein, ein vielleicht zehn oder fünfzehn Meter tiefer Raum, der sich ins Dunkel erstreckte.

Die beiden Männer waren stehengeblieben, während sie mit dem Telefon am Ohr langsam zurückgelaufen war und sich so immer mehr von ihnen entfernt hatte. Das Telefonat dauerte eine ganze Weile und es war ihr unangenehm, dass sie die beiden Männer so lange hatte warten lassen. Aber wenigsten aus wichtigem Grund.

„Schlechte Nachrichten?"

Beide sahen sie gespannt an.

„Das weiß ich noch nicht genau. Ich glaube, ich könnte einen Kaffee brauchen – und außerdem muss ich mich jetzt dringend mit ihnen in Ruhe unterhalten."

Der Ort ließ nicht unbedingt auf die Möglichkeit schließen, sich gemütlich mit einem Espresso zu einem Gespräch zu setzen, und Nikita blickte sich suchend um.

„In Ordnung. Kommen sie."

Da es weder Fenster noch Beleuchtung gab, konnte man die Türe am Ende des Tunnels erst erkennen, als sie beinahe davorstanden. Asger Chuerro trat als erster ein, nachdem er die

Türe aufgesperrt hatte. Ein halbrunder Korridor führte zu einer Treppe nach unten.

„Das ist der Zugang zu den Gewölben, von denen ich vorhin erzählt habe. Es gibt da unten Kaffee." Adam ließ ihr den Vortritt, während er ihr Kaffee versprach.

Der Ex-Priester stand bereits ein paar Stufen unter ihnen und wartete darauf, dass die Türe hinter Adam zufiel.

„Du wirkst weniger überrascht, als ich erwartet hätte."

Das Gefühl, sich wie in einem gigantischen Turm über die abgenutzten Steinstufen nach unten zu schrauben, ergab sich aus deren Trittfläche. Links war die Kante etwas kürzer als rechts, was aber aufgrund der Breite auf den ersten Blick gar nicht sofort ersichtlich war. Adams Feststellung riss Nikita aus ihrer Beobachtung, während sie hinter seinem Vater die Treppe nach unten stieg.

„Du meinst, weil wir jetzt erst in das sogenannte Gewölbe gehen? Schon vergessen, ich bin Polizistin. Ich höre nicht nur zu, wenn mir jemand etwas erzählt, ich merke es mir sogar." Gespielt überheblich sah sie ihn über ihre Schulter an. „Du hast von einem Komplex aus Höhlen tief unten gesprochen. Das wäre dann wohl kaum der Partykeller im Fundament des Gebäudes gewesen, oder? Ich rate mal und vermute, dass dieser Eventsaal einmal das Vorratslager für Lebensmittel oder Medikamente und dergleichen gewesen sein könnte."

Der Blick in sein grinsendes Gesicht erübrigte die Antwort.

„Wie weit geht es hinunter?"

„Das tiefste Niveau liegt bei etwa sechzig Metern. Es beginnt aber bei ungefähr dreißig Metern. Wir sind gleich da."

„Schon mal über den Einbau eines Aufzuges nachgedacht?"

„Den gibt es, aber auf der anderen Seite."

Aha. Es gab also auch einen Hintereingang. Die nächsten zwei Minuten stiegen sie schweigend weiter in den Untergrund hinab, bis sie unvermittelt vor einer Wand schemenhafter Dunkelheit ankamen. Ein Kreis aus sanft fluoreszierenden, kurzen Streifen war zu erkennen und dann begann sich von einem Moment auf den nächsten im Sekundentakt das Dunkel aufzuhellen. Leise Knacklaute verkündeten das Anfahren der Startrelais von Neonröhren, welche in einfachen, schwarzen Rahmen an dünnen Ketten von der Decke hingen.

„Da hinten können wir uns Kaffee machen." Asger Chuerro schritt geradewegs auf das Ende des etwa achtzig Quadratmeter großen Raumes zu. Er machte eine ausholende Bewegung mit dem Arm.

„Unseren Recherchen zufolge diente dieser Raum anfänglich dazu, anatomische Forschungen durchzuführen. Wir nutzen ihn heute als Arbeits- und Besprechungsraum. Die Schreibpulte, die da drüben stehen, waren schon da, als man die erste Kammer der Gewölbe 2011 wiederentdeckt hat. Die sind etwa zweihundertfünfzig Jahre alt und stammen aus einem heute nicht mehr existierenden Kloster in der Nähe. Es wurde im zweiten Weltkrieg vollkommen zerstört und danach nie wieder aufgebaut."

Sein Sohn war an Nikita vorbeigegangen, während sie seiner Armbewegung mit den Augen folgte. Der ganze Raum war rund, mit roten Ziegelsteinen verkleidet und bildete insgesamt eine Kuppel von etwa acht Metern Höhe an seinem Mittelpunkt. Wüsste sie nicht, dass sie nach unten gegangen waren, hätten sie auch im Dachgeschoß eines Doms sein können. Neben den vier Deckenleuchten waren in den Wänden einige Nischen eingelassen, welche, von weißen Scheiben verkleidet, ebenfalls leuchteten. So war der ganze Raum in warmes, gedämpftes Licht getaucht, welches in ihr ein angenehmes Gefühl von Ruhe erzeugte. Sie drehte sich zum Eingang zurück. Neben dem Zugang in den Raum standen zwei aus Stein gemeißelte Heiligenfiguren, gleich danach waren die eben angesprochenen Schreibpulte aufgereiht. Fünf Reihen in moderatem Abstand, zwanzig an der Zahl. Erstaunlich war, dass auf einigen geschlossene Notebooks lagen. An der Wand daneben standen etliche schlichte, aus dunklem Holz gefertigte, etwa zwei Meter hohe und offensichtlich auch sehr alte Buchregale. Alle waren mit unterschiedlichsten Gegenständen gefüllt, deren Zweck für sie auf den ersten Blick nicht ersichtlich war, aber der Anblick hatte insgesamt etwas Unheimliches. *Wie in einem Museum... Das Zeug war wahrscheinlich auch schon da, als sie die Gewölbe entdeckt haben.*

„Die Sachen in den Regalen dürften noch aus der Anfangszeit des Gebäudes als Krankenhaus stammen. Das sind alles medizinische Gerätschaften. Es wurde noch viel mehr hier unten gefunden, aber erst später."

Vater und Sohn sahen sich einen Augenblick an und es schien fast so, als würden sie sich telepathisch unterhalten, bevor der Vater weitersprach: „Bei Ausbruch des Krieges, wahrscheinlich aber auch schon davor, wurden alle möglichen Sachen hierhergebracht, welche von hoher Wertigkeit für die Menschen aus der Umgebung waren. Hauptsächlich, um sie vor Schaden zu bewahren, und aus Angst vor Plünderung durch die Deutschen. Bei den meisten Sachen lässt sich nicht mehr sagen, wem sie einmal gehört haben, wir sind aber immer noch am Katalogisieren, seit Ende 2016 auch die weiteren Kammern entdeckt wurden", erklärte er und fügte dann hinzu: „Wie wollen sie ihren Kaffee, Frau Jonas?"

Kann der meine Gedanken lesen? Ein wenig belustigt drehte sich Nikita zu den beiden um. Adam saß auf einem Hocker vor einem kurzen Tresen, der zu einer schlichten, kleinen Bar aus

Holz und Formstahl im Industriestil gehörte. Dahinter hantierte sein Vater an einem Kaffeeautomaten.

„Schwarz, bitte."

Wie meine Seele. Obwohl Nikita sicher war, den zweiten Teil nur gedacht zu haben, sah sie sicherheitshalber zur Seite. Die zweite Hälfte des Raumes war unterteilt in drei gleich aussehende Bereiche. Jeweils ein Dreiersofa aus schwarzem Leder, zwei dazu passende Loungesessel und ein viereckiger, einfacher Couchtisch aus denselben Materialen wie die kleine Bar. An der hohen Wand dahinter waren Bilderrahmen angebracht, in denen vergilbte Seiten mit Handschriften und Skizzen zu sehen waren, offensichtlich aus sehr alten Büchern. Hinter den Sitzgruppen waren halbhohe, offene Regalwände mit Ordnern gefüllt. Über der Bar hingen Banner aus schwerem Stoff, mit bunten Stickmotiven, die wie Kirchenfenster aussahen, teilweise mit Goldfransen an den Rändern.

Nachdem sie im mittleren Loungebereich Platz genommen hatten, begann Nikita ihren Bericht mit den Worten: „Wir haben den Mörder."

Dann erzählte sie von dem Telefonat mit ihrem Kollegen.

„Heute Morgen, so um 06:30 Uhr, habe ich eine SMS von deiner Freundin Sylgja Christensen bekommen", hatte der berichtet. „Da stand nur, HILFE EINBRECHER HOLM. Keine Sorge, sie ist okay", hatte er sie beschwichtigt, bevor er seinen Bericht fortsetzte: „Ich lasse mal die Einzelheiten aus und gebe dir nur die Fakten. Also, ich war ja am späten Abend, gleich nach deinem Anruf bei ihr. Als sie mir gesagt hat, dass die Seiten, die du ihr gegeben hast, alle im Holm sind, habe ich ihr meine Nummer dagelassen, falls was sein sollte. Und wie schon gesagt, heute Morgen sehe ich dann die SMS von ihr. Um etwa 06:45 Uhr war eine Streife bei der Bibliothek. Sie fanden den Eingang unverschlossen vor und dann den Nachtportier bewusstlos hinter dem Informationstresen im Eingangsbereich. Einer der Polizisten sprintete zum Büro deiner Freundin hoch, während der andere einen Rettungswagen und Verstärkung anforderte. Dann waren Schüsse zu hören und über die Treppe kam ein unbekannter Mann gelaufen. Er feuerte auch auf den Beamten im Erdgeschoß. Der Polizist bekam zwei Kugeln ab und blieb, genau wie sein Kollege im oberen Stockwerk, schwer verletzt liegen. Beim Verlassen des Gebäudes wurde der Täter von einem weiteren Beamten gestellt, eigentlich zufällig... Dieser Polizist hatte gerade seinen Dienst zur Eingangssicherung angetreten. Auf jeden Fall schoss der Verbrecher auch auf diesen Beamten und wurde im darauffolgenden Schusswechsel tödlich getroffen. Zum Glück haben wir sonst keine Toten zu verzeichnen. Sylgja wurde gefesselt und geknebelt in ihrem Büro gefunden, sie stand unter Schock, aber es geht ihr inzwischen wieder gut. Der Portier hat zwar einen Schädelbasisbruch, ist aber außer Lebensgefahr und der Zustand der beiden Streifenpolizisten mit Schussverletzungen ist auch nicht mehr kritisch."

Der Ex-Priester hatte Nikitas Schilderung mit im Schoß gefalteten Händen aufmerksam angehört. Langsam schlossen sich nun seine Augen. Sie meinte, eine gewisse Form von Erleichterung zu bemerken und sah dann zu seinem Sohn hinüber. Der hielt den Kopf gesenkt.

Mit gefasster Stimme fragte sein Vater: „Es ist also eindeutig der Mann, der bei Marie-Ann im Krankenhaus war und von dem angenommen wird, dass er nicht nur sie, sondern auch meinen Bruder ermordet hat?"

Asger Chuerro schien sich der Tragweite dieser Neuigkeit noch nicht so recht bewusst zu sein. Beziehungsweise schien er noch zu zweifeln.

„Ja, absolut. Es gibt noch mehr Beweise, außer den Aufnahmen aus dem Krankenhaus", antwortete Nikita, während sie einen Schluck Kaffee nahm. Er schmeckte wirklich vorzüglich. Sie stellte die Tasse auf dem Tisch ab und stützte die Ellenbogen auf ihre Knie, bevor sie fortfuhr: „Bei dem Mann wurde die fehlende Seite vom Tatort gefunden, die logische Schlussfolgerung: Marie-Ann hatte sie aus dem Haus ihres Bruders geholt und sie hatte sie noch immer bei sich, als sie ins Krankenhaus gebracht wurde. Der Killer muss ihre Verhaftung beobachtet haben und hat sich dann die Geschichte mit der Verkleidung als Priester ausgedacht, um an sie heranzukommen."

„Würde das nicht bedeuten, dass der Mörder weit mehr über sie und meinen Vater gewusst haben muss?", warf Adam ein. „Wäre er sonst darauf gekommen, sich als Priester zu verkleiden?"

Adam sah seinen Vater an. Asger Chuerro wirkte ein wenig abwesend, während er auf den Tisch vor sich starrte.

„Du hast recht," bestätigte Nikita, „er hat es mehr oder weniger von deinem Onkel erfahren. Bei dem getöteten Mann wurde ein Notizblock gefunden. Marie-Anns Name, ihre Telefonnummer und...", Nikita zeigte auf den Ex-Priester, „ihre Adresse standen darin. Es war das Adressbuch deines Onkels. Dein Vater hatte ihm gesagt, wer die Papiere abholen wird, und irgendwo unter den Sachen deines Onkels wird wohl auch die eine oder andere Information über deinen Vater zu finden gewesen sein, ein paar Fotos vielleicht."

Asger Chuerro hörte mit zusammengepressten Lippen zu.

„So, wie es aussieht," sprach Nikita weiter, „wurde dein Onkel ermordet, weil er nicht freiwillig sagen wollte, wo die kopierten Seiten sind, und der Killer es wie einen normalen Einbruch aussehen lassen wollte, um vom eigentlichen Motiv abzulenken." Die Polizistin schüttelte bedauernd den Kopf.

135

„Das verstehe ich nicht! Warum die Umstände? Und warum musste er auch Marie-Ann töten?" Auch Adams Gesicht wirkte wie versteinert.

„Auch das lässt sich erklären und es passt alles zusammen. Marie-Ann war bei deinem Onkel und hat wie abgemacht die Seiten abgeholt. Wahrscheinlich hat dein Onkel später die bewusste Seite gefunden und sie vielleicht angerufen, um ihr zu sagen, dass er sie noch hat. Also fuhr sie noch einmal zu ihm. Als sie zum Haus kam, war er aber schon tot und die Polizei da. So fuhr sie wieder zurück in die Wohnung deines Vaters und versteckte die Kopien aus dem Buch hinter der Klospülung. Am Abend war sie nochmal im Haus deines Onkels und hat die fehlende Seite gefunden. Da war ihr der Mörder bereits auf der Spur. Vielleicht hat er beobachtet, wie sie die Wohnung verlassen hat, und ist ihr gefolgt... Als sie in das Haus deines Onkels eingedrungen ist, hat er einfach nur auf einen günstigen Moment gewartet, um sie abzufangen. Zu seinem Pech wurde sie aber dabei erwischt und verhaftet. Jetzt wurde es eng für ihn, denn er konnte nicht wissen, ob Marie-Ann die Polizei auf seine Spur führen könnte. Er musste sich etwas einfallen lassen. Was immer im Krankenhaus passiert ist, bevor er sie umgebracht hat – sie hat sein Gesicht gesehen und wusste, wonach er suchte. Deshalb musste auch sie sterben."

Forschend blickte der alte Chuerro sie an.

„Mir fehlt noch der Zusammenhang mit ihrer Freundin. Wie konnte er von ihr wissen?"

Den Anflug schlechten Gewissens konnte Nikita nicht einfach abschütteln, obwohl sie es wirklich gerne getan hätte.

„Das war mein Fehler... Ich sagte doch, dass er Marie-Anns Verhaftung beobachtet haben dürfte. Nun, ich war diejenige, die Marie-Ann verhaftet hat, und Sylgja war an dem Abend dabei... Sylgja war es ja, die auf die Buchseite aufmerksam geworden ist, und wir wollten nachsehen, ob wir diese Seite finden. Ein unglaublicher Zufall, dass wir zum selben Zeitpunkt wie Marie-Ann da waren." Mit leichtem Kopfschütteln versuchte sie die Aussage zu verstärken. „Als ich am nächsten Tag mit meinem Kollegen Carl bei ihrer Wohnung war, um mit ihnen zu reden, fanden wir die Wohnungstür aufgebrochen und wir hatten da schon den Eindruck, dass wir den Einbrecher nur kurz verpasst haben könnten. Wie wir jetzt wissen, haben wir ihn tatsächlich bei seiner Suche unterbrochen. Aber er ist nicht geflüchtet, sondern hat uns beobachtet und er hat gesehen, dass wir das gefunden haben, wonach er gesucht hatte."

Mit beiden Händen drehte Nikita ihre Haare am Hinterkopf zusammen und legte den so entstandenen Zopf über ihre rechte Schulter, bevor sie weitersprach.

„Er hat beschlossen, uns zu folgen. Als ich meiner Freundin die Papiere brachte, war er bestimmt kurz davor, mir einen Besuch abzustatten. Ich habe die Papiere aber bei Sylgja gelassen und er hat es gesehen. Dann bin ich nach Amsterdam geflogen und logischerweise war sie deshalb sein nächstes Ziel."

Langsam nickend blickte Asger Chuerro seinen Sohn an. Der zuckte mit den Schultern. Eine Sekunde tiefen Schweigens später räusperte Nikita sich. Ihr Blick flog zwischen den beiden hin und her und erst als sie sicher war, dass auch Asger Chuerro aufmerksam zuhörte, sprach sie weiter: „Der Anruf vorhin übrigens, das war noch einmal mein Kollege Carl. Es gibt noch mehr Neuigkeiten. Die Polizei hat bereits das Appartement des Verdächtigen durchsucht, sein Name ist Kenan Sukulül, ein gebürtiger Türke und ehemaliger Söldner. Es gibt Haftbefehle in drei europäischen Ländern gegen ihn. Man fand unter seinen persönlichen Sachen unter anderem ein Aufnahmegerät, so einen kleinen Kugelschreiber mit Spionagekamera, wie man sie überall im Internet bestellen kann. Carl meint, dass die

Aufzeichnungen darauf wirklich von unglaublich guter Qualität für so ein billiges Chinaramschzeug sind. Sie konnten es sich direkt auf dem Laptop im Appartement des Türken ansehen. Anscheinend wollte er sich absichern – der Kerl hat einen Teil eines Gesprächs mit seinem Auftraggeber aufgezeichnet... Carl sagte, dass in der Aufnahme eindeutig über die Beschaffung von Papieren gesprochen wird und auch der Name Axel Chuerro gefallen ist."

Nikita blickte traurig in die beinahe leere Kaffeetasse vor ihr, bevor sie weitersprach. „Es steckt also wirklich noch jemand anderer dahinter."

Der Ex-Priester kratzte sich langsam am Arm und starrte in ein unergründliches Nichts. „Wurde schon jemand verhaftet?", fragte er dann düster.

Sie trank hastig den letzten Schluck und schüttelte dann vehement den Kopf.

„Noch nicht. Das mit der Minikamera und der Aufzeichnung habe ich gerade vorhin erst erfahren. Ein vorläufiger Bericht wird eben fertiggestellt und dann dem Staatsanwalt übermittelt, der muss dann nur noch den Haftbefehl ausstellen. Ich denke, das sollte schnell gehen."

***

„Das ist der einzige Grund, warum sie gekommen sind."

Er steht hinter ihr, sanft ruhen seine starken Hände auf ihren Schultern. Das flackernde Licht der Öllampen erhellt nur einen Bruchteil der Grotte, in der sie sich befinden, und doch ist es dem Licht des Tages nahe, an diesem Ort, gewidmet einzig den Göttern der Dunkelheit.

„Gold, für euch die Tränen der Sonne und heilig, für die Konquistadoren einfach alles. Wertvoll genug, um dein ganzes

Volk auszurotten, nur um alles davon in ihre gierigen Hände zu bekommen."

Für ewige Zeiten wird sich dieses Bild in ihr Bewusstsein einbrennen. Meterhoch türmen sich die Gegenstände aus purem Gold vor ihr. Weder links noch rechts kann sie ein Ende des Ortes erkennen, an den er sie geführt hat. Im schönsten und größten der Kunstwerke sieht sie sich selbst. Die Darstellung der Sonne, eine mannshohe Scheibe geformt aus dem heiligen Metall, wirft das Spiegelbild der jungen Frau an die Decke weit über ihr. Umringt von abertausenden glitzernden Sternen schwebt sie über dem schier endlosen Gebirge aus Gold durch ein Universum, dessen Grenzen nicht einmal der Vorstellungskraft der Götter ersichtlich sein können.

„An diesem Ort befindet sich das Vermächtnis deines Volkes," sagt er, „die Schätze der Urväter und die Heiligtümer unserer Zeit. Dies ist das Meer geformt aus den Tränen der Sonne und niemand wird es jemals mehr zu Augen bekommen."

Überwältigt von dem Anblick und dem Ernst in seinem Gesicht blickt sie ihn mit großen Augen an, während er weiterspricht.

„In den letzten sieben Mondzyklen wurde dies alles von den Stämmen zusammengetragen. Nun wird der Zugang verschlossen. Ein Berg aus Steinen wird über dieser Grotte errichtet und somit bleibt den Göttern selbst der Schutz ihrer Gaben überlassen.

***

Auf dem Absatz der Treppe sitzend starrte Nikita gedankenverloren in den Nachthimmel.

Alles erschien ihr plötzlich irgendwie unwirklich. Die schier unermessliche Leere, welche bis vor wenigen Minuten noch auf so beschwerende Weise in ihr ausgebreitet lag, schien mit einem Mal unglaublich weit weg. Eine Sternschnuppe, ein kleiner, heller Streifen nur, wie ein Kratzer auf rußgeschwärztem Glas, war durch den Nachthimmel gezogen und hatte ihr einen anderen Fokus aufgezwungen. Die Sterne, welche zuvor einfach nur Sterne gewesen waren, ergaben mit einem Mal ein Bild. Der Schleier dunkler Wolken vor der Mondscheibe hatte sich gelichtet und stolz und kräftig und voll stand er da oben, als zentraler Mittelpunkt des gesamten Universums.

„Da bist du... Ich habe dich gesucht. Kira fragt nach dir, sie möchte dir jemanden vorstellen."

Adam stand auf dem Absatz der Treppe. Sie hatte sich zu ihm umgedreht, als sie seine Stimme hörte, schwieg aber.

„Was ist? Noch mehr Neuigkeiten?" Er sah sie fragend an.

Auf eine sehr spezielle Weise fühlte sich Nikita ihm verbunden. Langsam nickend starrte sie wieder auf den Fuß der Treppe und konnte sich dabei des Gefühls nicht erwehren, noch immer den Geruch des Todes der längst von dort verschwundenen Leichen wahrzunehmen.

„Das kann man wohl sagen. Kannst du deinen Vater kurz holen, dann erzähle ich es euch."

„Mein Kollege hat mich vorhin nochmal angerufen. Nachdem der Staatsanwalt den Haftbefehl ausgestellt hatte, fuhren sie in die Villa des Geschäftsmannes. Aber," sie strich sich mit der Hand durch die Haare und streckte dann ihren Rücken durch, „man fand ihn tot in seiner Badewanne. Sieht nach einem Herzinfarkt aus. Im Moment finden noch abschließende kriminaltechnische Untersuchungen statt, doch es scheint alles bereits ziemlich klar zu sein. Aufgrund seines Todes gilt der Fall für die Polizei in Kopenhagen faktisch als abgeschlossen!"

„Sie meinen, das war es, damit ist es zu Ende." Asger Chuerro hatte zuerst wieder Atem geholt. „Das bedeutet, keine Anschläge mehr auf uns und den Buchladen und..."

Adam legte seine Hand auf die Schulter seines Vaters und sie blickten sich schweigend an, bevor er aussprach, was wohl auch Asger Chuerro dachte.

„Damit ist auch der Tod von Onkel Axel und Marie-Ann gesühnt. Ich würde sagen, das ist ein klassischer Fall von Schicksal", sagte er abschließend und drehte sich dann abrupt um.

Nikita blickte daraufhin ebenfalls zur offenen Tür hinter ihnen. Kira, die Fotografin, stand dort in ihrem knallengen roten Abendkleid, welches sämtliche Vorzüge ihrer Weiblichkeit beinahe schon abstrakt zur Geltung brachte. Sie hielt ein Sektglas in der Hand und der Versuch eines Schmollmundes in ihrem Gesicht wirkte fast ungekünstelt. Sie mit der Hauptprotagonistin aus dem Film Looney Tunes, Jessica Rabbit, zu vergleichen, oder sogar zu verwechseln, lag für Nikita unglaublich nahe. Ob sie etwas von dem Gespräch mitbekommen hatte, war eigentlich egal. Lasziv schüttelte sie sanft ihr rotes Haar ein wenig und rief dann: „Da seid ihr ja alle! Señor Casanueva wartet darauf, deine Bekanntschaft zu machen, Nikita."

Gespielt freundlich nickte die Polizistin und die Fotografin deutete augenzwinkernd zum Gehen. Dass Adams Finger Nikitas Handrücken streiften, als sie an ihm vorbei die Treppe hochstieg, könnte ein Zufall gewesen sein. Doch als er sie gleich darauf überholte, sagten seine Augen, dass es das nicht gewesen war.

„Wir kommen in ein paar Minuten nach", raunte er ihr zu, als sich ihre Wege im ehemaligen Weinkeller trennten. Asger Chuerro hatte sich entschuldigt und gesagt, dass er noch etwas erledigen müsste, bevor er nachkommen würde. Sein Sohn blieb bei ihm.

Etwa fünfzig bis sechzig Personen hatten den Weg zur Vernissage gefunden und für Nikita war es genau jene Spezies Mensch, welche sie auf einer so bezeichneten Veranstaltung erwarten würde. Unterschiedlichste Typen zwar, aber allen gemeinsam war, dass sie sich entweder auf die eine oder andere Weise der Kunst verpflichtet fühlten oder in einem vermeintlich hochintellektuellen Umfeld ihrem Ego Geltung verschaffen konnten. Sie war richtig froh gewesen, dass sie wegen des Anrufs ihres Kollegen zuvor gezwungen gewesen war, den Saal gleich wieder zu verlassen, als sie kaum dort eingetroffen waren.

Der Mann war etwa so groß wie ihr Kollege Carl, eher ein Stück kürzer. Ein dicker Zopf rötlichbrauner, von grauen Strähnen durchzogener Haare hing auf seinem Rücken. Das war das erste, was sie von ihm sah, als Nikita flankiert von der Rothaarigen den Eventsaal wieder betrat.

Kira hatte ihre Hand sanft auf Nikitas Rücken gelegt, während sie auf den Mann zugingen. Wie unabsichtlich und beinahe unbemerkt kroch die Berührung in Richtung ihrer Hüfte, während die Künstlerin kurz formulierte Floskeln an die im Raum stehenden Personen verteilte und Nikita dabei durch den Raum bugsierte.

„Enrique, das ist Frau Jonas, die Polizistin aus Kopenhagen, von der ich dir erzählt habe."

Er drehte sich um und grinste sie an. Wie zeitverzerrt sah sie sich selbst, wie sie seine Hand ergriff, die er ihr entgegengestreckt hatte. Er trug einen dicken Schnurrbart unter der Nase, der genauso rotbraun und graugesträhnt war wie sein Haupthaar. Irgendwie assoziierte Nikita es mit Eselshaar. Seine Zähne wirkten seltsam grau. Er dürfte etwa im selben Alter wie Asger Chuerro sein, so an die sechzig Jahre. Über ihre Unterarme liefen kalte Schauer, als er auch noch mit der zweiten Hand zugriff und sich seine Lippen so bewegten, dass man seine grauen Zähne noch besser sehen konnte.

„Enrique Hernandez y Casanueva, ich freue mich sehr, ihre Bekanntschaft zu machen. Ich habe gehört, sie sind hier, weil es noch Fragen bezüglich des leider verstorbenen Bruders von Herrn Asger Chuerro gab."

Irgendwie paralysiert blickte sie nach unten und sah, dass sein unwirklich großer Bauchumfang unter dem Sakko im Paisleymuster von einer dicken roten Schärpe umschlungen war. Seine Begrüßung blieb ihr genauso verschwommen, wie sich sein Händedruck anfühlte, doch von einer Sekunde auf die andere hatte sie sich wieder im Griff. Höflich lächelnd zog sie ihre Hand aus den seinen und mit einem Schritt zur Seite befreite sie sich auch von der sanft streichelnden weiblichen Hand an ihrer Hüfte.

„Buenas Noches. Tu nombre es Casanueva? Sehr interessant, ich glaube, das bedeutet so viel wie „neues Haus", wenn ich das richtig im Kopf habe?"

Nachdenklich griff Nikita nach dem Sektglas, welches ihr Kira hinhielt.

„Sie sprechen Spanisch, Frau Jonas?" Die Reaktion des Mannes wirkte eher belustigt denn erstaunt.

„Nur so viel, wie man es als Allgemeinbildung bezeichnen könnte. Ihr Dänisch scheint mir aber im Gegensatz zu meinen Spanischkenntnissen geradezu hervorragend."

Vordergründig schien er Freude an ihrem kleinen Smalltalk zu haben. Dennoch hatte Nikita das Gefühl, bei diesem Mann sehr vorsichtig sein zu müssen, mit dem, was sie sagte.

„Ich spreche viele Sprachen, Frau Jonas. Während meines Studiums der Rechtswissenschaften habe ich mich sehr ausführlich mit dem Thema Linguistik beschäftigt und das Erlernen von Sprachen passierte mehr oder weniger nebenbei."

Eine gewisse Überheblichkeit lag darin, wie er eine Zigarette aus dem Päckchen klopfte, welches er zuvor aus der Innentasche seines Sakkos gezogen hatte.

„Was mein perfektes Dänisch betrifft, liegt es tatsächlich aber daran, dass ich genau wie sie und Kira in Europa geboren wurde, in Holland, um genau zu sein. Es ist es für mich sehr leicht, in den meisten germanischen Sprachen ausreichend zu kommunizieren, da ja eine davon quasi meine Muttersprache ist."

Sein herablassendes Gehabe verursachte, dass sich Nikitas Nackenhaare aufstellten und ihr zweifelnder Gesichtsausdruck sprach Bände.

„Interessant ... wurden sie dann von einer spanischen Familie adoptiert?"

Während seines überheblichen Grinsens rollten sich Strähnen seiner Barthaare in seine Mundwinkel und Speicheltropfen hingen daran, als er wieder zu sprechen begann. „In meinen Adern fließt reinstes mexikanisches Blut, Frau Jonas. Mein Großvater kam um das Jahr 1900 herum von Mexiko nach Spanien. Das Schicksal trieb ihn durch halb Europa. Er hat unter unglaublichen Entbehrungen gelebt und trotz allem allein einen Sohn großgezogen. Seinem Sohn, meinem Vater war leider ein ähnlich beschwerliches Schicksal beschieden. Doch er fand, nach einer viele Jahre andauernden Odyssee, eine Zuflucht in Holland. Unsere mexikanischen Wurzeln wurden in unserer

Familie jedoch immer hochgeachtet und auch mir hat mein Vater die Liebe zu unserer Heimat vermittelt. Deshalb ging ich dann auch wieder dorthin zurück, aber ich betrachte mich selbst eigentlich eher als so etwas wie einen Weltbürger."

Obwohl der Versuch eines sympathischen Lächelns aber so etwas von danebenging, war Nikita trotzdem amüsiert. Das lag hauptsächlich an der Art der Begegnung und der zumindest als schrullig zu bewertenden Skurrilität dieses Señor Enrique Hernandez y Casanueva.

„Ah, darf ich fragen, was so ein Weltbürger normalerweise macht, wenn er nicht gerade auf einer Fotovernissage ist?"

Der Hand auf Nikitas Rücken folgte ein leises Räuspern und in derselben Sekunde stand die Fotografin wieder sehr knapp neben ihr.

„Señor Casanueva ist in erster Linie ein sehr erfolgreicher Geschäftsmann, aber auch Eigentümer dieses Hotels und hochgeschätzter Förderer der Künste. Ein Philanthrop höchster Güte", erklärte sie und hielt für einen etwas zu langen Moment ihre Augen geschlossen, um diese Floskel wirken zu lassen. Ihre blendend weißen Zahncremewerbungszähne blitzten hell auf, während sie ein Lächeln in die Runde warf und weitersprach: „Er hat es möglich gemacht, dass meine Kunstwerke hier ausgestellt werden."

Kiras Augenaufschlag und ein Kopfnicken, das schon fast eine Verneigung hätte sein können, unterstrich Nikitas Eindruck eines vermutlich tiefer gehenden Verhältnisses zwischen ihr und dem holländischen Mexikaner.

„Ah, Geschäftsmann. Und womit handelt Señor Casanueva? Wenn die Frage erlaubt ist."

Es war immer noch Smalltalk, dennoch spürte Nikita, dass der Mann vor ihr nicht wirklich entspannt war. Sein Grinsen, bevor er zu reden ansetzte, wirkte verlegen.

„Nun, eines meiner Betätigungsfelder ist der An- und Verkauf von Firmenanteilen, Frau Jonas. Damit verdiene ich Geld."

Okay. Also ein Börsenspekulant.

„Aber ich habe auch in verschiedenen anderen Bereichen Interessen. Dazu gehören auch die Kunst und der Handel mit Kunstgegenständen."

„Aha, klingt spannend", antwortete Nikita, nippte an ihrem Sektglas und betrachtete ihre Stiefelspitzen.

„Darf ich mich dazustellen?", fragte Adam Chuerro, während er zu ihnen trat. „Mein Vater ist noch am Telefonieren und kommt dann auch wieder zur Party. Wie sieht es aus Nikita, hast du auch Hunger? Ich ordentlich. Sollen wir uns etwas vom Buffet holen? Ihr beide auch?"

Seine Art wirkte dermaßen erfrischend, dass Nikita dankbar lächelte. Nicht zu übertrieben, gerade so, dass Adam ihre Zustimmung bezüglich des Essens erkennen sollte. Als sich der unförmige Mann mit dem dicken Zopf auf den Bauch klopfte und etwas von zu viel des Guten und Sattseins erzählte, wurde aus Nikitas momentaner Freude Erleichterung.

„Wir sehen uns später noch, Nikita, nicht wahr?" Langsam strichen Kiras Fingerkuppen über Nikitas Unterarm und der herausfordernde Blick kroch ihr förmlich bis ins Rückenmark. Für einen Augenblick wurde der jungen Polizistin sehr warm.

„Erzähl mir etwas über diesen Casanueva, ist ein recht seltsamer Mensch, oder?", fragte sie Adam, der bemüht etwas schneller auf dem Butterfisch herumkaute, den er sich eben als großes Stück Sushi in den Mund geschoben hatte.

Das Büfett war wirklich hervorragend bestückt und sie hatten ihre Teller hauptsächlich mit japanischen Delikatessen belegt. Danach hatten sie sich einen unbesetzten, hübsch dekorierten Stehtisch ausgesucht.

Es war nicht unbedingt so, dass Nikita der Typ wirklich wichtig schien, aber er war zumindest interessant genug, um sich ein bisschen über ihn zu erkundigen. Sie musste lachen, als Adam ein wenig verzweifelt mit dem Finger auf seine prall gefüllte Backe deutete und dabei seine Augen aufriss. Sie wartete, bis er den Bissen heruntergeschluckt hatte und grinste, als sie in seine ziemlich verwässerten, hellblauen Pupillen blickte.

„Ich glaube, das war ein wenig zu viel Wasabi."

Einen kräftigen Schluck Bier später lehnte er sich mit den Ellenbogen auf die runde Tischplatte und begann mit den Essstäbchen ein weiteres Sushi ausgiebig mit Wasabi zu bestreichen, während er sagte: „Naja, was soll ich da sagen? Ich weiß nicht recht viel über ihn. Er ist gebürtiger Holländer, aber bildet sich wahnsinnig viel auf seine mexikanischen Wurzeln ein. Sein Vater besaß etwa 35 Prozent der Eigentumsanteile dieses Hotels und er hat diese nach dessen Tod überschrieben bekommen. Frag mich jetzt aber bitte nicht wie oder was! Keine Ahnung."

Er blinzelte sie an, während er sich ein Maki in den Mund schob, und dann mit vollem Mund weitersprach. „Er lebt anscheinend in Mexiko und ist im Moment nur zu Besuch in Europa. Ich weiß auch, dass er Vorstand einer Art Kulturstiftung namens Hermanos del Templo del Sol ist, die ihren Sitz in Mexico City hat und anscheinend zu den großen Förderern der Kunst- und Kulturszene dort gehört."

Nikita spürte ein leises Kribbeln, doch da sprach Adam auch schon weiter: „Da scheint auch sein größtes Interesse zu liegen. Als er gehört hat, dass wir eine alte spanische Handschrift mit Bezug zur Maya-Kultur bei den Büchern der alten Frau gefunden haben, war er völlig begeistert von dieser Entdeckung. Er hat angeboten, uns zu helfen. Er möchte gerne... Also, wenn ein Buch solch historischen Wertes, wie er immer wieder betont, den Weg nach Hause in sein Ursprungsland Mexiko fände... Und da er durch seine Beziehungen dort ja sowieso geradezu prädestiniert dafür ist, dass er es dort präsentiert."

Nikitas spontaner Ausdruck eines gewissen Zweifels wurde von den Lautsprechern übertönt. Die Fotografin trapste mit schwingenden Hüften und knacksendem Mikrofon in der Hand in die Mitte des Saals. Eine pfeifende Rückkopplung aus der Funkanlage später, weil sie ins Mikrofon geblasen hatte, begann ihre Ansprache mit den Worten: „Mein verehrtes Publikum, Freunde und Fans."

Genau da endete Nikitas Aufmerksamkeit und begab sich auf die Reise ins Halbleer ihres Sektglases.

„Es tut mir leid... Ich dachte, es ist okay für dich... Du hast jemanden... Das war dumm von mir, ich hätte fragen sollen."

Sanft lagen Nikitas Hände noch immer auf seinem Brustkorb. Vorsichtig schüttelte sie ihren Kopf. Gut drei Stunden waren seit der erfreulicherweise kurzen Ansprache der Fotografin vergangen und mittlerweile war es weit nach Mitternacht. Alles in allem war es ein entspannter Abend geworden. Adams Vater war nachgekommen, blieb aber nicht so lange wie sie beide. Er hatte eine sehr erfreuliche Nachricht für Nikita mitgebracht. Während seiner Abwesenheit hatte er einige Telefonate geführt, um Informationen über den Verbleib der Kopien aus dem Buch zu bekommen. Das Ergebnis war, dass er nicht nur die Papiere sehr bald wiederbekommen würde – Nikitas alte Lehrerin Sylgja würde sie bereits übermorgen überbringen. Nach einem weiteren Telefonat mit Sylgja konnte Nikita die Party entspannt genießen. Adam erwies sich als großartiger Gesprächspartner und die Zeit verging wie im Flug, nachdem sein Vater sich für den Abend verabschiedet hatte. Seine Intelligenz und sein Charme bezauberten Nikita. Er schaffte es mit seiner Unbeschwertheit, der aber der nötige Tiefgang nicht fehlte, sie in eine andere Dimension zu versetzen.

Etliche Drinks später verabschiedete er Nikita vor dem Aufzug im Foyer mit einem Kuss. Es war nicht so, dass Nikita seine Lippen und das Gefühl seines eng an sie gepressten Körpers nicht genossen hätte. Es dauerte auch mit Sicherheit viel zu lange, bis sie ihn sanft wegschob, als dass er annehmen hätte müssen, es wäre gegen ihren Willen geschehen. Dennoch war da ein gewisser Zweifel und das musste er gespürt haben.

„Es ist alles okay, Adam", sagte sie sanft. Adam hörte ihr mit leicht zur Seite geneigtem Kopf zu.

„Ich mochte den Kuss, aber erstens kenne ich dich noch gar nicht wirklich...", es dauerte nur einen Herzschlag, bis Nikita sich dafür entschied, ehrlich zu sein, „und ich habe wirklich jemanden... Nicht so ganz und wir sind eigentlich nicht zusammen ... naja ... aber so etwas Ähnliches wie eine Beziehung vielleicht. Ich weiß nicht, ob ich sie liebe oder sie einfach nur wahnsinnig mag."

Die junge Polizistin war von ihren eigenen Worten erstaunt.

„Das eine, schöne Nikita, schließt das andere ja nicht zwangsläufig aus, oder? Und wenn du dir auch noch gar nicht so sicher bist, wo du mit ihr tatsächlich stehst! Nun, im Augenblick ist mir ziemlich heiß bei dem Gedanken an dich und deine Freundin."

Nikitas Verwirrung sorgte für den weiteren Verlauf des Gespräches. Lachend baute sie sich mit verschränkten Armen vor ihm auf. „Kannst du das beweisen?"

Mit großen Augen sah er zwischen ihr und seiner Beckenregion hin und her. Gleichzeitig deutete er mit ausgestrecktem Finger auf seinen Schritt.

„Na klar ... schau."

Nikita klatschte sich mit der flachen Hand auf die Stirn und begann laut zu lachen.

„Ich habe jetzt wirklich hingesehen, oder?"

Sie machte einen Schritt auf Adam zu und legte ihre Arme auf seine Schultern. Ihr Kuss war sinnlich, fordernd und gleichzeitig so dosiert, dass es nur ein kleiner Vorgeschmack dessen war, was diese begehrenswerte Frau zu bieten hatte.

Mit einem viel zu lauten Bing öffnete sich die Aufzugstür und einen Augenblick später hinderte der ausgestreckte Arm der Polizistin den jungen Mann daran, ebenfalls einzusteigen.

„Für dich, mein Lieber, ist hier für heute erst einmal Schluss. Gute Nacht."

Ein wenig schmollend und mit in die Hüften gestemmten Fäusten betrachtete Adam ihren Hintern, als sie sich nach diesen Worten umdrehte. Gleich darauf ging die Türe des Aufzuges zu und er hob für einen Augenblick die Arme, um sie dann resigniert wieder fallen zu lassen. *Mein Zimmer ist auch im dritten Stockwerk, schöne Frau, und eigentlich mag ich nicht zu Fuß da rauf!*

Als sie morgens die automatische Glastür zum Restaurant passierte, blieb sie kurz stehen. Ihre Blicke trafen sich und

Nikitas Herz machte einen kleinen Sprung. Für einen Moment sah sie schüchtern weg. Dann ging sie lächelnd auf den Tisch zu.

„Guten Morgen, ihr zwei. Ist es okay, wenn mich zu euch setze?"

Adam griff eben zum Brotkörbchen und sein Vater zog den dritten Sessel zurecht.

„Wir wären enttäuscht, wenn sie es nicht tun würden, Frau Jonas", sagte der Ex-Priester, der in Punkto Höflichkeit seinem Sohn um nichts nachstand. Den charismatischen Charakter hatte der ziemlich sicher dem Einfluss seines Vaters zu verdanken.

Während der Kellner gleich darauf mit dem Gedeck für die Polizistin auftauchte, fragte der Ex-Priester: „Haben sie für heute schon etwas geplant, Frau Jonas?"

Mit einem Lächeln bedankte sie sich bei seinem Sohn, der ihr Kaffee einschenkte.

„Ich muss ein paar Telefonate führen. Nachdem unser Fall ja quasi geklärt ist, habe ich beschlossen, mir ein paar Tage Urlaub zu nehmen und dann erst mit Sylgja gemeinsam wieder heimzufahren."

Aus dem Augenwinkel bemerkte sie, dass Adam schmunzelte.

„Das ist ja wirklich erfreulich. Sie sind natürlich weiterhin unser Gast, genauso wie ihre Freundin."

„Das kann ich nicht annehmen, aber vielen Dank für das nette Angebot", antwortete Nikita mit einem leichten Kopfschütteln. Sie spürte Adams Hand auf ihrer und drehte sich zu ihm um.

„Kannst du schon. Nachdem wir ja in gewisser Weise Anteile des Hotels halten, ist das überhaupt kein Problem", sagte er.

Ihre Augen durchsuchten das Brotkörbchen und als sie sich endlich für ein Stück dunklen Brotes entschieden hatte, griff sie zu, bevor sie antwortete: „Ich nehme einmal an, dass es mit der Erbschaft zu tun hat."

„Ja, sie haben recht. Ich habe mir gedacht, sie würden uns später gerne in die Gewölbe begleiten und sich ansehen, was wir da unten so machen. Es ist echt interessant."

Nikita nickte Asger Chuerro lächelnd zu und biss in ein Stück Käse. Dass er nicht näher auf die Erbschaft einging, war für den Moment egal.

„Gerne. Ich würde dann aber auch gerne das Original dieses geheimnisvollen Buches sehen, wegen dem alles passiert ist."

Beinahe synchron nickten beide Männer zustimmend und genauso synchron erschien ein nahezu identisches Schmunzeln in beiden Gesichtern.

„Einen wunderschönen guten Morgen, meine Lieben. Ihr seid also auch schon alle munter. Es war so ein wunderschönes Event gestern und es war so schön, euch dabei zu haben! Okay für euch, wenn ich mich dazusetze?"

Die sanfte Hand auf Nikitas Schulter fühlte sich warm an und sie musste sich nicht umdrehen, um zu wissen, dass es die Berührung der Fotografin war. Sie trat zu dem Sessel, den ihr Adam schon vom Nebentisch herangezogen hatte. Betont lässig in einen enganliegenden rosa Jogger mit Goldstreifen gekleidet, blieb sie stehen und strich sich mit beiden Händen über die Hüften, bevor sie Platz nahm. Ihre Haare hingen zu einem Zopf geflochten seitlich über der rechten Schulter. Nikita war bewusst, dass dieser sehr natürlich wirkende Morgenlook zumindest fünfundzwanzig Minuten vor dem Spiegel benötigt hatte. Trotzdem kam sie nicht umhin, ihre äußere Ausstrahlung mit einem Lächeln zu quittieren. Leider begann die Künstlerin relativ rasch einen ziemlich belanglosen Monolog und Nikita verlor fast genauso rasch wieder das Interesse an ihrem Aussehen.

Nikita zog die frische Luft tief in ihre Lungen und war sich nicht sicher, ob sie dem leisen Miauen der kleinen weißen Katze, die ihr um die Beine strich, nachgeben sollte. Mit einem Pappbecher mit Kaffee war sie eben erst auf die breite Terrasse vor dem Haupteingang des Hotels getreten. Als ob sie auf Nikita gewartet hätte, kam das Kätzchen um die Ecke gerannt und schmiegte sich sofort an ihre Waden. Obwohl sie sich von dem kleinen Luder nicht noch einmal verarschen lassen wollte, folgte Nikita dem spontanen Impuls sich zu bücken. Entgegen ihrer Erwartung ließ sich die Kleine tatsächlich über den Kopf streicheln und das entlockte der Polizistin ein Lächeln. „Na, Kleines?"

Nur für einen Moment hob Nikita den Kopf, um zwinkernd in das wolkenlose Blau des Himmels zu blicken, aber dieser Augenblick der Unaufmerksamkeit reichte der Katze als Begründung, sofort wieder das Weite zu suchen. Nikita schüttelte grinsend den Kopf und vernahm aus dem Augenwinkel eine Bewegung. Am Ende des Parkplatzes sah sie Señor Casanueva mit dem Telefon am Ohr im Kreis gehen. Sie hörte nicht, was er sagte, dafür war er zu weit weg. Er lachte auf, gestikulierte zuerst mit der freien Hand in der Luft herum und kratzte sich dann am Hinterkopf. Gleich darauf blieb er wie eingefroren stehen und starrte auf das Handy in seiner Hand. Es hatte den Anschein, als hätte sein Gesprächspartner einfach aufgelegt. Nikita schüttelte den Kopf und drehte sich um. Es war Zeit, sich mit den Chuerros zu treffen.

„Nikita! Bis du auf dem Weg in die Gewölbe? Adam hat gesagt, dass du auch hinunterkommen wirst. Ich habe mir gerade einen Obstsalat geholt, ich brauche noch ein bisschen was Süßes, bevor ich mit der Arbeit anfange."

Gerade einmal fünf Schritte durch die Lobby war sie gekommen und Nikita spürte, dass es keine zufällige Begegnung war. Aber eigentlich war es ihr egal. Das lag zum einen daran, dass es tatsächlich nicht von Belang war, und zum anderen, dass sie sich irgendwie geschmeichelt fühlte von dem Gedanken, dass ihr die Rothaarige offensichtlich mehr als nur freundschaftliche Gefühle entgegenbrachte. Hitze rollte an Nikitas Brust herunter, während sie der Fotografin mit leicht zusammengekniffenen Augen ein forschendes Lächeln zuwarf.

„Hast du extra auf mich gewartet, Kira?"

Die Polizistin bemerkte trotz der von Botox lahmgelegten Stirnmuskulatur ihres Gegenübers einige Emotionen in ihrem Gesicht und für einen Sekundenbruchteil war sie nicht sicher, ob es klug gewesen war, so direkt zu sein. Sie wollte gerade irgendetwas zur Ablenkung sagen, als ihr die Fotografin unvermittelt die Hand auf den Oberarm legte und antwortete: „Ja, habe ich. Ich wollte dich etwas fragen."

Adams Blick huschte zwischen den beiden hin und her, als sie durch den vorderen Arbeitsraum der Gewölbe auf die Bar zugeschritten kamen. Kira hielt in der einen Hand eine kleine Glasschüssel mit ihrem Obstsalat darin und mit der zweiten Hand tätschelte sie Nikitas Oberarm, als sie vor dem Tresen stehenblieben.

„Wir sehen uns ja dann noch."

Mit einem Zwinkern drehte sich die Rothaarige schwungvoll um und die beiden sahen ihr schweigend hinterher, während sie auf die Doppeltür neben der Bar zuging. Für einen Augenblick blieb sie stehen, als ob sie etwas sehr Wichtiges vergessen hätte. Dann ging sie die letzten zwei Schritte zur Türe und drehte sich dort doch nochmal zu ihnen um, um quer durch den Raum zu rufen: „Denk bitte über mein Angebot nach, okay? Ich würde mich wirklich freuen."

Dann war sie verschwunden. Obwohl es ihn nichts anging, beantwortete die Polizistin Adams unausgesprochene Frage: „Sie hat mich gefragt, ob ich mich von ihr fotografieren lassen würde."

„Und was hast du gesagt?"

„Ich habe ja gesagt."

Adam hob den Kopf und Nikita sah seine Augen blitzen.

„Darf ich die Bilder dann sehen?"

Mit in die Hüften gestützten Händen grinste Nikita ihn herausfordernd an: „Mal sehen, kommt darauf an..."

Sie hörte ein leises Husten hinter sich. Asger Chuerro kam eben zu der Tür herein, durch die Kira gerade verschwunden war.

„Machst du Kaffee?", fragte er seinen Sohn. „Ich würde auch einen nehmen und dann fangen wir mit dem Rundgang an, Frau Jonas, wenn sie wollen."

Der Anblick hinter der schweren Holztür entsprach schon eher dem, was Nikita unter dem Begriff Gewölbe verstand. Geschätzte sieben bis acht Meter hoch erstreckte sich die Decke über ihnen. Bis etwa zur Hälfte waren die sichtbaren Wände mit roten Ziegeln vermauert. Darüber waren sie rau und dunkel. Dicke schwarze Kabelstränge liefen an der Oberkante der Ziegelreihen entlang und alle paar Meter sah sie die breiten Schirme von Industrielampen mit Glühbirnen darin, die als Lichtquellen dienten. Der Grundriss entsprach keinem erkennbaren geometrischen Muster und um die Größe dieser Kammer zu schätzen, fehlte es an Anhaltspunkten. Nur die links von ihr aneinandergereihten Bücherregale ließen eine ungefähre Schätzung zu. Es mussten mindestens zwanzig parallel zueinander aufgestellte Regalwände sein. Mindestens drei Meter hoch und locker fünf bis sechs Meter lang, vollgeräumt mit Büchern. Danach schien der Raum eine Krümmung zu machen.

„Ist das die Buchsammlung der alten Dame?"

Nikita war schon nach wenigen Schritten stehengeblieben. Asger Chuerro blieb nun auch stehen. Er war vorausgegangen und hatte wohl bereits vergessen, wie besonders der Anblick für jemanden sein musste, der zum ersten Mal hierherkam.

„Ja, größtenteils sind es die, welche Madame Choulises in ihrer Wohnung in Amsterdam hatte, aber auch etwas von den Beständen aus Adams Buchhandlung", sagte er trocken, aber nun zeigte sich ein Grinsen auf seinen Lippen, wohl als Antwort auf Nikitas erstauntes Gesicht.

„Wow... Das war wohl eine sehr große Wohnung", sagte sie leise, aber er hatte es gehört.

„Das nicht, aber dafür wirklich vollgestopft, und nachdem Seraphina und Adam mit dem Ausräumen fertig waren, stellten sie fest, dass es tatsächlich fast genauso viele Bücher waren, wie im damaligen Lagerstand ihres Buchladens."

Es war das erste Mal, dass sie ihn den Namen seiner Frau sagen hörte. Sie sah zur anderen Seite des Raumes, während das Echo des klangvollen Namens in ihrem Kopf wie von den Wänden einer Kathedrale zurückgeworfen nachschwang. Hier befanden sich unzählige, verschiedenster Dinge, scheinbar vor langer Zeit planlos abgestellt und das nicht mit dem Vorhaben, jemals wieder abgeholt zu werden. Da standen übergroße Steinfiguren neben Plastiken aus Metall, offensichtlich aus allen möglichen Epochen der Menschheitsgeschichte. Technische Apparaturen, deren Zweck ihr nicht sofort ersichtlich war, zeitmäßig aber eher dem Beginn der Industrialisierung Europas zuzuordnen. Sie konnte keinerlei spezielle Ordnung erkennen. Die goldfarbene Figur einer Sphinx, groß wie ein echter Löwe, stand neben dem heiligen Jesus, auf sein Kreuz genagelt und zu weißem Marmor erstarrt im Augenblick, da Maria gebeugt zu seinen Füßen um sein Leben flehte. Ein kompletter dreiflügeliger Holzaltar geschmückt mit russisch-orthodoxer Ikonografie, bewacht von drei bronzenen Tänzerinnen im Art-Deco-Stil, welche um einen verwunschenen Brunnen wandelten. Eine alte Druckmaschine? Neben einem Wasserspeier aus Stein und einer Teslaspule von drei Metern Höhe waren zwei goldene Cherubim und jüdische Torarollen auf einem Marmorthron abgestellt.

„Ziemlich beeindruckend, nicht wahr? Sie hätten mich mal sehen sollen, als ich es das erste Mal gesehen habe. Gut, es sah noch ein bisschen anders aus... Es war ein unbeschreibliches Chaos."

Die Fülle an bemerkenswerten Gegenständen machte es wirklich schwer, sich auf ein bestimmtes Objekt zu konzentrieren. Nikita fühlte sich, als wäre sie im Lagerraum eines Museums abgestellt worden.

„Es ist schon deutlich übersichtlicher als damals."

Mit großen Augen sah sie ihn an und sagte langsam: „Es ist fast so, als ob man in eine Art Schatzkammer kommt... Ich verstehe nun, wie sich Ali Baba gefühlt haben muss, nachdem er das Felsentor mit den Worten „Sesam öffne dich" bezwungen hatte."

„Ein wirklich passender Gedanke, Frau Jonas, absolut zutreffend", antwortete Chuerro. Er wirkte ein wenig nachdenklich, als er sich wieder abwandte, um weiterzugehen. „Kommen sie, es gibt noch mehr zu sehen."

Seine Nonchalance war für Nikita nur bedingt nachvollziehbar. Obwohl sie sich selbst nicht als besonders kulturbegeistert bezeichnen würde, rang ihr der Anblick hier doch so etwas wie Ehrfurcht ab. Ihr nächster Gedanke galt der Frage, über welche materiellen Werte man hier reden sollte.

„Was tun sie mit dem ganzen Zeug, verkaufen sie die Sachen?"

Mit langsamen Schritten schlenderte er vor ihr her, bis sie ihn eingeholt hatte. Mit den Händen in den Hosentaschen antwortete er, ohne sie dabei anzusehen.

„Wir werden noch eine gewisse Zeit brauchen, bis wir den gesamten Bestand komplett erfasst und katalogisiert haben, aber wir haben in etwa ein Konzept", sagte er nickend. „Es kann sein, dass wir für manche Dinge noch die ursprünglichen Besitzer oder deren Nachkommen finden, und wir würden diese Objekte natürlich zurückgeben. Einiges werden wir an Museen als Leihgaben zu Verfügung stellen und manches werden wir auch verkaufen. Wir denken darüber nach, in das Potential dieser Gebäude zu investieren und daraus etwas Besonderes zu machen. Aber dafür ist einiges an Kapital notwendig."

Zwei rasch aufeinander folgende Blitze erhellten für den Bruchteil einer Sekunde das Ende des Raumes und Nikitas Kopf schnellte in die Richtung, aus der sie die Reflexionen wahrgenommen hatte. Es erinnerte sie an Mündungsfeuer, ihr war aber bewusst, dass hier wohl niemand herumballern würde.

„Das ist Kira, sie arbeitet da hinten." Asger Chuerro deutet mit dem Zeigefinger zu der Krümmung des Raumes.

Hinter dem Bogen war es etwas aufgeräumter. Der ovale Raum hatte an die dreihundert Quadratmeter, war aber anscheinend noch nicht das Ende der Gewölbe. Gleich nach dem hell beleuchteten Arbeitsbereich sah Nikita einen großen, halbrunden Durchgang. Die Räumlichkeiten dahinter schienen beleuchtet zu sein. Mit dem Rücken zu ihnen stand Kira an einem langen, mit weißem Tuch bespannten Tisch. Hinter und neben dem Tisch standen Stative mit Leuchten, Kamerastative davor. Es sah hier fast aus wie in einem professionellen Fotostudio. Ein kurzer Rundumblick zeigte, dass dies hier wohl auch ein weiterer Lagerraum war. An den Wänden waren lange Holzregale aneinandergereiht, vollgestellt mit unzähligen Dingen. Ziergegenstände aus Glas, Metall oder Stein, kleine und größere Figuren, Geschirr, Kerzenständer und sonstiger Hausrat. Vieles davon glänzte golden oder silbern. Etwa in der Mitte des Raumes stand ein weiterer großer Tisch. Etliche Aktenordner, Bücher und andere Papiere stritten sich um den Platz mit einem Laptop und einem großen, offenen Koffer mit dunkelbrauner, zerschlissener Lederverkleidung. Einzelne Silberbestecke lagen neben einer beleuchteten Standlupe und als sie näherkamen, sah Nikita, dass der Koffer beinahe randvoll mit weiteren Besteckteilen war. In der Innenverkleidung war ein abgewetztes Familienwappen zu sehen. Die Rothaarige drehte sich um, als sie Asger Chuerros leises Husten hörte. Jetzt konnte Nikita genauer sehen, was sie da machte. Sie stand auf einem Holzschemel und war dabei, einen Kameragalgen über dem Tisch einzurichten.

„Hey! Ich habe euch gar nicht kommen gehört", sagte sie, drehte sich dann aber wieder um und konzentrierte sich auf den Tisch. „Ich habe noch einige Aufnahmen zu machen, Asger.

Sieht aber aus, als ob ich mit dem Projekt schon sehr bald fertig sein kann."

Sie stieg von dem Hocker herunter und ging in geduckter Haltung zwei Schritte rückwärts. Aus dem Augenwinkel sah Nikita den Kopf des Ex Priesters auf seinem Stiernacken nicken. Doch ihre volle Aufmerksamkeit galt bereits dem hell beleuchteten Buch auf dem Tisch vor Kira. Was genau sie erwartet hatte, wusste Nikita nicht, aber irgendwie war sie etwas enttäuscht. Instinktiv wusste sie, dass dieses Buch der Grund war, warum sie hier war. Verblichen, vielleicht auch dreckig, marmoriert von schwarzen Streifen lag das große, dicke Buch schmucklos und verschlissen mitten auf dem blütenweißen Tuch. Als Asger Chuerro davor stehenblieb und langsam seine Hand darauflegte, verschwand das Gefühl der Enttäuschung jedoch. Er sah ihr für einen Augenblick tief in die Augen und dann wieder auf das Buch.

„Das ist es, Frau Jonas. Das Buch, welches der Grund für den Tod Marie-Anns und meines Bruders ist ... und wer weiß, wie vieler mehr."

Er atmete mit gesenktem Kopf tief durch. Es war schon eher ein Seufzen, bevor er sich der Fotografin zuwandte. „Das ist gut, Kira. Ich wollte eigentlich Frau Jonas das Buch zeigen, aber das hat keine Eile. Mach ruhig weiter und wir sehen es uns dann später an, wenn du fertig bist."

Dann wandte er sich Nikita zu. „Was ist los?"

Anscheinend konnte er ihr ein gewisses Unverständnis oder vielleicht auch so etwas wie Enttäuschung ansehen.

„Nun, ich weiß nicht recht... Wissen sie, ich habe mir dieses Buch irgendwie anders vorgestellt, glaube ich."

Er sah sie zwar verständnisvoll, aber auch etwas belustigt an. „Was haben sie erwartet? Etwa ein prunkvoll mit Blattgold geschmückter, kunstvoll verzierter Ledereinband mit goldenen Kantenschutzecken und fein ziselierten Mustern darauf? Tut mir leid, wenn sie ein wenig enttäuscht sind, Frau Jonas, ich denke das liegt daran, dass die Beschäftigung mit antiken Büchern bisher noch nicht in ihrem Interessengebiet lag."

Sein sanftes Lächeln hinderte Nikita daran, etwas auf die indirekte Spitze zu erwidern.

„Wissen sie, das ist so ein bisschen wie mit dem heiligen Gral..." Als er ihr nun zuzwinkerte, musste sie fast lachen.

„Seit hunderten Jahren sind bildliche Darstellung des heiligen Grals so gestaltet, dass sie den Eindruck vermitteln, es handle sich um einen goldenen, mit wertvollsten Edelsteinen geschmückten Kelch. Nun, dass der in den apokryphen Schriften erwähnte Gral, den Jesus Christus beim letzten Abendmahl mit seinen Jüngern benutzt und in dem Josef von Arimathäa das Blut Christi unter dessen Kreuz aufgefangen haben soll, wohl eher einer einfachen Holzschüssel entsprach oder im besten Fall aus Stein hergestellt war, ist den wenigsten Menschen bewusst. Tatsache ist, dass Jesus Christus ein einfacher Mann war und deswegen mit absoluter Sicherheit niemals einen Gegenstand von solchem Wert besessen haben kann. Da uns jedoch seit hunderten Jahren dieser Eindruck vermittelt wird, hat es sich im christlich orientierten Denken einfach so manifestiert."

Obwohl Nikita längst aus dem Schulalter heraus war, fand sie spannend, was er da gerade sagte, und verstand, worauf er mit dieser Parabel hinauswollte. Trotzdem verschränkte sie nun ihre Arme vor dem Oberkörper, weil er so schulmeisterlich wirkte.

„Und mit vielen Antiquariaten verhält es sich ähnlich. Dieses Buch hier..."

Er deutete mit ausgestrecktem Arm auf den Tisch neben sich und gleichzeitig zerrissen zwei rasch aufeinander folgende

Blitze das sanfte Licht im Raum, als ob eine höhere Macht ihre Aufmerksamkeit auf den Gegenstand erzwingen wollte. Nikita blickte nach oben. Irgendwie hatte sie die Hoffnung, dass nun dunkles Donnergrollen den Augenblick perfekt machen würde. Sie hörte aber nichts dergleichen. Dann sah sie Kira, die sie entschuldigend anlächelte. Als sie den Ex-Priester wieder ansah, begann er nochmal seinen Satz.

„Dieses Buch hier. Es ist keines, das seinen Weg in die Hände von wissenschaftlichen Instituten und Restauratoren gefunden hat," erklärte er, „oder in der Bibliothek irgendeines Königshofes verschollen ging. Es wurde auch nicht hinter den geschützten Mauern eines mittelalterlichen Klosters von einem oder mehreren wahren Künstlern der Schreibkunst geschaffen. Männer, die ein ganzes Leben damit zugebracht haben, ein Meisterwerk herzustellen, um es dann, wie einen Schatz über viele Generationen hinweg gehütet und vor Schaden bewahrt, zu verstecken. Nein. Dieses Buch, meine liebe Frau Jonas, hat eine jahrhundertelange Geschichte hinter sich, und genauso sieht es eben auch aus."

Nikita war fast erstaunt darüber, dass er nun abrupt seine Ausführungen beendete. Vorsichtshalber drehte sie sich um, um zu sehen, ob jemand gekommen war. Dem war nicht so. Für einen Moment hatte sie ein schlechtes Gewissen, ob sie durch ihre Körpersprache vielleicht ein allzu großes Desinteresse bekundet hatte.

„Kommen sie mit, Frau Jonas, vielleicht kann ich ihnen etwas zeigen, das ihnen besser gefällt."

„Warten sie!"

Mit fragendem Blick drehte er sich wieder zu ihr um.

„Es würde mir gefallen, wenn sie mich Nikita nennen... Ich komme mir so alt vor, wenn sie mich immer Frau Jonas nennen."

„Gerne", sagte er und grinste, während er sich wieder in Bewegung setzte.

„Das hier nennen wir die große Kammer."

Nikita konnte kaum das Ende der Höhle erkennen. Hier im Eingangsbereich war die Decke etwa vier Meter über ihnen und es wirkte, als stünden sie auf einem kleinen Plateau. Danach führten Stufen nach unten. Sie folgte ihm, während sie versuchte, die Größe des Raumes zu erfassen. Sie war noch nie an einem solchen Ort gewesen, kannte nur Bilder von unterirdischen Grotten aus Dokumentarfilmen. Der langgezogene Hohlraum schien ihr wie ein Universum innerhalb einer gigantischen Seifenblase. Als sie das Bodenniveau erreichten, fühlte es sich noch einmal imposanter an als auf dem Plateau. Unglaublich hoch über ihnen war die dunkle Steindecke zu erkennen. Hier unten sah es sehr viel geordneter aus als in den vorherigen Kammern. Die Höhle war in zwei Hälften geteilt. Ein etwa drei Meter breiter Gang führte zwischen rechts und links meterhoch in die Höhe ragenden Gerüsten schnurgerade bis an das in diffuser Düsternis liegende Ende. Sie dienten als Regale für Transportkisten verschiedenster Größen. Die meisten davon aus Holz und sehr alt, ebenso wie die Gerüstkonstruktionen, soweit Nikita aufgrund der Farbe des Holzes schlussfolgerte, welche dieses im Laufe vieler Jahre angenommen haben musste. Viele der Truhen trugen Beschriftungen in verschiedenen Sprachen. Die Polizistin versuchte, so viele Details wie möglich abzuspeichern, aber ihre Aufmerksamkeit wurde von dem alten Herrn in Anspruch genommen.

„Das hier wollte ich dir zeigen." Er stand einige Meter abseits an einem von unten beleuchtetem Glastisch.

Als sie auf den Tisch zuging, wurde ihr bewusst, dass er Teil eines hochmodernen Arbeitsbereiches war. Dahinter erhob sich ein mehrere Meter langer Glasschrank. Er war in schrägstehende Regale unterteilt und Nikita sah auf diesen Ablagen, was sie in der Kammer vorher erwartet hatte. Prunkvolle Buchbände, genau so, wie zuvor von Asger beschrieben. Auch einfachere, aber selbst diese waren von einer unbeschreiblichen Eleganz. Je näher sie kam, desto mehr Einzelheiten bemerkte sie und wohl aufgrund einer gewissen unterschwelligen Ehrfurcht, welche soeben von ihr Besitz ergriff, legte sie unbewusst eine Hand auf ihre Brust.

„Gefallen dir die besser?"

Stumm nickend blieb sie neben Asger Chuerro stehen.

„Das hier ist das eigentliche Vermächtnis der alten Dame. Insgesamt dreiundsechzig Antiquariate, keines jünger als dreihundert Jahre. Sie befanden sich in einem alten Holzschrank, versperrt mit einem einfachen Vorhängeschloss, als während der Ausbauarbeiten der ersten Kammer 2016 der Zugang zu den weiteren Gewölben entdeckt und geöffnet wurde. Seraphina und Adam gehörten zu den ersten, die die Gewölbe betraten. Wir glauben inzwischen, dass nicht einmal Madame Choulises genaueres über diese Bücher wusste. Oder überhaupt von der Existenz derselben. Zumindest fanden wir keinerlei Erwähnung in ihren persönlichen Unterlagen."

Nikita sah ihn mit großen Augen an.

Einen tiefen Atemzug später sprach er weiter. „Eine Menge an Zertifikaten und Urkunden fanden wir auch in dem Schrank. Es waren Papiere, welche die Mutter der alten Dame eindeutig als Eigentümerin dieser historischen Werke auswiesen."

Nikita nickte wissend und deute mit dem Kopf auf den Glasschrank. „Und demzufolge gehören sie jetzt auch dem Eigentümerkonsortium."

Für einen Moment lächelte er, aber wirkte müde dabei. „Nein ... Madame Choulises Eigentumsansprüche umfassten nur das Grundstück, auf dem diese Gebäude stehen, und ein kleines Gebäude etwas abseits. Aufgrund dieser Tatsache gehört alles, was unter dem Niveau der Grundmauern des alten Klosters liegt, ausschließlich uns. Aber glaub mir, das beinhaltet auch eine sehr hohe Verantwortung und ist gleichzeitig eine Lebensaufgabe."

Die junge Frau war klug genug, um zu verstehen, was er damit sagen wollte.

„Wie groß sind die Räume hier unten eigentlich?" Nikita blickte über ihre Schulter. Sie spürte eine aufkommende Schwermut in ihm und versuchte ihn abzulenken.

„Etwa tausendvierhundert Quadratmeter Bodenfläche. Die hinteren beiden Kammern."

Noch bevor er ausgesprochen hatte, hörte sie ein leises Piepsen und blickte sich um. Asger Chuerro tippte auf einem Display in der Glasfläche des mittleren Leuchttisches herum und dann war ein leises Zischen zu hören, bevor sich die Fronten des Schaukastens langsam zur Seite schoben.

„Dieser Schrank ist die Spezialanfertigung einer belgischen Sicherheitsfirma. Der Kasten ist aus Panzerglas und hat ein in sich geschlossenes Klimasystem, um die optimale Lagerung dieser sehr wertvollen Werke zu gewährleisten. Sieh dir das hier an."

Er griff zu einem schwarzen Ledereinband mit roten Verzierungen auf dem Buchrücken und hob ihn mit beiden Händen vom Regal.

„Das ist *Malleus maleficarumei - der Hexenhammer*. Dieses hier ein venezianischer Einzeldruck in Latein aus dem Jahr 1577. Es ist eines unserer ältesten. Dieses Buch und einige andere von hier sollen demnächst im Amsterdamer Rijksmuseum ausgestellt werden. Vor ein paar Wochen haben die Vorbesprechungen für die Sonderausstellung begonnen und für die Dauer der Leihgabe dürfen wir unser Büro im Museum behalten."

Nikita nickte verstehend. Seinen Enthusiasmus für das Buch teilte sie nur bedingt, da ihr der Titel nichts sagte.

„Was genau macht Kira eigentlich in den Gewölben?", fragte Nikita, nahm einen Schluck aus ihrer Tasse und sah dabei an Adam vorbei zur Türe neben dem Tresen.

Vor etwa fünfzehn Minuten war sie mit Asger Chuerro zurück in den Arbeitsraum gekommen und damit war der Rundgang beendet. Sie hatten noch Kaffee getrunken und etwas Smalltalk geführt, bis Adam gekommen war. Dann hatte der alte Herr sich entschuldigt und war in den Hotelbereich hochgegangen.

„Sie hat den Auftrag bekommen, unser Buch ... ebenjenes...", er deutete mit dem Daumen über seine Schulter, „Seite für Seite abzufotografieren und noch vor einer eventuellen Restauration im jetzigen Zustand zu dokumentieren. Ihr Auftraggeber ist Casanueva."

„Aha."

„Nachdem er sich ja angeboten hat, die Präsentation in Mexico vorzubereiten, möchte er dafür so etwas wie einen Katalog machen. Und er braucht die Bilder auch für die Organisation in den Schauräumen."

„Aha."

Sein Gesichtsausdruck wirkte belustigt. „Aha? Das ist alles?" Herausfordernd zogen sich seine Augenbrauen zusammen.

„Woher weiß Casanueva überhaupt von dem Buch? Ich meine, ihr habt es nicht irgendwie öffentlich gemacht oder so, nicht wahr?"

Sehr nachdenklich schüttelte Adam verneinend den Kopf. „Eigentlich nicht... Nun ja, geheim gehalten haben wir es aber auch nicht unbedingt. Ein paar Leuten wussten schon Bescheid. Mit den Kuratoren des Rijksmuseum haben wir zum Beispiel zuletzt darüber gesprochen. Die Anwälte, welche mit den Eigentumsnachweisen der Antiquariate beschäftigt waren, wussten es, Onkel Axel auch natürlich... Das Teilhaberkonsortium des Hotels hatten wir ebenfalls über die Entdeckung der weiteren Kammern informiert und auch, dass darin eine große Menge an Wertgegenständen gelagert ist." Er schien etwas verwirrt. „Sicher noch ein paar Leute mehr, aber warum ist das wichtig?"

Mit der Kaffeetasse in beiden Händen ließ sich Nikita in die Couch zurücksinken. Einen Moment lang blickte sie ins Leere, bevor sie Adam wieder ansah und antwortete.

„Ich weiß es noch nicht. Irgendetwas an diesem Señor Casanueva ist seltsam und ich habe da einfach so ein Gefühl."

Sie sprach nicht weiter und zuckte mit den Achseln. Dann stand sie auf und trat wortlos an die kleine Bar, um sich ein Glas Wasser zu holen.

„Also, ich habe versucht, mich daran zu erinnern", sagte Adam, als er zu ihr an die Bar trat. „Er wusste es auf jeden Fall schon, als er sich uns vorgestellt hat. Das war so: Ein paar Wochen, nachdem die Rechtsansprüche meiner Mutter auf den Grundbesitz geklärt waren, gab es ein Treffen mit den Teilhabern der Hoteleigentümer und bei diesem Anlass haben wir das erste Mal von Casanueva gehört. Er war nicht anwesend. Sie sagten uns damals, er wäre wahrscheinlich irgendwo in Mexiko und nicht erreichbar. Erst vor etwa zwei oder drei

Monaten bekam ich vom Sekretariat des Konsortiums einen Anruf, dass Casanueva sich wahrscheinlich demnächst bei mir melden würde. Ein paar Tage später war es dann soweit, Vater und ich hatten eine Videokonferenz mit ihm."

Konzentriert hörte Nikita ihm zu. Er schenkte sich ebenfalls ein Glas Wasser ein und grinste, als er ihr ungeduldiges Gesicht sah. Nach einem Schluck aus dem Glas sprach er weiter.

„Er stellte sich vor, plauderte ein wenig herum, erzählte ein bisschen von sich und begann dann irgendwann darüber zu reden, dass er höchstes kulturelles Interesse an mexikanischer Geschichte und hier im speziellen an der Mayakultur habe. Zu dem Zeitpunkt haben wir das erste Mal über das Buch gesprochen und ich weiß auf jeden Fall, dass er uns auf die Antiquariate der alten Frau angesprochen hat. Er sagte definitiv, dass er gehört habe, wir wären im Besitz einer Handschrift, die mit der mexikanischen Geschichte in Zusammenhang steht. Nun, mein Vater und ich haben uns beide keinerlei Gedanken darüber gemacht, dass er darüber Bescheid wusste. Wie gesagt, wir hatten kein Geheimnis daraus gemacht... Naja, er wollte wissen, ob wir es verkaufen und als wir das ablehnten, hat er sich, wie ich dir ja schon erzählt habe, erboten uns zu helfen." Adam zuckte mit den Schultern und verschränkte dann seine Arme vor der Brust.

„Wie kam Kira ins Spiel?"

Er hob abermals seine Schultern und sah dann auf seine Schuhe hinunter, bevor er antwortete: „Vor knapp drei Wochen hatten wir ein neuerliches Videomeeting. Señor Casanueva wollte sich persönlich mit mir treffen, da er eine Ausstellung für eine befreundete Fotografin, eben Kira Lindstrom, hier im Hotel veranstalten würde und bei der Gelegenheit fragte er, ob er sich das Buch ansehen..."

Nikita unterbrach ihn. „Und dann hat er die rein zufällig gerade anwesende Profifotografin gleich beauftragt, es in allen Details abzufotografieren, um daraus einen Katalog für seine mexikanischen Freunde zu machen."

„Genau."

„Und das kommt dir nicht irgendwie komisch vor, mein Lieber?"

Sein verständnisloses Kopfschütteln ging in ein merkbar zweifelndes Kopfwackeln über und dann sah er sie mit leicht gesenktem Kopf von unten herauf an. Er schien sich ein wenig ertappt zu fühlen.

„Um ehrlich zu sein, jetzt wo wir so darüber reden, scheint es mir schon auch ein wenig zu zufällig zu sein."

Mit einem tiefen Atemzug richtete er sich nun zu seiner vollen Größe auf. Er schob seine Hände in die Hosentaschen und blickte sich um.

„Und was machen wir jetzt mit dieser Erkenntnis?"

„Das weiß ich ehrlich gesagt auch noch nicht... Ich muss nachdenken."

„Sollen wir auf ein Bier gehen?

***

„Wo, verdammt noch mal, ist das Buch? Rede endlich! Sag mir endlich, wo der Zugang zur Grotte ist!"

Der Mann in der grauen Kutte ist außer sich vor Zorn. Auf seiner Schläfe zeichnen sich dicke Stränge ab.

„Es nutzt dir nichts, wenn du es mir nicht sagst! Ich weiß, dass du deine Kleine nach Holland geschickt hast. Wenn du nicht redest, werde ich sie finden und es dann eben aus ihr heraus prügeln. REDE, VERFLUCHT NOCH MAL!"

Langsam sucht sich eine Träne ihren Weg aus dem völlig zugeschwollenen Auge der misshandelten Frau. Ihre Lippen zittern und kleine Blutbläschen bilden sich, als sie versucht zu sprechen.

„Sie ... weiß doch nichts...“

Sie zittert und der Versuch, noch mehr zu sagen, kommt nur als gequältes Krächzen aus ihrem Rachen.

„SAG ES ENDLICH!“

Ein weiteres Mal holt der Mönch aus und schlägt ihr voller Wucht in das von den vielen Schlägen entstellte Gesicht. Dieses Mal jedoch so hart, dass die Gefesselte mitsamt dem Holzstuhl, auf dem sie festgebunden ist, umkippt. Schwer atmend steht er da und starrt auf sie hinunter, bis ein schwarzes Paar Stiefel neben ihrem Kopf auftaucht. Als eine Stiefelspitze den schlaff daliegenden Kopf leicht anhebt, bildet sich eine Blutlache unter dem blankpolierten Absatz. Langsam blickt der Mönch auf. Der SS-Offizier steht mit verzogenem Mund da. Hinter ihm blickt der Heiland traurig von seinem Kreuz auf die Szene.

„Die erzählt dir gar nichts mehr, ihr Schädel ist gebrochen, Idiot. Egal, wir müssen abrücken. Wir haben keine Zeit mehr.“

Einige Sekunden lang blickt der blonde Mann mit ausdruckslosem Gesicht auf die Leiche vor dem Altar. Die Blutlache unter ihrem Kopf wird immer größer und langsam sammelt sich der Lebenssaft der Frau in einer tiefen Bodenfurche unmittelbar vor dem Altar der kleinen Krankenhauskapelle.

***

Eine sanfte Brise ließ die Blätter des Nussbaums leise rascheln. Als ihr derselbe Windhauch durchs Haar strich, holte Nikita tief Luft. Adam sprach mit dem Wirt des kleinen Bistros, wo sie sich ein fruchtiges Kriek zu einer Portion Fingerfood bestellt hatten. Derweil war sie in ihrer besinnlichen Betrachtung des kleinen Gebäudes gotischen Baustils auf der anderen Straßenseite in diese Vision gefallen. Der schmale, verwunschene Turm, mit der von roten Dachschindeln bedeckten Spitze, auf der ein schmiedeeisernes Kreuz thronte, löste eine leichte Melancholie in ihr aus. Ihr Blick wanderte an der niedrigen Backsteinmauer entlang. Sie war teilweise von Moos bewachsen und da und dort von Gesträuch überwuchert. Der Eingang ins Innere des Gebäudes lag, von hier aus nicht zu sehen, wohl gleich hinter dem Vorplatz mit dem Nussbaum.

Der Spaziergang war nicht allzu weit gewesen. Etwa fünfzehn Minuten in Richtung Dorfmitte vom Haupteingang des Hotels. Adam wusste von einem Bistro, das vielleicht geöffnet wäre, und sprach von einer Überraschung. Zugegeben, die Vlaamse Frittes und das Fingerfood waren echt lecker. Auch das typische belgische Fruchtbier schmeckte ihr, aber so eine beachtliche Offenbarung war es nun auch wieder nicht.

„Können wir in die Kirche hinein?"

Adam sah erstaunt aus. „Ich wollte dich eigentlich gerade fragen, ob du Lust hast, dir das Gebäude anzusehen."

Er begann zu grinsen, während er herausfordernd mit dem Finger auf die andere Straßenseite zeigte. „Also..."

Er trank sein Glas aus und bedeutete ihr mitzukommen.

Es war ein wunderschönes Bauwerk. Eine klassische alte Dorfkirche mit ein paar schwarzen Bänken auf der einen Seite, vorne ein schmuckloser Alter aus grauem Marmor. Im Halbdunkel erkannte man ein wenig Ornamentik an den paar tragenden Säulen.

Nikita hatte sich zuerst nicht sonderlich darüber gewundert, dass Adam Schlüssel für die schwere Holztür hatte und dass es sich um ein Sicherheitsschloss handelte. Doch bereits beim Eintreten wurde ihr klar, dass es sich um einen wahrscheinlich schon seit längerem unbenutzten Sakralbau handelte. Die wenigen schmalen und nicht sehr hohen Buntglasfenster waren teilweise mit Brettern vernagelt und so kam nicht allzu viel Tageslicht herein. Doch man bemerkte trotzdem, dass hier Entscheidendes fehlte. Bis auf die Kirchenbänke und ein im Dunkeln liegendes erhöhtes Podest aus Holz rechts vom Altar war der Bau komplett leer. Dem leisen Knipsen hinter ihr, mit dem eine einzelne Glühbirne über der Türe aufleuchtete, folgte das scharrende Geräusch, welches die kleinen Krallen einer flüchtenden Ratte auf dem Steinboden erzeugen.

„Das war die Kapelle, als das Krankenhaus gebaut wurde. Irgendwann kurz nach dem Zweiten Weltkrieg wurde sie profaniert und galt danach nicht mehr als Sakralgebäude."

„Irgendwie schade ... mir gefällt es."

Sanft lächelnd drehte sich die Polizistin einmal im Kreis.

„Uns auch. Wir überlegen, ob wir es nicht wieder religiösen Zwecken widmen sollten."

Damit war die nicht gestellte Frage über den etwaigen Eigentumsanspruch der Chuerros auch beantwortet. Inzwischen war Adam bis zum Altar vorgegangen. Er deutete auf eine hohe, gut drei Meter breite, zweiflügelige Tür, die in die Steinmauer eingelassen war. Sie passte überhaupt nicht zum restlichen Erscheinungsbild dieses Ortes. Es war eine Stahltüre neueren Datums und man hatte sich nicht die Mühe gemacht, die Spuren der Maurerarbeiten rundherum zu beseitigen.

„Das war einmal ein versteckter Zugang zu einem Lagerraum. Er war nur durch den Beichtstuhl zugänglich, der früher hier stand. Man konnte ihn zur Gänze wegschieben ... eine wohldurchdachte Lösung."

Der Farbunterschied auf dem Boden zeigte die Abmessungen, welche der Anbau gehabt haben musste. Nikita bemerkte ein Muster aus tiefen Rillen im Boden, welches zufällig hätte sein können, aber sie erkannte es sofort als Führungsrillen für den Verschiebemechanismus des Beichtstuhls. Ihre Augen suchten vergeblich nach Blutspuren.

„Komm mit."

Er drückte das Türblatt der kleinen eingefassten Innentür auf, nachdem er aufgesperrt hatte. Ihr Zögern kommentierte er mit einem breiten Grinsen.

„Keine Angst, ich habe nicht vor, dich hier zu verführen."

Ihr Schmunzeln ließ genug Spielraum für Interpretation.

„Nicht, dass ich nicht wollte," beeilte er sich hinzuzufügen, „aber ich will dir wirklich etwas zeigen."

Er wartete nicht auf eine Antwort, sondern ging voraus in die Dunkelheit. Nikita folgte ihm. Sie prallte leicht gegen ihn, als sie den zweiten Schritt ins Dunkel machte und spürte seinen Atem in ihrem Gesicht. Ein wunderschöner Moment verging, in dem seine Hand auf ihrer Hüfte lag. Eine Zeitspanne von fünf Herzschlägen, in der alles passieren könnte.

„Warte, ich muss erst einmal Licht machen", erklang seine sanfte Stimme.

Ihre Lippen suchten in der Dunkelheit nach dem Ursprung seines warmen Atems, der ein wenig nach Sauerkirsche roch, und fanden ihn sofort. Auch Adam schien die Gelegenheit der unverhofften Nähe nutzen zu wollen. Mit jedem Herzschlag zog er Nikita fester an sich, während sie sich küssten. Mit beiden Händen strich sie über seinen Nacken und seinen Hinterkopf. Während seine eine Hand auf ihrer Hüfte lag, streifte die andere an ihren Brüsten hoch zum Hals und Nacken. Als er sie wenig später mit beiden Händen am Hintern packte, umschlang sie ihn mit ihren Beinen. Er drehte sich mit ihr im Dunkel und in der Verschmelzung ihrer Zungen schwebten sie durch Zeit und Raum. Durch ihre geschlossenen Lider blitzte ein Feuerwerk und als sie die Augen öffnete, sah sie Licht. Er hatte sie mit dem Rücken an eine Wand gepresst und damit wohl den Lichtschalter gefunden. Ihre Lippen lösten sich voneinander, doch hielt er sie immer noch an die Wand gedrückt. Auch Nikita hatte noch nicht losgelassen und kraulte mit ihren Fingern seinen Nacken. Sekundenlang betrachteten sie sich in den Augen des anderen. Bis Nikita Adam etwas fester am Nacken packte und sich so den nötigen Halt verschaffte, um ihre Beine von seiner Körpermitte zu lösen. Als ihre Füße auf dem Boden ankamen, trat er zurück. Ohne seinen Blick von ihr abzuwenden, strich er sich mit der Hand durch die Haare. Von unten herauf sah sie ihm genauso fest in die Augen und zupfte dann ihre Jacke zurecht.

„War das jetzt die Überraschung, von der du gesprochen hast?"

Er grinste wie ein ertappter Schuljunge. „Wenn ich dir sage, dass ich tatsächlich gehofft hatte, dich nochmals zu küssen... Aber ich habe eigentlich das hier gemeint." Mit ausgestrecktem Arm deutete Adam in den Raum.

„Verstehe."

Ein Blick reichte, um zu erkennen, dass es sich um eine Art Lastenbeförderungsmittel handeln musste.

„Ich sagte doch, es gibt einen Aufzug in die Gewölbe."

Der Raum war etwa vier Meter breit und hatte anscheinend die gleiche Länge wie die Kapelle selbst. Nikita wurde klar, dass es sich tatsächlich um einen sehr geschickt in die Architektur eingeplanten geheimen Raum handelte. Die Rundbogenfenster entsprachen exakt denen auf der gegenüberliegenden Wand. Dies bedeutete, dass man sowohl von außerhalb wie auch innerhalb der Kapelle nicht vermuten würde, dass noch ein Raum zwischen den Mauern existierte. Eine flache Treppe führte über die gesamte Breite auf einen kurzen Absatz bis direkt vor einen großen Lastenaufzug. Die ganze Konstruktion wirkte zwar einfach, aber mit modernen Seilwinden, Kabelsträngen, Karabinern und den Motoren an der Seite durchaus effizient und vertrauenserweckend.

„Den Aufzug gibt es wahrscheinlich schon seit Beginn der Bauarbeiten auf dem Areal. Vermutlich wurden sowohl das Krankenhaus wie auch die Kapelle als eine Einheit geplant. Aber wahrscheinlich wurde so ziemlich alles von dem Zeug, das in den Gewölben zu finden ist, über diesen geheimen Weg durch die ehemalige Kapelle nach unten gebracht. Der Zugang aus der ersten Gewölbekammer in die beiden nächsten wurde nämlich schon in den 1890er Jahren verschlossen... Das wissen wir aus Briefen, die wir bei den Büchern der Mutter von Madame Choulises gefunden haben. Deswegen kam auch nach Entdeckung der ersten Kammer niemand auf die Idee, dass es noch weitere geben könnte... Sie waren völlig in Vergessenheit geraten. Wie sieht es aus, Lust auf eine Spazierfahrt? Natürlich haben wir die Struktur des Aufzuges inzwischen modernisiert, wie man sehen kann."

Schön langsam fügte sich alles immer mehr zu einem Gesamtbild zusammen. Nikita sah nach oben und ein Sonnenstrahl brach orangefarben durch das Gesicht eines Heiligen, der in einem der Buntglasfenster verewigt war. Wie eine blutrote Sonne stand der kreisrunde Lichtstrahl hinter Adams Kopf an der hohen Wand über der Aufzugskonstruktion. Ein Schauer kletterte über ihre Schultern zum Nacken hoch, als sich plötzlich ein Templerkreuz aus schwarzen Schatten darin bildete.

„Glaube ich dir, aber ich würde einen Spaziergang an der frischen Luft zum Hotel zurück bevorzugen."

„Ich muss heute nach Brügge. Willst du mitkommen?"

„Würde ich gerne, aber Sylgja kommt in knapp drei Stunden in Antwerpen an und ich werde sie abholen. Habe einiges mit ihr zu besprechen, also wirst du den heutigen Tag alleine verbringen müssen."

Der kleine Stuhl unter dem Fenster, auf dem sie im Schneidersitz saß, knarrte, als sie plötzlich schwungvoll das Kissen, das auf ihrem Schoß gelegen hatte, in seine Richtung schleuderte und aufstand.

„Ich glaube sowieso, dass es schön langsam Zeit wird, sich fertig zu machen, oder?"

Adam schmollte, doch dann stand er vom Bett auf. Splitternackt stand er mitten in dem kleinen Hotelzimmer und streckte den Arm aus.

„Kann ich mein Shirt wiederhaben?"

Der Sonnenschein durch das Dachfenster umgab sie wie eine magische Aura, während sie sich mit beiden Händen langsam sein T-Shirt über den Kopf zog. Sekundenlang standen sie sich schweigend gegenüber und zähflüssig tropften die Sekunden dahin, als sie langsam auf ihn zukam. Ein herausforderndes Schmunzeln umspielte ihre Lippen.

„So wie ich das sehe, sollten wir uns aber doch die Zeit nehmen zu duschen, bevor wir aufbrechen."

Die Erregung, die sich bei ihrem Anblick an Adam zeigte, nutzte die Polizistin, um ihn zu verhaften und mit zarter Hand ins Badezimmer zu leiten.

Gespensterhaft leer war das Hotel, als sie von ihrem kleinen Ausflug zurückgekommen waren. Die meisten der Abendgäste vom Vortag hatten das Hotel anscheinend bereits verlassen, was man am wieder nahezu leeren Parkplatz erkennen konnte. Es war ihnen egal. Nikita wollte auf ihr Zimmer, um einige Telefonate zu führen, und so verabredeten sich die beiden für den späten Abend, um gemeinsam essen zu gehen.

Es war zwar kein Candle-Light-Dinner, aber die Leere im Restaurant führte dazu, dass sich die beiden sehr nahe kamen. Sie schienen ganz allein auf dem Planeten zu sein. Doch auch die Erkenntnis einer beinahe unglaublich hohen Anzahl an Gemeinsamkeiten, die sie während der Gespräche herausfanden, erzeugte tiefe Vertrautheit. Stumm und ergriffen lauschte Nikita seiner Erzählung über die Liebe einer jungen Amsterdamerin und einem dänischen Theologiestudenten, aus deren Beziehung er hervorging. Eine Geschichte wie aus einem klassischen Roman. Es war die Lebensreise zweier Menschen, welche sich trotz aller Widernisse und Hindernisse nicht ihrer Liebe berauben ließen. Seine Worte führten sie an die Grenzen eines aus Zufällen bestehenden Universums zur Erfüllung echter Vorbestimmung. Mit dem Ende seiner Parabel auf ehrliche und wahre Zuneigung verabschiedeten die beiden sich gegen Mitternacht im Foyer des Hotels. Doch bewaffnet mit zwei Flaschen kalten Bieres klopfte er zwanzig Minuten nach dem Gute-Nacht-Kuss an ihre Zimmertüre.

„Warum wusste ich, dass das passieren würde?", sagte sie, als sie in ein Handtuch gewickelt die Tür öffnete.

„Weil du es dir gewünscht hast, schöne Nikita."

Sie trat einen Schritt zurück, um ihn hereinzulassen.

Die Fahrt zum Antwerpener Flughafen dauerte etwa eine Stunde. Adam war nach dem zweiten Frühstückskaffee gefahren und sie hatte sich an der Rezeption ein Taxi bestellt.

„Kannst du mir den Gefallen tun und dir ansehen, ob es irgendeine Verbindung zwischen ihm und diesem Casanueva gibt?"

Ein wenig zufriedener schob sie das Handy wieder in die Gesäßtasche, nachdem ihr Carl zwar etwas mürrisch, aber dennoch zugestanden hatte, weiter in dem Fall zu ermitteln, obwohl er offiziell abgeschlossen war. Sie hatte sich mit einem Kaffee in den Wartebereich der Ankunftshalle des Flughafens gesetzt und gehofft, ihn überreden zu können, für sie Erkundigungen über den holländischen Mexikaner anzustellen. Glücklicherweise war Carl ein Charakter, der sich durch saubere Argumentation durchaus motivieren ließ. Jetzt hieß es abwarten. Aber Carl war nicht ihr einziger Fährtensucher. Vor ihrem Kollegen hatte sie noch einen holländischen Polizeischüler kontaktiert und an seinen jugendlichen Ehrgeiz appelliert. Seiner Selbstbeschreibung nach ein hochqualifizierter Informatiker, hatte Nikita den spontanen Einfall gehabt, seine Behauptung auf Richtigkeit zu prüfen.

Die Frau schien es absolut nicht eilig zu haben. Nikita grinste, während sie schräg hinter ihr ging, nur getrennt durch die Durchgangsbarriere, offensichtlich, ohne von ihr bemerkt worden zu sein. Sie war aufgestanden, als sie Sylgja mit ihrem knallgelben Trolley aus dem Kontrollbereich kommen sah. Zweimal musste sie hinsehen, um ihre Freundin zu erkennen. Sie trug einen langen braunen Rock, weiße Turnschuhe, eine grüne Bluse und darüber ein graues Anzug-Gilet. Eine lange schwarze Wollweste hatte sie über dem Arm hängen und ihr Handy in der Hand. Das Aussehen ihrer Freundin hatte sich seit ihrer letzten

Begegnung merklich gebessert. Ihr Gang wirkte entspannt und aufrecht. So, wie sie ihre alte Lehrerin in Erinnerung hatte. Sie hatte für ihre siebenundfünfzig Jahre eine gute Figur, nicht zu dick, aber auch nicht zu dünn. Brünettes, schulterlanges und leicht gewelltes Haar umrahmte ihr als klassisch europäisch zu bezeichnendes Gesicht. Nikita fand sie hübsch. Während die Polizistin ihre Schritte beschleunigte, verlangsamte sich die Zeit. In Zeitlupe drehte Sylgja ihren Kopf in Nikitas Richtung und als sich ihre Augen trafen, lächelte sie.

Gleich zuerst wollte Nikita von ihrer alten Freundin wissen, wie es ihr nach dem glücklichen Ende der Entführung durch den Türken und dem Erlebnis im Holm nun ging. Die eher passive Erzählung ihrer Freundin vermittelte Nikita das Gefühl, dass ihre Freundin die Geschichte so weit gut überstanden hatte. Ihre Fragen stellte sie trotzdem entsprechend zurückhaltend. Da Sylgja anscheinend keinerlei Interesse daran hatte, den Vorfall genauer zu besprechen, beließ es die Polizistin dabei.

„Das bedeutet, du hast bereits den Ansatz einer Erklärung dafür gefunden", sagte Sylgja trocken und es schien fast, als wären die Neuigkeiten ihrer ehemaligen Schülerin für sie keine Überraschung. Doch Nikita kannte sie gut. Sie wusste haargenau, dass sich ihre Mentorin insgeheim wahnsinnig darüber freute, dass sie nun doch begonnen hatte, sich ihrem ‚Sehen' zu stellen.

Schon während der Taxifahrt hatte Nikita begonnen, ihr vom neuerlichen Aufflammen der jahrelang unterdrückten Visionen zu berichten. Ganz entgegen ihrer sonstigen Angewohnheit, alles zu kommentieren, hatte die Ältere einfach nur zugehört. Erst, als sie vor dem Godshuis aus dem Taxi ausgestiegen waren, kommentierte sie Nikitas zusammengefasste Offenbarung.

Der Gedanke, ihre Freundin könnte etwas Ruhe brauchen, löste sich auf, als Sylgja gleich nach Absetzen ihres Gepäcks begann, Fragen zu stellen. Also empfahl die Polizistin, sich mit Kaffee und Kuchen auf die Terrasse des Restaurants zu setzen, um sich dort weiter zu unterhalten. An einem Tisch in der Sonne machten die beiden es sich gemütlich. Es dauerte noch eine ganze Weile, bis Nikita ihrer Lehrerin einige der Visionen näher beschrieben hatte. Inklusive ihres Eindrucks, sie würden immer im Zusammenhang mit bestimmten Situationen auftreten.

„Ich halte es für sehr wohl möglich, dass sich ‚Erinnerungen‘ aus deinem karmischen Gedächtnis lösen und sich im Jetzt und Heute manifestieren. Vielleicht dann, wenn so etwas wie eine Überlappung stattfindet, oder wenn eine Begegnung mit Personen stattfindet, deren Wege sich mit deinen schon in früheren Leben gekreuzt haben.“

Trotz ihrer Sonnenbrille konnte Nikita Sylgjas Aufregung sehen.

„Das ist dermaßen außergewöhnlich...“, blubberte sie dann auch los, „weißt du, die meisten Menschen haben auf die eine oder andere Weise Vorahnungen. Viele nennen es einfach Bauchgefühl. Es ist in Wahrheit genau das gleiche, was du erlebst, nur, dass es eben im Normalfall bei einem unterschwelligen, nicht greif- oder erklärbaren Gefühl bleibt. Weil wir Menschen eigentlich gar nicht in der Lage sind, gewisse Grenzen zu überschreiten. Das hat etwas mit Zeit, Dimension und Materie zu tun. Da gibt es unzählige Theorien dazu ... aber ich fange jetzt gar nicht erst an, dir da Beispiele aufzuzählen, weil ich momentan noch gar keine passende Theorie dafür habe... Ich bin ehrlich gesagt einfach nur ziemlich perplex, Mädchen.“ Sie schüttelte langsam den Kopf. „Du bist definitiv eine von ganz wenigen Menschen auf dieser Welt, welche Visionen mit solcher

Klarheit beschreiben und diese dann sogar mit tatsächlich realen Erlebnissen in der aktuellen Zeitebene in Zusammenhang bringen können."

Mit einer fahrigen Bewegung nahm sie nun ihre Sonnenbrille ab und Nikita hatte Gänsehaut am ganzen Körper, da sie die extreme Anspannung ihrer Freundin spürte. Nachdem sie einen Schluck von ihrem bereits erkalteten Tee getrunken hatte, lehnte sich die Ältere nun zurück und schüttelte ein paar weitere Male ihren Kopf. Eine tiefe Erschöpfung schien sich in ihr breit zu machen. Nikita schien es, als würde sie einem Menschen gegenübersitzen, der nach einer lebenslangen Suche endlich sein Ziel erreicht zu haben glaubt.

„Ich denke gerade darüber nach... Sagt dir der Ausdruck Akasha-Chronik etwas? Das Weltgedächtnis, der Ort, wo niedergeschrieben steht, was war, ist und je sein wird. Nicht? Ich könnte mir vorstellen, dass dein Unterbewusstsein Zutritt dorthin gefunden hat." Leicht vornübergebeugt lehnte sich Sylgja mit den Unterarmen auf den Tisch und die Polizistin bemerkte, dass ihre Fingerkuppen ganz weiß waren, weil sie ihre Hände so fest zusammenpresste.

„Sie müssen Sylgja Christensen sein. Ich freue mich, sie kennenzulernen, und hoffe, ich störe nicht."

Nikita war fast froh darüber, seine Stimme hinter sich zu hören. Die Angst vor der überschwänglichen Begeisterung ihrer Freundin war der eigentliche Grund gewesen, warum sie es in den letzten Monaten vermieden hatte, sich ihr mitzuteilen. Das wurde ihr nun auf beinahe unangenehme Weise bewusst.

„Darf ich vorstellen, Herr Asger Chuerro... Ihr habt schon miteinander telefoniert."

Mit einer Hand auf die Armlehne des Gartenstuhls gestützt, wendete sich die Polizistin in seine Richtung. Er stand inzwischen schon vor dem Tisch und streckte seine Hand aus.

Langsam nickend blieb Sylgja sitzen und schüttelte sie dann kurz.

„Setzt du dich zu uns?"

Er schien auf Sylgjas Zustimmung zu warten. Erst als sie einladend ihre Hand hob, ging er zum leeren Nebentisch, um sich einen Stuhl zu holen.

„Sie sprachen gerade über die Akasha-Chroniken? Entschuldigung, ich wollte sie nicht belauschen, aber ich konnte es hören, als ich zu ihrem Tisch kam."

Verlegen blickte er zwischen den beiden Frauen hin und her, bevor seine Augen an Sylgja hängenblieben. Erst jetzt setzte er sich auf den Stuhl. Die Frauen wechselten einen Blick und Sylgja griff zu ihrer Teetasse.

„Ja, haben wir. Ihnen sagt das etwas?"

Sehr entspannt lagen seine Hände auf dem Tisch, als er antwortete. „Ich bin ein Suchender, Frau Christiansen, schon mein ganzes Leben lang. Ja, ich kenne mich mit der Thematik der Akasha-Chroniken ein wenig aus."

Ihre Lehrerin hatte sich ganz gut im Griff, aber Nikita spürte genau, dass die gerade begann, sich für ihr Gegenüber zu interessieren. Das Schmunzeln in ihrem Gesicht sprach aber ohnedies Bände.

„Ich merke, ihr habt ein Gesprächsthema gefunden." Die Polizistin versuchte ein kleines Augenrollen zu verbergen. Sie hatte ein wenig dieses berühmte Gefühl des fünften Rads am Wagen.

„Hast du Zeit, Asger? Ich könnte mir vorstellen, dass Sylgja darauf brennt, das Buch zu sehen ... und da ihr euch ja anscheinend versteht, könnte ich einige Telefonate führen, während du ihr die Gewölbe zeigst."

Hoffnung war in ihr aufgekeimt, die Aufregung ihrer Freundin durch dieses gezielte Manöver mit einer anderen Überraschung dämpfen zu können. Die Möglichkeit, dass Sylgja dadurch ein wenig Distanz zu Nikitas Enthüllungen gewinnen könnte, schien der Polizistin eine geradezu grandiose Idee.

„Von mir aus kein Problem. Es ist Freitag und ich bin gewissermaßen bereits im Wochenende", sagte er charmant lächelnd und drehte seine Handflächen einladend nach oben. „Stehe gerne für eine Führung zur Verfügung."

Sylgja schien unschlüssig, aber nur für eine Schrecksekunde. „Gerne, ich bin echt gespannt. Geben sie uns nur ein paar Minuten, ich möchte mich noch kurz mit Nikita unterhalten. Und das machen wir, während wir auf mein Zimmer gehen, um die Kopien aus ihrem Buch zu holen."

„Wir haben aber noch eine ganze Menge zu besprechen, Nikita. Glaub nicht, dass ich es vergesse, nur, weil ich mir jetzt ein Buch ansehe, verstanden?"

Mit ihrer Hand auf Nikitas Arm stand Sylgja vor ihr in der Lobby und sah ihr ernst in die Augen. Die Lehrerin hatte ihr zuvor noch einen ganzen Haufen Fragen gestellt, während sie die Papiere holten.

„Natürlich," antwortete Nikita, „und glaub mir, es ist mehr als nur ein Buch, was du dir gleich ansehen wirst."

Nikita grinste und Sylgja sah sie etwas verwundert an.

„Was ist das für eine Art Mann? Dieser Asger Chuerro."

Da schien ein Fussel auf Nikitas Schulter zu sein. Sylgja zupfte daran herum.

„Ich glaube, das weißt du schon. Ich könnte mir vorstellen, dass ihr beide gute Freunde werdet. Komm."

Sie legte für einen Moment ihre Hand auf Sylgjas Schulter und brachte sie so dazu weiterzugehen. Manchmal braucht man eben ein wenig Anschub.

„Nikita!"

Kira kam über den Parkplatz auf sie zu. Mit hoch in den Himmel gerichtetem Arm winkte sie ihr zu. Nikita sah eine alte Polaroid Sofortbildkamera vor ihrem Bauch baumeln. Plötzlich sprang direkt vor der Fotografin die kleine weiße Katze aus dem Gebüsch und rannte, man könnte meinen, von Panik getrieben, über den Kiesweg zum Nebeneingang des Restaurants. Sich ihr Lachen verbeißend hob Nikita kurz ihre Hand zum Gruß. Die Fotografin stand zitternd mit beiden Händen fest an ihren Brustkorb gedrückt da und ihr Gesicht war zur Karikatur erstarrt. Im Augenwinkel sah Nikita die Katze ums Eck lugen und sie war überzeugt davon, dass sie lachte.

„Scheiße, verflucht nochmal, die macht das jetzt schon zum dritten Mal... Die hasst mich!"

Beherzt stapfte Kira wieder los. Absichtlich laut auftretend kam sie über den Kiesweg geschritten und begann trotz ihres hochroten Gesichts zu grinsen, während Nikita mit verschränkten Armen dastand.

„Sie spricht nicht mit jedem, habe ich mir sagen lassen. Ein sehr wählerisches Ding!"

Dass das eigentlich nicht recht schmeichelhaft für die Fotografin war, schien Kira nicht zu bemerken. Am Hoteleingang angekommen blieb die Fotografin vor Nikita stehen und drückte ihr links und rechts ein Küsschen auf die Wange.

„Ist mir egal. Hauptsache, du magst mich!"

Diese Feststellung ließ die Polizistin skeptisch die Augenbrauen hochziehen. Aus dem Augenwinkel sah sie das Kätzchen langsam um die Ecke kommen. Nach einem Meter in ihre Richtung blieb es stehen und begann zu würgen. Es kotzte einen schleimigen Batzen auf den Kies und leckte sich dann mehrmals mit der kleinen Zunge über die Nase. Ein nahezu unglaublicher Augenblick, wie Nikita fand. Es war dermaßen lustig, dass sie nicht einmal imstande war zu lachen. Das Selbstbewusstsein der Künstlerin imponierte ihr trotzdem.

Die Fotografin übersah Nikitas Reaktion und legte ihr die Hand auf den Oberarm.

„Ich habe meine Abreise für morgen geplant. Ich bin mit der Arbeit in den Gewölben fertig und habe einen kurzfristigen Auftrag für ein Profilshooting in Amsterdam angenommen. Eben war ich ein bisschen spazieren, um den Kopf frei zu bekommen, und jetzt habe ich Lust, in den Wellness-Bereich zu gehen. Gehst du gerne in die Sauna, Nikita?"

Mit zur Seite geneigtem Kopf trat Nikita einen Schritt zurück und verschränkte ihre Arme vor dem Oberkörper. Es war gerade einmal zehn Minuten her, dass Asger und Sylgja in die Gewölbe gegangen waren. Die beiden würden mit Sicherheit vor den nächsten zwei Stunden zurückkommen. Ein Blick auf die Armbanduhr. Ein nachdenkliches Schmunzeln. Langsam nickend blinzelte Nikita in die Nachmittagssonne.

„Er hat mich angerufen und gesagt, dass er meine Bilder kennt und sie ihm außerordentlich gut gefallen. Dann fragte er, ob ich Interesse daran hätte, meine Werke im Zuge einer Ausstellung zu präsentieren. Er erklärte mir, dass er ein Hotel in Belgien besitzt und da eine Vernissage für mich planen möchte."

Die Fotografin wischte sich kurz mit der Hand über ihr verschwitztes Dekolleté. Sie lag mit dem Rücken auf der obersten Stufe der Saunakabine. Während sie Nikitas Frage nach ihrer Bekanntschaft mit Casanueva beantwortete, streichelte sie sich die ganze Zeit über den Bauch.

Nikita strich sich mit beiden Händen über ihr feuchtes Haar. Sie saß der Fotografin gegenüber auf der Bank der mittleren Stufe.

„Wann war das?"

Die Entspanntheit der Rothaarigen zeigte sich auch in der Zeitspanne, die es dauerte, bis sie antwortete.

„Weiß nicht genau. Vor vier, vielleicht fünf Wochen."

„Wie kam es eigentlich dazu, dass er dich gefragt hat, ob du für ihn das Buch fotografieren würdest?"

Nach dem Saunabesuch ging sie auf ihr Zimmer, um dort ungestört zu telefonieren. Zehn Minuten später war sie schon wieder im Hotelfoyer. Sie schaffte es einfach nicht, sich zu entspannen. Mit einer Wasserflasche in der Hand trat sie hinaus ins Freie. Für einige Augenblicke drehte sie sich auf dem Kiesweg unschlüssig um sich selbst, bis sie ein Ziel ins Auge fasste. Eine Bank im Alleebereich der Hotelanlage sollte ihr Gesellschaft leisten. Draußen war es zwar noch hell, aber die Sonne würde binnen der nächsten halbe Stunde untergehen und irgendwie hatte sie den Wunsch, sich dafür einen schönen Platz zu suchen. Leider konnte sie sich so gar nicht über die wunderschöne Umgebung und das besondere Licht freuen. Die Gedanken drifteten im Oval ihrer Großhirnrinde im Kreis und hinderten sie daran, innere Ruhe zu finden. Für einen kurzen Moment schaffte es dann doch ihr sich überschlagendes Herz, den unterschwelligen Geräuschpegel zu dämpfen, als sie den weißen Range Rover durch das Tor kommen sah. In eine kleine Staubwolke gehüllt stoppten die Räder des Wagens direkt neben ihr. Lächelnd schritt Adam im Zwielicht der beginnenden Abenddämmerung auf sie zu und setzte sich zu ihr auf die Bank. Er legte seinen Arm um sie und gab ihr einen Kuss. Ohne etwas zu sagen, stellte sein Gesicht danach eine Frage. Er musste gespürt haben, dass etwas nicht stimmte.

„Es hat nichts mit dir zu tun, Adam."

Der Polizistin war noch nicht klar, welche Bedeutung die Nacht mit Adam für sie hatte. Was sie jedoch ohne Zweifel wusste, war, dass es nicht nur ein One-Night-Stand gewesen war. Aber sie fühlte, dass er das vielleicht genau in diesem Moment befürchtete.

„Ich war mit Kira zusammen... Wir waren in der Sauna und ich habe die Gelegenheit genutzt..."

Sein Gesichtsausdruck war unbeschreiblich, was aber nicht an den romantischen Lichtverhältnissen des orange-roten Sonnenuntergangs lag. Sie grinste und nahm dann zärtlich seinen Kopf in beide Hände. Der Kuss, den sie ihm gab, war unzweifelhaft der, den er eigentlich schon zuvor bekommen hätte sollen.

„Du bist süß... Ich mag, wie du denkst... Trotzdem nein, es ist nicht, wie du denkst." Sie rutschte etwas zur Seite, hielt aber seine Hand auf ihrem Schenkel fest. „Wir haben uns unterhalten und ich habe so einiges von ihr erfahren. Da fügen sich ein paar Teile zusammen, von denen bisher noch keine Rede war."

Frustriert stand die Polizistin jetzt auf und blieb mit verschränkten Armen vor ihm stehen.

„Ich meine, ich hatte ja schon so eine Ahnung... Und deshalb lasse ich auch schon Erkundigung einholen. Ich sag es dir, mit diesem Casanueva stimmt irgendetwas so ganz und gar nicht."

Von dem Unfall erzählte Nikita ihm nichts.

„Ist alles okay?", fragte Nikita, als sie den Entspannungsbereich der Wellness-Zone betrat, wo die Fotografin in ihr Badetuch gewickelt an der offenen Tür zum Freibereich stand und eine Zigarette rauchte.

„Es geht schon wieder." Sie sprach leise und wirkte ehrlich erschöpft.

„Oh Gott, oh Gott..."

Kira hatte sich urplötzlich mit einer Schnelligkeit aufgesetzt, die dem Start eines Düsenjets glich. Erschrocken sah Nikita zu ihr hinauf und für eine Sekunde hielt sich die Fotografin beide Hände fest auf ihren Bauch gedrückt. Sie schien die letzte Frage der Polizistin gar nicht registriert zu haben. Erstaunt hatte Nikita sie etwas lauter beim Namen gerufen. Wie zur Antwort war plötzlich dieser ziemlich unpassende Laut zu hören gewesen. Es war weit mehr als ein sanft entflohener Pups, der sich durch die Stille der Saunakammer zog. Vielmehr glich er dem Signalhorn eines Schoners, welches durch die undurchdringlichen Tiefen des Wattenmeernebels dröhnt.

„Ich muss raus."

Kira sprang von der obersten Liege, fast genauso schnell, wie sie sich zuvor aufgesetzt hatte. Unten angekommen strauchelte sie. In Zeitlupe sah Nikita sich selbst aufspringen, um sie abzufangen. Ihr Blick fiel auf Kiras von höchster Verzweiflung verzerrtes Gesicht. Noch bevor Nikita ihren Arm zu fassen bekam, hatte sich die Künstlerin wieder gefangen und war auch schon zur Tür hinaus. Zwei paralysierte Sekunden später begann die Polizistin zu grinsen und sich dann in einer Mischung aus höchster Überraschung und schwer zurückgehaltenem Gelächter zu verbiegen. Als jedoch der Geruch von Kiras unabsichtlichem Gasaustritt an ihre Nasenschleimhaut drang, zog sie es vor, ebenfalls zu verschwinden.

„Das ist mir so unsagbar peinlich... Es tut mir leid, Nikita, ich hätte nicht so viel Obst essen sollen", sagte Kira kleinlaut. Die halb gerauchte Zigarette warf sie achtlos in den Rasen vor der Tür und drehte sich zu der Polizistin um.

„Ein Unfall... Kommt schon mal vor." Nikita zuckte mit den Schultern und lächelte ihr mitleidig zu. „Sei jetzt bloß nicht komisch, so schlimm war es nun auch wieder nicht."

Nach der wunderbar warm-kalten Dusche hatte sich Nikita umgezogen und, nachdem alles in allem gut zwanzig Minuten seit Kiras unglücklichem Abgang vergangen waren, sich auf die Suche nach ihr begeben.

„Du bist ja schon wieder angezogen", sagte Kira, als sie sie entdeckte. Es wirkte ein wenig vorwurfsvoll, ein wenig traurig.

„Ja... Mir ist etwas schwindlig geworden von der Hitze und deswegen bin ich dann auch gleich rausgegangen."

Ein Anflug von Mitgefühl bewegte die Polizistin dazu, zu schwindeln. Ein verzweifelt wirkendes Lächeln der Künstlerin war der Dank dafür.

„Ich würde gerne noch ein paar Dinge von dir wissen. Setzen wir uns doch draußen auf die Liegestühle und unterhalten uns, was meinst du? Hast du für mich auch eine Zigarette?"

„Pass auf, Kira sagte, dass Casanueva sie noch während ihres ersten Telefonates gefragt hat, ob sie das Buch für ihn fotografieren würde. Gleich, nachdem er ihr angeboten hat, die

Ausstellung zu organisieren. Wusstest du, dass Kira ihr Geld eigentlich damit verdient, dass sie Bilder von Kunstobjekten macht? Wahrscheinlich nicht, oder? Ihre Aktfotografien sind eher so etwas wie eine Nebenbeschäftigung."

Adam schüttelte stumm den Kopf und Nikita schob ihre Hände halb in die Hosentaschen ihrer enganliegenden Jeans.

„Normalerweise macht sie Bilder für Kataloge im Auftrag von diversen Versteigerungshäusern. Und damit komme ich zu dem Punkt, über den ich gerade nachdenke."

Den Blick in den bereits dunkel gewordenen Himmel gerichtet, spürte sie seine Hände auf ihren Schenkeln und wie er sie ein wenig näher zog. Ohne ihn anzusehen, begann sie ihn eher unbewusst zu kraulen.

„Es ist doch so, dass der Auftraggeber des Türken ein Geschäftsmann mit Beziehungen zur Kunstszene war. Ich habe Kira gefragt, sie hat tatsächlich erst vor wenigen Monaten Fotos für eine Auktion gemacht, in welcher Kunstgegenstände aus der Sammlung eben dieses Unternehmers verkauft wurden. Das heißt, er kannte sie wahrscheinlich." Sie sah auf ihn hinunter und trat dann einen Schritt zurück. „Was, wenn er auch Casanueva kannte?"

Sie betrachtete die Fassade des alten Gebäudes hinter Adam und verschränkte dann wieder ihre Arme vor dem Brustkorb. Auf seine deutlich zweifelnde Mimik reagierte Nikita nicht.

„Verstehst du, was ich meine? Das wirkt für mich so, als ob da jemand etwas sehr gut geplant hätte. Mir sind da zu viele mögliche Querverbindungen und Zufälle. Dieser Casanueva ist in die Geschichte mehr verwickelt, als wir es uns im Moment noch vorstellen können. Da steckt noch einiges mehr dahinter, ich spüre das."

Der Kies unter ihrem Turnschuh staubte ein wenig, als sie aufstampfte, um ihre Behauptung zu unterstreichen.

„Verstehst du?"

Adam schwieg. Seine Augenbrauen waren tief zusammengezogen. Nikita ließ ihm Zeit. Sie wusste, dass es schwierig war, ihrer Vermutung zu folgen. Geschweige denn eine Theorie dahinter zu erkennen. Es war für die Polizistin selbst vage und es fehlte noch eine Menge an Informationen.

„Ich muss abwarten, ob die Kollegen noch etwas erfahren. Wer weiß, ob überhaupt was rauskommt. Bisher hat sich jedenfalls noch nichts ergeben."

Etwas frustriert setzte sie sich wieder hin und wandte sich dann nochmals an ihn. „Pass bitte auf, wie du mit ihm umgehst, Adam. Mehr kann ich momentan nicht sagen."

Sein Gesicht war zur Hälfte von der Laterne neben der Bank beleuchtet und Nikita spürte seine Nähe außerordentlich stark.

„In Ordnung, meine Schöne. Magst du vielleicht etwas essen gehen?"

„Ja ... vielleicht gehen wir mit deinem Vater und Sylgja, dann lernst du sie gleich kennen. Die zwei waren noch immer in den Gewölben, als ich aus der Sauna kam. Gut drei Stunden schon. Vielleicht sind sie inzwischen wieder zurück und auch hungrig. Aber jetzt erzähl mal, wie dein Tag war."

„Und? Wie hat es dir in den Gewölben gefallen?"

Der Ex-Priester und Sylgja hatten an der Bar des Restaurants gesessen, als die beiden jungen Leute eintraten. Einer der Thekenkräfte reichte eben zwei Cocktails über den Tresen und so konnten sich Nikita und Adam unbemerkt nähern.

Ohne den Strohhalm aus dem Mund zu nehmen, drehte sich Sylgja auf ihrem Barhocker zu ihnen um. Mit großen Augen zog sie noch einmal an ihrer Pina Colada, bevor sie antwortete: „Es ist absolut fantastisch... Ich glaube, so ein Erlebnis nennt man heutzutage ein ‚All-Time-High'."

Es war erstaunlich, dass Sylgja einen derartigen Ausdruck verwendete. Möglich, dass sie sich durch die Anwesenheit von Nikita und Adam dazu verleiten ließ, einen Anglizismus zu verwenden. Doch eigentlich zeigte es Nikita nur, wie beeindruckt ihre Freundin vom Besuch in den Gewölben war.

„Verzeihung für den Ausdruck, ich verwende für gewöhnlich keine Amerikanismen, aber... Mir ist kein passender Superlativ eingefallen, um es zu beschreiben."

Sie hatte erneut eine Drehung mit dem Barhocker gemacht, da dieser Satz Asger Chuerro galt, bevor sie sich recht schwungvoll wieder den beiden zuwandte.

„Und sie sind dann wohl Adam, der Sohn dieses sehr charmanten Herren." In Sylgjas Stimme schwang echte Freude mit und sie setzte hinzu, „freue mich sehr, sie kennenzulernen."

Der restliche Abend verlief entspannt. Es war erfrischend für Nikita zu sehen, wie ihre Freundin mit Asger umging. Ihr herausfordernder Gesprächsstil führte zu unterschiedlichsten Themen und fast schon skurril anmutenden Dialogen. Nikita schaffte es zwar nicht gänzlich, den Inhalten zu folgen, aber allein schon das Verhalten der beiden brachte sie zum Lachen. Sie fühlte sich wie die Beobachterin eines Wettkampfes zwischen den beiden offensichtlich gar nicht so unterschiedlichen Charakteren. In diesem Fall beide schwer bewaffnet mit verschiedensten Thesen und Fakten zu allem und jeder angesprochenen Frage. Angetreten in einer imaginären Arena, um den Kontrahenten verbal niederzuringen. Das Duell setzte sich während des Essens und danach in der Hotelbar fort.

„Kommt sie dir bekannt vor?"

Langsam schüttelte Sylgja ihren Kopf und griff sich dann mit drei Fingern an die Stirn.

„Nein... Zumindest kann ich mich im Moment nicht an sie erinnern."

Nikita wusste, dass die Sinne ihrer alten Lehrerin nach dem Alkoholkonsum der letzten Nacht wohl noch ein wenig im Trüben schlummerten. Aber sie wusste auch um das ausgezeichnete Gedächtnis ihrer Freundin. *Na gut, ich frage sie später halt nochmal.*

Sylgja und Nikita hatten sich zum Frühstück verabredet. In der Lobby trafen sie Kira, die eben ausgecheckt hatte und auf ihr Taxi zum Flughafen wartete. Es reichte für einen Espresso und Smalltalk, bis ihr Shuttle eingetroffen war. Sylgja hatte sich an dem Gespräch so gut wie nicht beteiligt. Ihr klassisches Katerverhalten schien übermächtig. Mit gerunzelter Stirn und mit halbgeschlossenen Augenlidern hing sie in der Lederbank des Hotelfoyers.

Als Kiras Taxi gerade am Ende der Allee verschwunden, war, fragte Sylgja wehleidig: „Können wir jetzt frühstücken gehen? Ich brauche unbedingt etwas im Magen ... und ich muss mich setzen, und mir tun die Haare weh."

Sie strich sich mit den Fingern über ihr Haupt und sah mit gesenktem Kopf wehmütig in Richtung Restaurant. Leicht den Kopf schüttelnd und in sich hinein grinsend drehte sich Nikita ebenfalls um und folgte ihr. Sylgjas Frage war keine gewesen. Sie war losgegangen, ohne auf Nikitas Zustimmung zu warten.

Asger und Adam Chuerro winkten ihnen zu und sie standen auch beide gleichzeitig auf, als Sylgja und Nikita auf ihren Tisch zuschritten. Die ersten zwanzig Minuten verbrachten die vier Personen damit, sich gegenseitig zu versichern, gestern einen schönen Abend gehabt zu haben und sich trotz einiger geleerter Gläser heute gut zu fühlen. Dazwischen gab es Kaffee, frische Brötchen, Orangensaft, Melonenstücke, Käse und natürlich weichgekochte Hühnereier. Der zweite Kaffee wurde gebracht und der Tisch vom Personal abgeräumt.

„Kurz bevor ihr gekommen seid, haben Adam und ich darüber gesprochen, ob wir mit euch beiden nicht einen Ausflug an die Küste machen sollten. Wie sieht es mit euren Plänen für heute aus? Hättet ihr vielleicht Lust auf einen Strandspaziergang?", fragte der Ex-Priester, lehnte sich zurück und faltete seine Hände im Schoß.

Nikita antwortete zuerst: „Ich würde mich gerne vorher noch ein wenig mit Señor Casanueva unterhalten. Ich nehme noch einen Kaffee und mache mich dann auf die Suche nach ihm. Wenn ihr wollt, dann..."

„Señor Casanueva ist gestern Abend abgereist."

„Was?"

„Er ist abgereist, gestern Abend."

Alles, was sie tun konnte, war mit offenem Mund dazusitzen. *Geht mir da gerade meine Theorie baden?*

„Geht's Dir gut, Nikita?", fragte Adam und alle drei sahen Nikita an. Ihr Mund klappte ruckartig wieder zu.

„Ist das Buch noch da?"

Da der Ex-Priester nun sehr fragend seinen Kopf zur Seite legte, war der Polizistin klar, dass sein Sohn ihm nichts von ihrem Verdacht erzählt hatte.

„Warum fragst du das?"

Ein wenig gehetzt sah sich Nikita um und richtete sich dann in ihrem Stuhl auf. Durchdringend sah sie dem Ex-Priester direkt in die Augen.

„Weil ich ehrlich gesagt glaube, dass Señor Casanueva mit den Angriffen auf eure Familie zu tun hat und er die ganze Zeit versucht hat, dieses Buch in seinen Besitz zu bringen."

Den beiden Chuerros offen ihren Verdacht darzulegen, schien Nikita die einzig richtige Entscheidung zu sein. Gestern Abend gab es keine Situation, in der es ihr angebracht schien, darüber zu reden. Doch als sie heute Morgen in Adams Armen aufgewacht war, war sie endgültig davon überzeugt gewesen, dass der holländische Mexikaner ein falsches Spiel trieb. Und sie war fest entschlossen herauszufinden, was für eine Rolle er in dieser Geschichte spielte.

„Es ist wirklich interessant, was du da sagst, aber ich sehe überhaupt keinen Zusammenhang. Das musst du mir näher erklären."

Asger sah zwischen Nikita und Adam hin und her, während er seine Arme vor dem Brustkorb verschränkte.

„Können wir nachsehen, ob das Buch noch da ist? Mich würde es nicht wundern, wenn es weg ist. Ich erkläre euch alles auf dem Weg dorthin", sagte Nikita, stützte sich mit den Händen auf der Tischplatte auf und stand auf.

„Jetzt gleich meinst du?"

Die Polizistin nickte ihrer Freundin zu und ihr entschlossener Gesichtsausdruck schien zu reichen. Sylgja zuckte mit den Schultern und trank auf einen Zug ihr Glas Orangensaft aus. Als sie das Glas wieder auf dem Tisch abgestellt hatte, grinste sie wie ein sattes Baby und blinzelte dann zu Nikita hoch.

„Na, dann gehen wir mal. Umso schneller kommen wir auch an den Strand."

Damit war auch der Vorschlag des Ex-Priesters bestätigt und er kommentierte es, wie Nikita aus dem Augenwinkel bemerkte, mit einem Schmunzeln. Sylgja stand bereits und auch die beiden Chuerros erhoben sich.

Stocksteif stand Nikita mitten im Raum, die Schultern hochgezogen, die Arme verschränkt und mit einem verkniffenen Gesicht, das ein wenig an ein trotziges Mädchen erinnerte, welches nicht das erhoffte Geburtsgeschenk bekommen hatte. Das Buch lag einige Meter von ihr entfernt in dem Hochsicherheitsschrank aus Panzerglas – genau da, wo Asger Chuerro es am Vortag abgelegt hatte.

Auf dem Weg in die Gewölbe hatte die Polizistin genug Zeit gehabt, um den anderen ihre Vermutungen mitzuteilen. Zu ihrem Erstaunen war aber weder eingebrochen worden, noch fehlte irgendetwas. Das leichte Hämmern in Nikitas Kopf begann, nachdem der große Mann das Buch herausgenommen hatte und kopfschüttelnd erklärte, dass nichts daran ungewöhnlich sei. Nikita wurde von tiefem Zweifel geplagt. *Die halten mich jetzt sicher alle für voll bescheuert. Ist da doch nichts dran?*

„Weißt du was, Kleine, auch wenn das Buch noch da ist, und Gott sei Dank ist es noch da... Ich meine, es heißt nicht, dass an deiner Theorie nichts dran sein kann. Ich glaube dir, aber im Moment gibt es einfach keinen Anhaltspunkt, der deine Ahnung bestätigen würde."

Sanft lächelnd stand ihre Freundin vor ihr, eingewickelt in ihre schwarze Wollweste. Nun legte sie ihre Hand auf Nikitas Oberarm und die Polizistin entspannte sich merklich.

„Fahren wir jetzt an den Strand?", fragte sie und grinste Nikita an, die langsam nickte.

Stirnrunzelnd legte Nikita auf und schob ihr Handy dann in ihre Gesäßtasche. Eine frische Brise strich von der See in Richtung Strand und blies ihr die Haare ins Gesicht. Nikita nahm den Geruch von Makrele oder Seestern wahr. Für einen Moment schüttelte sie den Kopf und ließ sich vom nächsten Windstoß das Gesicht wieder freifegen. Dann sah sie die anderen. Asger ging etwa zweihundert Meter weit vor ihr, Sylgja neben ihm. Sie schienen in ein Gespräch vertieft zu sein. Adam war stehen geblieben und drehte sich zu ihr um. Er hob seinen Arm, als er bemerkte, dass Nikita ihn ansah.

Die junge Frau ließ ihren Blick streifen. Etwa fünfzig Meter neben ihr führte ein halb versandeter Holzsteg durch die Dünen an den Strand. Ein paar verschlossene Strandkörbe waren zwischen Sandhügeln und Büscheln aus hohem, grüngelbem Gras aufgestellt. Man konnte ihre Fußspuren im feuchten Sand sehen und da und dort rollte das Wasser Seetang zu Knäueln zusammen. Der sanfte Klang der ausrollenden See, das leise Pfeifen des Windes, der über ihre Ohren streichelte, Haare, die ihren Nacken kitzelten. Die Polizistin bemerkte, dass sie sich schon sehr lange, zu lange, nicht mehr einer ähnlichen Form von Entspannung ausgesetzt hatte. *Wann war ich das letzte Mal an einem Strand?* Sie musste lächeln, als sie Adam sah. Er hatte sich hingehockt und schien auf sie zu warten. Eine kleine Welle von Dankbarkeit für diesen Mann rollte an ihrem Busen entlang, ähnlich der stillen Brandung an diesem herrlichen Ort. Sie konnte seine Zuneigung fühlen und war dankbar, dass er sie hierhergebracht hatte. Noch dankbarer jedoch war sie für seine Unaufdringlichkeit. Er ließ ihr so die Möglichkeit, sich über ihre Gefühle ihm gegenüber bewusst zu werden. Langsam ging auch sie in die Hocke, griff zu ihren Stiefeln und zog sie sich von den Füßen. Dann stand sie auf, atmete tief durch und spürte den salzigen Geschmack der Meeresluft an ihrem Gaumen. Ihr Herz begann zu beben, während sie mit den Stiefeln in der Hand auf Adam zuging.

***

Mit beiden Händen hält der alte Mann das Buch in seinen ausgestreckten Armen. Der auf dem ganzen Körper tätowierte Mann mit dem langen schwarzen Haar steht regungslos auf den Stufen des Tempels und sieht ihn an. Seine Gefährtin steht auf einer Stufe unter ihm und über der Spitze der Pyramide taucht eben die Sonnenscheibe am Himmel auf.

„Dann ist es also fertig. Es ist vollbracht."

Ein unergründlicher Blick begleitet seine Worte, doch der Mann vor ihm in der zerschlissenen schwarzen Kutte schüttelt langsam den Kopf.

„Das Ende schreibt das Schicksal, mein Freund. Hier steht geschrieben, was der Nachwelt über die Menschen hier und dein Leben bei ihnen erhalten bleiben soll, so, wie du es gewollt hast. Somit gibt es also kein Ende."

Der große Krieger bleibt stumm und ernst, doch in seinen Augen kann der Mönch den Schimmer seiner tiefen Hoffnung erkennen. Er hebt nun das Buch mit beiden Armen über seinen Kopf und dreht dem Kriegsherrn den Rücken zu. Ernst blickt er die Menschen an, die sich hinter ihm versammelt haben. Einige Dutzend Krieger, Frauen und Kinder. Auch die einheimischen Künstler, welche seit nunmehr fast sieben Jahren mit dem spanischen Missionar und Gonzalo an der Fertigstellung des Werkes arbeiteten.

„Ich verspreche, dieses Buch mit meinem Leben zu schützen und euer Vermächtnis zu wahren, damit man sich für alle Zeit an das stolze Volk der Maya erinnern möge."

Für den großen Mann mit dem schlohweißen Haar und Bart ist das nicht nur so dahingesagt. Er meint es todernst.

Nach seiner Errettung vor dem Tode durch Einheimische lebte er anfangs noch als Gefangener, doch bald schon als Freund des obersten Kriegsherrn bei den Maya. Wenige Wochen nach der Genesung von seinen Verletzungen hatte der Missionar die Aufgabe übernommen, für den assimilierten Spanier eine Art Chronik über ihn und das Volk der Maya zu verfassen. Sie schlossen einen Pakt, der ihm alle Freiheiten innerhalb der Gemeinschaft des Stammes bot und seine Sicherheit über die Fertigstellung dieses Werkes hinaus garantierte.

Schon morgen früh, in den ersten Tagen der Maisaussaat im Jahre 1536 des Herrn, werden viele hunderte Krieger aufbrechen, um in eine alles entscheidende Schlacht gegen die verhassten Konquistadoren zu ziehen. Angeführt von einem ihrer größten Kriegsherren, welcher selbst einst als einer der Fremden die Muttererde betreten hatte. Der Gottesmann war von Gonzalo auserwählt worden, den Verlauf dieser Schlacht als letztes Kapitel der Chronik aufzuzeichnen. Danach – egal, wie dieser große Kampf enden sollte – war es dem Mönch freigestellt, seine Schritte zu lenken, wohin immer sein Gott ihm befehlen möge. Das Buch und darin auch den Geist des Volkes würde er mitnehmen und bewahren. So war es beschlossen worden.

***

„Hey!"

Nikita war auf den letzten paar Metern losgerannt und hatte ihn angesprungen. Ein bisschen heftiger atmend stellte er sie nach zwei Umdrehungen auf dem Sand ab und sah sie lächelnd, aber fragend an.

„Sorry, mir war danach."

Gespielt brav strich sich Nikita über den Kopf, zwinkerte ihm zu und sagte dann: „Komm."

Sein Blick, der zwischen seinen Sneakers, ihrem Hintern und ihren Fußspuren hin und her sprang, endete an seinen eigenen Füßen. Ohne groß nachzudenken, zog er seine Turnschuhe aus.

Als sie Asger und Sylgja etwa zwanzig Minuten später eingeholt hatten, saßen die beiden nebeneinander auf einem Sandhügel. Asger stand auf und hielt der Lehrerin seine Hand entgegen, um ihr aufzuhelfen.

„Wir haben uns eben über deinen Verdacht wegen Señor Casanueva unterhalten", sagte er, während sich Sylgja langsam den Sand abklopfte. „Sie meinte, ich hätte dir sagen sollen, dass er mich gestern noch gefragt hatte, ob ich ihm das Buch nicht gleich mitgeben könnte." Er zuckte mit den Schultern. „Mir erschien es nicht wichtig da ich es sowieso abgelehnt habe. Übermorgen kommt nämlich die Transportfirma aus Amsterdam, um die Bücher für die Ausstellung im Rijksmuseum abzuholen." Für einen Moment sah er zu Boden bevor er weitersprach. „Ich habe ihm gesagt, dass er mit den Kopien und der digitalen Erfassung ja alles hat, was notwendig ist, um eine Präsentation in Mexiko vorbereiten zu können. Aber ich habe ihm versichert, dass, wenn es soweit ist, wir nach wie vor gewillt sind, es in Mexiko auszustellen. Aber eben erst, nachdem es in Amsterdam gezeigt wurde." Asger sah sehr ernst in die Runde, bevor er weitersprach. „Schon alleine, weil ich glaube, dass wir es Madame Choulises schuldig sind... Sie hätte es gerne so gehabt, glaube ich... Und Seraphina auch."

Die beiden Älteren hatten an diesem Punkt des Strandes auf sie gewartet, weil es hinter den Dünen ein Strandlokal gab. Die Einrichtung war im Retro-Seefahrtstil gehalten. Sehr heimelig. Von den Decken baumelten alte Schiffslaternen an Seilen.

Aquarelle mit Strand- und Meeresstimmungen hingen an den Wänden. Sie setzten sich auf die Terrasse in eine der aus Schiffsplanken roh gezimmerten Sitzgruppen, die mit Stoffpolstern und weißen Plüschdecken gemütlich hergerichtet waren.

Nikita nahm einen Schluck von ihrem Bier, blickte dann nachdenklich in die Dünen und lauschte einem unlängst gehörten Satz nach, der sich mit dem von Asger zuvor Gesagten zu verspinnen begann. *Es geht nur um den Inhalt, Mädchen... Es geht nur um den Inhalt!*

Der Schauer der Erkenntnis erfrischte sie genauso, wie das eiskalte Bier, das eben ihre Speiseröhre hinunterlief.

„Es geht nur um den Inhalt... Das hast du gesagt, Sylgja, es geht nur um den Inhalt!" Ruckartig schnellte Nikita aus ihrer fast liegenden Position hoch. „Was steht in diesem Buch, das jemanden dazu bringen könnte, dafür alles zu tun?"

Die anderen saßen jetzt mit tief zusammengezogenen Augenbrauen da. Sie wirkten wie eine Gruppe von Philosophiestudenten, welchen von ihrem Professor eben die ultimative Sinnfrage gestellt worden war.

„Dann würde es wieder passen... Ich habe vorhin mit Kira telefoniert und sie hat mir erzählt, dass sie Casanueva gestern Abend noch den USB-Stick mit allen Fotografien des Buches gegeben hat. Da dämmerte es mir schon irgendwie. Aber erst jetzt, als du es noch einmal gesagt hast..."

Mit ausgestrecktem Finger zeigte die Polizistin über den Tisch auf den Ex-Priester und griff gleich danach in die Brusttasche ihrer Jeansjacke. Sie zündete eine Zigarette an und erst einen tiefen Zug später redete sie weiter.

„Hat ein bisschen gedauert, aber es passt. Es ist gar nicht das Buch selbst. Es muss etwas sein, das in dem Buch steht! Aber was?"

Hochmotiviert blickte Nikita in die Runde. Ein gewisses Siegergefühl hatte sich in ihr manifestiert. Für sie war es gar keine Frage mehr, ob dieser seltsame Señor Enrique Hernandez y Casanueva irgendeine Rolle in der ganzen Geschichte spielte, es war felsenfeste Gewissheit geworden. Sie brauchte nur noch Beweise. Nun musste sie ihre Freunde davon überzeugen, ihr zu helfen, diese zu finden.

Stille hatte sich nach ihren letzten Worten über das Universum gebreitet. Feiner Nebel zog über dem Meer auf. Das Lauterwerden der plätschernden See kündete vom Herannahen der Flut und der Wind war fast vollständig verebbt. Ungeduldig sah die Polizistin zwischen den anderen hin und her. Vielleicht hatte sie gehofft, dass einer von ihnen sofort eine passende Antwort parat haben würde. Aber es kam nichts. Keiner von ihnen zeigte eine erhöhte Form von Eifer. Dann meldete sich endlich der Ex-Priester.

„Nun, ich hatte es dir schon einmal gesagt, das Buch enthält zu einem Teil die Erlebnisse eines Spaniers, der Anfang des sechzehnten Jahrhunderts als Schiffbrüchiger in Yucatán landete und dann mit und bei den einheimischen Maya lebte. Entsprechend ist es auch eine Beschreibung der Kultur und der Lebensumstände der indigenen Urbevölkerung. Der Name dieses Mannes war Gonzalo Guerrero."

Die Verwunderung im Gesicht der Polizistin war überdeutlich. „Ist das alles?", fragt sie. „Da muss doch noch mehr sein."

Adam beugte sich nun vor und griff zu der Packung Zigaretten auf dem Tisch.

„Mein Vater konnte bisher nur einen eher kleinen Teil übersetzen. Er beherrscht Spanisch ganz gut und da es in dem Buch etliche Seiten gibt, welche zweispaltig geschrieben sind, auf der einen Hälfte in Quiche und auf der anderen Hälfte in spanischem Paralleltext, kann er diese Seiten ganz gut und flüssig lesen. Ein großer Teil des Buches jedoch ist nur in Quiche geschrieben, beziehungsweise mit Bildern und Mayahieroglyphen. Weißt du, es wird wirklich sehr, sehr lange dauern, dieses Buch vollkommen sinnhaft zu übersetzen. Es wird aber nicht mein Vater sein, der diese Arbeit macht. Dazu braucht es echte Spezialisten. Und das bringt uns jetzt auch zu einem gewissen Dilemma. Weil wir nämlich gar nicht wissen, was genau Casanueva in dem Buch entdeckt haben könnte oder glaubt entdecken zu können – falls an deiner Theorie etwas dran sein sollte."

Es brodelte in ihrem Kopf und in Nikitas Innerem. *Warum einfach, wenn es auch kompliziert geht?* Für einen Moment ließ sie den Kopf hängen. Dass Adam wohl noch etwas zweifelte, störte sie kaum.

Als sie aufblickte, sah sie Asger direkt in die Augen und ihr wurde bewusst, dass sie vielleicht nicht die richtigen Fragen stellte.

„Aber du hast doch auch etwas darin gefunden, nicht wahr?", fragte sie neugierig. „Warum hast du deinem Bruder die Seiten gegeben? Was steht auf diesen Seiten?"

Nachdenklich spitzte er seine Lippen und betrachtete das halbvolle Glas Wein in seiner Hand, als könne er darin lesen.

„Axel hat vor längerer Zeit schon, einen DNA-Test gemacht, über so eine Webseite, welche Ahnenforschung betreibt", antwortete er leise. Eine seiner Kundschaften hat ihn darauf gebracht, naja..." Achselzuckend nahm er einen tiefen

Schluck aus seinem Glas und drehte es dann in seiner Hand, während er weitersprach.

„Er erzählte mir, dass er so herausgefunden hat, dass wohl Vorfahren von uns aus Mexiko kommen. Laut Ethnizitätseinschätzung hätten wir über fünfundsechzig Prozent hispanische DNA. Er war total enthusiastisch, meinte, dass wir deshalb auch diesen Namen tragen.“

In Nikitas Kopf machte es *badoing* und dem Blick Asgers nach zu urteilen, hatte er es gehört.

„Irgendwie hat das Ganze dann ein Eigenleben bekommen und es wurde so etwas wie eine fixe Idee von ihm, er war wie besessen von dem Thema. Trotzdem, oder vielleicht deshalb schaffte er es tatsächlich, einige Generationen unserer Vorfahren zu bestimmen und irgendwann erwähnte er dann einen Namen. Dieser Name war Gonzalo Guerrero. Er hielt es für möglich, dass wir der historischen Blutlinie dieses Mannes entstammen.“

Den nächsten *badoing* hörten wohl die anderen auch, denn nun waren alle Blicke auf Nikita gerichtet.

„Das weitere kannst du dir denken. Als ich den Namen in dem Buch das erste Mal sah, war für mich sofort klar, dass ich ihm diese Seiten zeigen musste. Und das tat ich.“

Als er sich jetzt aufrecht hinsetzte und dann sein Glas auf einen Schluck leerte, fühlte sich die Polizistin ein wenig schuldig. Sie spürte, dass sie etwas von seinem Schmerz über den Tod seines Bruders in ihm aufgewühlt hatte.

„Verstehe.“ Sie kratzte sich am Rücken und nahm dann ihre Flasche in die Hand.

„Ich habe dich an dem Abend in eurem Büro nicht ausreden lassen, als du mir von diesem Guerrero erzählen wolltest. Ich schätze, das hätte ich sollen, denn anscheinend hat alles irgendwie mit diesem Mann zu tun.“

„... erkläre ich euch nun zu Mann und Frau."

Sehr lange und tief blicken sich die beiden Menschen an. In ihren Augen spiegeln sich die Sterne und die Erinnerung an alle vorherigen Leben genauso wie die danach. Für nur einen einzigen wunderbaren, gerade einmal einen Herzschlag andauernden Moment scheint ihnen das ganze Universum zu Füßen zu liegen. Der große, weißhaarige alte Mann in seiner schwarzen Soutane scheint nicht mehr zu existieren. Er ist der einzige weitere Anwesende bei dieser christlichen Zeremonie mitten im Dschungel an der Küste Yucatáns. Die Stille an diesem wunderschönen Ort wird vom leisen Rascheln der Blätter im eben aufkommenden Windhauch untermalt.

Vor drei Tagen waren der Nacom und die Tochter der Mondgöttin offiziell vom König des Stammes zu Gefährten ernannt worden. Wie es der Brauch erforderte, wurden Opfer dargebracht und so den Göttern der Maya gehuldigt. Die rituellen Feierlichkeiten dauerten drei Tage lang an. Heute, am vierten Tag, war es der Wunsch ihres Geliebten, sich von seinem Landsmann auch vor deren Gott vereinen zu lassen.

Langsam nickt Gonzalo seine Frau an. Der Gottesmann ist bereits gegangen, als sich ihre Blicke voneinander lösen. Die Frau bebt am ganzen Körper, als er ihr seine Hand zärtlich auf den Rücken legt, während sie in den Abgrund blickt. Gut fünfzehn Meter unter der steil abfallenden Kante spiegelt sich die Mondscheibe in der kristallklaren Wasserfläche der kreisrunden Cenote.

„Vertrau mir."

Er lächelt, als er langsam seine Knie beugt. Nur ein Augenzwinkern, nachdem er sich von der Kante abgestoßen hat, springt auch sie.

***

„In Mexiko wird Gonzalo Guerrero heutzutage als Urvater aller Mestizen betrachtet. Er war ein spanischer Seefahrer, der im Jahr 1511 Schiffbruch erlitt. Er und einige weitere der Besatzung konnten sich in die Rettungsboote retten und sie strandeten dann an der Küste von Yucatán. Sie wurden aber sofort nach ihrer Landung von einheimischen Maya gefangen genommen. Guerrero und noch einem zweiten Mann, ein Franziskaner namens Gerónimo de Aguilar, gelang die Flucht, die anderen wurden allesamt getötet. Gemäß Überlieferung wurden sie als Menschenopfer den Göttern dargebracht. Nun ja... Bald nach ihrem Entrinnen wurden die beiden Flüchtenden aber von einem anderen Stamm gefangen und zu Sklaven gemacht. Gonzalo Guerrero zeichnete sich im Lauf der Zeit während blutiger Stammesfehden durch hohe Tapferkeit aus und stieg in der Hierarchie des Stammes auf. Er wurde später sogar zum obersten Kriegsherrn ernannt. Während sein Landsmann Aguilar sich Jahre nach seiner Gefangennahme den von Kuba kommenden spanischen Invasoren unter der Führung von Hernán Cortés anschloss, blieb Guerrero bei den Einheimischen. Er war mittlerweile zu einem Kaziken aufgestiegen. Angeblich starb er während einer Schlacht, in der die Maya gegen seine eigenen Landsmänner, die Konquistadoren antraten. Das war vermutlich um das Jahr 1536 herum."

Diesmal hatte die Polizistin aufmerksam zugehört. Obwohl dieser Vortrag ihrer alten Lehrerin für sie nicht ungewöhnlich war, schienen die beiden Chuerros doch recht verblüfft. Ob der Blick des Ex-Priesters Bewunderung ausdrückte oder einfach nur Erstaunen über den Wissensschatz seiner neuen Bekannten, blieb für Nikita unklar.

„Sieh mich nicht so an, ich hatte genug Zeit in den letzten Tagen, mich in das Thema einzulesen. Nachdem ich ja auch die Seiten aus dem Buch gehabt habe."

Ihr Grinsen war herzerfrischend und Asger Chuerro bestätigte es mit einem tiefen Kopfnicken.

„Alle Achtung, Sylgja. Vortreffliche Beschreibung. Kurz und präzise erklärt."

Während sich Nikita und Adam schmunzelnd in die Augen blickten, zuckte plötzlich ein Blitz durch den Himmel. In beinahe beängstigender Schnelle zogen dunkle Wolken über die See in Richtung Land. Die Kellnerin des Lokals begann eilig die Polster und Decken der Sitzgruppen einzusammeln.

„Ein Sturm kommt auf."

Fast gleichzeitig standen alle vier auf, als die Kellnerin gleich darauf auch zu ihnen trat.

***

„Tief Luft holen, mein Herz."

Das Wasser ist eiskalt und doch ist ihr heiß.

Er hatte ihr eine Überraschung versprochen. Doch nun verlangt er von ihr, mit ihm die Grenze zwischen Leben und Tod zu überqueren. Tief unter dem Wasserspiegel, wo sich die Wasser des Lebens, von dem sich ihr Volk nährt, mit den Wassern des Todes treffen, liegt dieser Übergang.

Langsam beginnt sie wie er tief zu atmen. Ihre Angst wird von der Liebe zu ihm übertroffen. Mit einem langen, tiefen Atemzug hebt er sich ein paar Zentimeter höher aus dem Wasser und dann taucht er plötzlich weg. Das Wasser ist so klar, dass sie die gut zwanzig Meter entfernte Steilwand unter der Wasseroberfläche erkennen kann. Lange, dicke Wurzeln haben sich durch die uralten steinigen Wände ihren Weg gesprengt.

Dicke Stränge Algengras hängen daran und wiegen sich in der Strömung, die sie und ihr Gefährte verursachen. Mit einem Blick zurück vergewissert er sich, dass sie ihm folgt, und deutet noch weiter nach unten. Deutlich zeichnet sich die weiße, undurchsichtige Schicht einige Meter unter ihr ab. Dies ist die Grenze zur Unterwelt. Nicht einmal den Göttern ist der Zutritt erlaubt. Sie ist kurz davor aufzutauchen, da sieht sie den Körper des Geliebten hinter einer Steinplatte verschwinden. Mit einem kräftigen Stoß ihrer Arme taucht sie ihm eine Schrecksekunde später hinterher. Mit ihren Händen ertastet sie in der absoluten Dunkelheit die Enge eines Tunnels. Beim dritten Ruderstoß schürft sie sich das Knie an der Wand und sie spürt Panik in sich hochbrodeln. Nur das Vertrauen, welches sie ihrem Gefährten gegenüber empfindet, hindert sie daran, diesem Gefühl nachzugeben. Etliche Sekunden vergehen und mit jeder weiteren wird das Brennen in ihren Lungen stärker. Plötzlich stößt sie mit den Händen an eine Wand. Vorsichtig tastet sie und als sie merkt, dass der Tunnel nur nach oben führt, stößt sie sich mit den Beinen vom Grund ab. Augenblicke später spürt sie seine starken Hände auf ihren Oberarmen und mit einem Ruck zieht er sie halb aus dem Wasser.

„Warte."

Während sie sich mit den Händen über die Augen wischt, sieht sie kleine Lichtblitze. Funkenschlag zerreißt die Schwärze und einen Moment später sieht sie eine Flamme hochschießen. Im flackernden Feuerschein der Öllampe steht er vor ihr und reicht ihr seine Hand, um sie gänzlich aus dem Wasser zu ziehen.

„Das hier möchte ich dir zeigen."

Mit jedem Augenzwinkern wird es heller. Ihr Gefährte entzündet weitere mit Öl gefüllte Schalen und das erste, was sie erkennt, ist ihr eigenes Spiegelbild in der mannshohen glänzenden Scheibe, geformt aus den Tränen der Sonne.

***

Ein lauter Donnerschlag holte Nikita in die Realität zurück.
Eine ganze Weile schon war sie still im Fond des Range Rovers
gesessen und hatte sich in den dicken Wassertropfen an der
Fensterscheibe verloren. Sylgja saß neben ihr und da sie sie
gerade ansah, nutzte die Polizistin die Gelegenheit.

„Die Frau von heute Morgen, die Rothaarige in der Lobby,
Kira Lindstrom. Bist du dir sicher, dass du sie nicht kennst? Sie
war sogar an unserer Schule."

Aufmerksam, aber doch auch etwas zerstreut antwortete
Sylgja, „das kann schon sein, aber ich kann mich beim besten
Willen nicht an sie erinnern. Wahrscheinlich habe ich nie etwas
mit ihr zu tun gehabt. Es waren so viele Kinder an der Schule
und keine andere war so besonders wie du."

Nikita nickte und sah wieder zum Fenster hinaus. Im
Autoradio waren Gitarrenklänge aus dem Song „Hotel
California" zu hören und Adam drehte ein wenig lauter.

„Ich glaube, das Buch könnte der allererste authentische
Text sein, der vom Leben des Gonzalo Guerrero in Yucatán
erzählt. Bis dato wurden mehrere Schriften als Fälschungen
beurteilt, von denen behauptet worden war, es wären so etwas
wie Tagebücher dieses Mannes", rief Sylgja Nikita zu. Mit
gefalteten Händen saß Sylgja neben dem Ex-Priester auf der
Lederbank, je ein offener Laptop auf dem Tisch vor ihnen.

Aufgrund des durchwachsenen Wetters hatten die vier
beschlossen, gemeinsam in den Gewölben Kaffee zu trinken. Da
die Polizistin hartnäckig blieb und auch weiterhin Fragen nach
Gonzalo Guerrero stellte, dauerte es keine zwei Minuten bis
sowohl Asger wie auch Sylgja vor dem Computer saßen, um für
Nikita Basisinformationen über den außergewöhnlichen Spanier

einzuholen. Adam hatte sich erboten, das Buch aus der großen Kammer zu holen, während Nikita sich um den Kaffee kümmerte.

Mit einem Tablett in beiden Händen kam die Polizistin nun hinter der Theke vor und antwortete: „Du hast recht, das ist tatsächlich interessant. Das macht das Buch wahrscheinlich umso wertvoller, aber es hilft uns nicht unbedingt weiter... Wenn es nur darum ginge, hätte Casanueva die Chance genutzt, das Buch in seinen Besitz zu bringen, und es mit Sicherheit nicht dagelassen."

Sie setzte sich und warf zwei Stück Würfelzucker in eine der Tassen. Während sie in ihrem Kaffee rührte, sah sie nachdenklich in die schwarzen Strudel in ihrer Tasse. Erst als Schritte im Hintergrund von Adams Rückkehr aus den Kammern zeugten, zeigte sie sich wieder aufmerksamer.

„Es muss sich um irgendeine Art von Information handeln, die für jemanden von unschätzbarem Wert ist und dieser Gonzalo Guerrero ist der Schlüssel dazu? Würdet ihr mir da recht geben?"

Wie zwei Synchronschwimmer nickten die beiden Allwissenden. Während Sylgja stumm auf das Buch starrte, welches Adam eben neben dem Tablett ablegte, streckte der Ex-Priester seine Schultern, bevor er die Arme vor seinem massigen Brustkorb verschränkte.

„Um deiner Denkweise zu folgen, muss man, glaube ich, zuerst die klassischen Beweggründe des menschlichen Charakters und seines Tuns betrachten."

Nikita spürte, wie sich die feinen Härchen auf ihren Unterarmen in Erwartung eines langen, trockenen Monologes des alten Herren aufstellten.

Er schien es bemerkt zu haben, denn er setzte gleich hinzu, „keine Sorge, das dauert nicht so lange, ich komme gleich zum Wesentlichen."

Er und Sylgja grinsten. Damit war für Nikita klar, dass die beiden sich über sie unterhalten haben mussten.

Dann fuhr er fort: „Also, was sind die niederen Begehren des Menschen? Ich sage es dir. Sexualität, Macht, Reichtum... In dieser Reihenfolge."

Die Blicke der beiden Älteren trafen sich und als Sylgja ihm bestätigend zunickte, beugte sich Asger vor und hob eine der Kaffeetassen hoch.

„Ersteres schließe ich in diesem Fall aus. Bleibt Macht und Reichtum. Zumeist ergibt sich aus Reichtum Macht, demzufolge bleibt Reichtum. Also...", er nippte an dem heißen Getränk, „so, wie es sich darstellt... Wenn deine Vermutung in Bezug auf Señor Casanueva richtig ist, dann geht es ihm, und das ist jetzt meine persönliche Einschätzung, um ganz genau dasselbe, wie den Spaniern während der Eroberung Südamerikas im sechzehnten Jahrhundert: Gold, junge Dame. Der einzige Grund, warum tausende und abertausende Glücksritter seit damals in die Neue Welt zogen. Gold. Damals auch die eigentliche Legitimation seefahrender Kolonialmächte, in diesem Fall allen voran die Spanier, die Urbevölkerung Mesoamerikas nahezu gänzlich auszurotten. Gold, und somit die Aussicht auf unermesslichen Reichtum. Es kann sich also nur um die Hoffnung auf solchen Reichtum bei Casanueva handeln."

Für einen Moment war die Polizistin sprachlos. Die Verbitterung in der Stimme des Ex-Priesters war durchwoben von Ärger und Traurigkeit. Die Eindringlichkeit, mit der dieses Plädoyer über seine Lippen kam, traf Nikita tief, und sie musste schlucken, um den Kloß in ihrem Hals herunterzubekommen.

Mit großen Augen sah sie ihn nun an und fragte: „Wie meinst du das? Ist in dem Buch eine Schatzkarte versteckt oder so was?"

Ihre Sprachlosigkeit war wie weggewischt und merklich aufgeregt sah sie zwischen den Anwesenden umher.

„Die Gier der Spanier nach dem Gold der Ureinwohner war legendär, Nikita. Und es gibt unzählige Geschichten über angeblich noch verschollene Schätze der Inka, Azteken und auch der Maya. Eine davon, die wahrscheinlich bekannteste, die von El Dorado, der goldenen Stadt, sagt dir vielleicht sogar etwas. Bis heute gibt es Schatzjäger, die nach diesen Legenden suchen. Und wer weiß, wie viel davon es tatsächlich noch zu entdecken gibt", beantwortete Adam ihre Frage und sah sie ernst an. „Weißt du, es gibt tatsächlich nur noch sehr wenige authentische Mayatexte. Ein erheblicher Teil schriftlicher Aufzeichnungen der Mayakultur wurde auf Geheiß eines Mönches namens Diego de Landa während einer beispiellosen Aktion im Jahr 1562 verbrannt."

Asger nickte heftig. Sein Gesicht wirkte verbissen und zornig zugleich.

Nun deutete Adam mit der Hand auf das Buch auf dem Tisch und sprach weiter: „Es wäre schon möglich, dass Casanueva glaubt, hier drin Hinweise auf einen solchen Schatz zu finden. Wenn man es sich überlegt, ein bis heute unbekannter Text aus dieser Zeit...", er warf seinem Vater einen bedeutungsvollen Blick zu, „enthält zwangsläufig bis heute unbekannte Informationen. Seit alters her sind die Aufzeichnung von Endeckern und Missionaren, oder alte Kapitänslogbücher wahre Fundgruben an nützlichen Informationen. Die Augenzeugenberichte von Mitgliedern diverser Eroberungszüge der zur See fahrenden Völker gehören deshalb ebenso zur absoluten Lieblingslektüre von Schatzjägern." Er zuckte mit den Schultern. „Und oft genug finden sich in den alten Bibliotheksbeständen auf der ganzen

Welt in solchen Berichten noch heute entscheidende Hinweise, welche dann zur Auffindung von Schätzen führen."

Der Ex-Priester bestätigte die Ausführungen seines Sohnes: „Adam hat recht, Guerrero lebte sehr lange bei den Maya und er wusste von der Gier seiner Landsmänner nach den Edelmetallen der neuen Kolonien. Ihm war klar, dass die Konquistadoren bereit waren, jeden zu töten, bei dem sie auch nur das kleinste Stück Gold finden würden. Er hätte wahrscheinlich geholfen, es zu verstecken, um seinen Stamm zu schützen. Vielleicht dachte er, sie würden sein Volk in Ruhe lassen, wenn es nichts bei ihnen zu holen gäbe! Es wäre schon möglich, dass es Anhaltspunkte auf so ein Versteck in dem Buch geben könnte."

Man konnte dem großen Mann ansehen, dass er tief in Gedanken versunken war. Doch obwohl seine Augen weit offenstanden und er nicht einmal blinzelte, schien er ein völlig anderes Bild vor Augen zu haben. Nikita bemerkte, dass nicht nur der alte, sondern auch der junge Chuerro und genauso auch ihre Freundin sich nicht mehr rührten. Mitten zwischen ihnen auf dem Tisch bildete sich eine Blase aus waberndem Dampf und sie wurde größer und größer.

***

„Nimm das Buch, Freund, und achte gut darauf. Geht nun. Ich werde sie aufhalten, solange ich kann. Beschütze meine Frau und meine Kinder, so gut du es vermagst. Denke immer daran, es sind die letzten Söhne meines Stammes, doch die ersten eines neuen Zeitalters."

Für eine kurze Zeitspanne haben die Kriegshandlungen aufgehört. Die Spanier haben sich bis in den inneren Verteidigungsring der neu gebauten Stadt zurückgezogen. Fast die ganze Nacht haben die Maya tapfer gegen die Konquistadoren gekämpft und diese immer weiter zurückgedrängt. Doch am frühen Morgen war ihr Kazike von einem Armbrustbolzen schwer verletzt worden. Daraufhin halten sich die Krieger seines Stammes nun vorerst zurück und verharren vor den letzten Mauern, welche sie noch vom Sieg über die Eroberer trennen.

„Wir sehen uns wieder, alter Mann."

Mit diesen Worten wendet sich der Kazike von dem weißhaarigen Missionar ab. Er lehnt an der steinernen Mauer und schafft es nur schwer, Atem zu holen. Der Armbrustbolzen hat sich tief in seine Brust gebohrt und er weiß, dass er sterben wird, sobald er versucht, ihn zu entfernen. Der plötzlich aufflammende Lärm, Schüsse aus Musketen und schwerer Donnerschlag aus den Kanonen der Spanier, verkündet von deren beginnender Offensive. Ein Blick über seine Schultern und er weiß, dies ist das Ende. Die Sonne geht eben hinter dem Rücken der heranstürmenden Spanier auf und ihr Licht blendet seine Krieger. Die verzweifelten Feinde versuchen ihre einzige und letzte Möglichkeit zu nutzen, um aus der umzingelten Stadt zu entkommen.

Neben dem alten Mann steht die Gefährtin des Kriegsherrn. An beiden Händen hält sie je einen seiner kleinen Söhne fest. Unendliche Traurigkeit hat Besitz von ihr ergriffen. Auch sie weiß, dass dies der allerletzte Moment ist, in dem sie ihrem Gefährten in diesem Leben in die Augen sehen wird. Es bedarf keiner Worte, in ihren Blicken liegt alles, was jemals war und sein wird. Sie weiß, ihr gegenseitiges Versprechen, sich in jedem weiteren Leben wiederzufinden, wird nicht einmal der Tod brechen können. Sie haben den Pakt an dem Ort, wo die Tränen der Sonne versteckt liegen, in Stein gemeißelt und mit Blut besiegelt. An diesem Ort werden die Götter für alle Zeit über dieses heilige Gelübde wachen.

Mit zwei langsamen Schritten stellt er sich mit der Kriegskeule in der Hand langsam in das Licht der aufsteigenden Sonne. Sie sieht, wie sich die Muskeln seines Rückens straffen, als er für einen Moment stehenbleibt. Die Kraft des göttlichen Himmelskörpers scheint ihn zu durchdringen. Völlig erfüllt von dieser Stärke streckt er langsam seine Arme in die Höhe, und von überall her ertönen nun die Freudenschreie seiner Krieger. Dann rennt er los, während seine zurückgelassene Frau von tiefer Verzweiflung ergriffen auf die Knie sinkt. Sie hält ihr Gesicht in die aufgehende Sonne, um ihre Tränen zu trocknen. *Ich werde dich wiedersehen, Geliebter.*

***

Die Polizistin hatte den Eindruck, dass alle sie anstarrten. Doch eigentlich war es nur der Ex-Priester, der sie seltsam und unergründlich anblickte. Adam schlug das Buch auf und blätterte vorsichtig einige Seiten um, während Sylgja aufmerksam dabei zusah. Ein sonderbares Gefühl hatte von Nikita Besitz ergriffen. Ihr war, als ob sie nicht allein durch die eben erlebte Vision gegangen wäre.

„Hier, das ist die erste Seite der Kopien," sagte Sylgja zu Adam, „zwei Seiten später wird Guerrero das erste Mal namentlich erwähnt. Da geht es um ein Zusammentreffen mit anderen Stammesführern. Und da ist auch dein Tattoo, Nikita."

Sylgja hielt ihren Finger mitten auf eine der Seiten und hatte wieder dieses Buddha-Lächeln aufgesetzt. Alle sahen sie an, aber Nikita verdrehte nur grinsend ihre Augen, ohne diesen Ausruf ihrer Freundin zu kommentieren. Adam blätterte vor und schob das Buch etwas schräg über den Tisch, damit Sylgja und sein Vater es besser sehen konnten.

„Eigentlich geht es auch schon davor um Guerrero, sieh mal. Diese Gruppe, deren Ankunft in Tuluʻum hier beschrieben ist...

Es ist die Delegation von Guerreros Stamm", sagte der Ex-Priester und rutschte ein wenig näher an Nikitas Freundin heran. Er beugte sich vor und blätterte zwei Seiten zurück.

„Ich habe mir das schon gedacht", antwortete Sylgja und klopfte sich mit dem Finger auf ihre Schläfe. „War er der Anführer?"

Asger Chuerro stützte seine Ellenbogen auf den Tisch und las weiter. „Hier steht, dass es Guerreros Bemühungen zu verdanken ist, dass es zu der ersten friedlichen Zusammenkunft so vieler ehemals verfeindeter Stämme seit Jahrzehnten kam. Er selbst war aber nicht der Anführer, dazu war er im Rang noch zu niedrig, was sich aber schon kurze Zeit später änderte."

Stumm nickend hörte ihm die Psychologin zu, als er weitersprach.

„Auf dieses erste Treffen, welches da beschrieben ist, folgten weitere. Sie führten zuletzt zu einer nie zuvor dagewesenen Allianz der verschiedenen Mayastämme gegen die spanischen Invasoren, wo er dann als oberster Kriegsherr sehr wohl eine führende Rolle übernahm."

Man konnte den beiden ansehen, dass sie sich gestört fühlten, als Nikita plötzlich einen Hustenanfall bekam. Mit einer Hand auf dem Brustkorb deutete die Polizistin auf ihren Hals und stammelte „verschluckt...". Als sie sich einige Sekunden später unter mehrmaligem Räuspern ein paar Mal mit der flachen Hand auf die Brust klopfte, entspannten sich alle wieder. Mit wässrigen Augen sah Nikita über den Tisch.

„Entschuldigung, ich wollte euch nicht unterbrechen", doch dann brachte der plötzlich einsetzende Guns N' Roses Klingelton ihre alte Lehrerin dazu, Nikita skeptisch anzusehen.

„Ich muss da mal etwas anderes nehmen, ich erschrecke mich auch jedes Mal", sagte Nikita grinsend, während sie nach dem Telefon griff, das sie vorher auf dem Tisch abgelegt hatte. Bevor sie es erreichte, hörte es auf zu läuten. Ohne auf die anderen zu achten, strich die Polizistin mit dem Finger auf dem Handy herum und sah erst dann erst wieder hoch.

„Das war mein Kollege Carl", antwortete sie auf die fragenden Blicke, „hat aber anscheinend gleich wieder aufgelegt." Achselzuckend legte sie das Handy wieder auf den Tisch. „Wenn es wichtig ist, ruft er bestimmt noch einmal an."

Es läutete erneut, doch diesmal war es der sanfte Ruf einer einzelnen Oboe und diesmal war es der Ex-Priester, der eben in die Brusttasche seines Leinenhemdes griff. Entschuldigend blickte er Sylgja an und stand auf, während er abhob.

„Glaubst du an Reinkarnation? Du weißt, was ich meine? Es hört sich für mich so an, als ob du die Fähigkeit besitzt, Erlebnisse aus früheren Leben zu sehen und zu beschreiben."

Dieses Mal wirkte Sylgja weit weniger euphorisch als gestern, aber der Ernst in ihren Worten war noch bedeutsamer.

Die Polizistin blickte sehr nachdenklich und auch sehr angestrengt in den Park. Nachdem sie aus den Gewölben gekommen waren, hatten sie sich zu einem Spaziergang aufgemacht und nun saßen sie auf einem Baumstamm. Er lag am Wegesrand, direkt an einer kleinen Lichtung, zu dem sie der schmale Weg durch den Wald geführt hatte. Er war anscheinend erst vor kurzem gefällt worden.

Sylgja wollte nun endlich alles ganz genau über das neuerliche Auftreten des ,Sehens' ihrer ehemaligen Schülerin hören. Nikita hatte ihr während ihrer Wanderung bis ins letzte Detail die Visionen beschrieben, welche sie in den letzten Monaten gehabt hatte. Auch ihre eigenen Empfindungen und ihre Verwirrung darüber. Als sie am Ende ihrer Schilderungen den Rastplatz entdeckten, hatte sie den Eindruck, ihre Freundin könnte eine Pause mindestens genauso gut vertragen wie sie selbst.

Die junge Frau betrachtete stumm die Bäume auf der anderen Seite der Lichtung. Ihre Sichtweise hatte sich vor einigen Sekunden schlagartig geändert, als sie die Türe zur unvoreingenommenen Beantwortung der Frage ihrer Freundin öffnete, abseits aller persönlichen Vorurteile diverser Schulweisheiten. Dies führte zu einer Kettenreaktion ihrer Synapsen. Eine Welle der Erleichterung erfüllte sie plötzlich. Das könnte tatsächlich die alles erklärende Diagnose sein. *Was, wenn es tatsächlich so ist? Wenn tatsächlich nichts zufällig passiert? Wenn meine Gegenwart und Zukunft mit allem Vergangenen zusammenhängen? Ich es deshalb erlebe, vielleicht, um es zu vollenden?*

Um sich mit dieser Theorie anfreunden zu können, bestand noch ein sehr hoher Überzeugungsbedarf. Doch der Samen war gesetzt.

„Kann sein...“

Forschend blickte Sylgja ihr in die Augen.

„Ja, ich glaube schon, dass es möglich sein kann.“

Ein zufriedenes Lächeln lag nun auf Sylgjas Gesicht und während sie langsam nickte, legte sie ihre Hand auf Nikitas.

„Das ist der erste Schritt, Nikita... Gib dir die Zeit, die es braucht, um es für dich zu ergründen.“

Dann saßen sie still, um von der Kraft und der Ruhe dieses Ortes zu schöpfen, ohne den Frieden der Natur durch weitere Worte zu stören.

Als Sylgja und Nikita über den Parkplatz von ihrem Spaziergang zurückkamen, sahen sie Adam auf der Mauer direkt neben der Treppe sitzen. Er ließ lässig die Beine baumeln. Das Kätzchen lag mit eingerollten Pfoten neben ihm.

Er hielt sein Telefon in beiden Händen und als sie nahe genug waren, um ihn zu hören, sagte er, „es geht schon heute Abend zurück nach Amsterdam. Ich habe vorhin den Anruf bekommen und eben Vater Bescheid gegeben. Einer der Kuratoren des Rijksmuseum kommt demnächst mit einem Spezialtransporter hier an. Sie haben vor einigen Minuten die belgische Grenze überquert."

Die Polizistin blinzelte.

„Echt?" Mehr fiel ihr im Moment nicht ein.

„Vater und ich werden bei den Verladearbeiten dabei sein. Wenn das erledigt ist, fährt er direkt mit ihnen zurück nach Amsterdam."

„Geht sich vorher noch ein Kaffee aus?"

Mit verschränkten Armen blieb Sylgja stehen. Deutlich unbefangener als Nikita fiel es ihr auch nicht schwer, die alles entscheidende Frage zu stellen.

Adam sah sie an. „Aber immer."

Während er sich aus der sitzenden Position erhob, sah ihm Kätzchen mit großen Augen zu. Er wischte sich mit beiden Händen über den Hosenboden und beugte sich dann zu Nikita. Als er ihr ein rasches Küsschen auf den Mund drückte, drehte sich Sylgja weg und ging los.

„Was ist mit dir? Wann fährst du zurück?", fragte Nikita betont entspannt, während er ihr eine Hand auf den Arm legte, schaffte es aber nicht, ihn dabei anzusehen.

„Das hängt von euren Plänen ab. Wir könnten heute Nacht noch hier verbringen und morgen früh dann gemeinsam zurück nach Amsterdam fahren, wenn ihr wollt. Und danach sehen wir weiter."

Erleichtert sah sie ihn jetzt doch an und schaffte es sogar zu grinsen. „Reden wir mit Sylgja beim Kaffee darüber."

Dann blieb sie plötzlich stehen und hielt ihn an den Händen fest. Er sah sie überrascht an. Für eine Sekunde, welche auch eine Ewigkeit hätte sein können, sah sie ihm tief in die Augen.

„Was...?"

„Nichts... Gar nichts." Schmunzelnd ging sie los und hatte nun wieder das Gefühl, Herrin der Lage zu sein.

„Es gehört mir! Meiner Familie... immer schon! Mein Großvater war es, der es nach Europa in Sicherheit vor Leuten wie Euch gebracht hat! Es wurde ihm gestohlen... Ich nehme mir nur wieder zurück, was sowieso mein Eigentum ist."

Es klang wie eine Entschuldigung, war aber nichts weiter als der Versuch einer Rechtfertigung vor sich selbst. Casanueva blickte überheblich über seine Schulter in die Richtung des Ex-Priesters. Asger Chuerro lag regungslos auf dem Boden neben dem Sofa und hörte die Stimme des Mannes nur mehr verzerrt. Er schmeckte Blut in seinem Mund und spürte die Hitze in seinem Ohr, während der Schwindel weiter und weiter an ihm zog. Wie durch einen Schleier sah er den Schatten des Mannes, der für seinen Zustand verantwortlich war. Casanueva hielt das Buch in beiden Händen und starrte darauf während er sich langsam auf der Couch niederließ.

"Du hast absolut keine Ahnung. Nicht wahr? Weißt du eigentlich das hier alles geschrieben steht um den wahrscheinlich größten Goldschatz aller Zeiten zu finden?"

Nun drehte er langsam den Kopf in die Richtung des Mannes, den er kurz zuvor niedergestreckt hatte. Seinem scheinbar ausdruckslosen Blick nach zu urteilen war es ihm egal, ob sein Opfer bereits tot oder noch am Leben war. Axel Chuerro hörte ihn noch, aber es lag hier auch noch etwas Anderes in der Luft, unerklärbar- verzerrt- hintergründig.

Durch seine kaum mehr geöffneten Augenlider sah er nur schemenhaft, wie Casanueva das Buch zurück in den Transportkoffer legte. Von plötzlichen Wirbeln erfasst, begann sich sein Gesichtsfeld zu einem einzigen Strudel zu verbinden, und zunehmend schwanden ihm die Sinne. *War es das? Werde ich nun den letzten Weg antreten?* Einen Herzschlag später riss es ihn in den Abgrund. ZORN.

***

„Nimm dich in acht vor dem Bastard des Franziskaners... Er ist kein Freund, glaub es mir. Er ist wie alle anderen, ihn interessiert nur das Gold. Er wird keine Ruhe geben, bis er dieses Buch hat ... weil darinsteht, wo er es findet. Und dann wird er euch töten...“

Die Stimme des alten Mannes ist nur noch ein verzweifeltes Flüstern. Mitten im Satz bricht er ab. Ein Röcheln dringt aus seinem Mund und während sich seine Augäpfel verdrehen, erschlaffen seine Hände, mit denen er ihre festgehalten hat. Der Moment scheint gekommen, in dem er seinem Gott gegenüberzutreten hat, als doch noch einmal das Feuer des Lebens in seinen Augen aufflackert.

„Er wird dich töten, verstehst du das.“

Sein Blick bleibt an dem Buch hängen, welches auf dem kleinen Tischchen neben seiner Liegestatt liegt. „Geh jetzt! Nimm das Buch, verstecke es gut und versteckt euch...“

Für den Bruchteil einer Sekunde ist sein Blick klar und fest. Dann, von einem Moment auf den anderen, sackt sein Körper in sich zusammen und eine befremdliche Stille breitet sich aus.

Eine ganze Weile noch bleibt sie regungslos auf dem Schemel neben seinem Lager sitzen. Bilder aus vergangenen Zeitzyklen ziehen hinter ihren halbgeschlossenen Augenlidern vorbei. Aus den Tagen, als sie und Gonzalo ihn fanden und gesund pflegten. Er ihnen zum väterlichen Freund wurde, während sie gemeinsam an der Schrift arbeiteten, welche für alle Zeit an die Geschichte ihres Volkes erinnern soll. Und an die Zeit, da sie und ihr Gefährte mit ihm gegen die verhassten Invasoren kämpften. Ihr Herz schmerzt bei den Gedanken an den verloren Geliebten. Sie öffnet ihre Augen und ihr Herz verkrampft sich abermals im Angesicht des nun ebenfalls verstorbenen Freundes. Mit einer langsamen Handbewegung schließt sie dem Toten die Augen und erhebt sich dann. Mit dem Buch unter ihrem Umhang drückt sie die Holztür auf. Voll steht die Mondgöttin am Nachthimmel und wirft ihren Schein auf das Antlitz der Frau. Die einfache Hütte am Rand der vor langer Zeit verlassenen Stadt, in der sie vor ein paar Tagen Zuflucht gesucht hatten, beginnt in diesem unwirklichen Licht zu flackern.

Wir sehen uns wieder. Mit diesem allerletzten Gedanken entfernt er sich immer mehr von der Szenerie. Die Hütte, in der er sein Leben ausgehaucht hat, steht lichterloh in Flammen, während eine Frau mit zwei halbwüchsigen Kindern im Dickicht des Waldes verschwindet. Ein Gefühl des Friedens erfasst ihn, während er in das immer heller werdende Licht blickt.

***

Blinzelnd versuchte der Ex-Priester, den Grund für den Schmerz in seinem Kopf zu finden. Er wollte sprechen, doch es kam kein Wort über seine Lippen. Dass er seine Hand gehoben hatte, spürte er, und dass plötzlich lauter werdende, verzerrte Stimmen in sein Bewusstsein drangen. Als hinter dem Schleier vor seinen Augen langsam das besorgte Gesicht von Sylgja hervortrat, kam auch langsam sein Erinnerungsvermögen zurück. Vorsichtig drehte der Ex-Priester seinen Kopf zur Seite und sah nun auch seinen Sohn und die Polizistin. Sein Lächeln fiel aufgrund der Schmerzen in seinem Schädel etwas verzerrt aus.

„Ich hole den Arzt," sagte Nikita, drückte kurz Adams Hand und wandte sich dann ab.

„Wie lange ... war ich ... weg?"

Der Versuch sich aufzurichten, wurde von seinem Sohn aufgehalten. Mit sanftem Druck lag Adams Hand auf der Schulter des alten Herren.

„Bleib liegen, Vater. Ungefähr drei Tage."

Mit tief ins Gesicht gezogenen Augenbrauen stand der Ex-Priester auf der Terrasse der Privaträume an der Rückseite des Rijksmuseum. Es war früher Morgen und der Kurator hatte sich telefonisch mit einem Besucher bei ihm angemeldet. Dass dieser Besucher ein gewisser Señor Casanueva sein würde, hatte er nicht erwähnt.

Der Kurator war nach einem sehr kurzen Smalltalk wieder gegangen und hatte den Mexikaner zurückgelassen.

„Ich habe die Leitung des Museums gebeten, mir zu zeigen, wie sie die Ausstellung ihrer Bücher hier planen," sagte der nun, „um mir Anregungen für die Präsentation in Mexiko City zu holen. Ich war völlig überrascht, als ich gehört habe, dass sie auch bereits wieder hier wären ... und mit ihnen auch die Bücher."

Señor Casanueva saß mit übereinander geschlagenen Beinen und gefalteten Händen auf der Bank und grinste Asger Chuerro an.

„Also habe ich mir gedacht, ich könnte die Gelegenheit nutzen und mich noch einmal mit ihnen unterhalten. Vielleicht könnte ich mir auch noch einmal das Buch ansehen, wenn sie es mir erlauben."

Der fragende Blick des Priesters war unmissverständlich.

„Ich hatte gedacht, sie wären direkt nach Mexiko City geflogen?"

Casanueva stocherte mit dem Daumennagel zwischen seinen Schneidezähnen und dann betrachtete er ihn. Er roch an seinem Daumen und antwortete, „ich hatte noch Geschäfte hier zu regeln. Wissen sie, wenn ich dieses Mal in meine Heimat reise, werde ich wohl sehr lange nicht mehr nach Europa kommen. Wahrscheinlich überkam mich deshalb dieses plötzliche Bedürfnis, mir das Buch noch einmal anzusehen, als ich vorhin hörte, sie wären damit da."

Es war wohl die Erleichterung, dass der Mann für längere Zeit nicht mehr auftauchen würde, welche den Ex-Priester dazu bewegte, mit dem Kopf zu nicken.

„Also gut, kommen sie mit hinauf ins Büro."

Die Transportkoffer, in denen sie jedes Buch einzeln verpackt hatten, waren Spezialanfertigungen, welche vom Rijksmuseum zur Verfügung gestellt worden waren. Sie stapelten sich in Reih und Glied an der hintersten Wand des Lofts und Asger Chuerro ging direkt darauf zu. Während er die Türe hinter Casanueva ins Schloss fallen hörte, griff er zu einem Koffer in der oberen Reihe. Er sah auf die Beschriftung und kam dann damit zu der Sitzgruppe zurück. Der Mexikaner stand aufrecht mit weit gespreizten Beinen da. Vor seinem vorgereckten Bauch hatte er die Hände gefaltet und mit großen Augen sah er dem Ex-Priester dabei zu, wie er den Koffer auf dem Tisch abstellte und öffnete.

„Kann ich ihnen etwas zu trinken anbieten? Wein vielleicht? Oder…"

Der Mexikaner nickte stumm, während er wieder seinen Daumennagel betrachtete.

„Einen Augenblick bitte."

Mit einem raschen Griff zog Asger Chuerro das vibrierende Mobiltelefon aus der Innentasche seines Sakkos. Für einen Moment drehte er Casanueva den Rücken zu, um sich die Mitteilung anzusehen, die er eben bekommen hatte.

„Eine sehr gute Nachbildung des Mitchell Hedges Schädels… Wirklich sehr erstaunlich, ein sehr schönes Stück. Ist er aus echtem Kristall?"

Als sich der Ex-Priester mit verwundertem Gesicht zu ihm umdrehte, schlug Casanueva zu.

„Ich informiere die Polizei, damit sie ihn jetzt endlich zur Fahndung ausschreiben", sagte Nikita und legte Adam für einen Moment die Hand auf die Schulter.

Adam nickte nur stumm. Der alte Mann hatte ihnen erzählt, was passiert war. Nun lag es an ihnen, die notwendigen Maßnahmen zu ergreifen.

Asger Chuerro atmete tief durch, während er an die Decke des Krankenzimmers blickte. Er war bereits merklich aufgeweckter als kurz zuvor noch.

„Ich möchte mich gerne mit Sylgja unterhalten, Adam. Sieh mal, ob du Nikita irgendwie behilflich sein kannst, damit die Polizei das Arschloch findet."

Sylgjas Hand lag auf seiner und als er den Kraftausdruck benutzte, huschte ein Lächeln über ihr Gesicht. Adam verzog ebenfalls belustigt den Mund und nickte. Leise stellte er den Besucherstuhl wieder an den Tisch zurück und verließ ebenfalls das Zimmer.

„Ich würde dir gerne noch etwas anderes erzählen", sagte Asger. Gespannt sah Sylgja ihn an und nickte.

Nachdem sie ihn bewusstlos im Büro gefunden hatten, war er hierhergebracht worden. Der anfängliche Verdacht auf Schädelbasisbruch bestätigte sich zwar nicht, aber aus Sicherheitsgründen wollten die Ärzte ihn für mindestens zwei Tage im künstlichen Tiefschlaf belassen, um notwendige Beobachtungen und Untersuchungen durchführen zu können. Dies bedeutete aber auch, dass Casanueva nun über zweiundsiebzig Stunden Vorsprung verfügte.

„Sie schicken jemanden, um die Aussage deines Vaters aufzunehmen", sagte die Polizistin. Sie stand am Kaffeeautomat im Eingangsbereich des Krankenhauses und wirkte frustriert. Sie presste ihre Lippen zu einem Strich zusammen, bevor sie weitersprach.

„Wenigstens haben sie Casanueva sofort zur Fahndung ausgeschrieben! So eine Scheiße, dass sie nicht gleich reagiert haben..."

Sie zog eine Münze aus der Hosentasche, sah kurz darauf und warf sie dann in den Automaten. Nachdem sie die Auswahltaste gedrückt hatte, ließ sie sich mit einem Seufzer auf einen der Plastikstühle direkt neben dem Automaten fallen und schwieg. Adam wusste nichts darauf zu sagen, er war mindestens ebenso enttäuscht wie sie. Also setzte er sich ebenfalls, schweigend und mit demselben Stirnrunzeln.

„Er atmet, er lebt noch! Wir brauchen sofort einen Rettungswagen!"

Adam sah auf, als er eine Hand auf seiner Schulter spürte. Er kniete auf dem Boden neben seinem regungslos daliegenden Vater und starrte auf die große, schon ziemlich angetrocknete Blutlache neben dessen Kopf. Sylgja stand mit einem nassen Lappen hinter ihm.

„Lass mich zu ihm", sagte sie mit ernstem Gesicht und er rutschte auf den Knien zur Seite. Er hörte die Stimme der Polizistin hinter sich und drehte sich zu ihr.

„Gib den Anlass und die Adresse durch, ich habe schon den Notruf gewählt."

Wie ferngesteuert griff er zu dem Telefon, das sie ihm hinhielt. Während sie sich auch neben den Schwerverletzten kniete, begann Adam schon zu reden.

Nachdem Asger Chuerro im Krankenhaus erstversorgt worden war und sie wussten, dass er sich nicht in Lebensgefahr befand, hatte sich die Polizistin mit Adam an die Polizei gewandt. Der Kriminalist, dem sie ihren Verdacht geschildert hatten, schüttelte bedauernd den Kopf.

„Es tut mir leid, aber wir brauchen schon mehr als nur eine reine Behauptung. Wenn ihr Vater wieder bei Bewusstsein ist und Anzeige gegen diesen ... äh ... Herrn Casanueva erhebt, dann werden wir uns um ihn kümmern."

Während der Polizist redete, packte er umständlich einen Kaugummi aus und nachdem er ausgesprochen hatte, schob er ihn sich in den Mund und verschwand im Aufzug.

Fassungslos stand Nikita mit in die Hüften gestemmten Händen vor dem Aufzug, hinter dessen Türen der Polizist verschwunden war. Dann holte sie tief Luft und ließ ihrer Empörung freien Lauf. „Das darf noch wahr sein! Verdammter Ignorant... Die dänische Polizei würde da sofort etwas unternehmen!"

Natürlich war es reine Frustration, die aus ihr sprach. Selbstverständlich wusste sie, dass auch in Dänemark nicht gefahndet wird, solange keine faktischen Verdachtsmomente vorliegen.

„Dann müssen wir eben abwarten, was Vater sagt," antwortete Adam, „du hast den Mann gehört, ohne Anzeige machen die erst einmal gar nichts. Und wir wissen ja auch noch nicht, was passiert ist."

Zornig starrte Nikita ihn an. „Ich bin absolut sicher, dass es Casanueva war! Und du auch, das weiß ich. Warum sonst würde nur dieses eine Buch fehlen? Ich rufe mal einen Freund an, und meinen Kollegen Carl. Mal sehen, ob ich nicht doch wenigstens irgendetwas unternehmen kann."

Ein U-Bootradar ertönte aus der Jeansjacke, die auf dem Stuhl neben der Polizistin lag. Langsam rollte der Klingelton über den kleinen Vorplatz des Krankenhauses, wohin die beiden gegangen waren, um frische Luft zu schnappen.

„Jonas."

Dann sagte Nikita gar nichts mehr, deutete aber mit dem Zeigefinger auf ihr Telefon und nickte Adam mit großen Augen zu. Er kniff seine Augen zusammen und legte seinen Kopf gespannt zur Seite.

„Okay, danke dir. Bis dann", beendete Nikita das Gespräch und schob mit einem entschlossenen Lächeln ihr Handy in die Gesäßtasche, bevor sie sich zu Adam umdrehte.

„Ich soll mich in einer Stunde mit einem Freund treffen, er hat Informationen für mich. Ein Lunchlokal am Waterlooplein, er schickt mir gleich den Namen und die Adresse. Kommst du mit?"

Adam nickte und stand auf.

„Gehen wir nach oben und geben den beiden Bescheid, dann fahren wir."

„Tut mir leid, aber er ist wirklich weg. Ich habe es heute Morgen nochmals geprüft. Es ist so, wie ich dir vorgestern nach deinem Anruf schon gesagt habe. Das auf seinen Namen reservierte Ticket wurde verwendet. Der Flug ging um 11:30 Uhr nach Mexiko City. Das ist wohl der definitive Nachweis, dass er das Land verlassen hat, sorry... Aber dafür habe ich jetzt das hier... Aber setzt euch doch! Die haben fantastische Burger hier."

Jan Huismann schob entschuldigend einen blauen Plastikheftordner über den Tisch. Vor ihm stand ein so gut wie leergeputzter Teller mit ein paar Pommes darauf. Eine davon warf er sich nun in den Mund, während er auf die Bank gegenüber deutete.

„Das ist Adam, Adam Chuerro", sagte Nikita, während sie sich auf die Bank schob. „Mein Freund."

Der junge Mann hob seine Hand und nickte in Adams Richtung. Adam lächelte und setzte sich neben die Polizistin. Die Tatsache, dass sie ihn als ihren Freund vorgestellt hatte, rief einen unwirklichen, sehr ambivalenten Emotions- und Gedankenstrudel in ihm hervor.

„Möchtest du etwas essen", fragte er sie und deutete der Kellnerin mit erhobenem Arm.

Sie schüttelte geistesabwesend den Kopf, während sie den Hefter mit einer Hand aufschlug und die andere sanft auf seinen Unterarm legte, ohne ihn dabei anzusehen.

„Nur Kaffee für mich, bitte."

Konzentriert blätterte sie durch die Seiten, die sie von ihrem Informanten bekommen hatte. Als sie wieder hochsah, kam die Kellnerin eben mit zwei großen Tassen Kaffee.

„Interessant, nicht wahr? Ich habe mich selbst gewundert, wie viel ich über diesen Señor Enrique Hernandez y Casanueva gefunden habe", sagte Jan Huismann stolz und stützte sich mit den Ellenbogen auf dem Tisch ab. Gleich darauf zogen sich seine Augenbrauen zusammen und seine Stimme wurde plötzlich sehr eindringlich. Mit dem Finger zeigte er auf den Hefter.

„Ich bin übrigens einigen Leuten einen Gefallen schuldig, damit ich das hier bekommen konnte ... und muss dich vielleicht irgendwann einmal darin erinnern, mir einen ebensolchen Dienst zu erweisen", raunte er über den Tisch.

Adam blickte ebenso erstaunt wie Nikita. Der Polizeischüler schien einen gewissen Sinn für Theatralik, oder vielleicht auch nur ein Faible für alte Agentenfilme zu haben. Für einen sehr langen Moment herrschte befangene Stille. Als der junge Mann tief seufzte, zerplatzte die Seifenblase.

„Wow... Hat das funktioniert? Das wollte ich schon immer einmal sagen", sagte er grinsend und rubbelte sich dann bubenhaft mit dem Zeigefinger unter der Nase.

Der Blick, den sich Nikita und Adam zuwarfen, war eindeutig und mit Sicherheit eine von Jan Huismann beabsichtigte oder zumindest erhoffte Reaktion auf seine

Darbietung. In jedem Fall hatte es bewirkt, dass die zuvor etwas angespannte Situation unerwartet aufgelockert war.

Es dauerte einige Minuten, bis Nikita ihren Kopf wieder hob und sich an die beiden wandte, die inzwischen über Motorräder zu reden begonnen hatten.

„Geburtsurkunde und Zeugnisse, Hochschulabschluss, Auswanderungsbescheid... Alles unauffällig. Interessant wird es eigentlich erst, nachdem er ausgewandert ist. Es gibt nämlich eine aktuelle Steuerakte über ihn in Holland. Er hat auch noch ein Postfach in Amsterdam auf seinen Namen und sogar eine Rechtsvertretungsadresse." Die Polizistin sah zwischen Adam und Jan Huismann hin und her.

„Das heißt, dass er trotz der Rückgabe seiner niederländischen Staatsbürgerschaft im Jahr 1990 in Holland ein Standbein behielt." Bei dem Wort Standbein malte sie mit der linken Hand Ausrufungszeichen in die Luft, während sie mit der rechten zu ihrer Kaffeetasse griff.

„Du hast auch etwas über seinen Kulturverein herausgefunden... Das ist sehr gut! Ich kann nur nicht wirklich viel mit diesen Daten anfangen... Erstaunlich, dass du von den Mexikanern eine Polizeiakte über ihn bekommen hast."

Der Polizist beantwortete ihren erstaunten Blick mit einem Zwinkern. „Bekommen würde ich so vielleicht nicht sagen, aber mit richtig gesetzten Schritten kommt man im World Wide Web ziemlich weit... Beziehungsweise auch auf den offiziellen Seiten diverser Behörden."

Nicht besonders schuldbewusst erklärte der junge Mann ihnen, dass er sich die Informationen anscheinend unbefugt besorgt hatte. Adams Grinsen zeigte, dass er den Hinweis des jüngeren Mannes verstanden hatte, aber wohl kaum vorhatte, das Verhalten zu beurteilen.

„Jedenfalls ist es so, dass ich erst, nachdem ich mich auf die Suche nach diesem Verein, Hermanos del Templo del Sol, gemacht habe, über Umwege an die Polizeiakte gekommen bin. Das war echt spannend."

„Inwiefern?"

„Nun, wenn man beginnt, über diesen Verein nachzuforschen, findet man kaum etwas. Der eine oder andere Eintrag in diversen Zeitschriften, mal eine Anzeige da oder dort. Insgesamt jedoch kaum irgendeine relevante offizielle Präsenz. Noch nicht einmal eine Webseite." Kopfschüttelnd kratzte er sich am Hinterkopf und sah plötzlich aus wie ein schmollendes Hündchen. „Ich meine, heutzutage hat doch selbst der kleinste Buchleseclub im hintersten Dörfchen Nordflanderns eine eigene Webseite."

Auf eine Bestätigung wartend starrte er sie an. Seine Zuhörer nickten leicht, also redete er weiter.

„Aber es gibt auch eine Ausnahme. Der Verein der Hermanos geriet vor etwa zweieinhalb Jahren ins Visier der Polizei und der nationalen Presse. Es war im Zuge einer groß angelegten Kampagne Interpols gegen den internationalen Handel mit gestohlen Kunstobjekten und Raubkunst aus den Weltkriegen."

Mit einem leisen „Ah" klopfte Nikita mit den Knöcheln ihrer Hand auf die Tischplatte. „Das sind dann wohl die Berichte aus den mexikanischen Zeitungen hier im Ordner... Mein Spanisch ist nicht so besonders, deswegen habe ich es vorhin nur überflogen." Die Polizistin setzte sich gerade an den Tisch und drehte den Hefter in Adams Richtung, damit er ihn sich ansehen konnte.

„Genau," sprach der Polizeischüler weiter, „es blieb allerdings dabei. Spuren und etwaige Verdachtsmomente verliefen im Sande, und relativ rasch war der Vorsitzende des

Kulturvereines, Señor Enrique Hernandez y Casanueva, übrigens gleichzeitig Geschäftsführer, Schriftführer und Buchhalter, aufgrund fehlender Beweise von allen Schuldzuweisungen befreit. Bald schon krähte kein Hahn mehr nach ihm."

Der junge Mann zog die Nase hoch, während er sich zurücklehnte und dann seine Hände im Schoß faltete.

„Damit ist es aber trotzdem nicht ganz zu Ende. Seine Polizeiakte wird nämlich nach wie vor aktualisiert – zu unserem Glück, sonst wäre ich da gar nicht rangekommen... Wie auch immer, darin kann man lesen, dass er, eigentlich sogar nach wie vor, unter dem Verdacht steht, dass sein Verein eigentlich nur dem Zweck der Geldwäsche von, sagen wir einmal, als dubios zu bezeichnenden Organisationen dient."

„ich wusste es die ganze Zeit, seit ich den das erste Mal gesehen habe, dass der Kerl nicht astrein ist."

Eine Mischung aus Frust und Freude brachte Nikita dazu, mit der Faust auf den Tisch zu klopfen. Dann sank sie in die Lehne der Bank, schloss die Augen und öffnete sie kopfschüttelnd wieder, als sie Adams Stimme hörte.

„Die kenne ich."

„Was?"

„Dieser Name, ich kenne die." Adam schob Nikita den aufgeschlagenen Hefter vor die Nase und hielt seinen Finger auf eine Zeile.

„Rottmann & Sohn, diese Rechtsanschrift hier. Es ist eigentlich ein Auktionshaus... Wir hatten ihnen einige Kunstwerke aus den Gewölben zur Versteigerung angeboten und ein Angestellter von denen war vor einiger Zeit bei uns im Buchladen, um erste Details zu besprechen. Er hat sich unter anderem sehr für das Buch, die Maya-Handschrift interessiert,

233

hat aber aufgehört zu fragen, nachdem ich ihm gesagt habe, dass es nicht zum Verkauf steht."

Während Jan Huismann grüblerisch dreinsah, legte sich auf Nikitas Gesicht ein Schatten. Es war die Manifestation einer Erkenntnis.

„Lass mich raten! Nachdem du abgelehnt hast, ist sicher nicht viel Zeit vergangen, bis plötzlich diese Schläger, von denen mir dein Vater erzählt hat, zu dir in den Laden gekommen sind, um zu versuchen, das Buch zu bekommen, nicht wahr?"

Sie sah Adam an, der langsam nickte. Dann drückte sie Adams Hand.

„Brauchst du noch mehr Beweise? Das ist unsere Spur... Dort werden wir als nächstes nachforschen müssen. So bald wie möglich."

„Ich darf dich darauf hinweisen, dass du keinerlei Polizeibefugnisse in Holland hast, Nikita. Dein Status ist nach wie vor Privatperson", sagte der Polizist und lachte, als Nikita mit verzogenem Gesicht die Augen verdrehte.

„Glaubst du, ich gehe dahin und versuche alle dort zu verhaften?"

Seine hochgezogenen Augenbrauen verrieten, dass er es ihr zumindest zutraute.

„Ich habe schon mit meinem Kollegen in Kopenhagen geredet, Berichte geschickt und die Sachlage geschildert. Ich hoffe ja eigentlich, dass die das mit dem Status regeln. Inzwischen überlegen wir uns, wie wir die Sache am besten angehen." Der Gesichtsausdruck der Polizistin unterstrich ihre Entschlossenheit.

„Fürs erste werden wir so viele Informationen über dieses Auktionshaus zusammentragen, wie wir können."

Nikita hätte gar nicht versuchen müssen, den jungen Mann per telepathischem Zwang und strengem Augenkontakt zur weiteren Zusammenarbeit zu bewegen. Jan Huismann lächelte smart, nachdem sie ausgesprochen hatte. Er freute sich sogar darüber, dass die hübsche dänische Kriminalistin auf die Hilfe eines jungen Amsterdamer Polizeischülers nicht verzichten wollte.

„Dann werde ich mich mal da reinhängen und nachsehen, was es über Rottmann & Sohn zu erfahren gibt, nicht wahr? Könnte aber eine Weile dauern."

Fragend sah er sie an und Nikita blinzelte ihm zu. „Super. Ich glaube, du hast wirklich was gut bei mir."

Während er sich nun über die schmale Bank schob, nickte er. „Schauen wir mal. Ich melde mich, sobald ich was habe, okay? Also dann, ciao."

Mit einem weiteren kurzen Nicken stand er auf. Während er auf den Ausgang des Lokals zuging, stellte er den Kragen seines halblangen, schwarzen Regenmantels hoch und schob dann seine Hände langsam in die Taschen. In Zeitlupe flatterte der Mantel in der Zugluft und Nikita meinte das klirrende Gitarrenriff einer Fender Stratocaster zu hören. Die Nachahmung dieser Pose eines James Deans war wohl der offensichtlichen Vorliebe Jan Huismanns für alte Filme zu verdanken. Aber sowohl für Nikita wie auch Adam war es gerade dieses etwas schrullige Verhalten, welches ihn so sympathisch machte. Sie grinsten sich an.

„Wohin geht man in Amsterdam, wenn man hochwertige Kunstwerke kaufen möchte?", fragte Nikita, nachdem Jan Huismann das Lokal verlassen hatte.

„Zuerst immer einmal in den Coffeeshop," versuchte Adam einen kleinen Scherz. Natürlich verstand Adam den Hintergrund der Frage. Dem ungeduldigen Gesichtsausdruck der Polizistin nach zu urteilen reichte ein kleiner Scherz aber nicht aus, um sie zu überzeugen, einen Gang runter zu schalten.

„Ich meine ja nur... Es gibt einiges zu bedenken, bevor wir bei Rottmann & Sohn aufkreuzen. Mich kennen die, und wenn die wirklich etwas mit Casanueva, unserem Buch und den Anschlägen zu tun haben, dann wissen sie möglicherweise auch, wer du bist."

Mit erhobenem Arm machte Adam die Kellnerin auf sich aufmerksam. Während er zahlte und dann sein Kartenetui wieder in die Hosentasche schob, betrachtete er Nikitas zu einer nachdenklichen Maske erstarrtes Gesicht.

„Hör mal, das Auktionshaus von Rottmann & Sohn hat seinen Verwaltungssitz am Rokin im Zentrum. Ich kenne dort ein sehr lässiges Lokal und die haben eine wirklich ausgezeichnete Küche. Was hältst du davon, wenn wir das Lokal besuchen und uns während des Essens weiter unterhalten? Ich bekomme jetzt doch Hunger, hab aber keine Lust auf Burger."

Schmunzelnd nickte die Polizistin und Adam erhob sich.

„Verdammt, spinne ich jetzt!" Es klang zwar, als hätte sie noch nicht ausgesprochen, aber es kam nichts mehr. Stattdessen spürte Adam, wie sich ihre Hand in seinen Unterarm krallte. Verwundert starrte er zuerst sie an und dann in die Richtung, in welche sie mit ausgestrecktem Arm und der Gabel in der Hand deutete.

„Was ist?"

„Ich glaube, ich habe eben Casanueva gesehen!"

„Was?"

„Das war Casanueva, der Arsch, ich bin mir sicher."

Adam war sich wiederum nicht sicher, ob er sie richtig verstanden hatte. Was aber auch egal war, da die Polizistin bereits aufgesprungen war und mit schwungvollen Schritten auf den Ausgang des Restaurants zuhielt. Obwohl sein Reaktionsvermögen mit Sicherheit nicht schlecht war, ging ihm das jetzt zu schnell.

Sie hatten sich nebeneinander an einen schmalen Tisch in eine Nische des argentinischen Steakhouses gesetzt. Die bodenhohen Fenster blickten direkt auf die Hauptstraße hinaus. Während des Essens entwarfen sie eine Strategie, von der sie sich Erfolg versprachen. Adam war eben dabei, eine von Nikitas Ideen zu konkretisieren. Ihr Plan war gar nicht so schlecht. Sie würden einfach in das Auktionshaus hineinspazieren und sich als Paar vorstellen. Sie würden sagen, sie hätten vor, ein Appartement in Amsterdam zu erstehen und dieses mit ein paar ausgewählten Gegenständen zu dekorieren. Da die Chuerros bereits mit dem Auktionshaus Rottmann & Sohn zu tun gehabt hatten, warerklärbar, warum sie sich mit ihrem Anliegen gerade an dieses Haus wandten. Das würde ihnen dann eine glaubwürdige Möglichkeit bieten, das Gespräch unauffällig auf Casanueva zu lenken. Irgendwie war das Gespräch dann jedoch in eine etwas absonderliche Richtung abgeglitten.

Für einige Minuten fühlte es sich für die Polizistin fast so, an als würde Adam tatsächlich ihre gemeinsame Zukunft vor ihr ausbreiten. Er sprach von einer schönen großen Wohnung irgendwo am Museumplein oder beim Vondelpark, wo sie dann täglich mit ihrem Hund spazieren gehen könnten und so weiter. Obwohl sie es durchaus genoss, seiner Fantasie zu folgen, trippelte doch auch ein sehr ambivalentes Gefühl neben ihren romantischen Regungen herum. Sie spürte, dass es eine Art von Angst war, aber beschloss einen Herzschlag später, dieses nervige Gezappel zu ignorieren und einfach den schönen Moment zu genießen. Ein befreites Gefühl machte sich in ihr breit und gleichzeitig verlangsamte sich die Zeit. Ein schmeichelndes Saxophonsolo kitzelte ihre Seele, als sie sanft lächelnd tief in Adams Augen blickte. Die Zeit schien stehengeblieben zu sein und eigentlich hörte sie gar nicht mehr wirklich, was er da erzählte. Ihre Hand lag auf seinem Unterarm und langsam kreisten ihre Fingerkuppen über die Haare darauf. Währenddessen stochert sie mit der Gabel in der anderen Hand in ihrem kaum angerührten Salat herum. Sie sah sich beide abends durch die Gassen Amsterdams spazieren. Mit Freunden in einem Lokal hier irgendwo.

Ein Sonnenstrahl strich warm über ihr Gesicht und sie reckte sich mit geschlossenen Augen ein wenig in seine Richtung. Dann blinzelte sie und blickte auf die Straße hinaus und die schmale Seitenstraße gegenüber. An der einen Ecke dunkle Auslagenscheiben eines Modelabels, auf der anderen ein kleiner Käseladen. Holzbänke auf dem breiten Gehsteig. Einige Fahrräder lehnten rund um eine Straßenlaterne. Unscheinbare Passanten, ein Jugendlicher zog auf seinem Scooter durch das Bild. Dann, plötzlich, tauchte hinter dem Motorrollerfahrer ein Schatten aus der Seitenstraße auf. Für einen Augenblick blieb er stehen und hob seinen Kopf. Ein magischer Moment zwischen zwei Menschen im Lokal auf der anderen Seite der Realität fand ein plötzliches, sehr jähes Ende. Während der Mann auf der gegenüberliegenden Straßenseite sich umblickte und dann mit raschen Schritten losstapfte, sprudelte bereits reinstes Adrenalin durch Nikitas Adern.

Adam sah seine Begleiterin mit wehenden Haaren vor der Auslagenscheibe an sich vorbeilaufen. Ihre Augen waren auf die Straßenseite gegenüber gerichtet und er musste sich vorbeugen, um sie noch zu sehen. Hastig griff er in seine Hosentasche, um sein Kartenetui herauszuholen. Doch ihre Jacken hingen noch an den Stuhllehnen und bis er endlich auch auf der Straße stand, konnte er seine Freundin nicht mehr sehen. Etwas resigniert blieb er nach ein paar Metern stehen. Ein Seufzer kam aus seinem Mund, während er sich mit in die Hüften gestemmten Fäusten suchend umblickte.

Etwas mehr als zehn Minuten war er an der Wand neben dem Lokal gelehnt, kaum mehr als zwei Zigarettenlängen. Dann sah er die Polizistin auf der anderen Straßenseite daherkommen. Mit zusammengekniffenem Mund kam sie mit raschen Schritten auf ihn zu und Adam hielt ihr wortlos die Zigarettenschachtel hin.

„Er ist weg, verschwunden."

Ohne auf die Zigarettenpackung in seiner Hand zu achten, blieb sie vor ihm stehen und drehte noch immer ihren Kopf in alle Richtungen.

„Scheiße", stieß sie hervor und verschränkte ihre Arme vor der Brust. Scheinbar gedankenlos starrte sie regungslos ins Nirgendwo des wunderbar blauen Himmels über Amsterdams Straßen.

Tröstend strich Adam ihr mit der flachen Hand über den Oberarm. „Er war es wahrscheinlich gar nicht. Du musst dich geirrt haben."

Doch das wollte Nikita nicht akzeptieren. Resigniert hob Adam seine Schultern und schob dann eine Hand in die Hosentasche seiner Jeans. Nikita drehte sich weg und ging auf eine Bank zu, die auf dem Gehsteig zum Verweilen einlud. Zweifelnd sah sie Adam an.

„Kann sein... Aber das glaube ich nicht. Ich bin mir zu neunundneunzig Prozent sicher, dass er es war."

So verbissen wie eben zuvor noch sah sie zwar nicht mehr aus, aber immer noch angespannt genug. Adam hielt ihr nochmals die Zigaretten hin und diesmal griff sie zu.

Mit einem Lächeln bedankte sich Nikita bei ihrem Freund und fragte dann: „Wo ist jetzt eigentlich der Sitz von Rottmann & Sohn?"

„Ich zeige es dir. Komm mit", sagte Adam, froh über den plötzlichen Themenwechsel.

Als er in die Seitenstraße fast genau gegenüber dem argentinischen Steakhause einbog, begann es in Nikitas Gehirnwindungen schon wieder zu knistern. Als sie am Ende der Straße anhielten und Adam auf das Haus gegenüber deutete, war es für die Kriminalisten Gewissheit. *Ich habe mich nicht geirrt. So einen Zufall kann es nicht geben, das geht gar nicht.*

Ihr Blick war seinem ausgestreckten Arm gefolgt, nur um ihn dann sanft herunterzudrücken. Mit einem Schulterzucken kommentierte er den wortlosen Tadel seiner Begleiterin an seinem möglicherweise zu auffälligen Verhalten.

„Da rüber."

Ohne auf seine Antwort zu warten, steuerte Nikita ein Lokal ein paar Meter weiter in einer Querstraße an. Adam setzte sich an einem Stehtisch vor dem Coffeeshop auf einen Barhocker, doch Nikita blieb vor ihm stehen.

„Klingelt es da bei dir nicht?", fragte sie, stemmte die Fäuste in die Hüften und sah ihn durchdringend an. „Ich sehe einen Mann aus der Seitenstraße kommen, über die man nach kaum mehr als hundert Metern zum Büro von Casanuevas Rechtsvertretung kommt, und glaube, dass es Casanueva ist! Das spricht doch sehr dafür, dass ich mich nicht geirrt habe, oder?"

„Was möchtest du trinken?", wich Adam der Frage aus.

Wenig später kam Adam mit den Getränken zurück und Nikita fragte spaßhalber, ob er auch einen Joint mitgebracht hätte. Das hatte er tatsächlich und für die nächsten Minuten verloren sich die zwei in einer nicht ganz ernst gemeinten Diskussion über die therapeutische Wirkung von Cannabis. Dann zog eine Gruppe ausgelassener junger Leute in orangener Bekleidung ihre Aufmerksamkeit auf sich. Kurz darauf war der kleine Platz vor dem Lokal voller Menschen. Während zwei Jungs aus der Gruppe in den Coffeeshop gingen, blieben die anderen draußen und Nikita und Adam waren plötzlich von ihnen umzingelt.

„Spielt heute einer von euren Regionalklubs?", fragte Nikita in der Annahme, es wären Fußballfans, die sich für ein Spiel anheizten. Sie musste lauter reden, damit er sie verstand. „Mir sagt ja eigentlich nur der Name Ajax-Amsterdam etwas, spielen die heute?"

Adam prostete eben einem dunkelhaarigen Mädchen in orangener Latzhose zu, die sich zu ihnen umgedreht hatte. Sie winkte und verschüttete dabei die Hälfte der Flüssigkeit aus ihrem Plastikbecher vor dem Stehtisch.

„Morgen ist Koningsdag. Ganz Holland feiert den Geburtstag unseres Königs Willem-Alexander. Das geht immer schon am Vorabend los und dauert dann weit bis in die Nacht des eigentlichen Koningsdag an. Es ist einer unserer höchsten Feiertage."

Nikitas hob ebenfalls ihren Becher hoch, um der Dunkelhaarigen zuzuprosten.

„Dann sollten wir uns vielleicht beeilen, in die Anwaltskanzlei zu kommen, bevor die auch zu feiern anfangen. Kommst du?"

Ihre Entschlossenheit war ansteckend und Adam stand auf und griff nach seiner Jacke, während Nikita austrank.

„Bleiben wir bei dem Plan?", fragte er.

„Ja", sagte Nikita und rülpste laut. „Entschuldigung ..."

Während sie sich umblickte, huschte ein leicht verlegenes Lächeln über ihr Gesicht. Das Mädchen applaudierte lachend und verschüttete dabei den Rest aus ihrem Becher. Auch Adam begann zu lachen, winkte aber mit der Hand, um Nikita zum Gehen anzutreiben.

„Und sie sind sicher, dass sie den Namen noch nie gehört haben? Das ist aber seltsam, wo diese Adresse hier doch offiziell als Rechtsvertretung für Señor Casanueva in Holland angegeben ist. Für ihn und seinen Kulturverein... Wie heißt er doch gleich... Ach ja, Hermanos del Templo del Sol!"

Die Frau hinter dem Empfangstresen wirkte immer noch total entspannt. Im Gegensatz zu Nikita, deren Körperhaltung an eine gespannte Blattfeder erinnerte. Voller Entschlossenheit fixierte die Polizistin ihre Kontrahentin.

„Er war erst vor einer halben Stunde hier... Wissen sie, dass er von der Polizei gesucht wird?"

Mit diesem Schuss vor den Bug versuchte Nikita die erbarmungslos dreinsehende Mittfünfzigerin in ihrem Nadelstreifenkostüm aus der Reserve zu locken.

„Hören sie," antwortete diese geduldig, „ich kann ihnen wirklich nichts dazu sagen und muss sie bitten, sich mit ihrem Anliegen bis Montag zu gedulden. Wenn sie möchten, hinterlassen sie eine Nachricht und ein Verantwortlicher meldet sich so bald wie möglich bei ihnen."

Ohne sich merkbar einzumischen lehnte Adam am Rezeptionstresen der Kanzlei. Irgendwie hatte er schon gespürt, dass das hier zu nichts führen würde, als ihnen die Vorzimmerkraft sagte, dass die Anwälte und alle anderen Angestellten wegen des Koningsdag bereits im verlängerten Wochenende wären. Aber er ließ es Nikita trotzdem versuchen.

Nun stupste er leicht mit der Fußspitze an ihre Wade. Als sie ihn ansah, schüttelte er leicht den Kopf und deutete mit den Augen zum Ausgang.

Wortlos folgte sie ihm bis zum Coffeeshop. Sie schwiegen immer noch, nachdem er ihnen etwas zu trinken geholt hatte. Vorerst schien keiner von beiden bereit zu sein, das Wort zu ergreifen. Die Polizistin hatte den Eindruck, er wäre böse auf sie, und sie konnte sich natürlich auch denken, weshalb. Sich trotz der vorherigen Absprache so gar nicht an den Plan zu halten, war eindeutig ein Fehler gewesen. Ein wenig verbissen sah sie ihn an und er zuckte mit den Achseln und schob dann seine Hände in die Hosentaschen.

„Auf die Art hättest du sowieso nichts erreicht. Selbst, wenn einer von den Anwälten da gewesen wäre und mit uns gesprochen hätte... Also, klug war es nicht, so direkt zu sein."

Einerseits genervt und andererseits resigniert hob Nikita den Kopf und sah dann zur Seite.

„Tut mir leid... Ich meine, ja, okay, das war wirklich nicht die beste Idee. Ich weiß ehrlich gesagt selbst nicht, warum ich es getan habe. Ich hatte irgendwie das Gefühl..."

Etwas verlegen strichen ihre Augen an der Häuserzeile der gegenüberliegenden Straßenseite entlang und dann griff sie zu ihrer Dose mit Cola.

„Ich wollte wahrscheinlich einfach nur recht behalten."

Adam steckte sich den Joint an und die Polizistin kommentierte das mit einem überraschten Schmunzeln. „Ist das legal hier? Ich meine, so in der Öffentlichkeit..."

Nickend zog er zweimal kräftig und reichte dann mit ausgestrecktem Arm den Joint über den Tisch. Während eine dicke Rauchwolke aus seinem Mund drang, antwortete er.

„Natürlich. Wir sind in einem Coffeeshop in Amsterdam... Ruster gaan."

Die Sekunde, die es dauerte, bis Nikita zugriff, konnte man kaum als Zögern werten. Zwei Züge später gab sie ihm den Joint zurück und er legte ihn in den Aschenbecher auf dem Tisch. Dann trank er einen großen Schluck aus seiner Dose, stützte die Ellenbogen auf den Stehtisch, und dann sein Kinn in die offenen Hände. Obwohl er Nikita nicht völlig stoned vorkam, bemerkte sie sehr wohl, dass er bereits lockerer war. Sie spürte es auch schon – langsam sanken ihre ständig hochgezogenen Schultern nach unten. Während Adam dann langsam die kalte Dose zwischen seinen Händen hin und her rollte, wiegte er genauso langsam den Kopf hin und her. Wäre die Stille rund um ihre Seifenblase nicht so laut gewesen, hätte sie ihn denken hören können. Doch dann sprach er aus, was ihm durch den Kopf zu gehen schien.

„Was machen wir jetzt?"

„Weiß nicht", antwortete sie und blickte durch ihn hindurch ins Leere.

Adam schien darauf zu warten, dass seine Freundin weitersprach, aber es kam nichts. Dann zog ein Grinsen über sein Gesicht und das führte dazu, dass auch Nikita zu grinsen begann. Aber nur für einen kurzen Moment, dann bekam sie plötzlich große Augen. Für die Dauer eines Herzschlages meinte sie zu halluzinieren. Waren das die eben konsumierten Substanzen?

„Hey! Sieh mal! Warte, unauffällig... Dreh dich langsam um und schau zur Kanzlei hinüber", raunte sie, bemüht, nicht die Lippen zu bewegen, und lehnte sich dann mit beiden Unterarmen auf den Tisch.

Das wirkte auf Adam unglaublich skurril. Er drehte sich auf eine unglaublich auffällig-unauffällige Art um und Nikita hätte beinah laut aufgelacht.

„Interessant", murmelte er. Genau wie seine Begleiterin sah er, dass die Vorzimmerkraft von Rottmann & Sohn eben die Kanzlei verließ. Was Adam als interessant bezeichnete, war die Tatsache, dass sie in Begleitung war. Ein Mann von durchschnittlicher Größe stand neben ihr, während sie die Tür zusperrte. In seinem dunklen Anzug wirkte er sehr schlank und das weiße kurze Haar ließ darauf schließen, dass er im fortgeschrittenen Alter sein musste.

„Das muss einer von den Anwälten sein... Es war also doch jemand da", schlussfolgerte Nikita, die sich sicher war, dass niemand mehr hineingegangen war, nachdem sie beide die Kanzlei verlassen hatten. Die leichte Dröhnung von vorhin war aufgrund des plötzlichen Adrenalinschubes einfach verschwunden.

Ein junger Mann verdeckte für einige Sekunden die Sicht. Während er auf den Scooter stieg, der dort auf dem Gehsteig abgestellt war, begann Nikita nervös ihren Hals zu recken. Als der Mann aus dem Bild rauschte und man die Vorzimmerdame und ihren Begleiter wieder in voller Größe sah, erstarrte sie in der Bewegung.

„Oh du Scheiße! Siehst du das?", fragte sie, als sie erkannte, welchen Koffer der Mann in der Hand trug.

Er war von genau der gleichen Machart wie die, welche vom Rijksmuseum als Transportbehälter für die Bücher der Chuerros zur Verfügung gestellt worden waren. Die Frage, ob Adam seiner Freundin nun glaubte, dass sie Casanueva gesehen haben könnte, stellte sich nicht mehr. Die Tatsache, dass da vorne ein Mann stand, der den fehlenden Koffer aus dem Loft in der Hand zu halten schien, reichte. Adams Lippen waren zu einem schmalen Strich zusammengepresst und hochkonzentriert starrte er die Straße hinunter. Doch als er aufsprang, stand Nikita vor ihm. Sie legte beide Hände auf seinen Bauch und spürte seinen harten Atem an ihrer Wange vorbei streichen.

„Warte, langsam. Wir beschatten sie. Es ist besser, wenn wir wissen, wo er den Koffer hinbringt."

Nun war es an ihr zu vermeiden, dass einer von ihnen beiden zu voreilig agieren könnte. Nur um ihr einen kurzen, zarten Kuss auf die Lippen zu drücken, wandte er seinen Blick von ihren Zielpersonen ab.

„Vielleicht war es ja doch nicht so falsch, dass du so direkt warst... Es hat möglicherweise jemanden nervös gemacht. Alles klar, sie gehen los."

Sein Arm lag auf ihrer Hüfte und unter leichtem Druck drehte er Nikita in die richtige Richtung. Dass sie von ihrem Freund geführt wurde, gab der Polizistin die Möglichkeit, mit ihrem Handy Fotos zu machen.

„Vergiss es, das dauert zu lange hier in der Gegend... Wir nehmen die hier", sagte Adam und deutete auf zwei Fahrräder.

Wenige hundert Schritte, nachdem sie die Verfolgung aufgenommen hatten, hatten sich die beiden Verfolgten an einer Straßenkreuzung getrennt und Nikita und Adam waren dem hageren Anzugträger bis an die nächste Hausecke gefolgt. Zu ihrem Pech hatte er da anscheinend seinen Wagen geparkt. Nikitas Idee, ein Taxi zu rufen, um ihm auf den Fersen zu bleiben, hielt Adam für chancenlos. Sie befanden sich mitten in der Old Town.

„Da, nimm das da."

Adam saß bereits auf einem ziemlich heruntergekommenen alten Rennrad, dessen Farbe eigentlich nur als rostig bezeichnet werden konnte.

„Komm schon... Ist doch eine geile Farbe." Anscheinend konnte er ihre Gedanken lesen.

Ihre Antwort wartete er nicht ab. Schwungvoll richtete er sich auf und trat mit vollem Gewicht in die Pedale. Sich mehrmals umblickend zögerte die Polizistin noch, aber Adam war schon einige Meter weit weg und der Mercedes des Anzugsträgers fuhr gerade wieder los, nachdem er vor einem Zebrastreifen angehalten hatte. Widerwillig kletterte sie auf den viel zu niedrig eingestellten Sattel des komplett gelb gestrichenen Damenfahrrades mit braunen Lederriemchen an den Lenkerenden.

„Weißt du, Diebstahl ist nicht unbedingt ein Kavaliersdelikt", sagte sie, und blickte auf den Kanal.

„Wir haben sie uns nur ausgeborgt."

„Und warum musste ich dann genau das hier nehmen?"

„Weil mir die Farbe an dir gefällt, meine Schöne." Mit verschränkten Armen an das Brückengeländer gelehnt, klimperte Adam grinsend mit den Augenlidern.

Einige Häuserblocks lange war es kein Problem gewesen, an dem Mercedes dranzubleiben. Doch dann erwischte der eine Grünphase und sie verloren ihn aus den Augen.

„Naja, ich habe zumindest das Kennzeichen... Ich rufe Jan an und mit ein bisschen Glück wissen wir in der nächsten Stunde, wer der Mann ist."

Hastig holte Nikita das Telefon aus der Gesäßtasche. Während ihr Daumen hurtig wie ein angeschossener Maikäfer über das Display ihres Handys zischte, stützte Adam die Unterarme auf den Rennlenker seines ausgeliehenen Fahrrades und blickte sich um. Dann blieben seine Augen an der hübschen Dänin hängen. Mit einer Hand auf dem Lenker des knallgelben Damenfahrrades stand sie breitbeinig da und telefonierte. Er lächelte. Die Sonne ging bereits hinter dem Hauptgebäude der Central Station unter. Ausgelöst durch eine Lichtspiegelung in den Fenstern einer Straßenbahn, welche für den Augenblick einer Ewigkeit hinter Nikita vorbeifuhr, sah er ein paar riesige, silbrig glänzende Flügel hinter ihr auftauchen. Es war der Augenblick, in dem er wusste, dass er sie liebt.

„Er meldet sich, sobald er etwas für mich hat."

Sie winkte ihm mit dem Telefon in der Hand zu und schob es wieder in ihre Hosentasche zurück. Mit zur Seite geneigtem Kopf sah Nikita ihn dann fragend an. Eine kurze Weile noch verharrte er. Vielleicht, um diesen Moment so lange wie möglich zu genießen und für alle Zeit in seinem Gedächtnis abzuspeichern. Dann nickte er und radelte los. An einem kleinen Platz vor einer Kirche hielt er bald danach wieder an, als ihr Handy läutete, und lehnte das rostigste Fahrrad der Welt neben das auffälligste dieses Planeten an das schmiedeeiserne Geländer einer Brücke.

Während Nikitas Blick an der Fassade der Kirche entlang strich, hob sie ab. Sie hörte zwar Carls Begrüßung, aber irgendwie waren Kopenhagen und Carl seltsam weit weg. Die Sonne schien ihr direkt ins Gesicht und blinzelnd versuchte sie die Menschen zwischen sich und der anderen Seite der Brücke zu erkennen, dort, wo Adam auf sie wartete. In diesem Augenblick begriff sie, dass sie ihn weit mehr als nur gern mochte. Wie geisterhafte Schatten flogen die körperlosen Passanten zwischen ihr und Adam vorbei. Selbst die wundervolle Umgebung im untergehenden Licht des Tages wurde zu einer verschwommenen Wahrnehmung außerhalb ihres Universums. Einzig Adam sah sie klar und deutlich vor sich.

„Was machen wir jetzt?", fragte sie aufgebracht, nachdem sie aufgelegt hatte.

„Das Lokal bei der Oude Kerk hat ganz guten Kaffee ... und manchmal echt leckeren Karottenkuchen."

Trotzig und etwas verkniffen blickte sie ihn an. Doch dann zwinkerte sie ihm nachgiebig lächelnd zu, da sie eben wieder bemerkte, wie sehr sie seine Art von Humor mochte. Mit beiden Händen drückte Adam sich von dem Brückengeländer weg und legte ihr seinen Arm um die Hüfte, während er auf das Café und den vielgepriesenen Karottenkuchen zusteuerte.

"Ich sollte einmal Vater anrufen und ihm erzählen, was sich bei uns getan hat... Aber erzähl zuerst, was es für Neuigkeiten von deinem Kollegen gibt."

„Also, es ist vom Gerichtsmediziner bestätigt. Es war kein Herzinfarkt. Die Quecksilberkonzentration in seinem Blut ist dermaßen hoch... Er wurde vergiftet. Meine Kollegen prüfen das noch, aber es besteht der Verdacht, dass es Kenan Sukulül, der Türke, gewesen sein könnte, der ihm Gift verabreicht hat. Laut Obduktionsbericht starb er schon mindestens zwanzig Stunden vor Auffindung der Leiche."

Als die Polizistin ihm von der wahrscheinlichen Vergiftung des Unternehmers durch den Türken berichtete, legte Adam die Kuchengabel weg. Mit tief zusammengezogenen Augenbrauen saß er da. Die Kriminalistin wusste sofort, dass Adam durch diese Neuigkeit genauso irritiert war wie sie selbst.

„Das lässt mehrere Schlüsse zu, ich weiß."

Nun griff auch sie endlich zur Gabel, um von dem Kuchen zu probieren. Während sie vorsichtig ein Stück abstach, sah sie sich um.

„Es ist wirklich schön hier...“

Ihre Augen wurden ein wenig größer, nachdem sie von dem Kuchen gekostet hatte. „Und der Kuchen ist tatsächlich total lecker.“

Dann fuhr sie in ihrem Bericht fort: „Carl hat mir übrigens gesagt, dass mit den holländischen Behörden vereinbart wurde, dass ich ab sofort sämtliche Polizeibefugnisse hier habe. Er konnte unseren Vorgesetzten anhand meiner Berichte davon überzeugen, dass es Sinn macht, wenn ich mehr über Casanueva in Erfahrung bringe, und dadurch vielleicht ein wenig mehr Licht in die ganze Sache. Bei der Prüfung der Papiere des Unternehmers hat sich nämlich auch ergeben, dass er Geschäftsbeziehungen mit Casanuevas Verein- den Hermanos hatte. Sie müssen sich also gekannt haben.

Für einige Sekunden starrte Adam in die Luft, dann schüttelte er leicht seinen Kopf und lächelte.

„Ich freue mich riesig, dass du noch hierbleiben wirst,“ sagte er und legte seine Hand auf ihre, „aber im Moment bin ich ganz schön durcheinander. Ich weiß nicht, was genau die Tatsache bedeutet, dass der Türke auch seinen Auftraggeber umgebracht hat. Das könnte durchaus heißen, dass der gar nicht der eigentliche Drahtzieher war, oder? Hat dieser Sukulül vielleicht sogar etwas mit Casanueva zu tun? Oder nicht? Und was ist mit diesem Anwalt des Auktionshauses, der jetzt unser Buch von Casanueva bekommen hat?“

Die Verwirrung war an seiner Mimik abzulesen und während Nikitas Schultern nach unten sanken, zog sie einen Schmollmund.

„Ich kann dir da noch keine Antworten darauf geben. Ich muss das auch erst einmal alles sacken lassen. Lass mich ein bisschen nachdenken... Vielleicht rufst du deinen Vater an, du hast vorhin gesagt, du möchtest es tun, und ich lasse mir inzwischen diesen wunderbaren Kuchen weiter schmecken, okay?"

Mit einem eher erschöpft wirkenden Lächeln nickte er und begann, seinen Körper abzuklopfen. Er fand sein Telefon in der Hosentasche an seinem Hintern.

„Was ist los?", fragte Adam, als er aufgelegt hatte.

Nikita hatte noch einen Kaffee für sie beide bestellt und war, während sie mit schwindender Aufmerksamkeit dem Gespräch mit seinem Vater folgte, in eine melancholische Betrachtung der Umgebung gesunken. Ein tiefes Gefühl des Zuhause-Seins erfasste sie, das sie bereits einmal so stark hier empfunden hatte, nämlich als sie das allererste Mal durch die Straßen entlang der Grachten Amsterdams gegangen war. Dieser Kraft spendende Zustand war jedoch nicht von allzu langer Dauer. Ihr Telefon begann auf dem Tisch vor ihnen zu beben. Eine WhatsApp-Nachricht nach der anderen kam mit rasch aufeinander folgenden, dumpfen Blopps an. Davon hätte sich Nikita normalerweise nicht stören lassen, aber eine Ahnung ließ sie mit einem leisen Seufzer ihr Telefon vom Tisch nehmen und in einer Unterhaltung versinken.

„Eigentlich nur ein weiterer Puzzlestein. Ich glaube, der Kreis schließt sich schön langsam... Sieh dir das an."

Mit hochgezogenen Augenbrauen schob die Polizistin ihr Telefon ein wenig in Adams Richtung, damit er das Bild auf dem Display sehen konnte. Das Selfie der rothaarigen Schönheit mit dem Arm so vor dem blanken Busen, dass gerade ihre Nippel noch verdeckt waren, wurde der Profifotografin absolut gerecht. Das Panorama hinter ihr mit Palme, weißem Sandstrand und Meeresbrandung entstammte wohl einer Reisebürowerbung.

„Schön... Und?"

Mit einem Tastendruck schaltete Nikita das Display dunkel und schlug dann ihre Beine übereinander. Sie drehte sich ein wenig in seine Richtung, so dass sie ihn direkt ansehen konnte.

„Das hat sie mir gerade geschickt... Und noch ein paar mehr. Rate mal, wo sie ist."

Seine Augen öffneten sich wie der aufgehende Mond.

„Genau, mein Lieber... Mexiko."

Während Adam sich mit einer Hand die Stirn rieb, sprach Nikita weiter.

„Weil sie mir die Bilder geschickt hat, habe ich sie gefragt, wo sie ist, und sie hat mir zurückgeschrieben, dass ihr Casanueva ein Ticket nach Mexiko als Bonus für ihren tollen Einsatz geschenkt hat... Und zwar schon in Amsterdam, nachdem sie auf seine Vermittlung hin kurzfristig den Auftrag übernommen hat, den Eigentümer des Auktionshauses Rottmann & Sohn zu fotografieren. Casanueva, der Arsch, hat das schon im Voraus geplant für den Fall, dass er deinen Vater in Belgien nicht überreden kann, ihm das Buch freiwillig mitzugeben."

Für einige Sekunden starrte der hagere Mann ins Nirgendwo am Ende der Zufahrtsstraße, bevor er seine Sonnenbrille abnahm und sie langsam zusammenfaltete. Er merkte, dass seine Hand zitterte, während er die Brille im Cockpit ablegte. Er stieg aus dem Wagen aus und blickte sich um. Für die Fahrt aus dem Amsterdamer Stadtzentrum bis zu der Villa kurz nach der Stadtgrenze hatte er eine gute halbe Stunde gebraucht.

Seit nahezu sechzig Jahren schon befand sich hier der Sitz der Familie Rottmann. Sein Vater war Ende der 1940er Jahre nach Holland gekommen und hatte in Amsterdam ein Pfandhaus eröffnet. Binnen weniger Jahre machte er ein Vermögen. Diese Villa ließ er bauen, als seine Frau ihm ihre Schwangerschaft mitteilte. Heute war aus dem ehemaligen deutschen Einwanderer der äußerst einflussreiche Eigentümer eines der größten Auktionshäuser in Holland geworden und aus seinem Sohn der angesehene leitende Angestellte der Rechtsabteilung seines Unternehmens.

Während er den Koffer vom Rücksitz holte, dachte er an seine verstorbene Mutter. Er kannte sie nur von alten, vergilbten Fotografien, da sie seine Geburt nur um gerade einmal eine halbe Stunde überlebt hatte. Langsam schüttelte er den Kopf, während er Schritt für Schritt über den gepflasterten Weg auf das große, weiße Eingangstor der Villa zuging. Heute war der achtundneunzigste Geburtstag seines Vaters und trotz seines hohen Alters war der immer noch der unbarmherzigste Mensch, den er kannte.

„Hast du es."

Ohne etwas zu sagen, nickte der hagere Mann und legte den Koffer auf die lange Holztafel vor dem Kamin.

„Öffnen."

Schnarrend kam die Stimme des Alten als Echo aus dem dunklen Loch in der Wand zurück. Im Augenwinkel sah er den alten Mann in seinem knallroten Elektrosessel auf sich zurollen. Schnell trat er zur Seite und ließ den Koffer mit dem geöffneten Deckel so liegen, dass sein Vater nur mehr zuzugreifen brauchte.

„Was ist mit dem Mexikaner."

Ohne es sich genauer anzusehen, hatte der Alte das Buch an sich genommen und nun auf seinem Schoß liegen.

„Er wartet auf meinen Anruf."

Verächtlich starrte der Alte seinen Sohn an.

„Er erwartet, dass ich ihm den Ort für die Übergabe der Prämie nenne, sobald ich dir das Buch gebracht habe."

Nun war das leise Surren des Elektromotors zu hören. Dazwischen das metallene Schnappen der Sauerstoffzufuhr, die an dem Gefährt befestigt war. Die sonstige Stille ringsum versetzte den strammstehenden Mann an der langen Tafel in einen Zustand der Machtlosigkeit. Je länger er seinem Vater dabei zusah, wie der langsam bis zu seinem Schreibtisch vorfuhr, umso mehr kehrten all die verdrängten Erinnerungen aus der Vergangenheit wieder zurück.

Am Ende des Raumes angekommen legte der Alte mit zittrigen Händen das Buch auf seinem Tisch ab und begann darin zu blättern. Minutenlang starrte er durch eine Lupe auf die Seiten und in dem Augenblick, da sich sein Sohn eben das Herz nehmen wollte, ihm zum Geburtstag zu gratulieren, ruckte der Kopf des Alten hoch. Mit festem Blick starrte er seinen Sohn aus seinen tiefen, dunklen Augenhöhlen an.

„Es ist das Buch. Bring das mit Casanueva nun zu Ende. Und dann sorge dafür, dass wir nie wieder mit dem Bastard des Mönchs zu tun haben... Er..."

Nachdem der Alte mitten im Satz aufgehört hatte zu reden, dauerte es eine ganze Weile, bis sein Sohn sich bewegte. Immer noch wie angewurzelt beobachte er stumm die Situation vor sich. Der Schädel des Alten war beinahe so weiß wie die Wand hinter ihm. Ein wenig weißer Flaum bedeckte noch sein Haupt und tief schwammen seine bösen, alten, grauen Augen in den schwarzen Höhlen inmitten seines Gesichtes. Zusammengekauert hockte er in seinem Rollstuhl, genauso wie schon die letzten zehn Jahre auch, hinter seinem Schreibtisch. Der hagere Anzugträger begann zu überlegen, wie oft er schon hier an dieser Stelle gestanden hatte und sich dabei gewünscht hatte, es möge das letzte Mal sein. Er wagte jedoch noch immer nicht so recht zu hoffen, dass es eben jetzt, in diesem Augenblick so weit sein könnte.

Der Alte war nie ein Mensch großer Gesten gewesen. Ein Deutscher eben. So hatte Dr. Rottmann seinen Vater immer entschuldigt. Doch irgendwie fehlte ihm jetzt ein gewisser Knalleffekt. War es endlich soweit? Hat der Alte eben den Löffel abgegeben, seine Stiefel für immer gestreckt? Einfach so, mitten während der Befehlsausgabe, wie es sich für einen guten deutschen Soldaten gehört, ohne noch ein einziges Mal mit der Wimper zu zucken? Sein Sohn widerstand der Versuchung, die Hacken zusammen zu schlagen und vor dem toten Mann zu salutieren. Stattdessen schob er langsam seine Hände in die Hosentaschen und atmete befreit auf. Das sanfte Echo seines tiefen Luftholens strich durch den Raum und der Nachhall vermischte sich mit dem dumpfen Tick-Tack der großen Pendeluhr.

Es dauerte lange, bis sich der hagere Mann in die Realität zurückbewegte. Sanft lächelnd blickte er sich um und dann ging er ganz vorsichtig auf den Schreibtisch seines Vaters zu. Während er ihm das dunkle Display seines iPhones direkt vor Nase und Mund hielt, wechselte sein Blick zwischen dem Telefon und seinem Handgelenk mit der Rolex hin und her. Fünf Minuten lang blieb er so stehen. Dann schob er sein Handy wieder in die Innentasche seines Sakkos und richtete seine Krawatte. Ohne einen weiteren Gedanken oder Blick an den Leichnam seines Vaters zu verschwenden, wandte er sich ab und ging dann zielstrebig, fast beschwingt los. Aber nur einige Schritte. Er war eben an dem langen Tisch vor dem Kamin entlang spaziert, als er aus dem Augenwinkel den offen daliegenden Transportkoffer des alten, vergilbten Buches wahrnahm.

Mit hart aufeinander gepressten Lippen saß er hinter dem Lenkrad des Mercedes, ohne ihn zu starten. Er versuchte sich zu erinnern, ob er jemals von seinem Vater ein Wort des Dankes, ein Lob oder wenigstens ein Anzeichen irgendeiner Form der Anerkennung gehört hatte, und wann er sich das Grüßen abgewöhnt hatte. Ein plötzliches, lautes Quietschen riss ihn aus diesen Gedanken. Es stammte von seinen zusammengepressten Backenzähnen. Laut stöhnend griff er sich mit beiden Händen an den Kopf und begann zu lachen. Zuerst noch leise, aber gleich darauf etwas lauter, und nur wenige Sekunden später rannen ihm bereits Tränen über die Wangen, während er aus voller Kehle lachend endlich seinen Wagen startete.

Etwa zwanzig Minuten nach dem ersten Telefonat im Imbiss an der Oude Kerk rief Asger Chuerro noch einmal an, um Adam zu sagen, dass er noch heute das Krankenhaus verlassen durfte.

Wegen des morgigen Feiertages war der Trubel in der Old Town merklich angestiegen. Es lenkte sie ab. Nikita vergaß sogar eine Zeit lang, permanent auf ihrem Handy nachzusehen, ob schon Nachricht von ihrem Informanten bei der holländischen Polizei gekommen sein könnte. Auf ihrem Weg durch den Rotlichtbezirk bis zum Rokin zurück und dann zur Parkgarage, wo Adam seinen Range Rover abgestellt hatte, begannen sich die Wege an den Grachten entlang merklich zu verändern. Es war, als ob neben einem gigantischen, bunten Aquarellbild der Innenstadt ein Becher durchgefärbten Wassers umgekippt wäre. Sie waren den Gewalten der dadurch entstandenen Welle ausgeliefert. Sie konnten gar nicht anders, als sich dem Strom zu ergeben, mitgerissen und weggespült wie winzig kleine Spielfiguren. Ein zuerst noch zart schummeriger Farbnebel breitete sich unaufhaltsam aus und entwickelte sich zu einem alles beherrschenden Schleier aus knalligem Orange und den Farben der Niederlande. Eine fast körperlich spürbare Druckwelle menschlicher Energie schien aus den Außenbezirken ins Zentrum Richtung Dam zu drängen. Da, wo heute Nacht eine der größten Freilichtpartys des Jahres stattfinden würde.

Es war noch hell, als Nikita und Adam im Krankenhaus ankamen. Aber schon bald würde die Abenddämmerung einsetzen.

„Hallo Vater ... Frau Christensen ... Guten Abend. Danke, dass sie sich um Vater gekümmert haben."

Mit ausgestrecktem Arm war Adam auf die zwei zugegangen und drückte Sylgja die Hand, bevor er sich an seinen Vater wandte.

„Geht es dir wirklich gut genug, um nach Hause zu gehen?"

Asger Chuerro hatte zwar einen Verband um seinen Kopf gewickelt, aber locker grinsend nickte er.

„Ist schon in Ordnung, Adam, es geht schon."

Als ihm sein Sohn nun den Arm hinstreckte, um ihm von der Bank aufzuhelfen, presste er zwar etwas frustriert die Lippen aufeinander, griff dann aber doch zu.

„Willst du ins Büro?", fragte Adam, während sie zu viert zum Parkplatz gingen.

„Später erst... Während ihr unterwegs gewesen seid, haben wir uns darum gekümmert, dass für Nikita und Sylgja Zimmer reserviert werden. Wir sollten sie hinbringen. Wenn sich die Damen frisch gemacht haben, gehen wir etwas essen. Ich habe Sylgja versprochen, sie auszuführen, als Dank für ihren Beistand."

Adams Vater hielt Sylgja die hintere Türe auf und stieg dann ebenfalls dort ein, nachdem sie Platz genommen hatte.

„Asger ist ein unglaublich faszinierender Mann. Ich hätte nicht gedacht, dass ich einmal so jemandem begegnen würde", sagte Sylgja beiläufig. Dann zupfte sie noch ein wenig an ihrer roten Bluse herum, während sie sich im bodenhohen Spiegel ihres Hotelzimmers betrachtete. Das Zimmer der Polizistin lag direkt daneben und Nikita hatte sich nach einer raschen Dusche umgezogen und war dann herübergekommen.

„Wow, du hast dich ja richtig schick gemacht", sagte sie nun, während Sylgja dezent Mascara auftrug und ihr schmunzelnd für das Kompliment zunickte. „Was ist los, warum machst du dich so fein? Wegen des Feiertages?", stichelte Nikita.

Nikita kannte ihre Freundin schon lange, doch noch niemals war in irgendeinem ihrer Gespräche ein Mann in Sylgjas Leben vorgekommen.

Achselzuckend strich Sylgja mit einer Hand über ihre Halskette und begann dann endlich zu reden. Ohne weitere Einleitung erzählte sie Nikita, dass ihr Asger Chuerro im Krankenhaus von seinen transzendenten Wahrnehmungen erzählt hatte. Ähnlich wie Nikita hatte der Mann zeitlebens Vorahnungen und Visionen gehabt, welche kaum durch klassisch wissenschaftliche Methoden erklärbar waren. Seinen Ausführungen zufolge hatte er sich in einem sehr hohen Maße spirituell der Thematik genähert und war deswegen später auch Priester geworden. Seine Offenheit musste auf Nikitas Freundin eine unglaublich beeindruckende Wirkung gehabt haben.

Einerseits überrascht, aber gleichzeitig auch froh über das Interesse ihrer Freundin an Asger Chuerro schüttelt Nikita mit großen Augen langsam den Kopf.

„Ich glaube, ich habe dich noch nie so...“, versuchte Nikita, das richtige Wort zu finden, aber Sylgja kam ihr zuvor.

„Schon gut, Mädchen, du brauchst das nicht zu bewerten. Wir gehen nur essen. Jetzt komm.“

Während sie sich ihre kleine Handtasche über die Schulter hängte, ging Sylgja zur Zimmertüre und blieb stehen, um auf Nikita zu warten, die immer noch etwas verdattert auf der Bettkante saß.

Das Restaurant des kleinen Hotels, welches der Ex-Priester für Nikita und Sylgja gebucht hatte, war voll besetzt. Es lag in einer Seitenstraße direkt neben dem Vondelpark.

„Ich hätte ja eigentlich gedacht, dass hier im Hotelrestaurant etwas weniger los ist“, sagte Asger Chuerro entschuldigend und zuckte mit den Schultern, nachdem er für Sylgja den Stuhl neben seinem vorgezogen hatte. „Aber gut, Koningsdag. Da ist in Holland natürlich immer einiges los.“

Noch während sie beim Abendessen saßen, kam endlich die Nachricht von Jan Huismann. Nikita rief ihn aber erst etwas später zurück, als sie nach dem Essen mit einer Zigarette auf der Straße vor dem Hotel stand. Seine Informationen waren durchaus umfangreich und für Nikita ein Déjà-vu der besonderen Art. Auch nach einer zweiten Zigarette konnte sie das Gänsehautgefühl nicht abschütteln.

„Ich bräuchte viel länger, um alle Akten durchzusehen,“ hatte er vorweggeschickt, bevor er fortfuhr, „es ist leider nicht alles von damals elektronisch erfasst und deswegen habe ich keine echten Details. Aber Eckdaten kannst du haben. Also, Hermann Rottmann hat im Jahr 1949 die Lizenz zur Führung eines Pfandleihbetriebes in den Niederlanden erhalten. 1952 die Lizenz, ein Auktionshaus zu führen, 1959, da war er bereits richtig dick im Geschäft, kaufte er eines der begehrtesten Grundstücke am Stadtrand Amsterdams. Das war auch das Jahr der Geburt seines Sohnes, bei der seine Frau verstarb."

Der Redefluss des Polizeianwärters schien kein Ende nehmen zu wollen und stellte damit Nikitas Geduld ziemlich auf die Probe.

„Komm schon, Jan, alles gut und schön, aber ich brauche eigentlich nur die Adresse von dem Mann, dessen Foto ich dir geschickt habe. Die Lebensgeschichte der Rottmanns ist da kaum von Belang."

„Nicht ganz, Nikita! Der Mann auf dem Foto ist Dr. Josef Rottmann, der Sohn des alten Rottmann und seiner Frau Elisabeth Rottmann, geborene Böhmcker."

Für einen Moment herrschte Stille und Nikita wurde zunehmend ungeduldiger.

„Der Name sagt dir nichts, oder? Mir zuerst auch nicht... Böhmcker ist aber der Name des berüchtigten ehemaligen deutschen Statthalters Amsterdams, während der Besatzung durch die Nazis im Zweiten Weltkrieg. Ein hochrangiger NSDAP-Offizier, und Rottmanns Frau war die Nichte dieses Mannes."

„Okay... Erzähl weiter."

Der Instinkt der Polizistin begann sich einer nicht allzu alten Erinnerung zu nähern.

„Also, Anfang der 1960er Jahre gab es groß angelegte Aktionen diverser staatlicher Behörden zur Auffindung von untergetauchten Nazis in Holland, Belgien und dem skandinavischen Raum. Der alte Rottmann war damals ein Hauptverdächtiger. Dieser Verdacht wurde aber durch den Bericht eines Augenzeugen entkräftet. Jetzt kommt das spannende. Der Mann, dem der alte Rottmann seine offizielle

Entnazifizierung verdankt, war ein ehemaliger Mönch. Er sagte aus, dass ihm der deutschen Soldat Hermann Rottmann das Leben gerettet hat. Seine Geschichte war so: Als die deutsche Wehrmacht während der Eroberung Belgiens das Kloster erreichte, in dem er lebte, brachten sie alle dort um... Einzig dieser eine tapfere Deutsche stellte sich seinen Kameraden entgegen und brachte dadurch sein eigenes Leben in Gefahr. Nachdem er den Mönch befreit hatte, desertierte der SS-Offizier und irgendwie schafften die zwei es, den Verfolgern zu entkommen. Schließlich landeten sie nach einer höchst abenteuerlichen Flucht in Amsterdam und konnten hier, jeder für sich, ein neues, ehrbares Leben beginnen. Dieser ehemalige Mönch hieß Alonso y Casanueva..."

Inzwischen hatte jedes einzelne Teilchen der Geschichte seinen Platz im Synapsengeflecht von Nikitas Gehirn eingenommen.

„Und ja, er war der Vater des Mannes, nach dem wir suchen, zweifelsfrei. Er ist 1972 bei einem Unfall gestorben."

Der Schauer auf Nikitas Unterarmen kroch ihr zwischen die Schulterblätter und wieder zurück. Während ihr ein eiskalter Schweißtropfen im Dekolleté herunterlief, sah sie vor ihrem inneren Auge die blutüberströmten toten Körper auf der Klosterstiege des Godshuis liegen. Und da war auch noch das von unbarmherziger Folter verschwollene Gesicht einer toten Frau auf dem Boden einer kleinen Kirche.

„Mehr habe ich noch nicht. Die Privatadresse von Dr. Josef Rottmann hier in Amsterdam schicke ich dir gleich durch. Brauchst du noch etwas? Wenn nicht, dann wünsch ich euch noch viel Spaß heute Abend."

Einige sehr nachdenkliche Minuten später blies Nikita eine letzte große Rauchwolke in die Abendluft und ging dann wieder zurück zu ihren Freunden.

„Das nenne ich ein feines Häuschen", raunte Nikita Adam zu, während sie ihm den Ellenbogen in die Rippen rammte und bewundernd die Augenbrauen hochzog.

„Stimmt, meine Hübsche. Du willst aber nicht wissen, was so ein Häuschen hier kostet."

Sie überquerten die Brücke zum Eingang des Hauses. Ein salopp gekleideter Mann mit orangener Schirmkappe begrüßte die beiden und deutete dann mit dem Kopf auf die zwei Polizisten, die an ihrem Streifenwagen lehnten.

„Meine Eskorte."

„Polizei ... öffnen sie ... wir müssen uns dringend mit ihnen unterhalten."

Der Museumskurator überließ es Nikita, den behördlichen Zugriff einzuleiten. Es dauerte nur kurz, bis das Klicken des automatischen Türöffners ertönte. Es war die strenge Kanzleiassistentin, welche sie im Vorraum des Hauses in Empfang nahm. Sie hatte beide Augenbrauen hochgezogen, aber wirkte ansonsten genauso kühl wie schon vor einigen Stunden, als sie sich das erste Mal begegnet waren.

„Wir wollen zu Dr. Rottmann, ihrem Chef. Und bitte dieses Mal keine Ausflüchte, wir haben die Befugnis, das Haus zu durchsuchen, falls sie sich nicht kooperativ zeigen", behauptete Nikita und legte tiefe Überzeugung in ihre Stimme.

„Dr. Rottmann, mein Lebensgefährte übrigens, falls sie das auch interessiert, ist in seinem Arbeitszimmer. Folgen sie mir. Und putzen sie sich bitte die Schuhe an der Türmatte ab."

Ihr durchdringender Blick nötigte den einen zur Amtshandlung mit ins Haus gekommenen Polizisten artig auf der Stelle auf- und abzutreten, während er seine Kappe abnahm und sich am Kopf kratzte.

„Guten Abend. Darf ich sie bitten, mir zu erklären, was dieser Auftritt so spät am Abend noch bedeuten soll?"

Stocksteif stand der hagere Mann mit einem Kognakschwenker in der Hand vor seinem Schreibtisch und blickte ein wenig empört drein.

„Dr. Rottmann... Jonas, Nikita Jonas, Polizei Kopenhagen. Und das hier ist Herr Adam Chuerro. Sie haben heute Nachmittag von einem Verdächtigen ein gestohlenes Buch erhalten. Wir..."

Mit offenem Mund blieb Nikita stehen, da der hagere Mann sie einfach unterbrach und gleichzeitig zugab, was sie ihm vorwarf.

„Ich hatte keine Ahnung, dass es gestohlen ist. Es handelt sich meines Wissens um ein Verkaufsobjekt."

Nikita hatte sich einen etwas spektakuläreren Einsatz erwartet. Der Mann ging auf den gemütlichen Sessel vor den hohen Fenstern zu. Auf der hölzernen Fensterbank gleich daneben lag der Transportkoffer des Rijksmuseum. Daneben das aufgeschlagene Buch.

„Sprechen wir von diesem Buch? Und meinen sie mit dem Verdächtigen Señor Hernandez y Casanueva?"

Langsam ließ er sich auf dem Sessel nieder und schlug seine Beine übereinander, während er herablassend mit dem Kopf auf die Fensterbank deutete.

„Ja ... genau", stotterte Nikita, durchquerte unaufgefordert den Raum und blieb dann vor den Fenstern stehen. Sie nahm, ohne um Erlaubnis zu fragen, die Klarsichthülle, die neben dem Buch lag, und überflog sie. Dann sah sie mit zusammengezogenen Augenbrauen zum Fenster hinaus.

„Wie sie sehen, habe ich auch die passenden Papiere, um den Verkauf des Objektes abzuwickeln."

Nikita hielt die bläuliche Klarsichthülle hoch und schüttelte missbilligend den Kopf, während sie sich langsam umdrehte. Adam war am Eingang stehengeblieben. Er verschränkte nun seine Arme und lehnte sich trotzig in den Türrahmen. Eine Pose, die unzweifelhaft darstellte, dass er nicht vorhatte, sich auch nur einen Millimeter von hier wegzubewegen, solange er nicht sein Eigentum wieder in Händen hielte.

„Es wurde gestohlen, ohne jeden Zweifel von diesem Hernandez y Casanueva, und das, nachdem er meinen Vater beinahe totgeschlagen hat.“

Mit festem Blick fixierte er den Rechtsanwalt, und obwohl er durchaus höflich blieb, konnte man den Ernst hinter seinen Worten spüren. Langsam wiegte der hagere Mann im seidenen Haussakko seinen Kopf hin und her.

„Es tut mir leid, dass wir uns unter solchen Umständen persönlich kennenlernen, Herr Chuerro, aber ich habe es vorhin schon gesagt, und nun noch einmal. Ich wusste nicht, dass es Diebesgut ist. Mit dieser von ihnen, Herr Chuerro, angefertigten Überlassungsurkunde, die ich von Señor Casanueva mit dem Buch bekommen habe, war davon auszugehen, dass alles seine Ordnung hat. Aber unsere Mitarbeiter hätten sich ab Montag auf jeden Fall um die weitere formelle Überprüfung der Papiere gekümmert, um den zweifelsfreien Besitznachweis zu erhalten. Das ist üblich bei Geschäften dieser Größenordnung. Spätestens da hätten wir herausgefunden, dass ihre Unterschrift auf diesem Dokument anscheinend gefälscht wurde, und hätten uns entsprechend sofort an die Polizei und an sie als rechtmäßigen Besitzer gewandt.“

Immer noch mit verschränkten Armen, jedoch nicht mehr ganz so angespannt, nickte Adam langsam. Dr. Rottmann sah sich ebenfalls eher entspannt im Raum um. Seine Mimik war kaum zu interpretieren, aber Nikita konnte eine Stimmung erkennen, die nicht ganz zu der aufgesetzten Maske passte. Eine gewisse Nervosität lag in der Luft. Welche sich auch darin zeigte, dass der hagere Mann immer wieder auf sein Smartphone sah – für die geschulte Polizistin ein wenig zu oft. Das Telefon lag mit dem Display nach oben auf dem schweren Schreibtisch schräg neben dem gemütlichen Ruhesessel, auf dem sich der hagere Mann niedergelassen hatte. Der Tisch war zwar das dominierende Möbelstück im privaten Arbeitszimmer von Dr. Rottmann, aber die Aussicht war noch um einiges beeindruckender, wie Nikita durchaus neidvoll bemerkte. Aus den hohen Fenstern im vierten Stock des alten Gebäudes hatte man einen wunderbaren Blick auf die charmant schiefen Fassaden der Häuser auf der gegenüberliegenden Seite der Keizersgracht.

„Wir sind in Begleitung von Herrn van Bollig. Er ist Kurator des Rijksmuseums. Dieses Buch ist Teil einer demnächst dort beginnenden Ausstellung. Er wird es ins Museum bringen", sagte Adam und trat einen Schritt zur Seite, um die orangene Schirmkappe vorbeizulassen.

Der Träger der Kappe blieb für einen Sekundenbruchteil vor dem sitzenden Rechtsanwalt stehen und nickte dann höflich, bevor er weiterging. Gleich darauf beugte sich Dr. Rottmann ein wenig vor und griff zu seinem Smartphone.

„Da ich keinen Zweifel an ihrem Anspruch habe ... und auch angesichts ihrer Begleitung...", sagte der hagere Mann und verzog sein Gesicht, „bin ich damit einverstanden."

„Wissen sie, wo sich Casanueva zurzeit befindet?"

Das Zuschnappen der Schlösser des Transportkoffers hörte sich wie ein Ausrufungszeichen zu Nikitas Frage an. In der darauffolgenden Stille nickte der hagere Mann zuerst, bevor er hastig verneinte.

„Davon hat er nichts erwähnt. Wahrscheinlich wird er wieder zurück nach Mexiko wollen... Ich kann ihnen aber natürlich am Montag die Kontaktdaten von unserer Kanzlei übermitteln lassen."

Das Display seines Handys leuchtete auf und obwohl es jeder im Raum bemerkt hatte, sah der Anwalt nach unten, ohne seinen Kopf zu bewegen. Dann drehte er sein Handy um und hielt es mit beiden Händen fest umklammert, während er es in seinen Schoß drückte.

Der Kurator war schon gegangen und auch Adam hatte nach einem kurzen Abschiedsgruß kehrtgemacht. Doch Nikita blieb noch einen Moment lang in der Tür stehen.

„Ich komme möglicherweise noch einmal vorbei, falls ich Fragen habe. Bis dann."

„Wie sie meinen", erwiderte die Vorzimmerdame und drückte dann die Tür hinter der Polizistin zu.

Als Nikita zu Adam trat, hatte der eben sein Handy aus der Hosentasche gezogen. Aus dem Augenwinkel sah sie Herrn van Bollig mit dem Transportkoffer in den Fond des Polizeiautos klettern.

„Ich rufe Vater an und gebe ihm Bescheid, dass der Kurator zum Museum unterwegs ist."

„Ist gut."

Erleichtert lächelnd drehte sich Nikita um und lehnte sich dann auf das Geländer der kleinen Brücke vor dem Haus des Rechtanwaltes. Sie dachte an ihre Freundin Sylgja. Wie entspannt und fröhlich sie vorhin beim Essen gewirkt hatte. Und wie selbstverständlich sie mit Adams Vater umging. Nikita begann zu grinsen. Der Polizistin wurde bewusst, dass es genau dieses Selbstverständnis war, mit dem sie ihr selbst damals in der Schule entgegengekommen war. So verhielt sie sich nur mit wenigen Menschen, das hatte Nikita im Laufe der Jahre herausgefunden.

Als die Polizistin von ihrer Rauchpause zurückkam, erzählte sie ihnen sofort von dem Telefonat mit Jan Huismann. Es führte zu einer sehr angeregten Unterhaltung, nicht zuletzt, weil sowohl Adam wie auch sein Vater sofort zur Privatadresse des Dr. Rottmann fahren wollten. Sylgja war es dann, die den Fokus auf die momentanen Prioritäten lenkte. Wie eine gelernte Strategin zeigte sie alle Fakten auf und teilte dann mehr oder weniger jedem seine Aufgabe zu.

„Es ist doch so, Casanueva ist momentan nicht wirklich das Thema. Seine Personalien liegen am Flughafen und den Bahnhöfen aus. Die Polizei hat ihn zur Fahndung ausgeschrieben. Er ist noch da und kommt nicht so leicht weg. Über kurz oder lang wird er erwischt werden, wenn er versucht außer Landes zu kommen, oder er wird bei einer Polizeikontrolle aufgegriffen.“

Für Nikita war es zwar nicht besonders überraschend, wie engagiert ihre Freundin war, aber sie genoss zu sehen, wie die beiden Männer darauf reagierten. Wer es nicht besser wusste, könnte fast annehmen, die drei wären schon seit Jahren befreundet und Sylgja so etwas wie die Sprecherin der Gruppe.

„Asger! Du bist noch nicht wieder ganz auf den Beinen... Nikita und Adam können zu Dr. Rottmann fahren. Du könntest den Kurator vom Rijksmuseum anrufen und ihm sagen, dass wir Unterstützung brauchen, um das Buch zu bekommen. Vielleicht ist Rottmann ja leichter zu überzeugen, wenn man den Besuch etwas offizieller gestaltet.“

Sylgja untermalte ihre Worte mit nach oben gezogenen Augenbrauen und dann legte sie etwas überraschend ihre Hand auf die des Ex-Priesters.

„Wenn er das Buch freiwillig herausgibt, dann kommt es wohl am besten direkt ins Museum zu den anderen Büchern, dort ist es auch am sichersten. Wir beide werden beim Museum auf das Eintreffen des Kurators warten."

Asger Chuerro blickte auf sein halbvolles Bierglas und nickte dann. „Ist gut, so machen wir es."

Lächelnd zog er seine Hand langsam unter der von Sylgja weg und griff zu seinem Handy.

„Hey, wie sieht es aus, Lust auf ein Bier?"

Nikita spürte Adams Hand auf ihrer Schulter und drehte sich lächelnd zu ihm um.

„Wir könnten in Susis Salon gehen und ein bisschen feiern... Vater hat gemeint, er würde mit Sylgja noch ein Glas Wein trinken und nach Eintreffen des Kurators den Abend beenden, wir brauchen also heute nicht mehr mit ihnen zu rechnen."

Sein verschmitztes Lächeln veränderte sich zu einem Grinsen und dann beugte sich Adam zu Nikita und küsste sie.

Das laute Johlen aus den betrunkenen Kehlen einiger Jugendlicher, die eben in Feierlaune auf der Gracht unter ihnen entlangfuhren, holte sie aus ihrer Umarmung. Erst jetzt drang der Lärm um sie herum so richtig an ihre Ohren. Es machte ihnen bewusst, dass sie sich wahrscheinlich genau zum richtigen Zeitpunkt am richtigen Platz befanden, um richtig Spaß zu haben.

„Was passiert jetzt?"

Kerzengerade und mit gefalteten Händen stand die Mittfünfzigerin im Türrahmen des Arbeitszimmers und sah ihn ernst an. Nachdem die Besucher das Haus verlassen hatten, hatte er ihr mitgeteilt, dass er eben die offizielle Benachrichtigung vom Tod seines Vaters bekommen hatte.

„Es wird eine Verabschiedung im kleinen Kreis."

Stumm nickend ging sie auf das Fenster zu.

„Und die andere Sache?", fragte sie und sah mit ausdruckslosem Gesicht nach draußen. Während sie das sich im Schein der Straßenlaternen küssende Paar beobachtete, hörte sie seine feste Stimme.

„Ich habe keine Ambitionen, den Hirngespinsten meines Vaters über einen angeblichen Goldschatz der Mayas nachzujagen. Jetzt, wo er tot ist, will ich nichts mehr damit zu tun haben."

Als ob er im Kognak die Zukunft lesen könnte, starrte er in das Glas in seiner Hand und blickte erst auf, als ihre Hand auf seiner Schulter ihn aus seinen verwaschenen Gedanken riss. Der Anflug eines Lächelns auf ihren Lippen brachte seine tanzenden Kiefermuskeln zur Ruhe.

„Casanueva muss verschwinden, auf die eine oder die andere Art. Er ist gefährlich und wir hätten niemals Ruhe von ihm."

Für einige Sekunden blieben ihre Blicke aneinander haften, dann nickte sie und nahm ihm das Glas aus der Hand. Sie trank und gab es ihm zurück.

„Ja, das glaube ich auch."

„Wir haben es!"

In der Stimme des alten Mannes lag eine Euphorie, wie Josef Rottmann sie noch niemals an ihm erlebt hatte.

Sein Vater hatte ihn aus einer Besprechung holen lassen, um ihn in das Familienanwesen zu beordern. „Sofort!", war sein letztes Wort gewesen und entsprechend hatte er sich nach einer kurzen Entschuldigung an die anderen Konferenzteilnehmer auf den Weg gemacht. Den rauen Befehlston seines Vaters war er von frühester Kindheit an gewohnt. Er kannte es gar nicht anders. Der Stolz aus seiner Soldatenzeit bestimmte Hermann Rottmanns ganzes Leben, genauso wie den unbarmherzigen Umgang mit seinen Mitmenschen.

Knapp vierzig Minuten brauchte sein Sohn bis zur Villa und während der Fahrt dachte er ausschließlich über die Wesenszüge des krankhaften Soziopaten, oder ‚alten Nazis‘, wie er ihn insgeheim nannte, nach. Erst, als er an die große Doppeltür des Arbeitszimmers klopfte, merkte Josef Rottmann, dass er immer noch den Kopf schüttelte.

„Das Buch ... es ist aufgetaucht!"

Ohne ihn anzusehen, saß sein Vater in seinem Rollstuhl an dem langen, schweren Eichentisch und schob Papiere auf dem Tisch herum.

„Erinnerst du dich an die Versteigerung vor einem halben Jahr, in der wir ausschließlich dänische Kunstwerke zum Verkauf angeboten hatten? Einer der Anbieter von damals, ein Sammler aus Kopenhagen, hat mir kürzlich Papiere zur Prüfung übermittelt."

Er hielt mit einer Hand einen Stapel Blätter hoch, während er mit der anderen weitere auf dem Tisch auffächerte.

„Es handelt sich um Kopien aus einer angeblich authentischen mittelalterlichen Handschrift eines spanischen Missionars, der Anfang des sechzehnten Jahrhunderts jahrelang bei einem Mayastamm in Yucatán gelebt haben soll... Ich habe einem Experten die Papiere gezeigt. Der vorläufige Bericht besagt, dass sie tatsächlich echt sein dürften..."

Ein langanhaltendes, niederfrequentes Fiepen unterbrach die Stille, in die hinein er nach Atem rang. Es kam aus dem

Luftmischgerät, das mit der an seinem Rollstuhl befestigten Sauerstoffflasche verbunden war. Das Krächzen dazwischen könnte sogar der Versuch eines Lachens gewesen sein.

Der verständnislose Blick, mit dem der hagere Mann drei Meter vor ihm stramm seinen Platz eingenommen hatte, schien den Alten zu verärgern.

„Was verstehst du nicht?!" Das Klackern des Mischventils unterstrich sein zorniges Krächzen. „Das Buch, in dem von dem versteckten Goldschatz der Maya die Rede ist..."

Der hagere Mann empfand eine ungeheuerliche Bedrohung, als sich die graue Schreckensgestalt im Rollstuhl langsam auf ihn zubewegte.

„Die Geschichte, die ich dir als Kind erzählt habe... Von Gerónimo de Aguilar und Gonzalo Guerrero. Das Buch, in dem alle Hinweise niedergeschrieben stehen, um den größten Goldschatz der Menschheitsgeschichte zu finden."

Der Kopf des Alten ruckte ein wenig und lenkte so den Blick auf den im Halbdunkel liegenden Bereich an der gegenüberliegenden Seite des langen Holztisches.

„Die Schrift, nach der sein Vater und ich so viele Jahrzehnte lang gesucht haben!"

Zwei schwere, lederne Clubsessel und eine große Glasplatte, die von einem Elefantenstoßzahn gestützt wurde, befanden sich in dem halbdunklen Bereich. Ein Platz, den sein Vater nur bevorzugten Gästen anbot, und wo Josef selbst erst ein einziges Mal in seinem Leben hatte Platz nehmen dürfen. Eine kleine Flamme loderte auf und mit dem gleich darauf einsetzenden satten Schmatzen beleuchtete ein glühender Punkt ein schattenhaftes Gesicht. Der Duft einer Habaneros zog an Josef Rottmann vorbei und durch den schweren Rauch kam eine Gestalt auf ihn zu.

„Guten Tag, freut mich ihre Bekanntschaft zu machen. Mein Name ist Señor Enrique Hernandez y Casanueva."

„Komm her, Soldat."

Josef starrt mit großen Augen seinen Vater an. Er ist sechs Jahre alt. Schweiß tropft von seinen nassen Haaren und ihm ist fürchterlich kalt.

Es ist zwei Uhr morgens. Die Amme hat sein leises Rufen nicht gehört. Laut schnarchend lag der dickliche Mutterersatz auf der Chaiselongue vor dem erkalteten Kamin in seinem Zimmer. Völlig durchgeschwitzt von einem weiteren Fieberanfall war er aufgewacht – es war so dunkel, und die unsagbare Kälte hatte ihn bis auf die Knochen durchdrungen. Vom Schwindel geplagt hatte er sich aus seinem Bett gewälzt und war auf allen vieren zur Zimmertür gekrochen. Im Arbeitszimmer seines Vaters hatte er Licht gesehen und Stimmen gehört. Trotz seiner Angst vor dem übermächtigen, strengen Vater, hoffte er dort unten Trost und Hilfe zu finden. Auf seinen wackeligen Beinen war er bis an die große Doppeltüre gekommen und in seinem durchnässten Pyjama im halboffenen Eingang stehengeblieben. Für eine ganze Ewigkeit, wahrscheinlich aber nicht mehr als ein oder zwei Minuten, konnte er die beiden Männer ungesehen beobachten.

„Der Schatz kann hier überall versteckt sein. Ohne das Buch werden wir ihn niemals finden!" Josefs Vater schlug mit der Hand auf den Tisch, auf dem eine Landkarte ausgebreitet war, und mehrere vergilbt aussehende Blätter Papier wurden durch die Wucht zur Seite gewirbelt.

„Es ist im Godshuis. Es muss immer noch dort sein!"

Die schwarze Gestalt bewegte sich nicht, aber seine Stimme bebte.

„Was nützt uns das, wenn du bis heute nicht fähig warst, den versteckten Zugang zu finden? Wozu haben wir dir die Eigentumsdokumente für dein Scheißkloster verschafft, wenn du nicht den kleinsten Schritt weitergekommen bist?"

Dem kleinen Jungen in der Tür erschien der Schattenmann wie der Tod höchstpersönlich, und als er sich plötzlich vorbeugte und mit den Händen auf dem Tisch abstützte, meinte der Junge in seinem Fieberwahn gar die Knochenhände des Sensenmannes zu erkennen.

„Du weißt genau, dass es nicht an mir liegt. Ich habe alles versucht, das weißt du", sagte die Stimme unter der Kapuze eindringlich, doch Josefs Vater schien auf das abgründigste zornig.

„Wenn du Arschloch nicht die einzige die es wusste umgebracht hättest..."

Wie glühende Kohlestückchen wirkten die Pupillen, die ihn aus dem Schatten der Kapuze anstarrten. Als ob er die Anwesenheit einer weiteren Person gespürt hätte, hatte sich die Gestalt neben seinem Vater urplötzlich zu dem Jungen umgedreht.

„Komm her, Soldat", sagt sein Vater.

Die eisige Luft, welche von den beiden herüberströmt, macht es Josef nicht leicht, einen Schritt vor den anderen zu setzen, aber er tut es, aus Angst vor den Schlägen, mit denen sein Vater Ungehorsam bestraft. Das hat er aus vergangenen Fehlern in seinen wenigen Lebensjahren bereits gelernt. Da macht ihm der Tod, mit welchem sein Vater Geschäfte zu machen scheint, noch weniger Angst.

„Was würdest du zu einem Mann sagen, der nicht versucht, sein Bestes zu geben, Soldat?"

Zitternd, mit angstgeweiteten Augen und in dem recht kläglichen Versuch, stramm zu stehen, antwortet der kleine Junge mit den Worten, welche er von seinem Vater jedes Mal hört, wenn dieser zum Leibriemen greift.

„Gehorsam ist der Schlüssel zum Erfolg, Mut ist der Weg zum Ziel und unser Blut ist unsere Ehre."

Eine unglaubliche Kraftanstrengung kostet es den Kleinen, zum Abschluss zu salutieren und die barfüßigen Fersen zusammenzuschlagen. Herablassend, aber dennoch mit einem Funken Stolz in seinem Blick, nickt der Vater.

„Du hast es gehört? Wir führen dieses Gespräch ein anderes Mal weiter. Ich muss mich mit meinem Sohn unterhalten."

Mit einer wegwerfenden Handbewegung deutet er dem Kapuzenmann zu gehen.

„Bis dann, Casanueva."

Die Hand seines Vaters liegt plötzlich auf der Schulter des Jungen und unwillkürlich zuckt sein kleiner Körper zusammen. Es ist das erste Mal, dass er diese Hand spürt, ohne dass sie ihm Schmerzen zufügt.

„Wir setzen uns da hinüber ... ich werde dir etwas erzählen."

Der schlaffe Händedruck des Fremden trieb Josef Rottmann eine Gänsehaut über den Rücken.

„Ich habe eben mit dem Sohn meines jahrzehntelang hochgeschätzten Freundes, Padre Alonso y Casanueva darüber gesprochen."

So etwas Ähnliches wie ein Lächeln streifte das bleiche Knochengesicht seines Vaters.

„Setz dich, Junge..."

Mit festem Blick starrte der Alte seinen eigenen Sohn an und Josef Rottmann wusste ganz genau, dass nicht er gemeint war. Während der junge Casanueva sich wieder umdrehte und langsam in den Nebelschwaden seines Zigarrenrauchs verschwand, begann der Alte mit der Befehlsausgabe an seinen Sohn.

„Meine Nachfrage an den Kopenhagener Sammler über den momentanen Verwahrungsort beziehungsweise den Eigentumsstatus der Schrift ergab, dass sie anscheinend zufälligerweise im Besitz der Chuerros ist, dieselben Holländer, welche uns vor nicht allzu langer Zeit einige Kunstgegenstände aus einem Nachlass zur Versteigerung angeboten haben."

Eine absonderliche Stille herrschte an diesem dunklen Ort, während sein Vater angestrengt um Atem rang. Einige röchelnde Augenblicke später redete der Alte schon weiter.

„Padre Alonso Casanueva lebte jahrelang in einem belgischen Kloster, bevor er nach Holland kam. Zeit seines Lebens hat er behauptet, dass es dort verborgene Kammern gibt, wo das Buch versteckt worden sein soll. Obwohl er bis zu seinem Tod danach gesucht hat, konnte er diese Räume aber nie finden."

Bösartig in sich hinein grinsend rollte er ganz langsam den Kopf zur Seite, bevor er seine Worte in die Dunkelheit richtete.

„Nachdem meine weiteren Erkundigungen ergaben, dass es sich bei der Erbschaft der Chuerros um einen Teil eben jenes Klosters handelt, in welchem Alonso damals lebte, war plötzlich alles klar... Die Chuerros haben geschafft, wozu Alonso unfähig war."

Sein Kopf begann zu wackeln wie ein defektes Blechspielzeug.

„Wie auch immer, ich habe Hernandez extra aus Mexiko kommen lassen, um das weitere zu regeln... Er weiß genau, worum es hier geht, und hat die richtigen Voraussetzungen, um die Aufgabe zu erledigen. Den ersten Kontakt mit dem Kopenhagener Sammler hatte er bereits und Hernandez wird ihm Unterstützung vermitteln können, um das Buch für uns zu erwerben."

Das kratzende Husten aus der Tiefe seiner verseuchten Lunge hätte erbarmungswürdig erscheinen können, wenn nicht sein bösartiges Wesen darüber stünde.

„Jedenfalls braucht er ein Spesenkonto. Richte eines für die Organisation der Hermanos del Templo del Sol ein, ausschließliches und unbegrenztes Zugriffsrecht für Señor Enrique Hernandez y Casanueva mit, sagen wir mal, hunderttausend als Limit."

Langsam drehte er seinen Kopf zur Seite und es schien, als ob er auf eine Bestätigung aus dem Dunkel warten würde. Es dauerte einige stille Augenblicke, bis er sich wieder seinem Sohn zuwandte und fortfuhr:

„Und deponiere eine Summe von fünfhunderttausend Euro in Bargeld für uns. Nach Abschluss meiner Geschäfte mit Hernandez wirst du es ihm als Prämie ausbezahlen."

Obwohl Josef Rottmann bei anderen Gelegenheiten ähnliche Anweisungen seines Vaters ohne weitere Erklärungen erhalten hatte, musste er sich überwinden, keine Fragen zu stellen.

„Das ist alles," schnarrte der Alte, „du kannst gehen. Ich habe noch einiges mit Hernandez zu besprechen."

Ohne ein weiteres Wort wendete Hermann Rottmann seinen Rollstuhl mit Hilfe des Lenkhebels. Leise surrte das

Gefährt los, ins unergründliche Dunkel der unbegreiflichen Leere seines seelenlosen Daseins.

„Wie spät ist es?"

Blinzelnd versuchte Nikita die Ursache für das sanfte Kribbeln auf ihrem Kopf zu erkennen. Es war Adams Hand, die über ihre Haare strich. Sie spürte die Wärme seines Körpers und rollte sich herum, um sich an ihn zu schmiegen.

„Es ist 9:00 Uhr morgens und ich habe uns Frühstück gemacht."

Ohne ihre Augen zu öffnen, begann die junge Frau zu grinsen, während ihre Hand über seinen Rücken strich.

„Ach, hast du?"

Adam gab ihr einen Kuss auf die Stirn.

„Toast, Schinken, Melone und weichgekochte Eier... Komm jetzt, bevor sie kalt werden."

„Mmmh... So schnell kühlen die nicht ab!"

Gut vierzig Minuten später schenkte Adam ihr die zweite Tasse Kaffee ein und langsam kamen auch die ersten Erinnerungsfetzen an die letzte Nacht zurück. Ihre nachdenklich gerunzelte Stirn kam aber nicht von daher.

„Dankeschön!"

Mit großen Augen sah sie zu ihm hoch und strich dann mit den Fingerkuppen über seinen Bauch. Er stand nur mit einem Handtuch bekleidet vor Nikita. Mit der Kaffeekanne in der Hand grinste er zu ihr herunter.

„Ich meine für die wunderschöne Nacht gestern," fuhr sie fort, „und auch die Tage und Nächte davor."

Seinem verwirrten Blick zufolge schien er zu spüren, worauf sie hinauswollte.

„Du gehst zurück nach Kopenhagen... Wann?"

Resigniert hob sie ihr Handy in die Höhe.

„Ich habe eine Nachricht von Carl bekommen ... ich werde zurückbeordert. Nachdem Casanueva aufgrund der Beweislage nun auch international ausgeschrieben wurde, und es momentan keinen echten Grund mehr für mich gibt hierzubleiben... Ich soll mich in drei Tagen auf dem Revier zum Dienstantritt melden."

Der Versuch, seine Stimmung an seiner Mimik abzulesen, funktionierte nicht so richtig. Das lag daran, dass sie sich ihrer eigenen kaum bewusst war und insgeheim die Hoffnung hegte, Adam würde das richtige sagen.

„Dann bleibt uns zumindest noch genug Zeit, um uns heute auf dem Freimarkt herumzutreiben und ein bisschen den Koningsdag zu genießen..."

Er deutete durch die schmale Tür der Küche auf die Holzverschalung der Auslagenscheibe seines Buchladens. Die beiden waren mitten in der Nacht, eher schon gegen den frühen Morgen, hier gelandet. Der Weg zum Hotel schien ihnen zu weit, nachdem sie sich fröhlich durch die Straßen und Lokale der Old Town hatten treiben lassen.

„Die Monteure kommen erst am Mittwoch, um die Scheibe zu reparieren ... so lange bleibt der Laden sowieso geschlossen."

Er rührte langsam in seinem duftenden Kaffee und nachdem er den Löffel sorgsam neben der Tasse abgelegt hatte, blickte er sie ein wenig verschmitzt an.

„Hast du schon einmal über das Konzept von Fernbeziehungen nachgedacht? Kopenhagen ist schön ... ich war schon öfter dort... Ich hätte kein Problem damit, noch öfter auf Besuch hinzukommen."

Sein Lächeln wurde von einem fragenden Gesicht abgelöst, bevor er einen Schluck von seinem Kaffee nahm. Nikita hatte einen Kloß im Hals, aber mit jeder weiteren Sekunde, die sich schleppend mit dem Ticken der Wanduhr durch ihre Gedankenleere kämpfte, wurden ihre Empfindungen klarer.

„Was ist ein Freimarkt?"

„Ich zeige es dir", hatte Adam gesagt. Nun ging Nikita neben ihm her und wusste nicht, wohin sie zuerst sehen sollte. Die ganze Stadt schien sich in einen gigantischen Flohmarkt verwandelt zu haben.

„Am Koningsdag herrscht quasi Ausnahmezustand in ganz Holland. Es ist an diesem einen Tag jedem erlaubt, ohne Lizenz Waren auf den Straßen zu verkaufen. Die Leute stellen sich mit ihrem ausgedienten Hausrat auf die Straße, Kinder verkaufen ihr altes Spielzeug und so ziemlich alle Niederländer tragen auf die eine oder andere Art die Farben des Huis van Oranje. An allen möglichen Plätzen wird Musik gemacht, Fässer und Tische werden vor den Läden aufgestellt und die Waren auf der Straße feilgeboten. Das muss man erlebt haben – vor allem bei diesem herrlichen Sonnenschein."

An Adams Hand ließ sie sich durch die Straßen leiten. Die Stimmung, umgeben von so vielen fröhlichen Menschen, war unbeschreiblich ansteckend.

„Wir gehen zum Vondelpark, Freunde von mir machen dort den ganzen Tag über Musik, und sie haben einen Imbissstand. Es gibt da Pannenkoeken, Bier und Oranjebitter. Vater und Sylgja kommen auch hin, so gegen 11:00 Uhr, hat er geschrieben."

Der kurze Blick auf ihr Handgelenk gab ihnen noch eine halbe Stunde. Nikita blieb stehen. Grinsend drehte er sich zu ihr um.

„Da geht sich doch zwischendurch ein Kuss aus..."

Ob er nur darauf gewartet hatte, dass sie so etwas sagte, blieb ungewiss. Jedenfalls nahm Adam sie in seine Arme und küsste sie genau da, wo sie stehengeblieben war, mitten auf der Straße.

„Weißt du, ich glaube, ich hätte auch kein Problem damit, öfter mal nach Amsterdam auf Besuch zu kommen..."

Der darauffolgende Kuss ließ sie alles ringsherum vergessen – bis eine laut lachende Gruppe junger Frauen in knallig orangefarbener Kleidung begann, sie von der Straße zu schieben. Ehe Adam und Nikita noch registrierten, was eigentlich geschah, befanden sie sich bereits auf einem Boot, das eben ablegte. Die Frauen hatten sie auf ein Partyboot entführt. Schon saßen sie auf einem schmalen Brett am hinteren Ende des Kahns, einen Pappbecher mit eiskaltem Bier in der Hand, vor sich eine Horde junger Leute, die zu hämmernden Bassrhythmen tanzten. Gut zehn Minuten lang gaben sie sich dem Treiben hin, genossen den Anblick der Häuserzeilen entlang der Gracht und die anderen Boote vor, hinter und neben ihrem. Sie lachten und unterhielten sich mit den Leuten auf dem Kahn. Bis Adam auf sein Smartphone blickte und abhob. Dann ging er zu dem Typen, der das Steuerrad des Kahns hielt. Sie sah ihn nicken. Als gleich darauf ein wummerndes Drumsolo einsetzte, hob der Skipper einen Arm in die Höhe und begann, mit seinem Becken zu kreisen, während er die Kanalwand ansteuerte, um Adam und Nikita abzusetzen.

Mit verschränkten Armen lehnte Nikita an der Küchenzeile. Sie wusste nicht so richtig, was sie von der eben gehörten Geschichte halten sollte.

Es war Dr. Josef Rottmann gewesen, der Adam angerufen hatte. Er wollte ausdrücklich die Kopenhagener Polizistin sprechen. Nachdem sie beim Haus in der Keizersgracht angekommen waren, hatte ihnen die Vorzimmerdame geöffnet. Heute jedoch erschien sie Nikita wie ein anderes Wesen. Sie trug ein zart-orangenes Sommerkleid, bedruckt mit gelben Blüten, und sie lächelte, als sie die Tür öffnete. Sie führte sie ein paar Stufen nach unten in die Küchenetage und bot ihnen Platz und Kaffee an. Während Adam sich setzte, blieb Nikita stehen. Die Wandlung der strengen Rezeptionistin machte die Polizistin vorsichtig. Fast genauso interessant erschien ihr der Auftritt des Anwalts. In Jeans und einem formlosen weißen Hemd, welches er leger über den Hosenbund hängend trug, stand er plötzlich im Türrahmen. Ebenso freundlich wie seine Partnerin wünschte er einen guten Morgen und als er auf den Tisch zuging, nachdem er Nikita die Hand geschüttelt hatte, bemerkte die Polizistin, dass er barfuß war.

„Ich habe sie hergebeten, weil ich ihnen etwas zu sagen habe. Es betrifft Señor Enrique Hernandez y Casanueva. Ich glaube, dass es wichtig sein könnte."

Er hatte dann von dem Treffen mit Casanueva im Haus seines Vaters vor einigen Monaten erzählt. Wobei er die Wahrheit nur insofern verbog, da er sagte, dass Casanueva seinem Vater das Buch zum Verkauf angeboten habe, welches er wiederum von einem Kopenhagener Sammler zu erstehen vorhatte. Daraufhin hätte er, Josef, den Auftrag vom alten Rottmann bekommen, ein Spesenkonto für den Kulturverein von Casanueva einzurichten und den Verkaufspreis zu deponieren. Auszahlbar mit Übergabe des Buches.

„Das hätten sie uns auch gestern schon erzählen können! Das sind Informationen, welche für uns von immenser

Wichtigkeit sind und uns ein sehr viel klareres Bild über diese ganze Geschichte vermitteln." Die Polizistin wirkte empört.

„Sie haben natürlich recht... Aber ich habe auch Verschwiegenheitspflicht in Geschäftsangelegenheiten und bin unserem Haus zur Loyalität verpflichtet."

Adam saß dem Mann an dem viereckigen Holztisch gegenüber und hörte sehr aufmerksam zu.

„Ich habe heute Morgen versucht, meinen Vater zu erreichen, um ihm von den Entwicklungen in Bezug auf den Ankauf des Buches und Señor Casanueva zu berichten... Eigentlich, um die Sachlage mit ihm zu besprechen und mir sein Einverständnis für mein Vorhaben zur Zusammenarbeit mit der Polizei bestätigen zu lassen. Leider wurde mir von seiner Haushälterin mitgeteilt, dass er wohl schon gestern Abend verstorben ist."

Es wirkte plötzlich alles sehr surreal in dieser wunderschönen Küche. Die Sonne warf leicht gedämpfte Strahlen durch die Souterrainfenster und beschien die Einfachheit der rustikalen Möblierung. Eine schlichte, tönerne Vase mit frischen Tulpen stand neben dem Abwaschbecken und davor stand eine Frau, die von tiefster Ausgeglichenheit erfüllt zu sein schien. Vor ihr saß dieser entspannte Mann, der seine Beine mit den nackten Füßen ganz locker auf dem hellen Dielenboden ausgestreckt hatte. Es war alles stimmig – in einer Art, die es Nikita unmöglich machte, es mit der eben gehörten Todesmeldung seines Vaters in Zusammenhang zu bringen. Sehr viel besser hätte man wohl nicht vermitteln können, dass hier jemandem eine große Last von der Seele genommen worden war.

„Es liegt deshalb an mir allein, über den korrekten Umgang mit der Situation zu entscheiden."

„Mein aufrichtiges Beileid zu ihrem Verlust."

Man konnte Adam ansehen, dass ihm der Schicksalsschlag des Anwalts nicht egal war. Langsam nickend nahm dieser die Anteilnahme an und griff dann zu seiner Kaffeetasse. Die Polizistin nickte ebenfalls.

„Auch von mir... Mein Beileid."

Der Anwalt setzte seine Tasse vorsichtig ab und sah seine Partnerin an. Dann verschränkte er seine Hände im Schoß.

„Wissen sie, mein Verhältnis zu meinem Vater war nicht unbedingt das, was man als sehr innig bezeichnen könnte, aber das ist eine andere Geschichte... Der Grund, warum ich mit ihnen sprechen wollte, ist noch ein weiterer." Seine Mimik wirkte nun ein wenig ernster. „Ich habe vor etwa einer Stunde eine Nachricht von Señor Casanueva erhalten. Er möchte sich mit mir treffen, um den ausgehandelten Verkaufsbetrag zu erhalten, da das Buch ja wie versprochen von ihm übergeben worden ist."

Adam richtete sich kerzengerade auf und legte seine Hände auf die Tischplatte.

Nikita kam ihm zuvor.

„Weiß er, dass wir das Buch gestern abgeholt haben?"

„Nein. In Anbetracht der Umstände hielt ich es für besser, ihm von dieser Tatsache nichts zu erzählen..."

Der Anflug eines Lächelns lag auf seinem Gesicht und obwohl er es nicht sehen konnte, bemerkte Nikita, dass seine Partnerin zustimmend nickte.

„Die Geldübergabe findet heute um 15:00 Uhr auf dem „Amsterdam Centraal statt."

Mit zur Seite geneigtem Kopf blickte die Polizistin zwischen ihrem Freund und dem Anwalt hin und her. Dann atmete sie einmal tief durch und nickte.

„Verstehe ich sie richtig? Sie haben also beschlossen, uns zu helfen."

„Ja. Mir ist natürlich bewusst, dass sie die Rolle unseres Unternehmens in dieser Geschichte in einem falschen Licht sehen könnten. Es liegt mir viel daran, unseren guten Ruf aufrecht zu erhalten. Deswegen... Sagen sie mir, wie ich ihnen behilflich sein kann."

„Nikita ... ich habe eben einen von den Typen erkannt, die mich in meinem Geschäft wegen des Buches bedroht haben", sagte Adams Stimme im Empfänger hinter ihrem Ohr.

Fast vier Stunden waren genug Zeit gewesen, um eine gut geplante Kommandoaktion zu organisieren. Als Einsatzzentrale stand auf dem Stationsplein vor dem großen Bahnhof ein als Servicebus einer Rolltreppenfirma getarnter Transporter. Zwei Einsatzspezialisten der Polizei, der leitende Beamte und Adam saßen darin. Sie überwachten die Aktion über die Kontrollkameras des Bahnhofes. Acht weitere Beamte für Sondereinsätze hatten sich unter die Passanten des Centraal gemischt. Dazu kamen noch die Sicherheitskräfte des Bahnhofes selbst und die Streifenpolizisten, welche ohnehin ständig auf den Bahnsteigen und in den Gebäuden patrouillierten. Auch sie waren über die Aktion informiert.

Der Plan war einfach. Dr. Rottmann würde mit dem Geld in einer Aktentasche zu Bahnsteig 13b gehen. Entsprechend seiner telefonischen Absprache mit Casanueva sollten sie sich dort treffen. Der Zugriff auf den Gesuchten würde im Augenblick des Zusammentreffens mit dem Anwalt stattfinden.

„Wo ist er ... hast du Casanueva auch schon gesehen?"

Zur Tarnung hatte Nikita eine Baseballkappe tief ins Gesicht gezogen und sprach, während sie am Rand des Caps herumfummelte.

„Negativ... Casanueva ist noch nicht aufgetaucht! Aber es ist sicher kein Zufall, dass der andere Typ hier ist... Ich habe kürzlich schon vermutet, dass die damals von Casanueva geschickt worden sein könnten."

Während Nikita sich langsam umblickte, versuchte sie, so unauffällig wie möglich zu wirken. Mit ihrem kleinen Cityrucksack auf dem Rücken war sie einfach nur jemand, der hier auf irgendetwas wartete.

„Wo ist der Typ?"

Adam begann zu reden, während noch das Fragezeichen ihrer wiederholten Frage durch Nikitas Kopf hallte.

„Und da ist ja auch der Nächste... Der dicke Glatzkopf mit dem gelben Roberto-Geissini-Shirt im Raucherbereich auf Bahnsteig 13b, das ist auch einer von denen. Und der von vorher ist eben durch den Eingang hinein. Er kommt gleich direkt an dir vorbei, Nikita. Ein kleiner Typ, Ajax-Amsterdam-Shirt, dunkler Vollbart, weiße Turnschuhe."

Das reichte als Beschreibung, die Polizistin erkannte ihn sofort. Kaum zehn Meter von ihrem Standort entfernt trabte er gemächlich daher. Als er näherkam, drehte ihm die Polizistin den Rücken zu.

„Achtung an alle, Dr. Rottmann geht eben über die Treppe zu Bahnsteig 13b hoch", sagte die Stimme des Einsatzleiters.

Wie vereinbart setzte sich auch Nikita in Bewegung.

„Zielperson?"

Die kurze, gepresst klingende Frage der Polizistin beantwortete Adam mit einem unhörbaren Kopfschütteln. Er drückte eine Hand auf den Kopfhörer, während seine Augen über die Monitore vor ihm flogen.

„Immer noch negativ, aber..."

„Kommandogruppe Drei," unterbrach ihn der Einsatzleiter, „achtet auch auf den von Herrn Chuerro beschriebenen Verdächtigen. Gruppe Eins nimmt die Glatze auf dem Bahnsteig ins Visier und übernimmt die Sicherung der Kontaktperson. Zwei behält weiter den Aufgang im Auge. Kollegin Jonas! Sie beobachten nur, sie bekommen Bescheid, sobald die Zielperson auftaucht."

Der etwa fünfzigjährige, schlanke Mann stand nun mit leicht gespreizten Beinen kerzengerade neben Adam und starrte hochkonzentriert auf die Bildschirme. Mit seinen weit nach hinten durchgestreckten Beinen, dem vorgereckten Becken und dem Geiernacken wirkte er wie ein gespannter, mongolischer Kompositbogen.

Dr. Rottmann ging langsam, sich immer wieder suchend umblickend, über den Bahnsteig. Kurz bevor er den Raucherbereich passierte, blieb er plötzlich stehen und drehte sich einmal um seine eigene Achse.

„Dr. Rottmann! Lassen sie das, gehen sie weiter."

Während sich der Anwalt ans Ohr griff, nickte er heftig und Nikita schüttelte unwillkürlich ihren Kopf. Die Worte des Einsatzleiters wirkten eher zynisch, aber halfen auch nicht wirklich. Ziemlich steif stakste Dr. Rottmann weiter und schien plötzlich imaginäre Scheuklappen aufzuhaben. Nachdem er den Raucherbereich passiert hatte, stand der Glatzkopf in dem gelben Shirt auf. Mit beiden Händen zog er seine Hose hoch und sah sich mehrmals um.

„Gruppe Eins, aufpassen, es geht los."

Die Glatze ging ein wenig schneller als der, den er verfolgte, er würde ihn gleich einholen.

Der Beobachtungsposten Nikitas war auf Bahnsteig 11b, durch drei Schienenstränge von ihrem Köder für Casanueva getrennt. Als die Polizistin für einen Augenblick nach vorne blickte, konnte sie einen Zug sehen, der auf die Station zufuhr. Laut der Anzeigetafel über ihrem Kopf würde er in der nächsten Minute einfahren.

Dr. Rottmann bewegte sich auf eine Gruppe von Asiaten zu, welche mit ihren Reise-Trolleys Aufstellung nahmen, um den demnächst anhaltenden Zug zu besteigen.

„Gruppe Eins, vorrücken ... Abstand verringern ... Schlinge enger ziehen."

Die Worte waren kaum verhallt, als der hagere Mann mit seiner Aktentasche auf Bahnsteig 13b plötzlich wie angewurzelt stehenblieb. Die Glatze hatte ihn eingeholt und es hatte den Anschein, als hätte er ihn angesprochen. Sie standen sich Auge in Auge gegenüber, direkt neben einem dürren Chinesen, der auf seinem Trolley sitzend Selfies mit einem Tablet machte. Nikita begann sich unglaublich zu ärgern. In nur wenigen Augenblicken würde der Zug einfahren und ihr die Sicht auf das Geschehen nehmen. Mit zur Maske erstarrten Gesichtszügen flogen ihre Pupillen zwischen der heranrauschenden Bahn und dem Bahnsteig 13b hin und her. Wie in Zeitlupe sah sie, wie sich der Glatzkopf an den Hintern griff und aus seiner zerbeulten Hosentasche anscheinend ein Handy hervorholte, das er dem Anwalt auf den Oberarm drosch. Dr. Rottmann schrie auf und ließ die Aktentasche fallen, während er sich mit der anderen Hand auf die getroffene Stelle griff.

„Gruppe Eins, Zugriff!"

Obwohl dieser Befehl aus der Einsatzzentrale höchstwahrscheinlich binnen einer einzigen Sekunde zu hören war, dauerte es für Nikita eine halbe Ewigkeit, bis das erste Echo der Stimme an ihr Ohr drang. Trotz dieser beinah surrealen Wahrnehmung war Nikita absolut klar im Kopf. Nicht die kleinste Einzelheit entging ihr. Der dicke Glatzkopf bückte sich und im selben Moment, da er den Riemen der Tasche zu fassen bekam, drehte er sich bereits vom Anwalt weg. Die Asiatengruppe wirkte wie eingefroren, während zwei Männer wie in Zeitlupe auf sie zu rannten. Dr. Rottmann war in verkrampfter Körperhaltung zur Salzsäule erstarrt. Die Glatze machte einen langen Schritt, welcher ihm den Hosenbund so weit über den Hintern herunterzog, dass es an einen Münzeinwurf erinnerte. Seine Augen waren erstaunt hochgezogen, als er die beiden Männer auf sich zukommen sah. Nikita selbst stand breitbeinig und unfassbar untätig da, dazu verurteilt, voller Verwunderung die nun folgende, unerwartet beeindruckende Aktion des fetten Kerls auf der anderen Seite zu beobachten.

Der dicke Glatzkopf machte einen weiteren Schritt mit dem zweiten Bein. Dann drehte er sich im Halbkreis um seine eigene Achse. Der nächsten halben Körperdrehung folgte ein kurzer Sprung und gleichzeitig flog schwungvoll sein Arm mit der Aktentasche nach oben. Die Aktentasche hob in dem Moment ab, als sein Arm den höchsten Punkt über seinem Kopf erreicht hatte. Während Nikitas Blick der in hohem Bogen über die Gleise fliegenden Tasche folgte, donnerte der Zug in den Bahnhof ein. Das weitere Geschehen auf dem Bahnsteig gegenüber blieb ihr verborgen, da alles, was sie aus dem Knopf hinterm Ohr empfing, zu einem sich überschlagenden Gewirr aus Stimmfetzen geworden war. Sie sprintete los, um die Tasche aus der Luft in Empfang zu nehmen, doch der Torhüter von Ajax Amsterdam kam ihr zuvor. Keine drei Meter vor ihr tauchte er plötzlich von der Seite auf. Er fing die Tasche mit beiden Armen und während er den Schwung des Geschosses mit einem Schritt zurück abdämpfte, sicherte er sie mit festem Druck an seinen Brustkorb. Nikita griff zur Waffe und bremste. Eine halbe Sekunde später stand sie mit leicht gespreizten Beinen vornübergebeugt da und richtete die Kanone auf den vollbärtigen Fußballfan, der sie vollkommen überrascht anstarrte.

Adam stand mit ernstem Gesicht vor dem Einsatzleiter, als Nikita die Eingangshalle des Amsterdam Centraal verließ. Sie war mit Dr. Rottmann im Schlepptau den Polizisten gefolgt, welche die beiden Verhafteten eben abführten. Nur kurz nickte sie ihrem Freund zu, bevor sie sich dem Anwalt zuwandte.

„Ich bedanke mich für die Zusammenarbeit, Dr. Rottmann. Wahrscheinlich werden sie in den nächsten Tagen eine Einladung von der Polizei bekommen, um ihre Aussage aufzunehmen. Ich denke, dass es das dann war. Falls sich noch etwas im Zusammenhang mit Casanueva ergeben sollte, würde ich ihnen Bescheid geben und...“

Aus dem Augenwinkel nahm sie eine Bewegung wahr.

„Sieht so aus, als hätten wir Casanueva!“, rief Adam, während er auf sie zukam. „Die Nachricht ist eben gekommen.“

Eine Mischung aus Freude, Überraschung, Erleichterung und sanfter Euphorie spiegelte sich im Gesicht der dänischen Polizistin, während der Anwalt erstaunlich locker blieb.

„Was? Wo?“

„Im Leichenschauhaus.“

Nikita hob fragend die Augenbrauen und Adam erklärte: „Heute um 12:30 Uhr wurde ein Toter in einem Abfallcontainer hinter einem Hotel im Rotlichtbezirk entdeckt. Mit aufgeschlitzter Kehle. Keine Papiere und unter falschem Namen in eben diesem Hotel eingecheckt, wie die Recherchen ergaben. Einer der Kriminalisten, welche zum Auffindungsort der Leiche gerufen worden waren, erkannte die Ähnlichkeit mit dem Fahndungsprofil Casanuevas und hat das gleich überprüft. Er ist es, mit neunzigprozentiger Sicherheit."

Es lag keinerlei Freude hinter seinen Worten, eher sogar das Gegenteil. Für Nikita war es durchaus verständlich. Genau wie ihr Freund hatte sie das unbestimmte Gefühl, dass nun einiges ungeklärt bleiben würde, falls es sich bei dem Toten wirklich um Señor Casanueva handeln sollte.

„Dann ist die Geschichte damit beendet."

Die trockene Feststellung Dr. Rottmanns holte sie wieder in die Realität zurück. Adam sah zu den Funkstreifen hinüber, die eben mit kurzen Folgetonhornstößen versuchten, sich einen Weg durch die Passanten zu bahnen. Es war schließlich immer noch Koningsdag und da das Gebäude der Amsterdam Centraal Station zu einem der am meisten besichtigten Gebäude der Niederlande gehörte, war auch hier die Hölle los.

„Für sie anscheinend schon ... für uns aber nicht ganz..."

Adams Zustimmung erkannte sie an seinem Nicken.

„Wir fahren ins Leichenschauhaus und sehen uns den Toten an."

„Oh Gott, Nikita ... du kannst dir nicht vorstellen, was ich durchgemacht habe. Ich bin so froh, endlich wieder zu Hause zu sein... Ich dachte schon weiß Gott was... Ich habe mich doch vorgestern Abend mit dem jungen Mann getroffen, dem Kontaktmann von Enriques Kulturverein, um ihm den USB-Stick mit den Daten zu geben, nicht wahr, und jetzt stell dir einmal vor, hat dieser schleimige Kerl doch tatsächlich versucht, mich ins Bett zu bekommen! Für was hält mich der eigentlich? Als ich ihm sehr unmissverständlich zu verstehen gegeben habe, dass ich kein Interesse habe, schien er noch sehr verständnisvoll ... ABER DANN! Pass auf, ich komme nach diesem Abendessen ins Hotel zurück und mir wird von dem Rezeptionisten gesagt, dass mein Gepäck zur Abholung in der Lobby bereitsteht, vorausgesetzt, ich würde sofort das Zimmer bezahlen. Die Überweisung für die Zimmerreservierung wurde zurückgezogen und wenn ich nicht zahle, werden meine Sachen einbehalten. Dieses verfluchte, arrogante Arschloch! Ich war so zornig... Ich habe die Rechnung natürlich bezahlt, aber habe das Hotel noch in dieser Nacht verlassen ... bin direkt zum Flughafen und wollte den nächsten Flug nach Hause nehmen. UND DANN sagen die mir dort, dass auch das verschissene Rückflugguthaben zurückgezogen wurde! Ich habe die schlimmste Odyssee meines Lebens hinter mir, Schätzchen... Ich bin so fertig..."

Dies war der Moment, in dem Nikita den unglaublichen Reisebericht ihrer neuen Bekannten unterbrach.

„Kira! Kira, das hört sich echt furchtbar an, aber wir sind eben auf dem Weg ins Leichenschauhaus. Es sieht so aus, als ob Casanueva umgebracht wurde."

Stille.

„Kira?"

„Oh Gott, wie schrecklich... Ich habe doch erst mit seinem Sohn zu Abend gegessen..."

„Soll ich ranfahren", fragte Adam, als er Nikitas Gesicht sah. Sie winkte abwehrend.

„...aber ich bin auch scheißzornig auf die Bagage... Trotzdem tut es mir leid. Naja ... eigentlich wollte ich dir nur Bescheid geben, dass ich wieder zuhause bin, und dich an dein Versprechen erinnern mich zu besuchen, wenn du auch wieder da bist."

Es dauerte noch eine weitere Minute, bis Nikita endlich auflegen konnte. Adams fragenden Blick beantwortete sie mit einem langen Kopfschütteln, bevor sie begann, ihm von dem eben Gehörten zu berichten.

Langsam nickend stand Nikita mit verschränkten Armen neben dem Kriminalbeamten der holländischen Polizei. „Das ist er, kein Zweifel. Das ist der Mann."

Während er sich einen Kaugummi in den Mund schob, legte der Beamte das Klemmbrett auf die Stelle des Leichentuches, wo sich die Oberschenkel des Ermordeten befanden. Die Leiche war bis auf Brusthöhe damit abgedeckt. Der bleiche Tote hatte eine grobe Naht quer über den Hals, um die Wunde zusammenzuhalten. *Gute Arbeit, Doktor Frankenstein.* Die Obduktion war bereits abgeschlossen, da die Todesursache eindeutig auf die zugefügte Verletzung am Hals zurückzuführen war.

„Alles klar... dann wünsche ich ihnen einen schönen Tag."

Ohne sie eines weiteren Blickes zu würdigen, entschwand der Kriminalbeamte.

„Ich brauche jetzt erst einmal einen Kaffee", sagte Nikita und blickte Adam fragend an.

Er nickte stumm und legte ihr sanft die Hand auf den Rücken. „Fahren wir ins Büro beim Rijksmuseum. Vater und deine Freundin Sylgja sind dort, sie warten auf uns. So wie ich es sehe, haben wir jetzt wirklich Grund genug, uns ein wenig zu entspannen."

Langsam schüttelte Nikita den Kopf.

„Vielleicht... Nur, der wahrscheinliche Drahtzieher hinter der ganzen Geschichte mag tot sein, aber nachdem er ja auch umgebracht wurde, bleibt immer noch die Frage offen, wer ihn umgebracht hat, und warum."

Adam schob Nikita zur Tür des Leichenschauraumes.

„Das erfahren wir möglicherweise von den beiden Festgenommen," sagte er, „das sind zumindest einmal zwei Hauptverdächtige, oder?"

Der junge Mann, bekleidet mit einer hauptsächlich orangefarbenen Camouflage-Hose und einem schwarzen T-Shirt mit den weißen Kreuzen Amsterdams auf der Brust, stand vor dem Eingang des Kommissariats. Er begrüßte sie mit einem Handschlag.

Aus Adams Vorschlag, zu seinem Vater und Sylgja zu fahren, wurde vorerst bloß ein Telefonat. Er rief seinen Vater an, um ihm zu sagen, dass er mit Nikita zum Polizeirevier fahren würde, um sich die Aussagen der Verhafteten anzuhören. Inzwischen sicherte sich Nikita telefonisch die Unterstützung von Jan Huismann, damit sie Zugang zu den Verdächtigen bekam.

„Danke, Jan", sagte sie, als er ihnen zwei Besucherpässe in die Hand drückte.

„Tragt die bitte gut sichtbar auf eurer Kleidung... Hat mich eine Stunde gekostet, die zu bekommen... Brauchst du noch etwas, Nikita?", fragte er, lässig die Hände in den Hosentaschen, und grinste frech.

„Nochmal danke, Jan ... und nein, ich glaube, das war es jetzt..."

Sein Grinsen wurde breiter und Nikita begann zu lachen. „... zumindest für heute."

Er wollte ihr eben zur Verabschiedung die Hand hinhalten, da beugte sich Nikita vor und gab ihm ein Küsschen auf die Wange.

„Auf Wiedersehen, Jan."

Nickend drehte sich Jan Huismann zu Adam und klopfte ihm mit der flachen Hand auf den Oberarm.

„Du hast vergessen ihr zu sagen, dass wir uns in Holland drei Küsschen beim Grüßen geben."

Als Abschiedsgruß tippte er sich mit zwei Fingern an den Kopf und stieg dann auf einen weißen, italienischen Motorroller. Sie sahen ihm nach und dann drückte Nikita die Glastür des Kommissariats auf.

„Frau Jonas, nehme ich an..."

Der Mann, der ihnen entgegenkam, war so um die vierzig. Ein schneller Blick von Nikitas Gesicht zu ihrem Besucherpass ließ ihn nicken.

„Ja, ich sehe schon."

Während er ihr die Hand schüttelte, musterte er Adam.

„Ich bin Kommissar Yussuf Shekal. Ich habe die Vernehmung der beiden durchgeführt. Sie können sich die Protokolle gleich hier ansehen."

Der Mann wirkte voller Elan und ziemlich geschäftig. Er hielt eine Aktenmappe in die Höhe und drehte sich dann einfach weg. Seiner Gestik nach zu urteilen war dies die Aufforderung, ihm zu folgen. Er steuerte eine Sitzgruppe neben einem Kaffeeautomaten im Eingangsbereich an. Gleich daneben befanden sich die Aufzüge in die oberen Stockwerke und links und rechts davon jeweils Türen ohne Klinken. Treppen waren keine zu sehen.

„Setzen sie sich... Kaffee?", fragte er zum Automaten gewandt und blickte für einen Moment über seine Schulter.

„Ja, bitte."

Nickend drückte er auf eine Taste.

„Sehen sie sich die Protokolle an, wenn sie wollen."

In das leise Surren des Kaffeeautomaten hinein griff Nikita nach der Mappe auf dem Tisch vor ihr. Während die Stimme des Kriminalbeamten wie der Monolog eines Nachrichtensprechers an ihr Ohr drang, blätterte sie die Seiten um.

„Beide sind mehrmals vorbestraft. Körperverletzung, diverse Eigentumsdelikte, gefährliche Drohung, Erpressung ... Eigentlich einmal die ganze Speisekarte rauf und runter. Aber kein Kapitalverbrechen ... bei keinem von beiden. Ganz typische Kleinkriminelle, würde ich sagen."

Er drehte sich um und stellte zwei Plastikbecher auf das Tischchen. Dann setzte er sich auf einen Stuhl und schlug seine Beine übereinander. Sorgsam legte er seine Unterarme auf den Lehnen des Stuhls ab und redete dann weiter.

„Der Diskuswerfer, ein gebürtiger Pole, er heißt Robert Rozinkjewsky, der ist ein Steher, von dem haben wir zuerst überhaupt nichts erfahren. Erst, nachdem wir den Fußballer in die Mangel genommen hatten und der so ziemlich seine ganze Lebensgeschichte ausgeplaudert hatte, war auch der Pole bereit zu reden. Er bestätigte die Aussage des anderen."

Adam beugte sich vor und trank einen Schluck aus dem Becher. Nikita hatte aufgehört, in dem Ordner zu blättern, und legte ihn wieder auf den Tisch. Erwartungsvoll horchte sie in die kurze Sprechpause des Ermittlungsbeamten.

„Also, die Geschichte der beiden lautet: Der Pole und der Fußballer- der übrigens Willhelm Roostkop heißt- sagen, dass sie eigentlich zu dritt waren. Nach diesem dritten Mann wird bereits gefahndet. Sie sagen, sein Name wäre Erik van Gruin und auch er ist, genau wie die beiden, kein unbeschriebenes Blatt bei uns. Also, die beiden sagen unabhängig voneinander aus, dass ihnen Erik van Gruin vor einiger Zeit von einem Auftrag erzählt hatte. Für die Beschaffung eines bestimmten Buches würde ein gewisser Señor Casanueva ihnen fünfzigtausend Euro bezahlen. Sie erzählten von dem Versuch, den Eigentümer des Buches...", einen Atemzug lang blickte er nicht eindeutig einschätzbar in Adams Richtung, bevor er weitersprach, „... dazu zu bringen, ihnen das Buch zu verkaufen – auch, dass sie ganz schön Prügel bezogen hätten, weil sie nicht mit der Aggression des Buchhändlers gerechnet hatten. Da waren sich beide einig, plötzlich zu Opfern geworden zu sein."

Nikita war sich nicht sicher, ob der Kommissar das lustig fand.

„Und der Fußballer gab auch zu, dabei gewesen zu sein, als Erik van Gruin das Schussattentat auf den Buchladen verübt hat, betont aber, dass niemand verletzt werden sollte, das hätte ihm Erik gesagt, das war bloß als Warnung gedacht."

Nikita sah Adam bestätigend nicken und griff nun auch endlich zum Plastikkaffee.

„Mit dem Mord an Casanueva wollen sie aber beide nichts zu tun haben. Sie beschuldigen diesen ominösen Erik van Gruin."

Der Nachrichtensprecher griff nun, wahrscheinlich eher unbewusst, zu dem Hefter auf dem Tisch und hielt ihn mit beiden Händen fest.

„Ihre Version des Tathergangs: Sie hatten sich heute am Vormittag getroffen und waren zu einer Verabredung mit Señor Casanueva zum Hotel gefahren. Dort angekommen erzählte ihnen Casanueva von der Geldübergabe und dass sie ihren Anteil bekommen würden, sobald sie das Geld für ihn abgeholt hätten. Irgendwie war dann Erik van Gruin ausgeflippt, als er hörte, es wären fünfhunderttausend, die Casanueva bekommt, und sie zu dritt nur fünfzigtausend ... das fand er ungerecht... Dann ist die Situation anscheinend eskaliert... Während dieses Streites hat dann Erik van Gruin dem Casanueva... in Notwehr den Hals durchgeschnitten. Der Diskuswerfer und der Fußballer geben nur zu, dass sie geholfen haben, den Leichnam zu entsorgen."

Der Beamte vor ihnen, in seinem strahlend weißen Hemd, zeigte plötzlich zum ersten Mal eine emotionale Reaktion. Während er die Worte "In Notwehr" wiederholte verdrehte er seine Augen wie eine übermüdete Eule und bildete mit den Fingern Ausrufungszeichen in der Luft.

„Damit ist es eigentlich zu Ende. Die Polizei hat eine internationale Fahndung nach diesem Erik van Gruin wegen Mordverdachtes ausgeschrieben und es ist wahrscheinlich nur eine Frage der Zeit, bis er gefasst wird. So, wie es sich darstellt, besteht keine unmittelbare Gefahr mehr für euch, da dieser van Gruin nur auf das Geld scharf war und nicht auf das Buch. Nachdem er Casanueva umgebracht hat, kann von dem auch nichts mehr kommen ... ergo, es ist vorbei."

Ein Blick in die Runde zeigte Nikita, dass es anscheinend alle anderen genauso sahen.

Nach dem Besuch auf dem Kommissariat waren sie direkt zu Adams Vater und Sylgja ins Büro gefahren. In der gemütlichen Terrassengarnitur vor dem Backsteingebäude hatten sie es sich mit gekühlten Getränken und Snacks gemütlich gemacht. Adam überließ es seiner Freundin, den beiden die letzten Erkenntnisse und vom offensichtlichen Ende dieser Geschichte zu berichten.

„Was habt ihr jetzt vor?"

Dass diese Frage von Sylgja kam, war verständlich. Da sie an Asger Chuerro angelehnt dasaß und dabei ihre Hand auf seinem Oberschenkel ruhte, während er seinen Arm um ihre Schulter gelegt hatte, war unzweifelhaft klar, dass die beiden zueinander gefunden hatten. Adam hatte eben zwei Eiswürfel in Nikitas Limonadenglas geworfen und reichte es ihr nun. Sie griff zu und lehnte sich dann zurück.

„Nun ja, ich muss übermorgen erst einmal zurück. Ich wurde zurückbeordert, aber Adam und ich haben vor, uns in nächster Zeit sehr oft gegenseitig zu besuchen."

Ein Schmunzeln rollte über ihre Lippen, während sie ihren aufgestützten Arm sinken ließ, um ihren Freund sanft am Nacken zu kraulen. Diese Geste bedurfte für niemanden einer weiteren Erklärung.

„Was ist mit euch?"

Es schien ein guter Zeitpunkt für diese Frage. Für einige Augenblicke herrschte Stille in dieser idyllischen Großstadtoase, in der man Vogelzwitschern hören konnte.

„Wir werden noch zwei, vielleicht auch drei Wochen hier bleiben... Ich habe meinen Urlaub verlängert. Dann kommt Asger mit nach Kopenhagen, er möchte sich gerne meine Arbeit ansehen, und dann ... mal sehen."

Die Tiefe der Blicke, mit denen sich die beiden nun ansahen, zeugte von einer echten, geradezu unheimlichen Übereinstimmung.

Als Asger sich vorbeugte, um zu seinem Glas zu greifen, lächelte er. Mit dem Getränk in der Hand setzte er sich aufrecht hin und sagte, „wir haben uns gedacht, wir könnten vielleicht eine Zeitlang alles liegen lassen und uns ein wenig herumtreiben..." Er drehte sich zu Sylgja um und als er wieder Adam und Nikita ansah, grinsten beide.

„Es gibt so viele magische Orte auf dieser Welt und wir haben beide erst sehr wenige davon besucht. Es wäre ja durchaus möglich, dass das Schicksal uns eben jetzt als den richtigen Zeitpunkt für eine neue, große und weite Reise vorgeschlagen hat."

Ihr Kollege Carl Petek holte Nikita vom Flughafen ab. Mit seinem Privatwagen. Einem grünen Volvo Amazon Baujahr 1970 in permanentem Restaurierungszustand. Er liebte diese Kiste und es war wohl als eine besondere Auszeichnung gedacht, dass er den Wagen extra für sie ausfuhr. Dies tat er nur zu sehr besonderen Anlässen.

„Also erzähl ... eine Zusammenfassung ... die vorläufigen Berichte kenne ich und für den detaillierten Abschlussbericht hast du zwei Tage Zeit. Dann lese ich ihn mir auch durch", sagte er, während er den Wagen startete, dann fluchte er über einen Taxifahrer und grinste sie gleich darauf an.

„Okay, also. Meines Erachtens ist für die Morde eindeutig Casanueva verantwortlich. Wir wissen ja inzwischen, dass er den Kopenhagener Kunstsammler von früher gekannt hat. Der Sammler hatte ihm anscheinend, genauso wie Sylgja, Seiten geschickt, die er von dem Kartenleger bekommen hatte, um sich die Echtheit bestätigen zu lassen. Casanueva muss da irgendwie etwas geahnt haben... Es könnte sich um Seiten aus dem Buch handeln, von dem er meinte, dass es seit Generationen seiner Familie gehört, aber irgendwo im Godshuis in Belgien versteckt worden war. Er hat das Versteigerungshaus Rottmann & Sohn kontaktiert da sein Vater, Alonso Casanueva, und Hermann Rottmann seit Jahrzehnten miteinander befreundet waren. Von dem alten Rottmann muss er anscheinend erfahren haben, dass die Chuerros Teile des Godshuis in St. Laureins geerbt hatten. Da hat er sofort geschaltet und begriffen, dass die tatsächlich das verschollene Buch gefunden haben mussten. Anscheinend hoffte er, hier ein großes Geschäft einfädeln zu können," die Polizistin rieb sich an der Schläfe und fuhr dann fort, „In Wahrheit wird er aber zwei Ziele verfolgt haben. Denn einerseits wollte er das Buch für eine halbe Million Euro an Hermann Rottmann verkaufen, und andererseits vermutete er, dass in dem Buch Hinweise zu finden wären, welche zu einem gigantischen Goldschatz führen. Er kam also nach Amsterdam und heuerte da ein paar Kriminelle an, die ihm helfen sollten, das Buch von dem eigentlichen Besitzer zu bekommen. Die Typen, die Casanueva angeheuert hatte, erwiesen sich aber als ziemliche Nieten. Deswegen erfand er die Geschichte mit der Präsentation des Buches in Mexiko und ihm als Kunstmäzen. So kam Kira Lindstrom ins Spiel... Da es ihm ja auch in erster Linie um den Inhalt des Buches ging, war diese arrangierte Ausstellung ihrer Bilder die perfekte Tarnung, um den gesamten Text aus dem Buch digital erfasst zu bekommen."

„Aber wozu dann noch der Anschlag auf den Buchladen?"

„Er wollte den Chuerros wohl genug Angst machen, um sicherzustellen, dass sie mit den Kopien zu Kiras Vernissage ins Godshuis kommen würden. Anscheinend hoffte er da noch, dass er sie überreden könnte ihm das Buch- und auch die Kopien mitzugeben... Er wusste aber noch nicht, dass bereits geplant war, es öffentlich zu präsentieren. Als er das hörte muss er beschlossen haben es sich mit Gewalt zu holen und – was auch immer für ein Deal zwischen ihm und Hermann Rottmann abgemacht war – es bei Rottmann & Sohn vorerst in Sicherheit zu bringen. Vielleicht hätte er es sich auf die eine oder andere Art später zurückholen wollen. Das bleibt aber Spekulation."

Carl kratzte sich am Hals und drückte dann auf einen Knopf an seinem Autoradio.

„Klingt plausibel... Und warum die Toten hier in Kopenhagen?"

Mit zusammengezogenen Augenbrauen fuhr er über eine Kreuzung und zeigte einem Radfahrer den Vogel.

„Er wollte keine Mitwisser... Er glaubte ja, mit dem Buch den Schlüssel zu einem gigantischen Schatz in den Händen zu haben ... und er wollte der einzige sein, der Zugang zu den Hinweisen in dem Buch hat. Deswegen schickte er den Türken zu dem Kunstsammler in Kopenhagen unter dem Vorwand, dass der ihm helfen sollte, Druck auf die Chuerros auszuüben. Aber anzunehmen ist, dass Casanueva den Auftragskiller schon vorab entsprechend instruiert hatte, nämlich sämtliche Beweise und jeden beiseite zu schaffen, der damit zu tun hatte, sobald er die Kopien hat."

Nikita versuchte eine etwas bequemere Sitzposition in dem durchgesessenen Beifahrersitz zu finden. Es gelang ihr nicht wirklich. Also sprach sie weiter: „Das ist der Grund warum Axel Chuerro und Marie-Ann Zilversmit sterben mussten."

Sie musste schlucken, als sie den Namen aussprach. Jetzt, da sie von dem Ex-Priester Asger Chuerro mehr über die junge Frau gehört hatte, spürte sie echte Traurigkeit über dieses verlorene Leben.

„Dass der Türke dann erschossen wurde, war für Casanueva eigentlich ein Glücksfall. Aber auch für uns, denn wahrscheinlich hätte er auch Sylgja umgebracht!"

Für einen Moment stiegen Nikita Tränen in die Augen. Sie musste ein paar Mal blinzeln und mehrmals tief durchatmen, um das Gefühl schlechten Gewissens ihrer Freundin gegenüber wieder loszuwerden. Einen Sekundenbruchteil dachte sie sogar noch darüber nach, einen ehemaligen Schulkollegen anzurufen, um ihm zu danken, wurde aber von ihren eigenen Worten unterbrochen.

„Naja, Zufall oder Schicksal, was weiß ich. Dass jetzt nicht nur der Killer selbst, sondern auch sein Auftraggeber, Señor Enrique Hernandez y Casanueva, eines gewaltsamen Todes gestorben sind, halte ich für durchaus gerecht!"

Nickend saß der lange Kerl hinter dem Lenkrad seines Youngtimers und fummelte an dem steinalten Autoradio herum. Ein zartes Lächeln umspielte seine Lippen, als nach einem lauten Knacken, das sich eher nach einer durchgebrannten Röhre anhörte, vorerst undefinierbare Musik aus den Lautsprechern kam.

Carl Petek und Nikita saßen an dem Besuchertisch im Büro des Polizeihauptkommissars. Er hatte eben den Ordner mit Nikitas Endbericht zu dem Fall des Kartenlegers zugeklappt. Aus der anfangs sehr dünnen Mappe war nun eine recht dicke Akte geworden.

„Gute Arbeit, Leute... Ich soll ihnen übrigens ein Lob der holländischen Behörden ausrichten, Frau Jonas... Aber auch ihnen, Carl. Gut gemacht!"

„Ich freue mich riesig ... dann bis morgen, schöne Nikita!"

Die trällernden Worte der Fotografin tönten durch Nikitas Kopf, als sie aus ihrem Wagen ausstieg. Es war jetzt vier Tage her, seit sie aus Amsterdam abgereist war, und erst gestern hatte sie sich durchgerungen, ihre neue Bekanntschaft anzurufen. Obwohl sie es eigentlich gar nicht wirklich in Betracht gezogen hatte, gab es tatsächlich einen sehr wichtigen Grund für die Polizistin, Kira zu besuchen. Und insgeheim freute sie sich sogar darauf, diese auf ihre Art sehr unterhaltsame Frau wiederzusehen.

„Schön, dass du da bist... Komm rein."

Kira hatte ihre Haare glatt geföhnt und zu einem dichten Zopf auf dem hinteren Drittel ihres Kopfes hochgezogen. Sie wirkte sehr natürlich, beinahe schlicht in ihrem schwarzen Satinjogger, sehr ungewohnt für ihren sonst eher mondänen Stil. Einzig das enganliegende Stoffhalsband, auch in schwarz, diente als Schmuck.

Es dauerte einige Sekunden, bis Nikita sich endlich bewegte und in das Appartement eintrat.

„Sieht so aus, als hättest du dich von den Strapazen deiner Mexikoreise ganz gut erholt?"

Für einen Moment starrte Kira ins Leere. Dann sah sie ausdruckslos auf die Eingangstür und drückte sie zu.

„Lass uns bitte nicht davon reden, ich habe das verdrängt... Komm, lass deine Schuhe ruhig an, wir gehen direkt ins Atelier. Ich schenke uns etwas zu trinken ein, zum Auflockern."

Sie lächelte, während sie an Nikita vorbei schwebte. Ihre Bewegungen versetzten das dunkle Parkett und den ganzen Raum in Schwingungen. Stumm drehte sich die Schönheit am Ende des langen Korridors um, mit dem Blick eines scheuen Tieres. Doch da lag auch noch so etwas wie Hoffnung darin. Die Hoffnung verfolgt zu werden. Nikita wurde ein wenig seltsam in der Magengegend, aber nichtsdestotrotz ging sie ihr nach. Dass es mitten am Tag war, erkannte man nur daran, dass die zugezogenen roten Vorhänge vor den hohen Fenstern einige Sonnstrahlen durchs Gewebe ließen. Seltsam gedämpft, wie die letzte Helligkeit am Scheitelpunkt zur Nacht, war das Licht. Unwirklich leer wirkte der große Raum. Rechter Hand war eine etwa zwei Meter lange Bar aus dunklem Holz mit weißer Marmorplatte, darauf standen ein paar Weinflaschen und etliche Gläser. Kira schenkte aus einer Champagnerflasche ein. Der längliche Klapptisch neben der Tür war voll Fotoequipment. Ein Garderobenständer war vollgehängt mit Kleidern und weitere Kleidungsstücke waren auf mehreren Stühlen daneben verteilt. Im Fotobereich genau gegenüber rollte eine gut drei Meter breite, schwarze Leinwand von der Decke abwärts bis fast in die Hälfte des Raumes hinein. Ein großer Barockstuhl mit abblätterndem Goldbelag auf den geschnitzten Holzbeinen, bezogen mit dunkelblauem Brokat, stand darauf, davor ein Fußschemel gleicher Machart. Links und rechts waren die Studioleuchten so eingerichtet, dass dieser Stuhl zum Blickpunkt des Raumes wurde.

„Dieser Platz ist für dich!"

Kira kam hinter der Bar vor. In beiden Händen die Champagnergläser hatte sie keine mehr frei, um auf den Stuhl zu zeigen. Also verneigte sie sich in seine Richtung, um Nikita den Weg zu weisen. Die Polizistin nahm das Getränk lächelnd entgegen und setzte sich dann etwas theatralisch auf den Stuhl. Inzwischen fühlte sie sich sehr wohl und genoss den unerwartet ungezwungenen Empfang. Ihre Befürchtung, einer hoch hektischen Fotografin gegenüberzustehen, welche ihre Modelle und Assistenten zu heulenden Kleinkindern werden lässt, schien sich nicht zu bestätigen. Die Rothaarige setzte sich mit angewinkelten Beinen auf den Fußschemel vor ihr und hielt mit leicht zur Seite geneigtem Kopf ihr Glas hoch.

„Auf dich, schöne Nikita."

Als das leise Klingeln der Gläser wie Wellen auf einem klaren Gebirgssee durch den Raum schwang, ließ Nikita ihre Augen durch den Raum schweifen. Nur für einen Bruchteil eingefrorener Zeit blieb ihr Blick an einem kleinen, viereckigen Koffer direkt hinter Kira hängen. Das dunkelbraune Leder des Behälters wirkte alt, aber gepflegt, und die Scharniere genauso. Interessanterweise war dies der einzige Gegenstand im Raum, welcher nicht durch besondere Extravaganz glänzte. Zwei Kameras lagen darauf. Eine davon ein absolutes Profigerät mit großem Objektiv. Das andere eine alte Polaroid Sofortbildkamera.

„Bist du entspannt? Wollen wir anfangen?"

Ein wenig abwesend nickte Nikita und als die Fotografin sich vorbeugte, um ihr das Glas abzunehmen, schaute ihr Nikita unweigerlich ins Dekolleté. Sie trug offensichtlich keinen Büstenhalter.

„Ich mache ein paar Testaufnahmen, um zu sehen, wie wir es am besten machen."

Nun kam doch der künstlerische Profi in Kira hervor. Aus verschiedenen Winkeln, mal hockend, von der Seite, links, rechts... Dann wieder von etwas weiter weg und wieder ein paar Schritte näher machte sie ihre Bilder. Zwischen dem Klicken der Kamera hielt sie immer wieder inne, um sich die Bilder direkt auf dem Gerät anzusehen. Einige Minuten dauerte es und dann blieb sie stehen. Sie stemmte eine Hand in ihre Hüfte und sah Nikita nachdenklich an.

„Gar nicht so schlecht ... aber es fehlt etwas ... lass mich was probieren."

Als ob sie eben die grandioseste Idee aller Zeiten gehabt hätte, schritt sie auf Nikita zu. Schwungvoll legte sie ihr Fotogerät auf den alten Koffer und hockte sich wieder vor Nikita hin. Ohne die Polizistin anzusehen, griff sie zu ihrem rechten Bein. Sie hielt ihre Wade fest, während sie ihr den Sneaker vom Fuß zog, und blickte dann lächelnd nach oben. Nikita wurde sehr heiß. Langsam stellte Kira den nackten Fuß der Polizistin auf ihre eigenen Schenkel und griff sich ihr zweites Bein. Ein lasziv Lächeln umspielte ihre Lippen, als sie begann, Nikitas Füße zu massieren.

„Entspann dich, meine Liebe..."

305

Es war schön, ihre Hände über ihre Knöchel streifen zu spüren, und die Mischung aus leichtem Druck und sanftem Streicheln begann sich sehr prickelnd anzufühlen. Die Rothaarige brauchte nichts mehr zu sagen, sie hatte bemerkt, was in der Frau vor ihr vorging. Auch Nikita wusste bereits, wohin das führen musste. Sie konnte die Erregung in Kiras Händen spüren. Aus halb geschlossenen Augen betrachtete sie die Frau, die ihre Füße so unfassbar gekonnt bearbeitete. Die Beherrschung, mit der sie bisher den Avancen der schönen Künstlerin widerstanden hatte, schien ein Ende gefunden zu haben. Für einen Augenblick hielt die Fotografin Nikitas Beine mit beiden Händen unter sanftem Druck fest, und stellte sie dann vorsichtig auf ihrem Schoß ab. Während sie sich in die Augen blickten, zog Kira den Reißverschluss ihres Oberteils langsam auf. Nikita konnte den Nippelhof auf den sich in die Freiheit drängenden Brüsten erkennen. Sie begann etwas lauter zu atmen, als dann auch noch die steil aufgerichteten Brustwarzen zum Vorschein kamen.

Kira blickte ihr noch immer in die Augen, während sie sich ihre Füße an den blanken Busen legte. Dann streichelte sie Nikitas Fußsohlen mit ihren Brüsten und fuhr mit den Händen über ihre Knöchel und den Wadenansatz. Mit verklärtem Blick und unter leisem Stöhnen hob sie Nikitas linken Fuß nun ein wenig höher und nahm ihren großen Zeh in den Mund. Genussvoll und unglaublich zärtlich begann sie daran zu saugen. Dann wurde sie gieriger und fordernder. Nikita war sich nicht klar darüber, ob sie lachen oder diese devote Dienstleistung geschehen lassen und genießen sollte. Es fühlte sich in der Tat extrem anregend an, diese schöne Frau so hingebungsvoll und untertänig zu ihren Füßen zu sehen. Die Fotografin öffnete ihre Jacke nun ganz und streichelte sich mit einer Hand selbst über die Brüste, während sie mit der anderen Hand Nikitas Fuß festhielt. Langsam leckte sie über Nikitas Zehen. Dann, beginnend mit der kleinen Zehe, lutschte sie jede einzelne mit gespitzten Lippen und nahm dann mit einem lauten, lustvollen Stöhnen die große abermals in den Mund. Nikita strich der Fotografin sanft mit den Fingerkuppen über das Ohr, bevor sie ihr die Hand vorsichtig auf den Hinterkopf legte. Die Rothaarige sah dankbar zu ihr hoch, ohne dabei den Zeh aus ihrem Mund zu nehmen. Mit einem weiteren, lauten Stöhnen bemühte sie sich sofort noch mehr.

Plötzlich war ein dumpfer Knall zu hören. Es war die Eingangstüre zum Appartement, die zugefallen war. Sichtlich erschrocken versuchte die Fotografin mit fahrigen Bewegungen den Zippverschluss ihrer Jacke zu schließen. Nur drei Sekunden nach dem ersten Schreck öffnete sich die Tür ins Atelier und Kiras Assistentin trabte mit fröhlichem Lächeln herein. Es fror auf ihrem Gesicht ein, als sie die beiden Frauen sah.

„Es ... es ... tut mir leid. Ich wollte nicht zu spät kommen. Tut mir echt leid."

Naja, vielleicht gerade noch rechtzeitig, Mädchen, dachte Nikita.

„DU BIST ZU FRÜH DA, LINDSAY!"

Das war deutlich. Nikita grinste über beide Ohren. Aber die junge Frau tat ihr leid, weil sie von ihrer Chefin so angeschrien wurde, und deswegen legte Nikita der Fußfetischistin schnell die Hand auf die Schulter.

„Ist doch gut, wir greifen dieses Thema vielleicht ein anderes Mal ausführlich auf ... oder?"

Die sanften Augen Nikitas hatten die gewünschte Wirkung. Lächelnd nickte Kira und stand dann langsam auf.

„Aber es gibt einen bestimmten Grund, warum ich heute gekommen bin, Kira. Ich muss mit dir reden!"

Nur mit einem leichten, kurzen Morgenmantel aus burgunderfarbigem Satin bekleidet, lehnte Helga mit geschlossenen Augen an ihrer Wohnungstür. Nikita hatte sie gebeten, kurz zu warten, nachdem sie sie hereingelassen hatte.

„Komm jetzt rein!"

Helga öffnete ihre Augen und mit einer Mischung aus Erwartung und Freude ging sie langsam durch den kurzen Gang zu ihrem Wohnzimmer. Nikita hatte es sich auf der kleinen braunen Ledercouch gemütlich gemacht. Das Grün hinter ihr stammte von einem unverhältnismäßig großen Gummibaum. Helga liebte diese bis dato einzige Pflanze in ihrer Wohnung und Nikita mittlerweile auch. Eine Truhe aus hellem Eichenholz mit rostigen Eisenbeschlägen diente als Couchtisch und darauf stand eine schmale Vase mit einem kleinen Bund farbiger Tulpen. Helgas Blick haftete an Nikita, aber über die Blumen lächelte sie. Sie kannte ihre Freundin als Menschen, dem nicht unbedingt ein grüner Daumen vom Universum mitgegeben worden war. Deshalb war es verwunderlich, dass sie ihr welche mitgebracht hatte.

„Die sind heute von Adam gekommen. Er hat einen örtlichen Blumenhändler beauftragt, sie zu bringen ... und ich habe mir Urlaub genommen."

Mit zur Seite geneigtem Kopf sah Helga sie fragend an. Mit überkreuzten Beinen und gefalteten Händen stand sie barfüßig auf dem weichen Teppich und in Nikitas Brust begann ihr Herz zu hämmern.

„Urlaub? Du fährst wieder nach Amsterdam? Ich dachte, er würde herkommen?"

Lächelnd fuhr sich Helga mit einer Hand durch ihr schwarzes Haar und ihr Morgenmantel öffnete sich dabei um eine Handbreit. Dann setzte sie sich neben Nikita. Für einen Moment sahen sie sich stumm an und dann legte Nikita ihre Hand auf Helgas Schenkel.

„In acht Tagen findet die Eröffnung der Ausstellung im Rijksmuseum statt, wo die Antiquariate der Chuerros zu sehen sein werden. Adam hat uns eingeladen, für ein paar Tage nach Amsterdam zu kommen."

Neidlos lächelte Helga sie an. „Das ist schön. Wie lange wirst du bleiben?"

Nikitas Grinsen verwirrte Helga sichtlich.

„Wir, Helga... Er möchte dich ... nein... Ich möchte, dass ihr euch kennenlernt."

In ihren Gesichtern spiegelten sich sämtliche Emotionen. Keine der beiden Frauen musste etwas sagen, um zu wissen, was daraus werden könnte, oder welche potenziellen Gefahren hinter diesem Vorhaben steckten.

„Was wenn...?"

Es war Helga, die zuerst die Sprache wieder fand, aber es war Nikita, die ihr sanft den Zeigefinger auf den Mund drückte.

„Lassen wir es auf uns zukommen. Du wirst ihn mögen ... und er dich, das weiß ich."

Langsam schob sich Nikita ihr entgegen und küsste sie. Die Sinnlichkeit, mit der Helga den Kuss forcierte, war atemberaubend, aber Nikita schloss ihre Lippen nach einigen Sekunden.

„Warte... Ich habe noch etwas für dich."

Sie hob einen kleinen, knallgelben Karton vom Boden auf. Überrascht starrte ihre Freundin auf das Päckchen und griff mit leicht zitternden Händen danach.

„Was ist das?"

Mit geradem Rücken saß Nikita da und bedeutete ihr, es zu öffnen.

„Ich habe dir doch von meinem Besuch gestern bei Kira erzählt ... das ist von ihr."

Nachdem sie den Deckel abgehoben hatte, wurden Helgas Augen sehr groß. Sie füllten sich mit Tränen und sie begann am ganzen Körper zu beben. Es dauerte dann wirklich sehr, sehr lange, bis Helga endlich, ganz langsam, in den Karton griff. Vorsichtig hob sie das Gerät heraus und drehte es mehrmals in ihrer Hand. Dann schob sie das Fach der Papieraufnahme der alten Polaroidkamera auf und plötzlich brach es sintflutartig aus ihr heraus. Sie stöhnte laut auf und deutete mit zitternden Fingern auf die drei eingeritzten Kreuze im Inneren der Kamera. Sie wollte etwas sagen, aber es kam nichts weiter als lautes Schluchzen aus ihr heraus.

Für einige Sekunden war Nikita erschrocken über den Gefühlsausbruch. Sie bekam sogar so etwas wie schlechtes Gewissen und wusste nicht, was sie tun sollte. Doch dann stand sie auf. Sie ging um den Tisch herum und umschlang ihre Freundin mit beiden Armen, während ihr selbst weiche Tränen über die Wangen liefen.

„Wie konntest du das wissen, Nikita?"

Die Polizistin stand in ein Badetuch gewickelt in der schmalen Küche und ließ Kaffee aus dem Vollautomaten in die Tassen laufen. Helga blieb, nur mit zerschlissenen Hot Pants bekleidet, im Türrahmen stehen. Langsam trocknete sie sich mit einem kleinen Handtuch ihr Haar und ihr ungläubiger Gesichtsausdruck zeugte immer noch von der Überraschung, welche Nikita ihr beschert hatte. Lachend drehte sich Nikita zu ihr um und ließ ihren Blick über den Körper ihrer schönen Freundin gleiten.

„Schon vergessen, Helga ... ich bin Polizistin."

Nachdenklich den Kopf schüttelnd drehte Helga sich um und ging wieder ins Bad zurück.

Zehn Minuten später saßen die beiden mit Kaffee und Gebäck im Wohnzimmer. Die Sonne schien bis auf ihre Zehen und ein paar kleine Staubpartikel tanzten um den Gummibaum.

„Ich habe dir ja die Geschichte erzählt... Also, nachdem Sylgja gesagt hat, sie kann sich überhaupt nicht an Kira erinnern, aber an die Fotografin schon ... da kam mir der erste Verdacht. Ich habe meinen Kollegen Carl gebeten, für mich die alten Schulunterlagen durchzusehen. Kira hat er gleich gefunden, bei der Fotografin wurde es schon schwieriger...“

Etwas verschmitzt lächelte Helga ihre Freundin von unten herauf an. „Weißt du ... irgendwie glaube ich, ich habe es schon bei unserem ersten Treffen gespürt. Ich meine, dass du es bist... Also, dass ich dich von irgendwoher kenne.“

Helga griff über den Tisch und streichelte Nikitas Handrücken.

„Naja, davon abgesehen gibt es da auch noch einen ganz hervorragenden jungen Informatiker bei der holländischen Polizei...“ Ihr eigenes Lachen unterbrach Nikita.

„Diesen Jan Huismann stelle ich dir auch vor ... das ist vielleicht ein schräger Vogel, aber echt sympathisch... Auf jeden Fall scheint er ein wirklich außergewöhnliches Geschick in Sachen digitaler Datenerfassung zu besitzen. Er hat dich aufgespürt. Ab deinem Schulwechsel, der Namensänderung nach deiner Adoption, deiner Hochzeit, der Scheidung zwei Jahre danach ... über deine Diplome der Heilkunde durch die späteren Lehrgänge bis zu deinem jetzigen Wohnort... Er hat das alles binnen zwei Tagen für mich herausgefunden.“

Konzentriert hatte ihr Helga zugehört, aber nun saß sie mit etwas verkniffenem Gesicht da. Die Euphorie, mit der Nikita eben von der beachtlichen Leistung des jungen holländischen Polizeischülers berichtete, war gleich darauf wieder weg.

„Ja, ich weiß schon, wie sich das jetzt anhört.“ Für einige Augenblicke presste die Polizistin resigniert ihre Lippen aufeinander. „Das ist ganz weit weg von Datenschutz und so weiter, aber anders hätte ich meine kleine Fotografin von der Schule damals wohl nicht aufspüren können."

„Vielleicht hätte ich es dir eines Tages auch so erzählt."

„Ja, Liebes, vielleicht. Aber um von Kira die Kamera einfordern zu können, brauchte ich etwas Handfestes. Das hätte ich ohne Jans Informationen nicht gehabt!"

Nikita wirkte trotzig, aber Helga wusste, was sie meinte.

„Du hättest ihr Gesicht sehen sollen, als ich sagte, ich kenne die wahre Besitzerin dieser Polaroid."

Um zu erkennen, dass es in Helga zu brodeln begann, musste man keine besonderen Fähigkeiten haben.

„Eigentlich hat sie mir dann fast leidgetan. Sie hat behauptet, sie hätte die Kamera damals im Turnsaal gefunden und sie nur mitgenommen, um sie am nächsten Tag in der Direktion abzugeben. Dass sie die Kamera dann einfach vergessen und erst beim Auszug aus dem Elternhaus wiederendeckt hat, müssen wir ihr glauben... Aber sie hat auch erzählt, dass die Kamera zu ihrem Glücksbringer geworden ist, als sie begonnen hat, sich fürs Fotografieren zu interessieren... Und diesen Talisman habe ich ihr jetzt weggenommen... Obwohl, sie hat es irgendwie verstanden."

Helga stand auf und ging zwei Schritte auf Nikita zu, bis sie ganz nahe vor ihr stand. Mit beiden Händen hielt sie zärtlich Nikitas Kopf fest und begann langsam mit ihrem Bauch zu schwingen.

„Alles gut und schön... Dann hoffe ich für Frau Kira Lindstrom, dass sie nur eine halb so gute Fotografin geworden ist wie ich Masseurin, denn nach deiner Erzählung hat die noch einiges an Lernpotenzial offen..."

Vorsichtig ging Helga nun noch einen kleinen Schritt, so dass Nikitas Lippen ihren Bauch berührten.

„Du bist ziemlich verspannt ... setz dich auf die Bank. Du bekommst jetzt eine echte Fußmassage von mir. Und damit meine ich nicht so eine Pornopersiflage, wie du sie gestern erlebt hast!"

Während Nikitas Stirn langsam über die glatte Haut ihrer Freundin glitt, begann sie unvermittelt zu kichern. Sie erinnerte sich an das mitreißende Lachen ihrer Freundin, als sie ihr von dem gestrigen Versuch der Fotografin erzählt hatte, sie mittels Zehenstimulation zu verführen. Jetzt hörte sie es wieder. Dieses Mal jedoch schien es um ein ganzes Stück unbeschwerter als gestern noch.

Für eine ganze Ewigkeit scheint die Welt um sie herum eingefroren. Die streichelnde Hand auf ihrem Hinterkopf bewegt sich nicht mehr und auch sie selbst steht still. Ein einziges großes Gefühl, welches sich nicht in Worte, nicht in Gedanken beschreiben lässt, hat von ihr Besitz ergriffen. Wie ein Donnerschlag ist es über sie gekommen. Es ist das plötzliche Verständnis für ihr eigenes Leben. Dieses Gefühl, endlich eine Erklärung für so viele, bisher offene Fragen gefunden zu haben, lässt ihr Tränen in die Augen steigen. Die Klarheit ist absolut – und so einfach. Obwohl sie nie bewusst über so etwas wie den Sinn ihres Daseins nachgedacht hatte, weiß sie, dass dies wahrscheinlich einer der wichtigsten Momente ihres Lebens ist.

Aus deinen Dämonen sind Freunde geworden, Nikita!

ENDE

Weitere Bücher von Wolfgang Schmid

„Jolie St. Claire – Das Erbe der Ersten"

Der jungen Jolie St. Claire war schon immer klar, dass sie irgendwie anders ist als die Menschen in ihrer Umgebung. Als sie jedoch erkennt, welches Geheimnis sie von Geburt an in sich trägt, ist es ein Schock. Ahnt sie bereits, welche Bedeutung es für ihre Zukunft und das Schicksal der Welt hat?

Mit ihren Begleitern soll Jolie St. Claire zu einer Reise mit ungewissem Ausgang aufbrechen, um den „Gong" zu finden. Der „Gong" ist ein mysteriöses Objekt zum Schutz der Menschheit, das in uralter Zeit geschaffen wurde und nun von dunklen Mächten bedroht ist.

Ist es Jolie's Bestimmung, die Welt vor dem Untergang zu bewahren?

Der egomanische Workaholic Richard Emmerich lebt in Wien. Vor Jahren schon von seiner Freundin verlassen und sozial zurückgezogen, gibt es für ihn ausschließlich seine Arbeit. Als sein Bruder im australischen Outback vermisst wird, ist er plötzlich gezwungen, seine selbst gewählte Isolation aufzugeben, um ihn zu finden.

Altertumsforschung, längst vergessene Kulturen, Thesen zur Prä-Astronautik oder S.E.T.I-Forschung sind Themen, die der pragmatische Richard stets als „idealistische Grenzwissenschaften" abgetan hat. In seinen festgefahrenen Denkmustern ist kein Platz für derlei „unnützes Wissen".

Ungewollt wird er jedoch damit konfrontiert, als er eine junge Frau und deren Onkel trifft. Diese zufällige Begegnung steht am Beginn einer erstaunlichen Zusammenarbeit bei der gemeinsamen Suche nach völlig unterschiedlichen Zielen. Aber dort, wo für den einen die Reise zu enden scheint, beginnt sie für den anderen erst.

„Stationen zur Hölle"

Wir kennen sie alle. Den mürrischen alten Mann, dessen Meinung uns so egal ist. Die hübsche Blondine, der man im Vorbeigehen in den üppigen Ausschnitt starrt. Den überheblichen Klugscheißer, der seine Umwelt permanent zur Weißglut treibt. Oder auch den Angeber aus dem Betrieb, dem man hauptsächlich am Kaffeeautomaten begegnet.

Archetypische Randgestalten unseres eigenen Universums, deren schemenhafte Existenz wir kaum bewusst wahrnehmen. Als Laiendarsteller ihres eigenen Seins jedoch leben sie alle als Marionetten in ihren ganz persönlichen Dramen. Durch eine Blutschuld verbunden, verdammt auf dem Weg eines sich selbst erfüllenden Schicksals.

Warum gerade ich zu einem Mitglied auf dieser einzigartigen Mission geworden bin? Heute würde ich sagen - Bestimmung.

Damals jedoch blieb mir der Sinn bis zuletzt verborgen. Natürlich erklärt dir, als verurteiltem Gewalttäter, niemand warum man ausgerechnet Dich auf eine interstellare Reise zu einem zig Millionen Lichtjahre entfernten Planeten schickt. Aber das dann gerade ich zum wahrscheinlich wichtigsten Teilnehmer dieses unglaublichen Unternehmens werden sollte, war wohl auch nicht so geplant ...

Zeitfracht Medien GmbH
Ferdinand-Jühlke-Straße 7
99095 Erfurt, Deutschland
produktsicherheit@kolibri360.de